Дмитрий СКИРЮК

Осенний лис

РОМАН

Санкт-Петербург
"СЕВЕРО-ЗАПАД ПРЕСС"
2000

ББК 84 (2 Рос-Рус)
С 21

Серия основана в 1998 году.

Авторские права защищены.
Запрещается воспроизведение этой книги или любой ее
части, в любой форме, в средствах массовой информации.
Любые попытки нарушения закона будут преследоваться
в судебном порядке.

Книга публикуется в авторской редакции.

С 21 Скирюк Д. Осенний лис. Роман.— СПб.,
«Северо-Запад Пресс», 2000.— 480 с.

ISBN 5-93698-009-X

ББК 84 (2 Рос-Рус)

ISBN 5-93698-009-X

© Д. Скирюк, текст, 2000
© «Северо-Запад Пресс», составление
и подготовка текста, 2000

Оправа: ГОВОРЯЩИЙ

1

Человек на вершине холма наблюдал, как рождается день. Он сидел здесь, неподвижный словно камень, на фоне медленно светлеющего неба. Казалось, он возник тут ниоткуда, будто бы родился этой ночью — лишь только первые рассветные лучи тронули макушку старого холма, а там уже маячил этот тёмный силуэт. У ног его лежал мешок и посох, за спиной был приторочен меч.

Минуло полчаса. И час. И полтора. Июльское солнце выпило росу, воздух потеплел. Утренний туман пополз в овраг. Поднявшийся ветер зашуршал листвой, волнами всколыхнул высокую траву, коснулся длинных, спутанных волос человека на холме.

Человек не шевелился.

Он ждал.

От леса, зеленеющего невдалеке, отделилось маленькое тёмное пятно. Помедлило, пересекло дорогу и двинулось вдруг напрямик через луга к холму, постепенно увеличиваясь в размерах. А вскоре уже можно было ясно различить — по лугу шёл медведь. Приблизился — огромный, бурый, косматый, долгое мгновение смотрел на человека пристально и цепко, словно бы о чём-то спрашивая, затем уселся прямо где стоял, на склоне холма, в двух шагах от человека.

"Зачем позвал?"

Вопрос растаял в воздухе, прежде даже чем он был произнесён. Осталось только эхо. Но человек его услышал.

— Мне нужен твой совет,— сказал он вслух, и помолчав, добавил: — Я знаю, если ты пришёл, то значит, согласен мне помочь.

"Ты знаешь, что тебе придётся заплатить?"

— Я знаю,— человек кивнул. Медведь уселся поудобнее, а затем и вовсе лёг на траву. Вздохнул.

"Рассказывай".

— Какая будет плата?

"О плате мы поговорим потом. Рассказывай".

— С чего начать?

"С начала".

Человек задумался. Взъерошил рукой непослушные рыжие волосы.

— Это будет долгая история,— сказал он наконец.— Хватит ли у тебя терпения и сил дослушать до конца? Я слышал, будто вы должны есть сутками, с утра до вечера...

Медведь в ответ на это лишь нетерпеливо отмахнулся лапой.

ОСЕННИЙ ЛИС

"Времени у нас достаточно,— сказал он.— Ты выбрал земляничную поляну — это хорошо. К тому же, я чую мёд в твоём мешке".

— Да, я принёс.

"Тогда начнём".

ЖУГА

Вечерело.

Красное закатное солнце, столь медлительное в середине лета, уходя за горизонт, последними мягкими лучами освещало пологие уступы Хоратских гор. Тёмный хвойный лес на их западных склонах казался издали мягкой пушистой шубой, которой закат придал дивный оттенок старого вина. Лесные птицы сбивчиво и спешно допевали свои дневные песни, и где-то в чаще уже ухнул, просыпаясь, филин — птица мудрая и мрачная — для него начиналось время охоты.

За узким ручьем, посреди зеленеющей долины притулилась деревушка — десятка полтора глинобитных домиков, крытых золотистой соломой, ветхие, но ещё прямые плетни, увитые хмелем и вьюнком и увенчанные крынками и горшками, хлева, сараи, маленькая деревянная церквушка и придорожная корчма, немногим уступающая ей в размерах. Где-то квохтали куры, мычала скотина, но не громко и суматошно, а спокойно и словно бы с ленцой. Бранились две хозяйки, что-то

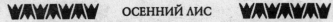 ОСЕННИЙ ЛИС

меж собой не поделившие. Детей на улицах не было — вечер; большинство же мужчин, влекомые жаждой, желанием почесать языки и побыть подальше от сварливых жен, спешили навестить корчму. Трое-четверо из них уже подпирали спинами столбики навеса, выйдя то ли проветриться, то ли просто так, от нечего делать.

За околицей начинались зеленеющие поля — начинались и тянулись на юг и на запад, сменяясь тёмной зеленью лугов и длинными островами ещё более тёмного леса. Всё дышало миром и спокойствием.

По пыльной жёлтой ленте дороги, спускавшейся в долину с горных склонов, пружинистой походкой пастуха-горца шёл юноша с котомкой за плечами. Правая его рука сжимала гладкий ясеневый посох, сбитый и потёртый оконечник которого мог бы многое порассказать знающему человеку. Холщовые штаны и рубашка, ещё крепкие кожаные царвули и овчинный кожух-безрукавка — всё было ношеным и выцветшим, но простым и добротным. Сам путник, хоть и загорелый, казался каким-то чересчур уж светлым для этих мест, наверное, из-за выгоревших на солнце рыжих волос, уже изрядно отросших, а может, виной тому были пронзительно-синие глаза или ещё что другое. На вид ему было лет семнадцать-двадцать — тот неуловимый возраст, когда год-другой, а то и все пять не играют никакой роли, не важно, в какую сторону от двадцати. Усов и бороды путник не носил.

Узкий белёсый шрам, рваные края которого тянулись от запястья к локтю левой руки, слишком бросался в глаза на загорелой коже — короткий рукав рубахи, наверняка, с чужого плеча, не мог прикрыть его целиком. Намётанный глаз быстро углядел бы и второй шрам — прямо над ключицей, такой же рваный и какой-то нехороший, нечестный, а когда парень останавливался смахнуть коротким своим рукавом пот со лба, и светло-рыжие пряди волос цеплялись на миг за ухо, открывался ещё один косой белый рубец — на правом виске, где под загорелой кожей пульсировала синяя жилка. Обладатель умной головы наверняка смекнул бы, что под одеждой у путника есть и другие шрамы и отметины, да и шёл он какой-то странной походкой, не поймёшь сразу, чем именно странной.

У ручья, через который был переброшен лёгкий мостик без перил, юноша постоял в задумчивой нерешительности, оглядывая деревню, затем напился воды, смыл с лица дорожную пыль и, подхватив посох, зашагал прямиком к корчме

* * *

Влашек отлепился от стены, заприметив в отдалении что-то интересное, и попытался сфокусировать взгляд пьяных глаз. Кто-то шёл сюда по дороге, то и дело оглядываясь по сторонам. Посох глухо постукивал в такт шагам.

Сегодня у Влашека с раннего утра ничего не ладилось. Сначала разругался с женой из-за непропеченной ковриги, а когда та принялась бить посуду, плюнул на всё и ушёл в поле. Но и там не везло — коса, как заговоренная, врезалась в землю, да так, что сломался черенок. Потом конь ("У, мешок травяной!" — у Влашека аж кулаки зачесались при воспоминании о нём), когда его запрягали, ухитрился укусить Влашека за правый бок. И в довершение всех напастей — как будто всего этого было мало! — после третьей... нет, четвертой кружки проиграл в кости Яну-закорючке пять менок. Пять менок! Влашек мрачно закряхтел, прикидывая, как встретит это известие жена, и даже малость протрезвел, но только самую малость.

Впрочем, и этого оказалось достаточно, чтобы разглядеть одинокого странника, остановившегося неподалеку.

Влашеку до смерти хотелось кого-нибудь сегодня поколотить.

Путник, остановившись, улыбнулся, не разжимая губ. Кивнул:

— Вечер добрый.

— Для кого добрый, а для кого и не очень,— буркнул Влашек, почесывая волосатой рукой потную красную шею.— Откуда путь держишь и куда?

— Иду издалека,— парень мотнул вихрастой рыжей головой в сторону гор,— а куда — судьба подскажет. Заночевать тут, у вас хочу, а может, и пожить с недельку. Сеновал, да хлеба ломоть — мне много не надо. Если что — отработаю. Работы я не боюсь, вот только...

— Что "только"? — ехидно осведомился Влашек.

— Ничего. Может, ты что подскажешь?

Влашек ухмыльнулся, подбоченился и, оглянувшись на своих дружков, стоявших у крыльца, объявил во всеуслышанье:

— За проход в Чедовуху платить надобно — приказ такой вышел, ежели не слыхал. А не хочешь — ходи стороной. Так что, плати. Две менки.

Улыбка юноши стала холодной. Казалось, улыбаются одни глаза — сжатые в усмешке губы не сулили ничего хорошего.

— Где это видано, чтобы за проход платить? — спросил он.— Да и кому? Уж не тебе ли?

— Можно и мне,— снисходительно согласился Влашек.

— А ты кто будешь? — всё ещё миролюбиво спросил пришелец.

— Кто, кто! — Влашек начинал сердиться уже по-настоящему.— Не твоё дело. Сказано — плати или проваливай. Ну!

От корчмы отделились трое и подошли поближе, почуяв забаву. Юноша коротко взглянул на них и снова повернулся к Влашеку. В вечерней тишине коротко упали его слова:

— Денег у меня нет.

— Тады,— хмыкнул Влашек,— развязывай мешок. Сами поглядим,— он ухарски подмигнул приятелям и расплылся в ухмылке. Те засмеялись.

— Не развяжу,— спокойно и безо всякого вызова ответил тот.— Уйди с дороги.

— Ха!

— Платить я тебе не стану. Отойди.

— Да ты, я вижу, борзый! — Влашек размашисто шагнул вперёд и попытался цапнуть мальчишку за ворот, но ухватил лишь воздух — двумя быстрыми шагами парень отступил назад и вбок и, взяв посох в обе руки, поднял его перед собой.

— Дубинкой, так? — в кулаках Влашека заплясал весёлый зуд.— Ах ты, значит, так? Ну так, на тебе!

Влашек недаром слыл местным забиякой. Ещё мальцом он частенько верховодил другими в потасовках с парнями из соседних деревень, и многие помнили его затрещины. Силой его бог не обидел, он был выше этого нахального паренька и намного шире его в плечах, но сегодня полоса неудач, видимо, ещё не кончилась.

Влашек готов был поклясться, что метил в лицо, но в последний миг противник непонятно как извернулся, и тонкий конец посоха ткнул Влашека в грудь так, что потемнело в глазах. Влашек изловчился, сграбастал парня за рубаху, рванул, ударил... и опять промазал: тот присел, коротко двинув плечом, вырвался, и в следующий миг посох, описав дугу, ударил Влашека под колени. Тот рухнул на спину и остался лежать, ошалело вращая глазами.

"Влашко бьют!" — крикнул кто-то, и трое его приятелей бросились на подмогу. Кто-то потянул из плетня кол, его примеру поспешил последовать второй. Третий кол был вбит крепко, и последний из троицы — чернявый курносый недомерок — поспешил вслед за остальными с голыми руками. Из дверей корчмы, привлечённые шумом, показались головы любопытных поселян.

В двух шагах от рыжего незнакомца все трое остановились, напряжённо дыша и переминаясь с ноги на ногу, прикидывая, как сподручнее его обойти. Тот поднял взгляд, криво, невесело улыбнулся. Во рту его не хватало нескольких зубов.

— Дайте пройти,— сказал он.— Я не хочу с вами драться.

— Может, не надо? — спросил один из троих, покосившись на приятелей.— Он же сам...

— Че с ним цацкаться! — крикнул самый горячий, а может, просто самый пьяный из всех троих.— Бей его!

Троица ринулась в атаку.

Чужак шагнул вправо, влево, посох в его руках взметнулся, как живой, и пока замешкавшиеся драчуны соображали, что к чему, гибкий ясень уже гудел в воздухе, отбивая их беспорядочные удары, гуляя по спинам и бокам и сбивая с ног. Парень кружил, отступал, уклонялся, отбивался и бил сам, отделываясь царапинами и лёгкими ушибами, пока все трое не растянулись на земле.

И тут случилось неожиданное. Побивая буйную троицу, паренёк совсем забыл про Влашека. Тот меж тем поднялся, метнулся к нему и вцепился в его заплечный мешок, сам не зная, зачем. Пришелец машинально рванулся, ветхие завязки лопнули, и мешок остался в руках у растерянного Влашека. Секунду тот стоял на месте, соображая, что теперь делать, затем припустил бегом вдоль по дороге.

— Стой! — с отчаянием в голосе вскричал юноша.— Эй, погоди! Да стой же! Ах...— бросившись было за ним вдогон, он пробежал несколько шагов и остановился, бессильно застонав. И тут стало ясно, отчего его походка казалась такой странной.

Парень хромал. Хромал на правую ногу, несильно и даже как-то незаметно, но бежать он не мог.

Влашек убегал. Бросив посох, странник оглянулся на корчму, на три распростёртых тела, которые уже начинали шевелиться, кряхтя и охая, на появившихся на улице поселян, затем снова — на убегающего Влашека. Лицо его исказилось. Неожиданно он вытянул руку Влашеку вслед и выкрикнул какое-то непонятное не то ругательство, не то угрозу с раскатистым "Р" в середине слова.

Пальцы простёртой руки сжались в кулак.

Влашек бежал уже скорее из чистого упрямства, изредка оглядываясь и скаля зубы. Мешок болтался у него за спиной на уцелевшем ремне. И вдруг поселяне ахнули: ноги Влашека стали заплетаться, он ускорил шаги, но бежал уже почему-то назад. Спиной вперед.

— Ай-я!!! — взвыл он. Лицо его исказила гримаса. Тщетно пытаясь затормозить, он рухнул на дорогу, горстями хватая сухую желтую пыль, но неведомая сила волоком тащила его по земле назад, к месту драки, где стоял и словно бы вытягивал невидимую лесу угловатый рыжий паренёк. Пальцы Влашека чертили борозды в дорожной пыли, ломая ногти и сдирая кожу.

"Карваш!" — ахнули в толпе. Народ задвигался, зашептался. Кто-то бросился бежать, многие поразевали рты. Хмель быстро выветривался из голов. "Чур меня!", "Господи Исусе!".

...Опомнился Влашек лишь у ног незнакомца. Деревенские притихли, окружив обоих полукольцом, настороженно ожидая, чем всё это кончится. Подходить близко, однако же, опасались.

Парень оглянулся на них, присел, взял свой мешок, похлопал по нему, сбивая пыль. Встал, поднял с земли посох.

— Мир, поселяне! — устало сказал он.— Я не хотел драки... Где живет деревенский Голова?

Старый Шелег вышел вперед, подслеповато щурясь.

— Мир и тебе, путник. Я здесь старостой, говори, чего хочешь.

— За проход через вашу деревню и вправду надо платить?

Влашек закряхтел, зачем-то посмотрел на свои ладони. Пальцы были в крови. Трое его приятелей, потирая ушибленные бока, угрюмо стояли поодаль. Шелег нахмурился.

— Вы, трое,— он поманил пальцем,— сказывайте, как дело было. Кто свару затеял? Говори ты, Илеш.

Длинный и тощий Илеш замялся:

— А что — мы? Ну, Влашко, он же пошутить... Да дурость это все... вот...

ОСЕННИЙ ЛИС

— А я сразу понял,— торопливо затараторил самый младший из них,— не, когда он меня дубиной... это... Я сразу понял — неспроста это! Он, поди ж ты, один против нас, а я... а мы... А я его...

Затрещина прервала словесный водопад.

— Угомонись,— рассудительно сказал третий приятель, опуская руку. Все кругом невольно заулыбались — троих забияк отлично знали в деревне. Ухватистый темноволосый Балаж, получивший в драке невиданных размеров фингал под глаз, оглядел односельчан и опустил взгляд.

— Да сам Влашко полез,— нехотя признал он.— А мы не разобрались спьяну, что и как. Оно, конечно, зря полезли. Волох это, не иначе. А только прав он, че говорить...

— Волох, не волох, а задираться не след! — Шелег оглядел побитую троицу.— Хороши богатыри, неча сказать — один малец четверых побил... Звать-то тебя как, прохожий человек?

— Жуга,— поколебавшись, ответил тот, роняя ударение на "а". Все невольно посмотрели на его рыжую шевелюру, смекая, что к чему.

— Влашек озоровал,— признал старик.— Хоть и вырос, да ума не нажил. А и ты тоже хорош — где кудесничать решил! Ты смотри, не балуй! А за проход да погляд денег не берем — дело известное... Откуда идешь, да чего ищешь?

— На постой остановиться хотел, да работу сыскать на время. А сам с гор я, иду издалека, долго рассказывать.

Шелег нахмурился, пожевал усы.

— Ну, добро,— наконец решил он.— Поступай, как знаешь, мы угроз чинить не будем... Да крест-то есть на тебе? — вдруг спохватился он. Жуга кивнул, похлопал себя ладонью по груди. Старик совсем успокоился. Зашевелились и другие — мало ли что на свете бывает!

— Ну, пошли, что ль,— сказал Шелег и первым направился в кабак. Остальные поспешили за ним. Илеш задержался на секунду, наклонился к Влашеку.

— Слышь, ты это... вставай,— неуверенно сказал он, словно боялся, что тот уж никогда больше не встанет. Влашек оперся оземь дрожащими руками, поднялся на четвереньки, затем встал во весь рост.

И только теперь заметил, что штаны у него мокрые.

Насквозь.

* * *

Корчма была светлой, с белёными стенами и низким, но чистым потолком. В воздухе витал холодный табачный дым — многие, вернувшись, снова закурили трубки. Летали мухи. На столах тут и там стояли глиняные кружки с недопитым пивом. Жуга направился в угол у окна, сел за стол. Поселяне с легким опасением поглядывали, как он развязывает мешок. На столе появились хлеб, лук, кусок козьего сыра, короткий, с резной ореховой рукоятью нож. Видимо, деньги у прохожего паренька всё таки водились, что бы он там ни говорил Влашеку. Кабатчик — добродушный лысоватый толстяк по имени Михеш, сейчас, правда, несколько мрачноватый, подошел к нему, когда о доски столешницы звякнула медная монетка.

— Будь здоров, путник,— сказал он.— Чего желаешь?

— Будь и ты, хозяин,— сказал он.— Почем пиво твое?

— На менку кружку налью...— монета не двинулась с места.— Э-э... две,— поспешил поправиться тот. Кругом заусмехались.

— Годится,— одобрил Жуга.— Принеси одну.

Менка скрылась в кошеле у Михеша, а перед пришельцем появилась глиняная кружка с шапкой пены и полушка на сдачу. Жуга пригубил, кивнул довольно: "Доброе пиво", и принялся за еду. Ел он неторопливо, совершенно обыкновенно, и вскоре это зрелище всем наскучило. За столами возобновились прерванные разговоры, сдвинулись кружки. Кто-то засмеялся чему-то. Забрякали кости в стаканчике.

— Хлеб да соль,— послышалось рядом.

Жуга поднял взгляд.

У стола его стоял такой же, как и он парень лет двадцати, с курчавой русой бородой, одетый в длинную чёрную свитку. Кружку свою он уже поставил на стол и теперь усаживался сам на скамейку напротив. Жуга не стал возражать, лишь кивнул в ответ.

У его нового собеседника были весёлые карие глаза, добродушное лицо и длинные волосы, некогда, впрочем, подстриженные "под горшок". Сложением он был покрупнее, чем Жуга, а вот в росте уступал заметно; говорил он, сильно окая, и вообще, выглядел не здешним.

— Меня Реслав зовут,— меж тем продолжал тот.

— Жуга,— кивнул Жуга.

— Откуда родом будешь?

Жуга обмакнул луковое перо в солонку, с хрустом сжевал. Запил пивом. Ничего не ответил, лишь покосился мельком на посох у стола — здесь ли. Но собеседник оказался не из обидчивых.

— Я сам-то с севера, с Онёры-реки, может, слыхал? Тоже, вот, брожу по свету. Видел я, как ты драчуна-то потянул. Ловко! Где волхвовать-то сподобился?

— Где, про то долго рассказывать,— нехотя сказал тот,— да и зачем тебе?

Реслав широко, по-доброму улыбнулся.

— Это можно. Ходил я в Марген, к Тотлису-магу, думал колдовской премудрости обучиться, потому как сызмальства к наукам тягу имею...

Жуга так резко вскинул голову, что мелькнул в разлёте волос шрам на виске.

— К магу...— прошептал он, и уже нормальным голосом спросил: — И что у мага? Учился?

— Да в учениках у него недолго пробыл,— усмехнулся Реслав.— Как деньги кончились, уйти пришлось. Может, ещё поглядел бы этот маг, оставить меня при себе, или обождать, да приятель мой — Берти Шварц, бестолочь, даром что папаша у него богатый — взорвал всю его лабораторию, ну, Тотлис и осерчал. Я в чудесах не мастак, но чему успел — научился, потому и интересуюсь — ты тоже, вижу, в этом кумекаешь.

Жуга слегка расслабился, черты его лица смягчились.

— С гор я иду,— сообщил он.

— Это-то я вижу, что с гор,— кивнул Реслав.— Посошок, вон, твой на макушке стертый, там, где валашка была — топорик ваш горецкий... А вот какого ты роду-племени, в толк взять не могу. На волоха вроде не похож. Карваши, хоть и с ведовством знаются, черноволосые все, как дегтем намазаны. Вазуры одеваются не так и бороду носят, а у ладов серьга в ухе и ростом они пониже тебя... Кто ты будешь?

— У волохов я рос,— Жуга отодвинул кружку,— а что лицом с ними не схож — не моя в том вина. Как отца с матерью звали, то мне не ведомо — подкинутый я. Старик один меня вырастил — сам травознай да заговорник был, он и учил всему, что знаю... Потом пастухом был. Такое вот...

— А-а...

Реслав помолчал, заглянул в кружку, покачал на ладони тощий кошель. Вздохнул.

— Лет-то тебе сколько?

Жуга пожал плечами:

— Я не считал, другие — и подавно. А тебе?

— Мне-то? Девятнадцатый идёт... Ты, я слыхал, подработать хотел?

— Было дело.

— А что ты делать умеешь? Грамоту, цифирь знаешь?

— Какой же пастух счёта не знает! Только, наверное, ни к чему это здесь. Что умею? Ну... Пасти могу, само собой. Белить-красить тоже. Дрова рубить могу, сено косить... Изгородь ставить...

— А крышу?

— Что?

— Крышу крыть можешь? Меня тут один хуторянин зазывал — хату у него наново перекрыть нужно. Я бы взялся, да одному вот несподручно. Видишь, вон он сидит, усатый.

Жуга печально покачал головой:

— На крыше не смогу,— он похлопал ладонью по ноге,— боюсь: не дай бог грохнусь, колено век не заживёт.

Реслав посмотрел с пониманием, кивнул.

— Где калечил-то? — спросил он. Жуга закряхтел, но ничего не ответил.— Ну, ладно, на крышу я сам полезу. Снизу-то подмогнёшь?

— Надо думать... А платят сколько?

— Сейчас прознаем...— Реслав повернулся к соседнему столу.— Довбуш! Эй, Довбуш!

Через полчаса оба уже шагали вслед за Довбушем на недалёкие выселки, подрядившись работать за харчи, ночлег и десять менок на брата — хозяин клюнул на дешевизну.

ОСЕННИЙ ЛИС

Стемнело. Высыпали звезды, яркие, мерцающие в теплом воздухе. Реслав старался не спешить, приноравливаясь к спутникам. Жуга, казалось, видел в темноте что твоя кошка, в то время как хуторянин поминутно спотыкался и поругивался втихомолку. Довбуш был полноват, пыхтел, отдувался — немудрено, что он сам не мог починить крышу.

— Эй, чудодей, как там тебя... Жуга! — окликнул он.— Посветил бы — луны-то нет сегодня... А, пропасть...— нога его попала в очередную колдобину. Жуга задумался на секунду.

— Альто-эйя,— негромко сказал он. Макушка его посоха осветилась синеватыми сполохами. "Эва!" — ахнул позади хуторянин. Жуга повел пальцами, попытался сделать свет поярче, но добился лишь того, что тот вообще погас.

— Ах, незадача,— Реслав остановился.— Теперь не повторишь. Ну-тко, я попробую,— он забормотал что-то вроде: "Это сюда... надыть на конец, значит... От... Ага...", затем скомандовал: "Эт'Северерес!" и замер в ожидании результата.

Перед лицом его заплясал в воздухе на тоненьких своих крылышках ночной светлячок. Реслав крякнул смущенно. Довбуш хохотнул.

Появилась вторая светящаяся точка. Через миг к двум добавилась третья, пятая, десятая. Вскоре перед Реславом клубилось, плясало в воздухе целое светящееся облачко. "Хватит! Довольно!" — замахал он руками, но облако продолжало расти. "От чёрт!" — ругался теперь уже Реслав, отмахиваясь от мошкары, и лишь когда все трое добрались до хаты Довбуша, махнул рукой: "Сгинь!", и светлячки рассеялись в ночи.

— Ну, это...

— Да, дела,— крякнул хозяин.— Вы тут со своими наговорами не очень-то, не очень! И мне спокойнее будет, и вам охоты озоровать меньше.

Для ночлега Довбуш выделил обоим сеновал. Реслав долго ворочался, бормотал что-то, шлепал комаров. Окна хаты давно уже погасли. Где-то далеко стонала ночная пичуга.

— Жуга,— позвал Реслав.— Эй, Жуга! Или спишь?

— М-мм... чего?

— Я всё спросить хотел — если у тебя в мешке всякая там дребедень, что ж ты на задиралу того так осерчал?

— Травы у меня там,— сонно ответил Жуга,— колено лечить, да и вообще. Я и забоялся — ну как этот дундук со злости всё повыбрасывает, денег не нашедши... Можно, конечно, ещё потом насобирать, но ведь год на это уйдет... А зачем ты два "ре" в наговор поставил?

Реслав смущенно заворочался.

— Это когда "Северерес"? Ну, эт-та... навроде эха, значит. Эх, забыл, как по-научному. Ранез... Ноза... Чтоб сильнее было, в общем. Ах, леший! — он даже сел, с шорохом разметав сено.— Так вот отчего светляков не остановить было!

Жуга помолчал.

— Мудрено,— наконец сказал он.— А цвет?

— Жёлтый... Как глина.

— Мудрено,— задумчиво повторил Жуга.

Реслав вдруг захихикал, толкнул приятеля локтем.

— Слышь, Жуга, а как ты битюга этого заставил... ну, это... в штаны, а? Как, а?

— Не заставлял я,— засопел тот.— Сам он...— и тоже засмеялся. Смех его был тихим, словно бы шуршащим, но искренним. Отсмеявшись, оба зарылись поглубже в сено и погрузились в сон.

В раскрытых дверях сарая показался неясный сгорбленный силуэт, постоял секунду-другую, прислушиваясь к доносящемуся сверху сопению спящих, и исчез бесшумно, будто и не был вовсе — только ветерком повеяло. Где-то в деревне — еле слышно было отсюда — забрехал пёс, и всё стихло.

Ночь вступила в свои права.

* * *

Реслав проснулся поздно и некоторое время лежал неподвижно, полузакрыв глаза. Вставать не хотелось. Под высокой шатровой крышей плясали в солнечных лучах мелкие пылинки — кровля была худой. "Уж не её ли мы чинить подрядились?" — мелькнула беспокойная мысль, мелькнула и пропала, но намётанный глаз деревенского паренька уже высматривал сам собою дыры и прорехи — вот тут закрыть нужно, и тут, и вот тут... А здесь и вовсе — перестилать...

Потревоженный раздумьями, сон ушёл окончательно. Реслав сел, разбрасывая сено, потянулся. Зевнул. Осмотрелся по сторонам.

Жуга исчез. Примятое сено ещё хранило форму человеческого тела, но и только. "Ранняя пташка!" — одобрил Реслав и, подобрав полы длинной своей свитки, подполз к краю сеновала и потянул к себе лестницу.

Жуга отыскался во дворе. Длинный и поджарый, одетый в одни лишь выцветшие штаны, он только что вытянул из колодца ведро воды и теперь умывался до пояса, шумно фыркая и тряся головой. Брызги летели во все стороны. Взгляд Реслава скользнул по его спине, невольно задержавшись на чудовищном шраме — такой же белёсый и рваный, как остальные, он косо спускался от шеи через лопатку и исчезал, немного не доходя до правого бока. Мышцы здесь срослись неровно, и спина у Жуги казалась слегка искривленной. "Эва, как приложило! — ошеломлённо подумал Реслав.— Может, и рёбра поломало... Чем же это?"

Сейчас, без рубашки Жуга казался вовсе даже не худым. Мускулы его сидели как-то по-особенному плотно и ладно, жира не было вовсе — он казался гибким и ловким. Реслав, коренастый и широкоплечий, как все северяне, никогда не видел ничего подобного. Заслышав шаги, Жуга обернулся.

— А, Реслав! — рыжие его волосы топорщились, словно пакля.— Долго спишь, скажу я тебе.

— И тебе доброе утро. Куда спешить-то? — Реслав, тем не менее, почувствовал себя слегка уязвлённым. Вдобавок, собственная одежда после ночёвки в сене показалась ему вдруг мятой и пыльной до безобразия. Стянув свитку через голову, он остался в одних портках и пододвинул к себе ведро.

— И то верно,— согласился Жуга и огляделся.— Какая крыша-то? Эта, что ли?

— А? — Реслав покосился на хату Довбуша. Кровля и впрямь была — хуже некула; рядом, под навесом лежала на земле большая копна свежей соломы на перестилку.— Может, и она... Фс-сс-с!

Вода оказалась очень уж холодной. На миг у Реслава перехватило дух, но затем он вошёл во вкус, вымылся с головой и лишь после этого напялил свитку, предварительно её встряхнув. В воздухе облачком заклубилась пыль, бродившие по двору куры в панике бросились врассыпную.

Жуга, отставив больную ногу и задравши голову, рассматривал из-под ладони крышу хаты. На голой его груди, на волосяной верёвочке висел крестик из прозрачного жёлтого камня, похожий на букву "т" с ушком на верхушке. Реслав опять же видел такое впервые, но камень признал сразу — электрон. Он подошёл ближе и снова не удержался — покосился на шрам. Словно почувствовав, Жуга обернулся, перехватив его взгляд.

— Кто это тебя так? — неловко спросил Реслав.— Звери?

— Люди,— угрюмо буркнул тот и, подумав, добавил непонятно: — И земля.

— А-а...— протянул Реслав.

— Эй, работнички! — послышалось за воротами. Оба обернулись.

Довбуш на телеге, влекомой серой в яблоках лошадью, привёз ещё целый ворох соломы, остановился посреди двора, скомандовал: "Сгружайте, я сейчас!" и направился в дом. "Ганка! Хэй, Ганка!" — послышалось затем. "Оу!" — отозвался звонкий девичий голосок. "Еды работникам дашь, нет?" — "Несу!"

Реслав сбросил под навес очередную охапку соломы, поднял руку утереть пот со лба, да так и замер. "Эй, ты че..." — начал было Жуга и тоже смолк.

Перед ними, с глиняной миской в руках стояла Ганна.

Стройная, загорелая, с лентой в волосах, в простой домотканой юбке и вышитой рубашке, она была необыкновенно, чудо как хороша! Чёрная коса, небрежно переброшенная через плечо, юная грудь, так и распирающая рубашку, алые губы, а глаза... Казалось, в ней было всё очарование юности в тот момент, когда в девочке просыпается женщина, и чувствовалось — Ещё год-полтора, и не будет краше неё никого во всей округе. Реслав почувствовал, как бьётся сердце, и подумал, что ещё миг — и он утонет в этих больших, широко раскрытых, васильково-синих...

— Ну, что уставились? — рассмеялась она, поставила миску наземь, снова сбегала в дом и тотчас же вернулась с двумя ложками, краюхой хлеба и большим арбузом: "Ешьте, работяги!", сверкнула напоследок белозубой улыбкой и исчезла окончательно.

— Дочь его? — спросил Жуга, глядя ей вослед.

— Н-да...— вздохнул Реслав.— "Хороша Маша, да не наша..." Слыхал я про Довбушеву дочку, но такой красоты увидеть не чаял!

— А что так? Что она?

— Да Балаж вроде как к ней посвататься хочет по осени. Слыхал я краем уха, что и он ей люб. Вот...

— Да...— Жуга кивнул, улыбнулся невесело о чем-то своем.— А хороша!

— Истинный бог, хороша! — согласился Реслав.

В миске оказалось густое крошево из овощей, яиц и лука, щедро сдобренное солью и сметаной и залитое холодным квасом. Приятели быстро очистили миску до дна, умяли хлеб и разрезали арбуз. Тот оказался красным и сладким. Реслав довольно крякнул — Довбуш оказался щедрым на харчи. Жуга тем временем позвал хозяина.

— Закончили трапезничать? — осведомился тот.

— Воды горячей не найдется ли? — спросил Жуга.

— Сколь тебе?

— Кружку... Нет, две.

Довбуш скрылся в избе, вернулся с дымящей крынкой.

— На. Да не мешкайте — солнце уж высоко.

— Уж постараемся,— заверил его Реслав и поволок с сеновала лестницу.

Жуга развязал свой мешок, разложил на доске связки сухих трав и кореньев. Заинтересованный, Реслав подошел поближе. Тут была полынь, тысячелистник, веточки можжевельника с ягодами, костенец, остролодочник, горец. Чуть в стороне лежала пижма, бедреннец-камнеломка, карагана, кора с какого-то дерева и ещё много трав и корешков, названия которым Реслав не знал. Жуга отлил кипятку в миску, бросил каких-то трав, положил чистую тряпицу. В крынке тоже заварил что-то темно-коричневое, с колючим мятным запахом. Настой из крынки выпил, а тряпкой, завернув штанину, повязал колено. На всё про всё ушло минут десять, после чего травы снова скрылись в мешке.

— Ну, пошли, что ли...

Реслав приставил лестницу и полез на крышу.

* * *

За день сделали почти четверть всей работы. Крыли в два слоя. Реслав скидывал старую солому, киянкой подколачивал где надо стропила, укладывал новые вязки, тугие, золотистые, пахнущие терпкими летними травами.

Босоногий рыжий Жуга суетился внизу, подгребая солому, увязывая её в пучки и споро подавая наверх. Отсюда, с крыши его хромота была особенно заметна.

ОСЕННИЙ ЛИС

Вечером, отужинав кашей с маслом и молоком, сдали работу хозяину и залезли спать на сеновал.

Так прошло два дня. Работа двигалась помаленьку. Жуга каждое утро заваривал свои травы. Легконогая Ганка появлялась то тут, то там, успевая по хозяйству, и исчезала по вечерам — то и дело у ворот мелькал Балаж. Реслав часто глядел ей вослед, вздыхал; Ганка смеялась, ловя его взгляды, подшучивала над неуклюжестью Реслава, над рыжей шевелюрой Жуги.

Как вскоре узнали друзья, Довбуш был вдовцом, и дочка вела всё его домашнее хозяйство — кормила кур и скотину, смотрела за домом, готовила еду. Реслав предложил было прогуляться в корчму — попить пивка, послушать поселян, но Жуга отказался, и он тоже не пошёл. Был Жуга молчалив и мрачен, и лишь по вечерам долго лежал с открытыми глазами и чему-то грустно улыбался.

Третий день выдался таким же погожим и ясным, как и прежние. С утра пораньше взялись за крышу, а к полудню в гости наведался сосед — долговязый усатый Янош-закорючка, местный сплетник.

— Здорово, Довбуш! — с порога начал он.— Новости-то слыхал?

— А что?

— Пёс у Юраша сдох.

— Ну, сдох и сдох, мне-то что? — бросил беспечно Довбуш, и вдруг насторожился.— Погоди-ка, погоди... У какого Юраша? Того, что с околицы?

— У него, у него,— закивал тот, присел на лавочку, вынул трубку и закурил.— совсем ещё молодой пёс был — двух лет не исполнилось.

Заинтригованный, Жуга отложил недовязанную кучу соломы, прислушался к разговору. Янош покосился на него, понизил голос.

— Отравили, может? — предположил Довбуш.— Злодий какой повадился?

— Может, и отравили,— согласился тот.— А может, и нет. А скажи-ка ты мне, друг Довбуш, работнички-то твои не озоруют? А то — гляди, мало ли что...

— Бог с тобой! — Довбуш оглянулся на Жугу с Реславом.— Добрые хлопцы, и работают споро... Не они это.

— Как знаешь. А только сказывают, не травил пса никто. Слышал, как выл он последние ночи? Леший балуется, люди говорят, как есть лешак! Не они ли накликали?

— Ты, эта... думай, что говоришь! — Довбуш перекрестился.— Тьфу на тебя. Не зря тебя, Янош, закорючкой прозвали. Ну, сдох пёс — эка невидаль! А ты сразу — леший...

— Ну, сам посуди — все повадки его! Собаки с цепей рвутся, молоко киснет у коров. Крынки на заборах кто-то бьет, грядки топчет...

Теперь уже и Реслав перестал работать. Заметив это, Янош засуетился, поспешил сменить тему, и вскоре, сославшись на какие-то дела, ушёл.

— Н-да...— заметил Реслав.— Неладное творится. Что скажешь, Жуга?

— Не знаю...— тот нахмурился, поскрёб пятернёй босую пятку.— Что до собаки — так ведь и вправду выла. А только... Только не было Хозяина в деревне.

— А ты почём знаешь?

— Знаю... и все,— отрезал тот.— Не *Хозяин* то был.

— А кто ж?

Жуга промолчал, скрутил очередную вязку соломы, забросил на крышу.

— Не к добру всё это,— пробормотал он.— Не к добру.

Неожиданная мысль пришла Реславу в голову.

— Жуга! — окликнул он.— Слышь, Жуга, отчего тебе не сделать так, чтобы вязки наверх... ну это... чтобы сами летали, а?

— Тебе надо, ты и пробуй...

— Да ты не обижайся! я ж серьёзно. Сложный наговор, боюсь, не рассчитаю.

Теперь уже Жуга заинтересовался. Свернув очередную связку, он положил её на землю и отошёл в сторонку. Похромал вокруг, нахмурившись, затем вытянул руки и пошевелил пальцами.

— Велото-велото,— начал он,— энто-распа!

Вязанка пошевелилась слабо, будто в ней кто сидел — хомяк, там, или крыса, но с места не двинулась. Реслав с любопытством наблюдал сверху за его действиями. "Не то..." — пробормотал Жуга и снова произнес что-то, не менее заковыристое. Реслав почувствовал, как в воздухе разлилось какое-то напряжение, но вязанке, видимо, и этого было мало.

— Тут, ежели по-синему брать...— начал было Реслав, но Жуга отмахнулся: "Погоди!"

— Виттеро-авата-энто-распа! — выкрикнул он.

Вязанка зашевелилась и вдруг вспыхнула с торцов яркими язычками пламени, занялась и заполыхала. Жуга ахнул и принялся затаптывать огонь, пока не начался пожар. Реслав кубарем скатился с лестницы, метнулся до колодца, подоспел с ведром воды, и совместными усилиями вязанку потушили.

— Ф-фу,— облегченно вздохнул Реслав.— Переборщили малость.

— Да, сплоховал я,— признал Жуга,— зелёный не надо было брать.

— Травник ты, Жуга,— с неодобрением заметил Реслав.— И наговоры у тебя чудные. Тотлис меня как учил — семь трав есть, силой наделенных, остальные стихии в камнях ищи — минералах да металлах разных... Электрон, вон, смотрю, сам носишь, а заговоры не по науке строишь.

— Не обучен я наукам,— буркнул Жуга.— А что до трав — то каждый корешок свою силу имеет. Ты, эвон, смотрю, каждый наговор по пальцам считаешь, словно овец — то туда, это сюда... А я так не могу — что в голову приходит, то и говорю.

— Нешто наугад? — поразился Реслав.— Как так?

— Всяко бывает,— Жуга покосился на вязанку.— Не знаю, как. Чую иногда аж до дрожи — верные слова, вот и получается. А ты, школяр, что ж сам-то сказать не мог?

Реслав вздохнул:

— Не обучен я такие длинные вирши составлять. Не успел...

— Я вот тоже хотел в обучение пойти,— задумчиво произнес Жуга.— Да вот, на тебя посмотревши, что-то раздумал. Так ли уж умен был маг-то твой? Семь трав — скажешь тоже... А этот ещё... что за эрон такой?

— Электрон? Да камень жёлтый, морской. Крестик у тебя из него сделан, иль не знал? Эллинское слово.

Жуга нахмурился.

— Про крест не ведаю — сколько себя помню, всегда он при мне был. Может быть, и этот... электрон. Ну, ладно, хватит языки чесать. Лезь, давай, наверх — может, закончим сегодня.

— Дай-то бог...

* * *

Реслав работал на крыше и потому первым заметил неладное: от деревни к выселкам Довбуша направлялась толпа человек в двадцать, одни мужики. Шли быстро, возбужденно жестикулируя и размахивая руками. Возглавлял шествие всё тот же вездесущий Янош.

Жуга вскоре тоже их заприметил.

— Плохо дело,— отметил он.— Уж не по наши ли души идут?

Реслав промолчал от греха подальше, лишь свернул аккуратно свитку и положил в сторонку.

В ворота застучали.

— Довбуш! Открывай, Довбуш! — крикнули оттуда.— Беда!

Довбуш поспешно откинул засов, и толпа ворвалась во двор.

Первым вбежал Балаж, сразу же за ним другой старый знакомый — Влашек. "Вон они!" — крикнул он, завидев Жугу с Реславом.

— Что? Что стряслось? — метался Довбуш меж пришедших.

— Ганка пропала, Довбуш! — выкрикнул Балаж.— Сгинула, прямо у меня на глазах — как вихорь унес, вот те крест!

Жуга вздрогнул, вскинул голову. Желваки на его лице задвигались.

Довбуш отшатнулся, побелел, схватил Балажа за рубашку.

— Да ты в уме ли?! — вскричал он.— Видано ли такое? Ты пьян, должно быть! Где Ганна?!

— Он-то, может, и пьяный,— вмешался Янош,— да только вот у Григораша мать не пьёт! Рядом была, всё видела — правду Балаж говорит, ведовство это! Где... а, вон они стоят!

Взгляды толпы остановились на двух работниках. Воцарилась тишина.

— Ваших рук дело? — выкрикнул Влашек.— Сказывайте, куда Ганну девали?

— Ты погоди кричать-то! — ответил за обоих Реслав.— Объясни сперва толком, что случилось! Как так пропала? Когда?

Толпа зашевелилась, загомонила. "Да они это!", "А ну, как нет?", "Вяжи, братва, после разберемся!"

— Булут бить,— тихо сказал Жуга, придвинувшись к Реславу. В руках его был посох.

— Думаешь? — покосился на него Реслав, нахмурился.— Может, не будем драться? Сами пойдем?

— Всё равно будут бить. Это не люди. Стадо... Сейчас начнется. Бей без ножа.

Толпа, угрожающе притихнув, надвинулась с двух сторон. Друзья оказались стоящими спиной к спине. Жуга перехватил поудобнее посох. Реслав сжал кулаки.

— Хромого — мне! — крикнул Влашек и первым ринулся в драку.

Остальные устремились следом. Говорить с ними было уже поздно.

Жуга отступил в сторону, взмахнул посохом. Кто-то взвыл от боли, схватился за ушибленную руку. Реслав сперва бил вполсилы, но затем разозлился и разошелся. Напиравший больше всех Влашек схлопотал пару-тройку ударов по голове, свалился, за ним последовали ещё трое, но потом селяне навалились скопом, сбили с ног. Реслав и на земле отбивался, словно медведь. Жуга, весь изодранный и исцарапанный, продержался чуть дольше — его никак не удавалось схватить. Слышалось пыхтение, мелькали руки, ноги, колья из плетня. "Верёвку, верёвку давай! — кричал кто-то.— Вертлявый, чёрт рыжий!", "По ногам бей, по ногам!", "Кусается, с-сука!"

Через несколько минут всё было кончено — связанных по рукам и ногам пленников притащили в деревню и бросили в сарай возле дома Балажа.

— Посидите пока тут,— презрительно бросил Влашек.— Если Ганну не отыщем — пеняйте на себя, чудодеи говенные! А вздумаете озоровать ещё — прибьем, ясно?

Примерившись, он отвесил Жуге сильный пинок под ребра и вышел, хлопнув дверью. Лязгнул засов.

Реслав с трудом перевернулся на спину, извиваясь, как червяк, прополз к стене. Сел, пошевелил связанными за спиной руками — крепко... Сплюнул, пощупал языком шатающийся зуб.

— 'От сволочи,— пробормотал он.— Словно и впрямь не люди. Жуга! Ты как там? Эй, Жуга!

Жуга молчал. Реслав забеспокоился было, уж не насмерть ли забили его приятеля, но тут в темноте раздался его тихий, шелестящий смех.

— Пошто смеёшься?

— Вот и спрашивай теперь... про старые рубцы,— послышалось из угла. Присмотревшись, Реслав разглядел в сумраке его нескладный силуэт. Извиваясь совершенно немыслимым образом,

Жуга ухитрился встать и пропрыгал к Реславу. Упал рядом, придвинулся спина к спине:

— Попробуй мне руки развязать.

— Может, наговор какой? — неуверенно предложил Реслав.— Само развяжется?

— Не хватало, чтоб ещё верёвка загорелась... Ну, как?

Реслав некоторое время на ощупь пытался развязать ему руки, пыхтел, ругнулся, сломав ноготь.

— Не... Крепко связали.

— Ч-чёрт...— Жуга повел плечами.— Без рук ничего не могу. Ты-то цел?

— Вроде...— Реслав прислушался к своим ощущениям.— А как там твоя нога?

— Как всегда,— буркнул тот.

— Слышь, Жуга,— позвал Реслав.— Как ты думаешь, куда Ганка подевалась?

Жуга промолчал.

* * *

Стемнело.

В томительном молчании тянулись ночные часы. Свитка Реслава осталась на дворе у Довбуша, и его нещадно ели комары. Жуга был в рубахе, но и он то и дело кривил губы, сдувая назойливых кровососов. Руки и ноги у обоих затекли. Хотелось пить.

— Как думаешь, Жуга, что с нами сделают? — наконец нарушил молчание Реслав.

— Коли Ганку не отыщут, то прибьют, наверное,— нехотя отозвался тот.— А с судом ли, без — всё едино.

— А ежели отыщут?

— И тогда хорошего не жди...

— Да...— Реслав помолчал.— Знать бы, что на деле случилось! Может, спросить... Кто там, на страже? — он подполз к дверям, несколько раз гулко ударил пятками в доски.— Эй, караульный!

Послышались шаги, скрипнул засов.

— Че тебе?

Реслав крякнул досадливо: Влашек!

— Выйти надо,— буркнул он.— По нужде.

— Лей под себя, погань,— процедил тот сквозь зубы и захлопнул дверь. Шаги смолкли.

— У, морда...— Реслав сплюнул, подвинулся к стене.— Этот расскажет, жди, дожидайся... Эх, угораздило!

Некоторое время оба молчали. Реслав привстал, попробовал дверь плечом на прочность — устояла. За стенками сарая назойливо трещали цикады — ночь выдалась тёплая и светлая. В маленькое окошко под потолком виднелся клок звездного неба.

— Полнолуние сегодня,— словно услыхав мысли Реслава, сказал Жуга.— Для нечисти самое раздолье.

— Так ты думаешь, что Ганка...— начал было Реслав и смолк.

— Ведьма? Ты это хотел сказать? Нет. Наоборот, пожалуй...

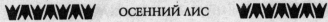

— Откуда ты знаешь?
— Оттуда...
Опять воцарилось молчание.
— Жуга,— позвал Реслав. Ответа не было.— Жуга!
—Чего тебе?
— За что они нас так? Мы же ничего плохого не сделали... Неужто ворожба — такой грех?
Жуга засопел сердито, заерзал.
— Может, и грех...— наконец сказал он.— Хрен его знает.
— А я так думаю,— продолжил Реслав,— ежели дано умение, значит — так и надо, и винить тут некого. Разве что — из зависти.
— Когда-то и я так думал,— пробормотал Жуга.— Умение! Эк сказал... Попробуй разберись только — награда это или наказание. Нам самим не понять, а остальным — и подавно... Спроси, вон, у Влашека — он тебе растолкует, что к чему. Эх, руки связаны!
— Жуга!
— Ну?
— Расскажи о себе.
Жуга блеснул белками глаз, опустил голову.
— Зачем?
— Сдается мне, ты что-то знаешь про Ганну, да и вообще. Откуда ты? Чего ищешь? Почему с гор ушёл? Может, навредил кому?
— Вреда не чинил,— криво усмехнулся Жуга,— да только люди сами на тебя грех повесят, дай только повод. Дед Вазах всё понимал. Много знал старик, ох, много...

Жуга говорил медленно, нехотя, словно пересиливая боль, часто сглатывал сухим ртом, умолкал на полуслове, глядя в темноту и думая о чем-то своем. Реслав слушал, затаив дыхание.

Жуга и вправду был подкидышем. Старик Вазах — деревенский знахарь — взял его к себе. Маленькая деревушка высоко в горах, козы да овцы — вот и вся жизнь у горца. Жуга рос, непохожий на других детей — длинный, рыжий, молчаливый. Был он сметлив не по годам и знахарскую премудрость усваивал быстро и с охотой, а со временем пришло к нему и умение. Да и Вазах заметил в приемыше какую-то силу: и наговоры его были крепче, и дело ладилось лучше. Сам всё творил, по чутью своему. Как подрос — пошел в пастухи, отличился и тут. У других то овца пропадет, то волк повадится, то болезнь какая стадо косит, у Жуги — словно бережет кто. А своим так и не стал среди волошеских поселян — уважали, но и побаивались: не он ли, мол, на соседские стада порчу наводит?

Была в том селе одна девушка — дочь деревенского Головы. Всем взяла — и красой, и умом, и умением, да замуж всё не спешила. Парни из соседних селений свататься приходили, да всё без толку.

— Ну, а ты? — спросил Реслав, когда Жуга умолк.

— А что — я? — горько усмехнулся тот.— Они все на приданное зарились, да на хозяйство. А я... Любил я ее, понимаешь? Любил я Мару!

— А она?

— Бог её знает... Встречались, верно. А только глупо все. За меня, сироту, только рябая пойдет — кто я такой? Пастух, приемыш, травник-недоучка... дурак рыжий... Отец её не позволил бы.

Реслав вдруг почувствовал, как что-то тревожное, непонятное ширится и растет в груди. Страх! — внезапно понял он. Зачем же спустился в долину этот странный паренёк с глазами древнего старика?

— С ней что-то случилось? — словно по наитию спросил он.

Жуга вскинул голову:

— Откуда ты знаешь?! А, не всё ли равно...

В тот вечер Жуга встретился с Марой в последний раз. Они расстались перед тем, как стемнело. Больше её никто не видел, лишь слышали за околицей чей-то крик, да полуслепая бабка Ляниха божилась, что "вихорь девку унес". Искали — не нашли.

— А ты, стало быть, на поиски ушёл? — предположил Реслав.

— Н-не совсем,— замялся Жуга.— Тогда, в горах, всё также было — людей ведь долго поднимать не надо, кликни только — все налетят, и крайнего найдут, и судилище учинят... На меня поклеп и навели. Вазах заступился было — не пощадили и его. Много ли старику надо? Крепко били, в полную силу — со страху, должно быть; всем миром навалились, с камнями, с дубьем.

— А потом?

— Потом? — с усилием переспросил Жуга.— В лесу я прятался. Сдох бы, наверное, с голоду, да повезло — родник был поблизости, да лабаз я нашёл беличий — орехи, там, грибы... Как раны подживать стали, я в деревню ночью пробрался. Дом стариковский растащили, унесли кто что мог, только травы не тронули — я собрал, да посох, вот, взял...

У дверей сарая внезапно послышались тихие шаги. Заскрипел засов, дверь приоткрылась, и чей-то голос позвал: "Жуга! Реслав! Вы здесь?". Реслав сердито засопел — будто они могли быть где-нибудь ещё!

— Кого там принесло? — буркнул он.

— Это я, Балаж... Где вы тут?

Дверь открылась шире, в прямоугольном проеме показалась понурая фигура. Разглядев пленников в темноте, Балаж опустился наземь рядом с ними, обхватил голову руками и замер так.

— Чего пришёл-то? — спросил Реслав.— Нашли Ганну?

— Нет...— Балаж всхлипнул. Голос его дрожал.— Я Влашека домой услал, сказал — сам постерегу... Что мне делать теперь, а? Что?

Реслав не знал, что и сказать на это.

— Что ж ты...— в сердцах бросил он.— Сам же кашу заварил, а теперь к нам... тьфу, пропасть...

— Не я это! Янош, старый чёрт... Как в тумане все! Ганна! Ганночка моя! — он рванулся вперед, схватил Реслава за плечи, затряс.— Помоги, Реслав! Жуга! Меня Довбуш послал к вам, говорит, не виноватые вы! Что с Ганной? Где она?!

— Да не ори ты так! — поморщился Реслав.

Неожиданно подал голос Жуга:

— Селяне спят?

— По домам все...

— Проведи нас к Довбушу.

Балаж кивнул, вынул нож и перерезал верёвки.

В хате у Довбуша царил полумрак, лишь горела, потрескивая, свеча в глиняном подсвечнике, да теплилась у икон лампада. Темные лики святых еле виднелись сквозь слой копоти. Тускло поблескивал золоченый оклад.

Довбуш осунулся и словно бы постарел сразу лет на десять. Усы его обвисли. Грузный, хмурый, небритый, он сидел за столом, не шевелясь, и лишь поднял взор, когда скрипнула дверь. На столе перед ним стояла большая глиняная бутыль и кружка.

Реслав сел, растирая распухшие багровые запястья. В драке ему основательно расквасили нос, его усы и борода запеклись коркой засохшей крови. Заприметив в углу висящий на цепочке медный рукомойник, он оглянулся на Довбуша — тот кивнул — встал и принялся отмываться. Отпил воды прямо из носика, крякнул.

Жуга обошёл горницу, пощёлкал пальцами, остановился у икон. Обернулся.

— Кто заходил в хату? — резко спросил он.

Довбуш посмотрел удивленно.

— Никто...— покосился на Балажа.— Только он вот...

Он встал, достал с полки ещё три кружки, разлил из бутылки густое тёмное пиво, буркнул: "Пейте!", и снова сел. Жуга и Реслав жадно осушили кружки, Балаж лишь пригубил и отставил пиво в сторону.

— Ну, вот что,— начал Довбуш.— Верю, что вы тут ни при чем. Сказывайте сразу, можно ли Ганну сыскать?

Реслав посмотрел на Жугу, Жуга — на Балажа.

— Рассказывай по порядку,— потребовал Жуга.

Балаж нервно хрустнул пальцами, начал:

— Да почти нечего рассказывать. Ну, гуляли мы за околицей, как всегда, потом домой она пошла. Я вслед ей глядел, тут вижу: ровно рябью воздух подёрнулся, поплыло все, да страшно так, непонятно. Ганна остановилась, назад шагнула... Пыль да листья закружило, словно ветром, я сморгнул, рукой прикрылся на миг, а продрал глаза — нет ее... Нет — и все. А тут и Григораша мать заохала, запричитала — на крыльцо вышла крынку вымыть, да крынку-то так и грохнула. "Балаж! — кричит,— это что ж такое творится, господи боже!" Я туда, я сюда — нет Ганки! Я к Влашеку, а потом уж Янош прибежал...

Жуга нахмурился, побарабанил пальцами по столу.

— Где это случилось? — спросил он.

Балаж вытянул руку: "Там..."

— А где тот Юраш живёт, у которого пёс издох? В той же стороне?

Балаж побледнел, кивнул:

— Да.

Жуга встал, ещё раз осмотрелся. Глаза его возбуждённо блестели. Он вскинул руки, сплёл пальцы в хитрый узел, нахмурил лоб.

— Авохато! — вдруг воскликнул он.— Эванна-эвахор!

Пол хаты вспыхнул, замерцал голубыми сполохами. Балаж вскрикнул испуганно, влез с ногами на лавку. Довбуш разинул рот, перекрестился дрожащей рукой.

— Не двигайтесь! — крикнул Жуга, не расплетая пальцев.— Реслав, соль! Скорее!

Теперь стало видно множество пятен на глинобитном полу, больших и малых, светящихся, как гнилушки в лесу. Реслав метнулся к столу, схватил берестяную солонку, глянул вопросительно на Жугу.

— Бросай! — Жуга мотнул головой.

Реслав швырнул солонку оземь. Мелкая белая соль взметнулась в воздух, растеклась тонким облачком, осела на полу. Жуга разжал пальцы. Призрачное сияние погасло. Стало тихо, лишь под потолком зудели комары.

— Свят, свят...— Довбуш нащупал кружку, сделал несколько глотков. Балажа трясло.

Жуга взял со стола свечу, осторожно ступая, обошёл хату, внимательно глядя в пол, остановился, опустился на колени.

— Вот они! — сдавленно воскликнул он. Свеча желтым светом озаряла его лицо и руки.— Идите сюда, только осторожно!

Реслав, Довбуш и Балаж сгрудились у стены, где соль тонким слоем припорошила цепочку узких следов. Чьи-то ноги, обутые в мягкие остроносые башмаки, прошлись здесь от входа к печке, затем дальше — к иконам, и обратно к порогу. Реслав глянул в красный угол и похолодел: иконы были перевернуты.

Все четверо переглянулись.

— Кто это был? — спросил Реслав. Жуга покачал головой.

— Не знаю,— угрюмо сказал он.— Наверное, человек — Хозяин башмаков не носит. Кто и откуда — не ведаю. Следы свежие — вишь, как соль густо легла...

— Н-да...

— Гм!

— Жуга! — окликнул Довбуш.— Это он? Он Ганну уволок?

Жуга кивнул, грустно посмотрел ему в глаза.

— Мне жаль Довбуш,— сказал он,— но я сейчас ничем не могу тебе помочь. Прости.

Довбуш пошатнулся, оперся на стол. Обвел всех беспомощным взглядом своих серых глаз. Гулко сглотнул.

— Но... она жива? — выдавил он.

Жуга пожал плечами:

— Кто знает!

— Где она? Что с ней?! — подскочил к нему Балаж.— Говори!

Жуга повел плечом, стряхнул его руку.

— Больно мало я знаю, Балаж, чтобы помочь... Может быть, это тот, кого я... ищу...

— Мара...— начал было Реслав, но перехватил испепеляющий взгляд Жуги и поспешно умолк.

Довбуш поднял седую голову. По щекам его текли слезы.

— Что ж это...— прошептал он дрожащими губами.— Средь бела дня...— он протянул широкую мозолистую ладонь, взял Жугу за рукав. Тот не пошевелился.— Жуга... Реслав... Хлопцы, помогите! Я старый дурак, но я многое повидал, я знаю, вы можете... Денег не пожалею, всё отдам! Помогите! Возверните ее, хлопцы... хлопцы...— он спрятал лицо в ладонях.

Реслав стоял, глядя то на Жугу, то на Довбуша. Перед ними сидел старый, убитый горем вдовец, у которого только и была отрада, что дочь-красавица, и вот теперь отняли и ее. Перед его взором вдруг возникла Ганка, как живая — веселое лицо, задорная белозубая улыбка, глаза... Господи, глаза... И голос: "А что, Реславка, не упадешь ли, коль побежишь в своей хламиде?" И смех звонкий, заливистый...

Жуга, мрачный, взъерошенный, молчал, глядя в сторону. В свете свечи виднелись шрамы, свежие ссадины, большой синяк под правым глазом. Рубашка висела на нём рваными клочьями, кое-где запеклась бурыми пятнами кровь. Был он побитый, оборванный, хромой, но Реславу почему-то не хотелось бы сейчас оказаться у него на пути — такая была в нём злость, такая сила его вела, мрачная, тёмная... "Кто же он?" — в который раз спросил себя Реслав.

— Довбуш,— тихо позвал Жуга. Тот поднял голову.— Для этого нам надо уйти.

— Куда?

— Не знаю... Впрочем,— он встрепенулся, обернулся к Реславу,— что там, на западе?

— Город,— ответил тот,— Марген. А что?

— Марген...— повторил Жуга. Нахмурился, взъерошил ладонью и без того растрёпанные волосы.— Стало быть, пока пойдём в Марген. А там — видно будет. Пойдёшь, Реслав?

Тот кивнул. Балаж растерянно переводил взгляд с одного на другого. Вскочил.

— Нет, погодите! Довбуш, они же уйти хотят! *Уйти!* Пускай... пускай Реслав останется! Или Жуга...

Довбуш нахмурился, потрепал ус, покачал головой:

— Неправ ты, сынок... Пусть идут.

— Тогда... я тоже с ними пойду! Эй, слышите?

Реслав посмотрел на Жугу. Тот лишь пожал плечами:

— Пускай идёт. Правда, помочь ты нам не сможешь ничем. Останься лучше.

— Нет!

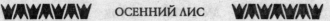 ОСЕННИЙ ЛИС

— Как знаешь. Тогда собирайся — надо уйти до рассвета, пока деревня спит. Что селянам скажешь, Довбуш?

— Ничего,— понуро произнес тот.— Шелег, вот вернётся из Ветелиц, он меня поймет. Остальные — навряд ли. Ступайте, хлопцы. С богом.

Через полчаса поспешных сборов все трое уже шли по дороге прочь от деревни. Свитку Реслава кто-то уволок с собой; Довбуш дал ему свою рубашку, да и Жуге тоже — взамен изодранной. Котомка и царвули Жуги отыскались на сеновале, а вот посох поломали в драке. В дорогу взяли хлеба, сыру, шмат соленого сала, луку да огурцов с Довбушева огорода. Дал Довбуш и денег — менок по тридцать на брата, и долго стоял у ворот, глядя им вослед.

Шагов через сорок-пятьдесят миновали погост. В свете полной луны резко чернели старые, покосившиеся кресты.

Балаж торопливо и мелко перекрестился, ускорил шаги.

— Не беги,— мрачно усмехнулся Жуга.— Не поспеваю. Да ты, никак, забоялся?

— Я ничего не боюсь... на этом свете,— набычился Балаж.— А что до мертвых, да ваших колдовских дел — тут и впрямь боязно...

— Привыкай.

Жуга шагнул к ограде, выдернул дрын, прикинул на руке и забросил в кусты — тяжел. Потянул другой, кивнул довольно, наступил ногой и выломал посох.

— Ну, пошли, что ль,— сказал он и зашагал вдоль по дороге. Реслав оглянулся напоследок на деревню. Была она темна, лишь в крайней избе у Довбуша светился огонек. Где-то на околице звонко запел петух, сразу за ним — другой. Близилось утро. Реслав поправил мешок за плечами и ускорил шаги, догоняя спутников и не задаваясь вопросом, что ждет их впереди.

Всё равно ответа он не знал.

* * *

Вечер застал троих путников у большой дубовой рощи. Село осталось далеко позади. Весь день дорога вела их вдоль зеленых лугов, бежала кромкой леса, вилась хитрыми петлями меж невысоких холмов, а когда над головой раскинулись могучие кроны вековых деревьев, Реслав остановился.

— Ну, довольно пыль глотать,— объявил он, скидывая котомку.— Тут я уже был однажды — место доброе, да и родник рядом. Здесь и заночуем.

Спорить с ним никто не стал. Облюбовали одно дерево и расположились подле. В небольшом распадке за кустами журчала вода.

Балаж опустился на траву, прислонившись спиною к шершавой и теплой коре, скинул царвули, с наслаждением подставив босые ноги вечернему ветерку. Огляделся окрест.

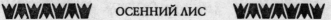

ОСЕННИЙ ЛИС

Реслав куда-то ушёл. Жуга уселся рядом, устроив поудобнее больную ногу, засучил порточину, ощупал колено. Поморщился.

— Откуда шрамы эти? — с ленивым любопытством спросил Балаж.

Жуга вскинул голову.

— И это спрашиваешь ты? — поразился он.— ТЫ?!

Балаж открыл было рот, чтобы ответить, да вспомнил, как всей толпой били двоих чудодеев, и промолчал, лишь покраснел, как редиска. Жуга сплюнул, развязал мешок, вытащил помятый чистый котелок и отправился в ложбину за водой. Балаж остался один.

Было тихо. Нагретая за день земля дышала теплом. Высоко над головой шелестели листья. Дуб, под которым они устроились на ночлег, был столетним исполином в несколько обхватов. Старую кору избороздили дупла и трещины; мощные, узловатые сучья уходили, казалось, в самое небо. Крона желтела спелыми желудями. Балаж лежал, глядя вверх, и грустные думы его постепенно уходили, словно некое умиротворение было здесь разлито в воздухе, стекало вниз по могучему стволу дерева и расходилось окрест. Балаж задремал и не сразу заметил, как подошел Реслав.

— Зачаровало? — спросил он так неожиданно, что Балаж вздрогнул. Сбросив хворост наземь, Реслав отряхнул рубаху и покосился наверх.— И то сказать, дивное место. Заповедное... Слышишь — птицы не поют? То-то! — он улыбнулся по-доброму.— Ну, подымайся. Кажись, кресало-то у тебя в мешке?

Балажу стало неловко, что он разнежился здесь, в то время, как двое друзей обустраивали ночлег; он встал и принялся помогать.

Развернули одеяла. Чуть в стороне Реслав потоптался, потянул за траву, и толстый пласт дернины отвалился в сторону, обнажив старое, полузасыпанное кострище. Валежник сложили туда, надергали из-под дубовых корней сухого мха. Жуга не появлялся.

— Слышь, Реслав,— позвал Балаж.— Вот мы с тобою идем сейчас, куда Жуга скажет, а кто он есть такой? Откуда взялся? Почему ты его слушаешь? Зачем он мне да Довбушу помочь решил?

Реслав помолчал, сломал сухую ветку. Почесал ею в затылке.

— Не трогай ты его, Балаж,— наконец сказал он.— Чужая душа — потемки, а что я знаю о нем — то пусть при мне и останется. Время покажет, кто чего стоит. Я ведь и сам его только на днях повстречал — недели не прошло. Странный он человек, ты не смотри, что молодой — жизнью он ломаный, это верно говорю. И сила в ем, даже для меня — чудная, непонятная. Наговоры — и те по-разному творим... Да где огниво-то твое?

Балаж с головой залез в мешок, перебирая припасы, ругнулся.

— Никак не найду...— пропыхтел он.

— Э-э, захоронил! — укоризненно бросил Реслав.— Дай я.

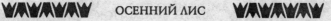

— А вот, когда чудеса творятся, как это у вас выходит? — вернулся к прежнему разговору Балаж.

— Чудеса-то? — хмыкнул Реслав.— Да тут, вроде, просто... Только слова надо верные сказать, ну, вроде как имя угадать чьё-то. Наговор составишь, а после цвет измыслить надо подходящий. Ежели особливо трудное дело — то сразу два цвета или три...

— Да как же угадать-то?

— Помнить надо, думать, просчитать... Жуга, вон — у него это как-то само собою выходит, и не поймёшь даже, как. А я порой не могу всё вместе подобрать, а порой — сил не хватает.

— Сил? — опешил Балаж.

— Ну, да! Человек, он, ну, как кувшин, что ли, с водой. Когда наполнится, когда прольётся. Чудеса-то сами не выскочат, не грибы, чай. В человеке начало берут. Потому и руки тут важны — сила-то через пальцы течёт. Видал, как Жуга пальцы-то складывал давеча? Большие силы сдерживал — по кругу они ходили, из руки в руку. Малую толику только выпустил, а ежели бы все вырвались — не знаю, что и было бы... Жуга — это, друг мой, умелец! Да... Да куды ж ты запихал-то его?!

Потеряв терпение, Реслав схватил мешок за углы и вытряхнул содержимое на одеяло. Поворошил руками, поскрёб в затылке.

— Неужто забыли? — пробормотал он, потянув к себе свою котомку, вытряхнул и её тоже.— Твою мать... И впрямь — нету.

— Может, Жуга взял?

— Может быть,— Реслав покосился на полураскрытую третью котомку.— Не хочется без спросу соваться... А, ладно, авось не осерчает.

Осторожно выложив лежавшие сверху связки трав и кореньев, Реслав выгреб содержимое его мешка.

Глазам их предстала россыпь странных предметов — какие-то замысловатые деревянные закорючки, горстка разноцветных камушков, кожаный ремешок, завязанный затейливыми узёлками, кроличья лапка, знакомый уже Реславу нож, кое-какая провизия, клубок смолёной дратвы с шилом, камышовая пастушеская свирель, и браслет тускло-зелёного металла без разъема, увешанный по ободу маленькими непонятными мисюрками. Огнива не было.

Балаж потрогал лапку, отложил в сторону краюху хлеба, потянул руку к браслету. Отдёрнул, словно уколовшись, удивлённо посмотрел на Реслава. Реслав нахмурился, поднял браслет.

Он был чуть овальным, размером как раз, чтобы прошла кисть руки. Держать его было занятно и немного боязно — кончики пальцев ощутимо покалывало, казалось, держишь в руках крапивный лист. Подвесок было девять — крестик, кольцо, бусинка, восьмёрка, и совсем уж непонятные фигурки.

С внешней стороны в оправу был вставлен плоский, синий до черноты камень, играющий поверху дивными малиновыми бликами. Чарующая его красота так заворожила обоих, что с минуту они молча сидели и разглядывали находку, вертя её так и этак. Реслав ковырнул краешек камня ногтем, хмыкнул.

— Опал это,— сказал он наконец.— Редкостной красивости камень... А вот из чего браслет сделан — не ведаю: сплав это какой-то. Ну, вот что, давай-ка обратно всё сложим.

— Давно пора,— послышалось вдруг за их спинами. Оба вздрогнули и обернулись.

Прислонившись к дереву и сложив руки на груди, там стоял Жуга.

— Наигрались? — хмуро спросил он.— Что нашли? Половину — мне.

У ног его стоял котелок с водой, лежала охапка каких-то трав. Никто не слышал, как он подошел. Реслав покраснел до корней волос, закряхтел смущенно. Балаж готов был провалиться сквозь землю.

— Огниво мы искали,— сказал Реслав, запихивая вещи обратно в мешок.— Ты не потерял, часом?

— Я и не брал,— ответил Жуга.— Зачем оно мне? Да и тебе тоже ни к чему. Дай сюда,— он взял котомку, завязал ремень.— Помнишь вязанку у Довбуша? Чего ж тебе ещё надо... Разжигай, я сейчас, только с травами управлюсь.

— А ведь и верно! — спохватился Реслав.— Сколько времени прошло — должно сработать... Ты какой цвет подбирал?

— Зелёный! — донеслось из-за дерева.

На инцидент с мешком Жуга, казалось, даже не обратил внимания, а может, просто не хотел заводить разговор.

Балаж тоже подошел к кострищу.

— О чем это вы толковали? Какое время прошло?

— А? — оглянулся Реслав.— Время? Да видишь ли, наговор действует один только раз. Чтобы он потом снова заработал, надобно, чтобы срок миновал, чтобы сила накопилась. Думаю, сейчас получится.

Реслав сложил ветки шалашиком, нахмурился, припоминая слова. Представить в лесу зелёный цвет было проще простого. Он вытянул руки и приказал:

— Виттеро-авата-энто-распа!

Балаж вытаращил глаза. Результат превзошел все ожидания: куча дров в едином порыве взметнулась вверх, словно подброшенная невидимой рукой, и со стуком запуталась в раскидистой дубовой кроне. Через миг сверху дождем посыпались палки, сучья, листья и желуди. Реслав охнул, когда узловатый сук треснул его по лбу, и с гудящей головой сел на землю.

— Ишь ты...— ошеломлённо пробормотал он, потирая ушибленный лоб.— Вот ведь...

Показался Жуга с каким-то мохнатым корнем в одной руке и ножом в другой.

— Что у вас тут? — спросил он.— Не загорается, что ли?

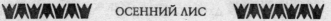

Реслав лишь помотал головой. Жуга пожал плечами, положил нож и корень на траву. Вытер руки, собрал рассыпанные щепки.

— Виттеро-авата-энто-распа!

Повалил дымок, костёр вспыхнул, запылал — успевай только подкладывать. Реслав покачал головой, пробормотал: "А всё-таки..." и занялся готовкой.

...Кашу съели быстро. Очистили котелок, облизали ложки. Жуга отослал Балажа за водой, и когда котелок снова нагрелся, стал складывать в кипяток травы. Реслав лениво наблюдал, похрустывая малосольным огурцом, как вдруг рванулся и перехватил руку Жуги с зажатым в ней знакомым раздутым корневищем. Огурец бултыхнулся в котел.

— Эй, эй, ты что делаешь! — воскликнул Реслав.— Это ж цикута — отрава, каких поискать! С ума сошел?

Напрягшийся было Жуга расслабился, затряс головой. Высвободил руку, брезгливо выудил из воды огурец.

— Ну, напугал, Ирод,— выдохнул он и бросил корень в котел.— Чего разорался-то? Ну, верно, вех это, отрава. Да много ли ты в травах смыслишь? Ведь яд от лекарства что отличает? Количество. Вот...— он помешал варево ложкой, бросил туда тряпку.— Ну-ка, скидавай рубаху,— неожиданно потребовал он.

— Зачем?
— Скидавай, говорю.

Реслав отложил многострадальный огрызок огурца, потянул через голову рубашку. Показалась широкая мускулистая спина с дюжиной разновеликих ссадин и ушибов. Почти все уже стали подживать, но две рваные раны под лопаткой, оставленные ржавым гвоздем, загноились и покраснели. Жуга потыкал в них соломинкой. Реслав поморщился.

— Больно?
— Не... Терпеж-то есть...
— "Терпеж-то есть",— передразнил Жуга.— Балда ты, Реслав. Что верно, то верно — ежели корень веха слопать — дуба дашь. А коль рана воспалилась, да жар пошел — приложи отвар, да с умом приготовленный — всё вытянет-вычистит сам собой... Ну-ка, повернись.

Жуга выловил из котёлка тряпицу, протер обе раны, наложил примочку. Узкой полосой чистой ткани Реславу обвязали грудь и спину, перебросили край через плечо.

— Завтра снимешь, а пока поспишь на брюхе.

Выудив ещё один клок, Жуга сложил ткань вчетверо, закатал штанину и перевязал колено. Мелькнула узкая, распухшая от давности ссадина. Балаж смотрел во все глаза.

— А это что ж не заживает? — спросил он.
— Эту рану,— невесело усмехнулся Жуга,— так просто не залечишь.

Реслав нахмурился, мучительно припоминая, где он мог видеть раньше нечто подобное, и вдруг вспомнил, как его приятель, молотобоец

Микита, оступившись, угодил голой рукой на раскалённую докрасна болванку.

— Ожог это,— хмуро сказал Балажу Реслав,— и сильный притом. Так, Жуга?

Тот нахмурился, ничего не сказал.

— Где ж тебя так прижгло? — поразился Балаж.— С огнем-то, брат, поосторожней надо... Вона, костёр-то...

Жуга вскинул голову. На лице его заходили желваки.

Вытянув длинную руку, он взял свой посох, концом его разворошил полупогасший костёр. Тлеющие красными точками, угли рассыпались узкой дорожкой. Реслав никак не мог взять в толк, что тот собирается делать.

— Осторожней, говоришь? — с непонятной злостью сказал Жуга.— Я тебе покажу сейчас, что такое огонь...

И прежде чем кто-то успел его остановить, ступил босой ногой на угли. Балаж ахнул, метнулся было к нему, но Жуга уже шёл по алой дорожке неспешным шагом. Похрустывали под ногами угольки, мигали, вспыхивали, синими язычками лизали растрепавшиеся бахромой штанины. Жуга дошел до конца, вернулся и сошел на траву. Балаж и Реслав переглянулись.

— Может, хватит расспросов? — язвительно произнес Жуга, вытер ноги рукою, улёгся и потянул на себя одеяло.— Давайте спать. Поздно уже.

Балаж молчал, потрясенный.

— А ты говоришь — костёр...— сказал ему Реслав, и тоже залез под одеяло.

Под шелест листвы все трое вскоре погрузились в сон.

* * *

Реслав проснулся, как от толчка, среди ночи. Сел, поёжился от сырого холодка, огляделся. Ночь выдалась ясной. Над головой чёрным куполом висело звездное летнее небо. Луна была ущербной.

По правую руку от него мирно сопел во сне Балаж. Слева лежало лишь скомканное одеяло.

Жуга исчез.

Реслав посидел некоторое время, глядя в темноту и гадая, что могло его разбудить. Уж во всяком случае, не Жуга — тот двигался тише мыши. Внезапно Реслав осознал, что в ночи раздается какой-то тихий, неясный звук. Он прислушался.

Где-то далеко, тонко и печально пела свирель.

Реслав осторожно выбрался из-под одеяла, отполз в сторону. Балаж заворочался, но не проснулся, лишь закутался поплотнее. Реслав встал. Вчерашняя повязка присохла к спине, раны под ней зудели и чесались. Реслав повел плечами — терпимо...

Углубился в лес.

Дубовая роща ночью выглядела призрачно и таинственно. Серебрились в свете луны массивные шершавые стволы. Было тихо, лишь ручей журчал неподалеку, да похрустывали изредка су-

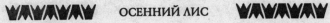

чья под ногой. Реслав спустился в ложбину, перебрался на ту сторону. Прислушался. Звук стал яснее, и Реслав двинулся вперед, осторожно ступая и глядя под ноги: в этих местах он ещё не бывал.

Мелодия лилась, тихая и холодная, как лунный свет, то замирая на низкой ноте, то призывно взлетая и рассыпаясь легкой трелью, звуки сталкивались, кружились, сбегали вниз, вторя переливам оставшегося за спиной ручья, умирали, чтобы воскреснуть и воскресали, чтобы умереть. У Реслава защемило сердце. Он вдруг почувствовал себя безумно одиноким, внимая голосу ночи, и невольно ускорил шаги, идя на этот странный, чарующий зов.

Вскоре музыка уже раздавалась так близко, что Реслав стал хорониться за деревьями и, выглянув из-за второго или третьего ствола, понял, что пришёл.

Здесь была большая, совершенно круглая поляна, по краям которой, на равном расстоянии друг от друга росли исполинские дубы. На самой поляне не было ни кустика, ни деревца, лишь короткая ровная трава. Кроны деревьев смыкались правильным кольцом, и лишь в центре виднелось звездное небо. Реславу показалось, что он попал в храм — так величественно выглядело это место. Он затаился, внимая терпким, летучим звукам, и вгляделся в темноту.

Дубов было девять. Между двумя из них промежуток был гораздо больше других, словно ещё одно дерево росло когда-то здесь. Но дерева не было. Вместо этого там стоял Жуга.

В лунном свете он не казался рыжим, скорее — седым. Худой и длинный, Жуга стоял неподвижно, и лишь пальцы его рук танцевали, плели мелодию из тонкого камышового стебля. Реслав утратил чувство времени — прошло минут, наверно, пять, а может — целый час, как вдруг музыка смолкла. Жуга опустил свирель.

Несколько мгновений царила тишина, затем в ночи раздался вдруг тихий, бесцветный голос.

— *ты звал меня*,— сказал он. Не спросил, не ответил, просто — сказал. Реслав напряг взор, и ему показалось, что посреди поляны шевельнулось что-то, мерцая серебристой звездной пылью.

Оно двигалось, сливаясь с темнотой, в воздухе возникали и тут же таяли, подобно стихнувшей только что мелодии, полузнакомые очертания: неясный абрис человеческой фигуры в длинном плаще, белая цапля, раскинувшая крылья, олень — ветвистые рога вдруг слились в один длинный и прямой на широком конском лбу, завились двумя бараньими кренделями... Снова не разбери-поймёшь, кто...

— Я звал тебя, Авелиста,— подтвердил Жуга.

— *ты всё ещё пытаешься угадать мое имя*

— Я не теряю надежды, Армина. Я знаю, на какую букву гадать.

— *ты дерзок*

— Это так, Аставанна. Иначе ты не пришла бы ко мне в моем последнём сне.

— *чего ты хочешь*
— Помоги мне, Араминта.
— *не могу*
— Тогда ответь на мои вопросы, Атахена.
— *спрашивай*
Жуга помолчал, раздумывая.
— Ты знаешь, кто идет за мной? — спросил он.
— *да*
— Знаешь его имя?
— *нет*
Жуга опять промолчал. Переложил свирель из руки в руку.
— Ты знаешь, за кем иду я, Алаванна?
— *да*
— Они связаны меж собою?
— *да*
— Я так и знал! — Жуга сжал кулаки.— Где мне его искать?
— *иди на закат*
— Это я знал и раньше! Куда именно?
— *ты узнаешь*
— Что он хочет?
— *все*
Жуга постоял в угрюмом молчании, посмотрел зачем-то на небо. Серебряная тень пульсировала, мерцала неярко.
— Я твоё оружие, Аренита, но я тебе не принадлежу,— сказал Жуга.— Я благодарен тебе, но не обязан. Твои цели — не мои цели, но порой они переплетаются так тесно, что я не могу их

различить, и ты этим пользуешься. Скажи лишь, верну ли я потерянное?

Голос некоторое время не отвечал.

— *рано или поздно всё вернётся на круги своя,—* наконец, сказал он,— *старые боги уходят новые рождаются. жертва может стать охотником и наоборот. ты звал меня но мы здесь не одни. у тебя впереди свой путь. близится утро я ухожу но мы ещё встретимся. прощай.*

— Стой! Погоди! — Жуга метнулся вперёд, сделал несколько шагов, но серебристая тень уже растаяла в воздухе, как соль в воде, и он остановился. Постоял, глядя в землю, повернулся к лесу. Огляделся.

— Реслав, ты, дурак? — окликнул он.— всё испортил! Ну, где ты, давай, вылезай...

Реслав, чувствуя себя страшно неловко, вышел из-за дерева.

— Я это... Я не знал, Жуга. Прости.

— А...— махнул рукою тот.— Ладно... Я и сам должен был смекнуть, что ты придёшь. А ты, оказывается, чуткий малый! Балаж-то спит небось?

— Без задних ног.

Жуга покивал задумчиво, посмотрел на Реслава.

— А я тебя недооценил,— сказал он.— Хорошо, что ты пошел со мной... Помоги мне, Реслав.

— Я? — опешил тот.— Кабы я мог...

— Ты можешь. Если пришёл на свирель, не испугавшись, значит, можешь. Будем друзьями, Реслав.

ОСЕННИЙ ЛИС

Реслав, несколько робея, пожал протянутую руку. Жуга улыбнулся необычно по-доброму и как-то грустно.

— Ну, идем.

— Слышь, Жуга,— окликнул его Реслав.— А... кто это был там, на поляне? Хозяин?

Жуга обернулся.

— А? Хозяин? Нет, что ты... Это — древнее. Оно...— он замялся.— Я как-нибудь потом расскажу. Реслав, ты в Маргене был?

— Вестимо, был!

— А я вот не был. И Балаж не был. Что там, как, я ничего не знаю. Я, если хочешь знать, вообще в городах раньше не бывал. Так что, ты у нас теперь за старшого.

— Ну, смотрите,— усмехнулся Реслав.— Коли так, слушаться меня там как отца родного, ясно?

— Да уж, не темно... А, вот и ручей уже!

Оба напились воды, умылись. Небо уже посерело, на востоке занялась заря. Растолкали Балажа.

— Эк вы, охламоны...— проворчал тот, широко зевая.— В такую кромешную рань подняли... Выходим, что ль?

— С рассветом пойдем,— Жуга взял котелок, ушёл за водой. Реслав раздул костёр, вспомнил при этом о вчерашнем происшествии и, когда Жуга вернулся, спросил:

— Такая нелепица тут, Жуга. Помнишь наговор вчерашний?

— Ну.

— Я ведь, вроде, всё правильно сказал... Да только дрова, вишь ты — нет, чтоб гореть — вверх понеслись. С чего бы, а?

— Вот как? — Жуга поднял бровь.— Забавно... А я-то думаю, что за шум был. Ты какой цвет выбрал? Зелёный?

— Зелёный. Может, твой наговор только для одного человека годен?

— Может быть...— Жуга бросил устанавливать котелок над огнем, потёр подбородок.— Вверх, говоришь, полетели?

В голове у Реслава что-то щелкнуло; он вдруг ясно вспомнил, для чего затеял тогда Жуга ворожбу на дворе у Довбуша, и изумленно покосился на приятеля.

— Чудно...— пробормотал тот, тряхнул рыжей головой, улыбнулся виновато.— Я не знаю, Реслав. Как-нибудь потом разберемся.

Больше об этом не говорили. В котелке заварили душистый взвар, добавили мёду из глиняного горшочка — Довбуш дал в дорогу. Каких-таких трав Жуга понапихал в котел, друзья не знали, но в голове сразу прояснилось, остатки сна улетучились без следа. Быстро собрались, закрыли чёрную проплешину дерном. Напоследок сняли с Реслава повязки. Ткань побурела, напиталась гноем, зато раны были чистыми. Балаж уважительно промолчал. Жуга кивнул довольно, поднял посох.

— Ну, двинули,— скомандовал на сей раз Реслав.

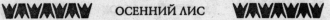 ОСЕННИЙ ЛИС

— Далеко Марген-то? — полюбопытствовал Балаж.
— К полудню там будем,— Реслав обернулся на Жугу.— Куда пойдем там сперва?
— На базар,— ответил тот.
— На базар? — опешил Балаж.— Это так ты хочешь Ганну искать?! Да что нам делать там, на базаре-то?!
— Смотреть. Слушать.
— А ещё что?!
Жуга посмотрел ему в лицо, криво усмехнулся:
— Молчать.

* * *

Незадолго до полудня, как и предсказывал Реслав, показались серые стены, островерхие крыши и шпили Маргена. Город был не то, чтоб очень уж велик, но для Жуги и Балажа и такой был в диковинку. Балаж был здесь всего раза три до этого, Жуга же вообще видел город впервые.
— Экая громадина,— пробормотал он.— Одного камня только сколько пошло...
Друзья миновали перекресток, другой. Всё чаще стали попадаться груженые товаром повозки, верховые всадники. Вокруг города тянулись поля, зеленели небольшие сады. Возле самых стен петлей изгибалась река — неширокая, но глубокая Длава. Огромные, высотой в несколько саженей, ворота были открыты. Реслав остановился.

— Значится, так,— сказал он.— Смотреть за вами везде и всюду я, знамо, не смогу. Ежели потеряем друг дружку, то встретимся аккурат у этих вот ворот — уж их-то вы отыщете. Кошельки суньте за пазуху, что ли, а то сопрут, ахнуть не успеете. То же и мешки — по сторонам глазейте, да за котомки держитесь. Панам да ляхам дороги не заступайте. Все, вроде... Да! Лошадей да телег берегитесь — зашибут, улицы здесь узкие. Ну что, на базар?

Жуга кивнул, хотя уверенность его несколько поколебалась, и трое приятелей, миновав ворота, вошли в Марген.

Реслав сразу же свернул в путаный лабиринт узких, вымощенных камнем городских улочек, уверенно направляясь к базару. Множество прохожих шли в обе стороны, на троих путников никто не обращал внимания. Было прохладно — высокие дома в несколько этажей отбрасывали густую тень. Иные улочки были узки до невозможности — переплюнуть можно, но попадались и кварталы мастеровых, где могли разъехаться две телеги.

— Богатые дома ближе к центру стоят,— пояснял Реслав.— Там, конечно, просторнее, и улицы пошире будут, да только делать нам там нечего.

— Далеко ещё? — спросил Жуга.

— Да нет, квартала два... Слышите?

Сквозь перестук молотков в мастерских и поскрипывание флюгеров на крышах слышался шум базара — крики, гомон людской толпы, музыка, смех. Реслав свернул ещё несколько раз, друзья миновали булочную с большим жестяным кренделем на вывеске, откуда доносился сытный хлебный дух, и втянулись в людскую круговерть городского рынка.

Жуга впервые оказался среди такого большого скопления народа. Да и Балаж чувствовал себя неуютно.

Толпа бурлила на большой базарной площади, щупальцами заползала в близлежащие улочки, кружилась водоворотами меж ларьков и палаток. "Базарный день!" — заметил Реслав. На углу жарили требуху, продавали на менку целую горсть. Балаж примерился было подзакусить, да Реслав отговорил. Пошли дальше.

Тянулись палатки торговцев, кричали зазывалы. Друзья не знали, куда и смотреть, столько всего было вокруг. Вот веселый бородач развесил под навесом яркие лубки, рядом продают глиняные свистульки — толчется ребятня. Тут куски крашеной ткани, там платье, дальше — больше: обувь на любой вкус и размер, крынки — корчаги, стекло, корзины плетеные, шляпы разные, ведра-бадьи, шайки-лейки... Какой-то узколицый голубоглазый малый в немецком платье торговал зеркалами. Зеркала были на диво ровные, ясные, бросали в толпу яркие блики солнечных зайчиков. Жуга поднял голову, посмотрел на отразившуюся в зеркале скуластую физиономию с копной рыжих волос.

Подошел Реслав.

— Что, залюбовался? — добродушно осведомился он.

— Да уж, что и говорить — неказист,— Жуга постыдился сказать, что видит зеркало впервые в жизни. То есть, свое отражение он, конечно, видел, и не раз — и в лужах, и в реке, но чтобы так...

Реслав вдруг резко обернулся и отвесил затрещину оборванному чумазому пацану, вертевшемуся за его спиной: "А ну, сгинь, пострел!" — прикрикнул сердито, пощупал кошелек за пазухой — не стащили ли. Из толпы вынырнул Балаж.

— Ф-фу! Наконец-то я вас нашёл...— он вытер пот рукавом.— Жарко! Пошли дальше, что ль?

Потянулись ряды с разной живностью: утки-гуси, свиньи, скотина. Здесь стояло множество телег, продавцы и покупатели торговались, спорили, ударяли по рукам. Тут троим приятелям тоже делать было нечего, и Реслав поспешил свернуть в обжорный ряд, где румяные разбитные торговки сбывали фрукты-овощи масло, яйца и молоко. Здесь тоже толпился народ, шныряли какие-то нищие. В воздухе тучами летали мухи.

— А почему твоё масло, хозяйка? — подмигнув приятелям, "подъехал" Реслав к одной из них.

— Три менки крынка, хлопчик.

Реслав состроил озадаченную мину:

— У! Дорого... Да хорошее ли масло-то?

— Как ни хорошее! Да ты спробуй, сердешный, спробуй, коль не веришь...

Реслав выудил из кармана добрый ломоть хлеба, подцепил ножом масла кус. Размазал, сжевал.

— Ну?
— Чтой-то не разобрал,— неуверенно сказал он.— Может, у соседки твоей лучше?
— Лучше? Да разве ж у нее масло?! Это ж обрат один! Глянь-ка сам!

Соседка тут же затеяла перебранку. Реслав незаметно перешел к следующему лотку.

— Смекаете? — обернулся он к Жуге и Балажу.— Только шибко не жадничайте — понемножку берите. Базар большой.

Дважды повторять не пришлось. Приятели двинулись вдоль рядов, пробуя масло, творог, сметану. Зачерпнули жменю семечек, закусили яблоками, грушами. Напоследок выпили квасу на полушку и, заморивши червячка, пришли в хорошее настроение. Дела и заботы на время отступили, к тому же людской поток вынес троицу на окраину рынка, где близ широких богатых улиц крутились разные веселья. По пути попалась пестрая толпа цыган. Пели, плясали, водили медведя. Медведь фыркал, мотал длинной узкой мордой, вставал на задние лапы, тоже плясал, косолапо, неумело. Народ веселился, но почему-то было жаль топтыгина.

— Береги кошельки, хлопцы! — весело прикрикнул Реслав, рассекая плечом толпу.— Цыгане, они ушлые — детей в рванину обряжают, да золото возами возят!

Молодая белозубая цыганка в ответ на это зыркнула весело чёрными глазами, рассмеялась, исчезла в толпе, лишь взметнулись вихрем цветастые юбки. Где-то пиликали скрипки. Через минуту Реслава и Балажа вынесло к столбу. Народ вокруг хихикал, подзуживал друг дружку. Невысокий, простоватого вида паренёк лез наверх, где в плетеной клетке сидел большой, золотисто-зелёный петух. Хозяин петуха — толстый бородач в красной рубахе — прохаживался вокруг, растравлял публику.

— А ну, честной народ, не гляди друг другу в рот! Кто сильней, кто ловчей — не скажи, не ворожи! Достань петуха — силу покажи, да подарок заслужи! Сей каплун — знатный крикун, курячий топтун, он же — лакомый кус на пирушку, а на носу имеет завитушку!.. Ай, хлопец-молодец, лезет — не долезет! Эй-эй, гляди, вниз не упади!

Столб был, видно, чем-то смазан, а может, просто слишком гладко затесан — под свист и улюлюканье толпы парнишка съехал вниз, не добравшись до клетки каких-то двух саженей.

— Эк слетел, знать, мало каши ел! — развеселился хозяин.— Народ честной, деревенский-городской, не смотри да не стой, коль карман не пустой! Менку бросай, да наверх полезай! Молод или стар — добудь самовар!

Только теперь друзья заметили награду победителю — около столба, на столике сиял колобокой медью полуведерный самовар. Вещь, что и говорить, дорогая, да и в хозяйстве полезная. Какой-то парень с длинными усами выдвинулся из толпы, бросил в шапку менку, поплевал на ладони и полез наверх.

Реслава разобрало.

— Ну, шпарит толстопузый, как по-писаному! — он приставил ладонь козырьком, посмотрел наверх.— Не, не долезет... А добрый самоварчик! Слазать, что ль, за пятухом? А может, ты, Балаж, попробуешь?

Из толпы вынырнул Жуга.

— Эк растащило вас на дармовые самовары! — усмехнулся он, но тоже поглядел наверх с интересом.— Вишь, чего придумали...

— Ты где был?

— Так... шатался окрест. Что, Реслав, полезешь?

— А ты?

— С моей-то ногой? Не...

Усатый, меж тем, тоже до петуха не добрался. Реслав шагнул вперед: "Ну-ка, дай я!"; скинул рубаху, сапоги, сунул всё Балажу: "Присмотри". Бросил хозяину менку.

— А вот хлопец добрый, сильный, хоробрый! Долго не спешил, да вишь таки, решил. Полезешь, стало быть? — разошелся тот.

— Погоди языком-то чесать! — Реслав обошёл столб, вытер о штаны потные ладони.— Скажи лучше по чести — отдашь самовар, коли залезу?

— Вестимо, отдам!

Реслав под смех толпы с дотошностью осмотрел самовар и полез наверх, по-медвежьи обхватив гладкий столб. Лез он неторопливо, и хотя скользок был путь, к цели помаленьку приближался. Вскарабкавшись саженей на пять, остановился, перевел дух. "Лезь давай! — кричали снизу.— Слабо?"

Реслав попал на скользкий участок, съехал чуток. Толпа засвистела, засмеялась. Реслава вдруг пробрала злость. Он рванулся, ухватился за клетку. Дверца не поддалась. Реслав крякнул, рванул что было сил, и вся плетёная стенка с треском вылетела вон. Реслав от неожиданности чуть не свалился.

Толпа ахнула радостно — петух вырвался наружу, встряхнулся, расправил крылья и неуклюже слетел вниз. Следом съехал Реслав.

— Ай, молодец! — вскричал в притворной радости хозяин.— Достал-таки! Возьмешь самовар, аль другой какой товар? Может, деньгами хочешь? Два талера даю.

— Ну, нет! — усмехнулся тот.— Коль обещал, давай обещанное.

Народ развеселился, Балаж насилу вытащил Реслава из толпы. Потный, красный, тот стоял, сжимая в охапке круглое пузо самовара, и улыбался.

— Во как!

— Трудно было? — поинтересовался Балаж.

— А, ерунда... Брюхо только занозил,— Реслав нырнул головой в рубаху, надел сапоги и огляделся вокруг.— А где Жуга?

Рыжая долговязая фигура Жуги маячила неподалеку, у маленькой полосатой палатки, где полный лысоватый человечек торговал травами да амулетами. Балаж и Реслав подошли поближе.

— А вот оберёг возьми, хлопец,— продавец покачал на кожаном шнурке камень с дырочкой.— Недорого отдам — четыре менки всего прошу, зато от сглазу сохранит.

Жуга равнодушным взглядом обвёл лежащий на прилавке товар.

— Баловство всё это, хозяин,— с неодобрением сказал он и взъерошил рукой волосы.— Камушки, деревяшки пустые... Да и травы собраны бестолково. Ежели хочешь знать, у тебя одна только тут вещь стоящая.

— Да? — насторожился тот.— Какая?

Реслав хотел было вмешаться (Жуга явно нарывался на завышенную цену), но передумал и остался стоять в стороне.

— А вот! — Жуга указал в угол лавки.

Брови торговца удивлённо поднялись: там не было ничего, лишь спал, свернувшись на одеяле, растрёпанный, чем-то похожий на самого Жугу рыжий котёнок.

— Кот... что ли? — пробормотал толстяк.
— Продашь?
— Отчего не продать? Продам,— оживился продавец, протянул руку, подхватил кота. Тот сонно жмурился, зевнул. Вытянул шею, с любопытством обнюхал протянутую руку Жуги, потёрся о неё и заурчал.

Это был ещё почти котёнок — рыжий, с белыми тапочками на лапках и смешным чёрным пятнышком на мордочке, будто ткнулся когда-то в сажу, да так и позабыл умыться. Ярко-зелёные глаза его смотрели просительно и доверчиво.

— Сколь просишь?

Торговец замялся.

— Десять менок,— наконец объявил он.

Жуга покачал головой:

— Много! Не жадничай — это ведь кошка, не корова. Три менки дам.

— Да ты что! — поперхнулся тот.— За такого кота...— Семь менок — и баста!

— Четыре, и ни менки больше,— упирался Жуга.

— Шесть — и расстанемся друзьями.

— Пять.

— Ну, хорошо,— сдался тот,— пусть будет пять. Забирай.

Жуга отсчитал деньги, взял котенка и посадил его за пазуху. Двинулись дальше.

— С ума сошел! — накинулся на него Балаж, едва лишь отошли в сторону.— Такие деньги за какую-то облезлую кошку! Пять менок!

— Остынь,— осадил его Жуга.— Я заработал, я и трачу как хочу...

Стемнело. Выбравшись с базара, снова закружили по улицам.

— А ну, разойдись! — послышался окрик. Дородный шляхтич в богатом зеленом жупане проскакал мимо на сером в яблоках коне. Жуга замешкался, и спину его пребольно ожгла плеть. Отшатнувшись, он злобно посмотрел вослед всаднику и потёр плечо.

— Я же упреждал...— начал было Реслав и смолк: Жуга вдруг переменился в лице, вытянул руку и пробормотал что-то, тихо — не разберешь.

ОСЕННИЙ ЛИС

Через миг окно над заносчивым шляхтичем распахнулось, и какая-то судомойка сослепу выплеснула прямо на него таз грязной воды, охнула испуганно и подалась назад. Шляхтич разразился отборной бранью.

— Ну, ты даешь! — сказал Реслав.

Жуга насупился.

— Я, вообще-то, совсем не то хотел,— словно оправдываясь, сказал он.— Я думал, у него подпруга лопнет, а тут — таз...

Послышался шум. Друзья обернулись и успели увидеть, как шляхтич, хоть и наездник был добрый, вместе с седлом мешком повалился на мостовую, запутавшись в стременах. Реслав прыснул и отвернулся.

— Уйдем-ка...— сказал он.— Неровен час осерчает, накинется с саблей...

Свернули поспешно за угол.

Впереди по улице шла стройная черноволосая девушка с цветастым платком вокруг бедер. Оглянулась на миг. Жуга побледнел и вдруг рванулся за нею бегом: "Мара! Погоди, Ма..." — догнал, ухватил за плечо. Та вздрогнула испуганно, обернулась.

Жуга опустил руку.

— Прости, обознался я...— смущенно потупился он.

Девушка быстро пришла в себя, улыбнулась.

— Бывает, хлопец! — перебросила косу через плечо.— Да ты не ищешь ли кого?

— Ищу вот...— он замялся,— тоже девку одну. Схожи вы больно, вот я и не разобрал в потемках...

— Да я чем хуже? — игриво улыбнулась та.

Реслав со своим самоваром сердито нахмурился — не успели в город прийти, а уж подцепили продажную девку... Балаж, однако, смотрел на нее с интересом.

— Как звать тебя, рыжий? — спросила та.

— Жуга,— произнес тот угрюмо — уж очень напоминала эта уличная девчонка пропавшую красавицу-Мару, и фигурой, и лицом.

— Жуга? — рассмеялась она.— Смешное имя! Что это у тебя за пазухой?

Котенок шевелился, ерзал под рубашкой. Жуга вытащил его:

— Вот...

Повисло неловкое молчание. Девушка ждала, поглаживая котенка. Тот мурлыкал.

— Сколько ты хочешь? — наконец спросил Жуга. Та вздрогнула, покосилась на Реслава — тот стоял с рожей, краснее самовара у него в руках, и смотрел зверем — вздохнула, улыбнулась невесело.

— Двадцать,— наконец сказала она.

— Менок?

— Да.

Жуга оглянулся на друзей.

— Есть тут поблизости комната с ночлегом?

Девушка вытянула руку:

— Вон там корчма добрая, у Ладоша. Да и вино хорошее подает...— стрельнула глазами, потупилась.— Пойдем?

Балаж махнул рукой, мол, чего там, пошли. Реслав хотел что-то сказать, но промолчал.

— Знаешь это место, Реслав? — спросил Жуга.

— Ещё б не знать! — проворчал тот.— Всё верно: и заночевать можно, и поесть. Только...

— Что?

— А, ладно. Пошли. Всё равно, надо же где-то остановиться,— сдался он и первым зашагал прямо по улице. Жуга с девушкой двинулись следом.

— Ты не хочешь спросить, как меня зовут? — тихо спросила она.

— Я знаю,— ответил Жуга.— Влана.

Та посмотрела испуганно и промолчала, лишь кивнула согласно.

Позади всех понуро плёлся Балаж.

* * *

Питейное заведение Ладоша оказалось средних размеров двухэтажным строением, крытым красной черепицей. Вместо вывески над входом болталось на цепи выкрашенное в жёлтый цвет тележное колесо. Окна были остеклены. Трое приятелей вошли внутрь и огляделись.

Сквозь сизые облака табачного дыма виднелись длинные дощатые столы с лавками, громоздящиеся у дальней стены бочки, маленький закуток, где расположились музыканты, и ведущая на второй этаж покосившаяся лестница.

— Га-га-га!!! — гулким басом вдруг захохотал кто-то за дальним столиком, поднялся и направился к ним.— Это же Реслав! Чтоб мне лопнуть — Реслав! Какими судьбами?

Обладателем громового голоса был высоченный и широкоплечий детина с чёрной шапкой густых волос, упрямым широким лбом и свороченным в давней драке носом. Добравшись до Реслава, он хлопнул его по плечу так, что тот присел, и оскалился в добродушной ухмылке.

— Здорово, старый чёрт! — гудел он.— Ты где пропадал? Че это у тебя, самовар, что ли? Ну, ты даёшь! А это что там за рожи?

— Здравствуй, Олег,— несколько смущенно сказал Реслав и обвёл взглядом помещение.— Что, Шварц тоже тут?

— Шварц? Да ну его в качель! Пить совсем не умеет... Тотлис-то, слышь, и его тоже выгнал. Ага, ага. Да ты, поди, знаешь! Эти двое с тобой?

— Со мной,— кивнул Реслав.— Это вот Балаж, а это — Жуга.

— Ну, Жуга, так Жуга. Меня Олегом кличут,— объявил он.— Мы с Реславом вместе у Тотлиса-мага в подмастерьях ходили. С кем девка-то?

— Со мной она,— нахмурился Жуга.

— Ну, валяйте к нам, не обидим! Вино у Ладоша доброе, а комната найдется. Эй, хозяин! — крикнул Олег так, что зазвенели стекла.— Четыре кружки нам вон за тот стол!

— По какому случаю гуляем? — спросил Реслав.

— Да именины гуляем у одного хлыща — вон сидит, Альбином звать, купца Свега Кашилла сын.

— А второй кто?

— Литвин-то? Да Валдис, мокрая спина! Не узнал, что ль? Бороду он отпустил.

— А-аа...

Пока петляли меж столов, Реслав поведал друзьям про Олега. Поступили они к Тотлису в обучение вместе, да только Олег и недели не продержался — уж больно погулять любил, да нрав имел буйный. Силой же, однако, бог не обидел — устроился после работать на мельницу.

— Из варягов он, тех, что у нас осели,— пояснил Реслав.— Не чаял я его тут встретить... Ну, да ладно, пошли.

По пути остановили хозяина, справились о комнатах. Сторговали две за шесть менок и присоединились к Олеговой компании.

Альбин оказался богато одетым молодым человеком с пресыщенной физиономией балованного недоросля. Флегматичный Валдис с рыжей, щёткой торчащей бородой, курил трубку.

Рядом сидели ещё трое-четверо прихлебателей, крутились какие-то накрашенные девицы. Одна из них тут же забралась к Балажу на колени. Тот не стал возражать. Жуга устроился с краю, положил посох поблизости. Влана села рядом.

Хозяин принес вино — красное, терпкое. С непривычки у Жуги зашумело в голове, накатила приятная истома. Помещение помаленьку заполнялось народом.

Кутеж Альбина и Олега набирал обороты. Пили за встречу, за здоровье именинника, ещё раз за здоровье, просто так тоже пили. Закусывали хлебом, салом, жареным мясом, солеными грибами. С легкой руки Олега пропили и самовар. Жуга вскоре потерял к пьянке интерес. Котенок у него под рубашкой царапался, лез наружу, он вытащил его и посадил на лавку. Посмотрел на Влану.

— Как его зовут? — спросила Влана, улыбнувшись.

Жуга пожал плечами:

— Не знаю... Торговец не сказал, а я и не вспомнил спросить.

— Смешной какой. На тебя похож! И нос будто в саже... Назови его — Сажек. Чем не имя для кота?

— Сажек? — Жуга поднял бровь, почесал в затылке, усмехнулся.— Почему бы и нет? Сажек, так Сажек... Сколько тебе лет?

— Семнадцать... А как ты угадал, что меня Вланой зовут?

— Долго рассказывать...— Жуга помолчал, хлебнул из кружки. Разговор не клеился. Влана казалась лишь тенью того образа, что остался в памяти Жуги от Мары. Жуга насупился, огляделся вокруг.

Балаж, уже с двумя девицами на коленях, ничем сейчас не напоминал того убитого горем паренька, который вызволил их из сарая. Он раскраснелся, гоготал, опустошал кружку за кружкой. За окном уже давно было темно, зажгли свечи. Вскоре Балаж выпросил у Реслава ключ, прихватил обеих девиц и убрался наверх — в комнату. Сам же Реслав с пьяной серьезностью что-то втолковывал Олегу. Валдис придирчиво разглядывал насаженный на вилку солёный груздь. Альбин спал, уронив голову на стол.

Неожиданно Олег встрепенулся, заприметив кого-то у входа. Жуга перехватил его взгляд и обернулся: прямо к ним направлялись четверо мрачного вида парней. Появление их не сулило ничего хорошего.

— А-а! Нашли, сволочи! — злорадно вскричал Олег, засучивая рукава.— Мало я вас тогда метелил, ещё хотите? Нате!

Завязалась свара, в которую быстро втянулись ещё десяток человек из-за соседних столов. Реслав бросился на подмогу. Слышались крики, грохот бьющейся посуды. Кто-то поспешно метнулся к двери. С треском и звоном вылетело окно.

Перед Жугой возникла из дымной завесы чья-то пьяная морда, оскалилась, занесла сивую лапу. Жуга коротко отбил удар и с размаху обрушил кружку на тяжёлый квадратный затылок нападавшего. Схватил Влану за руку: "Наверх! Быстрее!", вернулся к столу, подхватил посох и котенка. Отпихивая дерущихся, Жуга и Влана добрались вдоль стены до лестницы и поднялись в комнату. Дверь за ними захлопнулась.

Драка внизу пошла на убыль. Четверых зачинщиков вышвырнули вон, растащили оставшихся, поставили на место опрокинутые столы. Валдис куда-то исчез. Альбин окончательно сполз под стол. Реслав и Олег, понурые и побитые, сидели одни за большим столом, разглядывая разгром в корчме.

— Эх, погуляли...— буркнул Реслав.— Кто это были?

— Давняя история,— поморщился Олег.— Муку они нам продали с песком, гады. Ну, я потом нашёл двоих, вытряс из них душу, а они, вишь, снова на меня... Где друзья-то твои? Этот, рыжий... Жуга, что ль?

— Н-наверху...— выдавил Реслав.— С бабами...

— Да...— вздохнул Олег.— Нас на бабу променял... Бабы — это дело гиблое. К-каждая женщина,— он важно поднял палец,— это, брат, сирена... Попадёшься — пропал. Ты м-меня уважаешь?

— У... уважаю.

— Тогда выпьем...

Приятели сдвинули кружки, озадаченно посмотрели внутрь, затем — друг на друга: кружки были пусты.

— Плохо,— пожаловался другу Олег.

— Ощень плохо...— согласился Реслав.

ОСЕННИЙ ЛИС

* * *

Жуга проснулся, едва лишь за окном забрезжил рассвет, долго лежал с открытыми глазами, глядя в потолок. Повернулся на бок, посмотрел на Влану.

Та лежала, безмятежная в утреннем сне, мягкие волосы рассыпались по подушке. На губах её теплилась улыбка.

Жуга погладил рукой шелковистые чёрные пряди, улыбнулся своим мыслям, вздохнул. Поднял голову. В ногах, пригревшись на одеяле, спал Сажек.

Комната была обставлена — проще некуда: широкая кровать с верёвочной сеткой и толстым войлочным матрасом, два стула; в углу — табуретка, кувшин и таз для умывания. Полотенца не было. Жуга выскользнул из-под одеяла, натянул штаны и подошёл к окну.

От реки шёл лёгкий туман. Солнце ещё не взошло, но шпили и островерхие коньки высоких крыш уже играли золотом. Жуга постоял в задумчивости и принялся умываться.

Проснулась Влана, потянулась сонно. Улыбнулась.

— Доброе утро, Жуга!

— Утро доброе,— отозвался он. Котёнок спрыгнул на пол, подошёл к нему, потёрся о штанину. Жуга мысленно отругал себя за то, что забыл его покормить. Наверное, у хозяина корчмы можно было найти немного молока.

— Жуга,— позвала Влана.
— Что?
— Откуда ты пришёл?
— С гор я.

Влана села, зашуршала одеждой. Подошла к нему, положила руку на мокрое плечо. Провела теплыми пальцами по шраму.

— Откуда это?
— Подарок. От добрых людей,— Жуга перестал плескаться, выпрямился. Посмотрел ей в глаза, улыбнулся с грубоватой нежностью.— Не надо об этом, Вланка.

— Странный ты, Жуга,— задумчиво сказала девушка, перебирая пальцами густые пряди волос.— Скажи, у тебя... были женщины до меня?
— Нет.
— Ты хороший,— Влана подошла к окну, ловкими движениями заплетая косу.— Кого ты ищешь? Чем тебе помочь?

Жуга натянул рубаху. Пригладил мокрые волосы.

— Скажи,— замялся он.— давно ты... так...
— Год,— равнодушно ответила она.— Может, чуть больше. С тех пор, как отец умер.
— Мне очень нужно знать,— продолжил после минутного молчания Жуга,— когда девчонки... выходят на улицу, ну...
— Я понимаю...
— Бывает так, что они не возвращаются? Пропадают?

Влана задумчиво помолчала. Пожала плечами.

— Наверное... Впрочем, да. Особенно — если одна, и в первый раз. По неопытности, наверное. А что?

— В первый раз...— Жуга вспомнил, как резвился вчера некогда безутешный Балаж, и в голову ему пришла неожиданная мысль.— Ч-чёрт...

— Что?

— Как же я раньше не подумал об этом?! — Жуга заметался, подобрал котомку, вытащил кошель. "Не надо..." — начала было Влана, но тот лишь махнул рукой. Высыпал деньги на одеяло — менок сорок — отобрал себе две-три монетки, остальное оставил.

— Бери, не перечь,— сказал он, подхватил Сажека, задержался на миг у дверей.— Помоги тебе бог, Вланка,— сказал он.— Мне пора.

— Может, ещё свидимся,— грустно улыбнулась та.— Будешь в Маргене — заходи к Ладошу.

— Всё может быть. Жизнь долгая,— он улыбнулся тоже, поднял посох.— Прощай.

— Прощай.

* * *

Внизу было тихо. Двое-трое ранних посетителей закусывали жареной рыбой. За столиком в углу сидели Балаж и Реслав и опохмелялись после вчерашнего. Балаж выглядел невыспавшимся, моргал красными глазами. Реслав обзавёлся роскошным синяком под глазом. Кошели у обоих были пусты.

— Говорил я,— укоризненно сказал Реслав, когда Жуга спустился вниз,— не надо было сюда идти. Уж больно вино у Ладоша крепкое...

— С чего вы драку-то вчера затеяли? — спросил Жуга.

— Эт' разве драка! — ухмыльнулся Реслав.— Ты скажи спасибо, что Бертольд Шварц не пришёл — тот бы до утра шуровал. Эх, где-то он сейчас, морда немецкая... Деньги есть, Жуга?

Оба с надеждой посмотрели на него. Тот покачал головой.

— И этот — туда же...— неодобрительно заметил Реслав.— Все менки — псу под хвост... Э-э, дурни! Че дальше делать-то будем?

Жуга кликнул хозяина, спросил кружку молока и жареной рыбы на всех. Отлил молока котенку в миску, бросил рядом рыбью голову. Реслав вынул засохший ломоть хлеба. Принялись за еду.

— Вот что, Балаж,— хмуро сказал Жуга, когда с рыбой было покончено.— Ответь-ка мне, девка Ганка, или нет?

Тот захлопал глазами:

— Ты что, Жуга, глаза потерял?! Вестимо, девка.

Терпение Жуги лопнуло.

— Я тебя спрашиваю, кобёл бесхвостый! — рявкнул он,— девка Ганка, или у ж е нет?!

Балаж совсем растерялся.

— Причем тут это? — спросил он и покраснел до кончиков ушей. Промолчал.

— Не успел, стало быть! — удовлетворенно кивнул Реслав.— Ай да Ганка, молодчина, не далась дураку... а... правда, причем тут это?

Жуга уже думал о чем-то своем. Посмотрел в окошко.

— Сегодня что, опять базарный день?

— Так ведь базар всю неделю будет,— пояснил Реслав, вздохнул грустно. — Денег только вот нет...

В углу кто-то зашевелился. Жуга обернулся: с брошенного в закутке одеяла поднялся невысокий белобрысый паренёк, зевнул, нахлобучил на голову чёрную катаную шляпу с лентой. Вытащил из ниши потёртую скрипку, любовно сдул с нее пыль. Видно, это был один из вчерашних музыкантов, заночевавший прямо тут. Жуге вспомнилось, как лилась вчера, словно густое вино, плачущая вазурская дойна; он встал и подошел к нему.

— Здоров будь, хлопец,— начал он.— Как звать тебя?

Паренёк с некоторой опаской оглядел долговязого рыжего незнакомца и улыбнулся, не почуяв угрозы.

— Здорово, коль не шутишь. Иваш я.

— Меня Жуга зовут... Подзаработать хочешь?

— Кто ж не хочет! А что делать-то надо?

— Слыхал я твою скрипку вчера. А повеселее можешь?

Тот заулыбался. Кудрявые волосы выбились из-под шляпы.

— Шутишь? Конечно, могу!

— Кто вчера играл с тобою? Можно сейчас кого сыскать?

— Владек-цимбалист тут, вроде, оставался ночевать наверху... а больше — все. К вечеру, разве что.

Жуга кивнул:

— Годится. Тащи его сюда. Что заработаем, третья часть — ваша.

— Да что делать-то надо? — не отступал Иваш.

— Вам? — Жуга поднял бровь, рассмеялся.— Играть! Инструменты захватите.

Вернувшись к столу, он подхватил свой заплечный мешок, поднял посох. Реслав и Балаж вопросительно смотрели на него.

— Сколько мы задолжали? — спросил Жуга.

— Тридцать шесть менок,— ответил Реслав.

— С полушкой,— добавил Балаж и почему-то покраснел.

* * *

На базаре было людно. Реслав и Жуга шли первыми, волоча за ручки большую жаровню. Сзади раскрасневшийся Балаж тащил вязанку дров. Последними шли Иваш и дородный чернявый Владек со своими цимбалами.

Реслав начал смекать, что к чему, когда Жуга отыскал ровное место и разжег жаровню. Балажа услали за второй вязанкой, а когда вернулся — за третьей. Народ останавливался, с любопытством поглядывал на них, проходил мимо.

— По углям ходить будешь? — тихо спросил Реслав. Жуга кивнул:

— А что ещё остаётся?

— Ну... покудесничать малость.

— Мало тебя, дурака, били...

— Всё не могу взять в толк, как это у тебя получается,— задумчиво сказал Реслав.— Наговор, что ль какой?

— Да какой там наговор...— Жуга поворошил угли, подбросил ещё дров.— Тут всё просто. Главное — не бояться, и ногу поплотнее ставить, чтоб воздух не попадал.

— Гасить их, что ли?

— Вроде как... Ещё мыть не надо ноги, ни до, ни сразу после. А то ещё плохо, если железки в костёр попадут. Вот они обожгут, так обожгут...

— Это что ж,— опешил несколько Реслав,— и я бы так смог?

— Отчего нет? только потом как-нибудь попробуешь... Помнишь, как ты вчера за петухом лазал? Зазывай народ, чем ты хуже того мужика? Сможешь?

— Попробую...

Жуга оттолкнул пару-тройку любопытных и опрокинул жаровню. Угли рассыпались, развалились мерцающей горкой. Захваченной заранее кочергой разровняли правильный круг сажени в три. В жаровню подложили новые поленья — на добавку. Жуга скинул царвули, повернулся к музыкантам, улыбнулся.

— Давайте что-нибудь побойчее. Эх, жаль, что светло!

— А мне что делать? — спросил Балаж.

— От тебя толку мало. Возьми, вон, барабан...

Стал скапливаться народ, привлечённый необычным зрелищем. Владек с Ивашем заиграли потихоньку, и когда собралось побольше людей, умолкли. Реслав заробел было, да вспомнил, как в глаза обжуливал торговок на рынке, как складно врал вчера дядька с петухом, и начал:

— Ай, честной народ, чего стоишь, под ноги глядишь? Раздай, расступись, а не то погоришь... — он замешкался было, но на выручку пришёл Жуга:

— Вишь, угли пылают, жаром пугают, а приметишь грош, так и по углям пойдёшь! — он обошёл круг, длинный, рыжий, словно и сам выскочил из огня, оскалился весело.— Бросайте менки, берегите коленки — огонь не велик, да стоять не велит!

Снова вступил Реслав:

— Али вправду говорят, будто ноги не горят? — он тоже двинулся вкруг углей.— Эй, добры молодцы, девицы красные, гляньте на диво! Всё повидали, всякого-разного, лишь по углям не ходили, глянь, как красиво!

Жуга подмигнул музыкантам, Иваш поднял смычок.

Грянула плясовая. Глухо, сбивчиво бухал барабан.

Жуга притопнул, всей пятой ступил вдруг на угли и — вперед, вперед, шажками мелкими, как горох, двинулся по кругу в лихом переплясе!

Народ ахнул, загомонил. Кто-то под напором людской толпы оступился на угли, ругнулся и отскочил назад. Все засмеялись, захлопали в ладоши.

Жуга спрыгнул на землю. Музыканты сделали паузу.

— Ещё! — крикнул кто-то. В подставленную шляпу полетели менки, полушки, пятаки.— Ещё! ещё!

— Во, народ, застояться не дает! — веселился Реслав.— Кто не верит, пускай проверит, да потом всё одно никто не поверит! Эй-эй, посмотри на нас, раскрой глаза да уши, смотри да слушай веселый пляс!

Ударили по струнам.

Жуга разошелся вовсю, угли так и летели во все стороны. Реслав ощутил вдруг веселую дрожь в груди, сел, стянул единым махом сапоги и, забыв, для чего он тут, припечатал босой ногою горячие угли. Припечатал и пошел, разбрасывая тлеющие огоньки, выгоняя из башки пьяную дурь, засмеялся от нахлынувшей радости — "Могу!" Поймал веселый взгляд Жуги — тот подмигнул лукаво — знай, мол, наших! "Эх, эх, жги!"

Было жарко и больно, но на удивление терпимо. Реслав вприпрыжку пересек огненный круг, постоял на холодных камнях и двинулся сызнова. Кое-где в угли упали медяки, Реслав, памятуя наставления Жуги, старался обходить их стороной, Жуга же нагибался, выхватывал их руками, пока не нагрелись, скалился весело.

Угли почти погасли. Реслав подскочил к жаровне: "А ну, берегись!", опрокинул. Толпа подалась назад. Свежие угли были горячее, мерцали красно, вспыхивали бегущими огоньками. Реслав заробел было, но Жуга уже махнул рукой: "Давай!", и первым выскочил на круг. И вновь плясали оба, крича шутки-прибаутки, пока не растоптали угли в пыль, в мелкую золу...

...Толпа разбрелась. Владек оборачивал свои цимбалы в чехол. Реслав сидел на земле, рассматривая попеременно свои босые ступни: ожогов и впрямь не было, лишь краснели две-три царапины, да пахло копчёным.

Жуга вытер ноги тряпицей, надел царвули. Посмотрел на Реслава.

— Ну, молодец! — одобрительно сказал он.— Не ожидал я. Эй, Иваш, сколько там?

— Три сотни, сорок две! — объявил тот.— Хоть на серебро меняй — почти четыре талера. Ну, вы и задали жару! Отродясь такого не видывал. Как это у вас выходит? Держите,— он протянул кошель и Сажека (кота на время прятали в мешке, чтобы не попался под ноги). Жуга взял, хотел что-то сказать, но тут послышался грохот, цокот

ОСЕННИЙ ЛИС

копыт — запряженный четверкой лошадей, проехал и свернул на улицу богатый экипаж. Мелькнуло морщинистое лицо старика, вислые усы, копна седых волос.

— Ишь, поехал! — пробормотал Иваш.— На четверке...

— Кто это? — спросил Балаж.

— Михай Пелевешич, вельможный пан... Поместья у него тут и замок за городом. Да и в самом Маргене он большую власть имеет.

Сзади послышался непонятный шум. Все обернулись: Жуга стоял, глядя вослед экипажу. Сажек в диком страхе повис у него на рукаве, расцарапав руку до крови.

Жуга повернул голову. Взгляд его был страшен.

— Жуга! — всполошился Реслав.— Ты чего, Жуга?!

— Сколько ему лет? — хриплым голосом спросил он. Все молчали, и Жуга, не дождавшись ответа, закричал: — Сколько ему лет?!!

* * *

Ночь выдалась тёмной и ненастной. Шелестел по крыше дождь. В корчме у Ладоша было пусто, лишь в углу за столом сидели четверо. Теплилась желтым язычком свеча. Чуть в стороне на лавке спал котенок.

— ...Лараш Зегальский, городской каштелян,— сосредоточенно загибая пальцы, вспоминал Иваш.— Вильгельм Штох, купец Бременский, тоже давно тут живёт. Олекса Григулевич, тоже купец. Гжегож Пшимановский, шляхтич знатный...— Иваш показал два сжатых кулака.— Вот... Всем почти под девяносто, остальным — немногим меньше.

— Н-да...— Жуга сидел, подперев голову рукой, глядел на свечу.— Не знаю, что и думать... Ничего не примечаешь, Реслав?

— Все из разных краёв,— подумав, сказал тот.

— Вот-вот,— кивнул Жуга.— И все — богатые.

Балаж растерянно глядел то на одного, то на другого.

— Ну и что? — спросил он.— Что тут такого?

— Помолчи ты...— отмахнулся Жуга. Глянул на Иваша.— Чей замок там, по дороге на запад?

— Там, что ли? — тот махнул рукой.— Да как раз пана Пелевешича замок и есть. Мы, кстати, завтра туда ехать собираемся.

— Вы?! — поразился Жуга.— Зачем?

— Так праздник же! Сыну его, Мареку двадцать пять стукнуло. Народ соберётся, музыкантам там рады будут.

Жуга встрепенулся, многозначительно глянул на Реслава. Тот понял без слов — слишком уж много совпадений. Упускать такой случай было нельзя.

— Возьмёте нас? — спросил Жуга.

— Отчего не взять? — отозвался Иваш добродушно.— А может, ты и сам на чём-нибудь играешь? Тогда ещё лучше. Не знаю, правда, на телеге поместимся, нет.

— На свирели играть могу,— сказал Жуга.— А не поместимся, так пешком пойдем. Лишними не будем, верно, Балаж?

Балаж к этому времени уже совсем перестал что-то понимать.

— Пожалуй, что и верно...— пробормотал он.— Только... Гм!

— Вот и ладно,— подытожил Реслав.— Ну, будем здоровы!

Приятели сдвинули кружки.

* * *

На телеге поместились.

Музыкантов подобралось четверо — Иваш, Владек, грузный, немолодой уже Михай со струнной волынкой, и веселый, ладно сбитый Григораш, который, казалось, мог играть на чем угодно. Выехали засветло. До городских ворот добирались без малого час — так узки были улочки Маргена. Михай правил. Григораш прикорнул на куче соломы. Жуга, Балаж и Реслав прикупили новые рубашки, обзавелись шляпами. Жуга вдобавок раздобыл гребень, еле расчесал рыжие вихры. Сажек свернулся у котомок, спал.

У ворот неожиданно повстречали Олега.

— Здорово, Реслав! — окликнул он, ухмыльнулся весело.— Никак, до Пелевешича? А, и Жуга здесь! Здравствуй, здравствуй. Как поиски-то ваши?

Реслав закряхтел, заерзал.

— Ничего пока...

— Что ты ему наплёл? — тихо спросил Жуга. Реслав пожал плечами: "Не помню!". Олег тем временем уже запрыгнул на повозку.

— Подвезете?

Михай обернулся, глянул неодобрительно, но кивнул — поезжай, мол.

— Может, возьмете в долю? — Олег подтолкнул Реслава локтем, подмигнул.— Вчетвером-то сподручнее. Мельница всё равно пока стоит, а лишние менки никому не помеха. Чай, и мне чего отсыпется. Узнали хоть что-нибудь?

Жуга посмотрел так, что Реслав чуть не спрыгнул с телеги, ничего не сказал, лишь потянул к себе Сажека, погладил. Кот разнежился в руках, замурлыкал.

Миновал полдень. Лошаденка неспешно тащилась по дороге меж лесов и полей. Слева голубой лентой вилась Длава. Роса уже высохла, от ночного дождя не осталось и следа. Частенько встречали прохожих, обогнали груженую дынями да арбузами телегу. То и дело слезали на ходу, шли рядом, разминая ноги.

Ближе к вечеру появились комары, зудели, толклись серыми облачками. Пора было подумать и о ночлеге.

Жуга глядел куда-то в сторону. Реслав перехватил его взгляд, посмотрел туда же. Меж деревьев

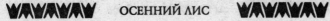 ОСЕННИЙ ЛИС

был просвет — там, на поляне розовели в закатных лучах щербатые камни древнего дольмена. Жуга вздохнул, отвернулся.

Проехали мимо, а версты через три нашли удобное место у реки, где и расположились. Развели костёр, отужинали. Михай и Владек улеглись на телеге, остальные расположились под деревом у огня. Стреноженная лошадь паслась неподалеку.

Стемнело. Стараниями Жуги поспел душистый травяной отвар, достали кружки. Олег отхлебнул, крякнул одобрительно, зачерпнул ещё. Жуга молчал, присматривался к путникам, думал о чем-то своем.

Григораш поёжился, накинул на плечи одеяло, посмотрел в костёр, затем — на небо, вынул из мешка свирель, поднес было к губам, да покосился вдруг на Жугу.

— Эй, рыжий!

Тот поднял взгляд.

— Что?

— Сказывали, ты на свирели играешь,— Григораш ухмыльнулся, сощурился лукаво.— Покажи, а?

Жуга поколебался, взял протянутую свирель, повертел в руках. С минуту сидел неподвижно, слушая ночной лес. "Ну же!" — подначил было Григораш, но Реслав осадил его: "Не лезь".

Жуга поднял свирель.

Полилась мелодия, тихая, незатейливая, с мягкими бегучими переливами, смолкла неожиданно, и вдруг за рекой залился, затенькал, отвечая, трямка-пересмешник — птица малая ночная.

Музыканты переглянулись.

Жуга играл, полузакрыв глаза, мелодия словно бы разделилась на два голоса, и уже не уловить было мотива и не понять, кто ведет — то ли свирель в руках рыжего паренька, то ли ночная птица за рекой, за лесом...

Все смолкло.

Неожиданно все вздрогнули: вниз по тёмному стволу дерева скользнула лёгкой тенью рыжая белка-веверицэ. Скакнула парню на плечо, блеснула чёрными глазами-бусинками, ткнулась ему в ухо — словно бы сказала что-то, и через миг, сполохом метнувшись вверх, затерялась в листве.

— Дивно играешь, Жуга,— выразил общее мнение Олег.— И звери, эвон, как тебя любят. Чудные дела!

Больше никто ничего не сказал, все задвигались, зашуршали одеялами, укладываясь спать. Костёр почти погас. Реслав уже засыпал, когда послышался тихий голос Жуги:

— Реслав...
— Что?

Жуга помолчал.

— Ты не ходи за мной сегодня.

* * *

Среди ночи Реслав проснулся. Жуги не было, лишь котёнок свернулся рыжим калачом на одеяле в изголовье. Далеко на востоке, где стоял старый дольмен, тихо звучала свирель.

* * *

До замка добрались вскоре после полудня. Он стоял на невысоком холме, серые стены высились неровной каменной кладкой. Узкие стрельчатые окна, некогда бывшие бойницами, ныне были застеклены. На красных шатровых крышах развевались цветастые флажки. Башен было пять — четыре угловых и высокий центральный донжон. Широкий квадратный двор был мощен камнем, ворота были раскрыты. Повозка с музыкантами миновала подъемный мост и остановилась. Жуга спрыгнул на мостовую, огляделся.

Вокруг сдвигали столы, сгружали что-то с телег, смеялись, гомонили. Из раскрытого люка подвала выкатывали бочки. Михай распряг лошадь, отвел её в стойло.

Подошел Реслав.

— Приехали, Жуга,— сказал он.— Что дальше?

— Погоди, Реслав, не мешай,— отмахнулся тот.— Не пойму никак... В башнях они, что ли, живут?

— Ну, да. Если что — поднимают мост: попробуй, залезь.

— Да от кого обороняться-то?

Реслав пожал плечами:

— Должно быть, было от кого... А место надежное.

— Да, место надежное...— Жуга прищурился, приставил ладонь к глазам козырьком.— Что в той башне? — он указал на одну из четырех угловых цитаделей.

— Откуда мне знать! — Реслав поглядел туда же, силясь понять, что привлекло внимание друга. Башня, как башня — ни выше, ни ниже остальных. Хотя... Реслав бросил быстрый взгляд на три других, сравнивая, и хмыкнул: окна западной башни были зарешёчены.

Он хотел что-то сказать, но в этот момент затрубили трубы, и на обтянутом красным и зеленым помосте появился Михай Пелевешич с сыном и свитой. Был он стар, но шёл легко, без посторонней помощи. Остановился, заложив пальцы рук за богатый пояс, обвел толпу суровым взглядом из-под кустистых бровей, ухмыльнулся. Сын его, Марек, был широкоплечий, высокий, с русой бородой, похожий на отца.

— Вольные горожане! — начал он.— Крепостной люд! Нынче знатный день — моему сыну исполняется двадцать пять лет!

Голос его оказался неожиданно громким и ничем не походил на старческий. Ему подали украшенный драгоценными камнями кубок.

— Я пью за его здоровье!

Народ загомонил: "Долгие лета! Долгие!", Пелевешич осушил чашу, вытер ладонью длинные седые усы.

— А теперь,— объявил он,— выкатывайте бочки, несите снедь! Веселись, честной народ, пей, ешь до утра, кто сколько сможет! Это говорю я, Михай Пелевешич!

Раскрылись кухонные двери, откуда повалила челядь с подносами. Заиграли музыканты. Вышибли днища у бочек с вином. Пан Пелевешич удалился обратно в замок — пировать дальше среди своих.

Жуга тронул Реслава за плечо:

— Пошли.

Реслав направился было вслед за Пелевешичем, но Жуга дёрнул его за рукав: "Не туда, дурень!", и устремился к чёрному ходу.

Выбрав момент, когда поток людей с закусками прервался, они вошли, миновали кухню, где никто не обратил на них внимания, и поднялись по лестнице. Когда вышли в коридор, позади послышался топот, и их нагнал запыхавшийся Балаж.

— Погодите! Я с вами!

Жуга поморщился, но ничего не сказал, лишь сделал знак — молчи, мол. Сажек заворочался у него за пазухой, высунул голову. Жуга затолкал её обратно и двинулся по коридору к западной башне.

Реслав шёл следом, всеми печенками ощущая нарастающую тревогу. Музыкантов они предупредили, что сидеть на одном месте не собираются. Олег же больше интересовался бочками с вином, чем прогулками по замку.

В коридоре царил полумрак, лишь изредка попадались окна. В железных подставках торчали незажжённые факела. Было тихо, лишь доносились со двора музыка и шум толпы, да топал позади Балаж.

Внезапно коридор кончился. Жуга прислушался, отворил массивную дубовую дверь — та открылась тихо, без скрипа. Реслав поколебался перед тем, как войти — уж слишком легко им всё удавалось...

За дверью, с небольшой площадки вилась узкая каменная лестница. Здесь было совсем темно. Жуга постоял, опершись на посох, и двинулся вверх, нащупывая в темноте щербатые ступени. Через несколько минут утомительного кружения все трое остановились перед обитой железом небольшой дверью. В окошко, пробитое рядом в стене башни, виднелись уходящие вдаль поля, прихотливые извивы реки.

Жуга потрогал толстые квадратные прутья оконной решетки, вытер ладонь о рубашку. Вделанные в стену концы их белели свежим цементом.

— Недавно вставили,— прошептал Реслав.— Года не прошло.

Жуга кивнул, указал посохом на дверь: здесь. Оттуда доносился приглушённый шум, шаги. Звякнуло стекло.

Реслав решительно не представлял, что там могло быть. Он стоял, как на угольях. Похоже, теперь их отделяла от цели только эта дверь, но что будет, когда они войдут? Да и надо ли входить?

 ОСЕННИЙ ЛИС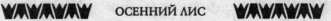

Замка в двери не было. Жуга взялся за ручку, надавил потихоньку. Петли не скрипели. Через приоткрывшуюся щель потянуло сладким, незнакомым ароматом. У Балажа засвербело в носу, он поморщился, засопел. Жуга оглянулся, показал ему кулак — убью! — открыл дверь и проскользнул внутрь. Реслав — за ним. Балаж замер в нерешительности, торопливо перекрестился и полез следом.

Реслав выпрямился, оглядывая небольшое полукруглое помещение. Справа, у окна стоял стол, уставленный колбами, ретортами, ступками, фаянсовыми чашечками и разным другим алхимическим инвентарем. Книжная полка была забита множеством тяжелых, переплетенных в кожу фолиантов. Посреди комнаты, на полу стояла жаровня, где курились сизым дымком какие-то травы. Реслав вдруг почувствовал дурноту и ухватился за плечо стоявшего перед ним Жуги.

У камина, спиной к двери стоял странно знакомый человек в просторном одеянии. Когда все вошли, он обернулся. Всколыхнулись полы длинной хламиды, мелькнула окладистая белая борода. Блеснули темные глаза из-под нахмуренных бровей.

— Тотлис!!! — успел ахнуть в изумлении Реслав и через мгновение провалился в темноту.

За спиной его со стуком рухнул на пол Балаж.

* * *

Первой вернулась боль. Накатила волной, ударила в голову, налила свинцовой тяжестью руки. Реслав поморщился, открыл глаза. Огляделся.

Он находился всё в той же полукруглой комнате, куда они вошли вместе с Балажем и Жугой, стоял у стены с воздетыми руками — запястья, охваченные железными кольцами, цепями были прикованы к стене. Слева от него, точно в такой же позе стоял Жуга, ещё дальше — повис на цепях Балаж. Жуга, видно, тоже только что очнулся — тряс головой, моргал, сжимал и разжимал затекшие пальцы. Посмотрел угрюмо на Реслава, ничего не сказал. Реслав повернул голову.

За окном было темно. Горел огонь в камине. Справа, на стене разгоняли тьму два факела. Там же находилась обитая железом дверь, через которую они сюда вошли. Прямо напротив — другая.

Перед ними стоял Тотлис.

— Очнулись, стало быть,— усмехнулся он, подошел к столу, установил вертикально большой — в два локтя окружности — диск, разукрашенный кривыми красными полосами, и завел ключиком хитрый механизм. Диск закрутился неспешно, отвлекая внимание. Реслав почувствовал, что не может оторвать от него взгляда — стоило лишь посмотреть в сторону, как глаза неумолимо возвращались к мельканию красных полос. В жаровне по-прежнему тлели травы. Веки отяжелели от приторного дыма, диск крутился, мысли вяло ворочались в голове. Краем глаза Реслав заметил, как Жуга поднял голову.

Тотлис подошел поближе.

— Итак, ты всё таки пришёл,— произнес маг.— Я ждал тебя. А ты упрям! Надеялся застать меня врасплох? Напрасно. Не спорю, ты действительно много узнал и многому научился, но что толку в этих знаниях! Ты помнишь, кто воскресил тебя? Думаешь, ты что-то значишь сам по себе?

Жуга молчал.

— Знаешь, кто ты? — усмехнулся Тотлис.— Ты кукла, марионетка, ведомая глупым, давно забытым божеством. И ты ещё во что-то веришь? Вот и сейчас ты пришёл сюда за женщиной, ведь так? Тебя снедают пустые страсти, ты жаждешь любви, мести. Глупец! Отринь всё это! Ты думаешь, что нашёл, наконец, меня? Нет, это я сделал все, чтобы привести тебя сюда!

Жуга молчал. Крутился, поскрипывая шестеренками, красный круг. Реслав со страхом вдруг вспомнил давние слова Жуги, сказанные им на дубовой поляне: "Иначе ты не пришла бы ко мне в моем последнём сне". Тогда он думал, что речь идет о сновиденьи этой ночи, но теперь Реслава пробрала дрожь. Последний сон!

Смерть.

Реслав раньше не мог взять в толк, как Жуга спасся от мести волошеских горцев, но сейчас вдруг воочию представил, как била, навалившись, чужеродного паренька разъярённая толпа, и как выкрикнул тот в отчаянии свой последний наговор, и эхо долго ещё носило меж горных вершин его предсмертный крик...

Реслав закрыл глаза, но почти сразу открыл их вновь. Проклятый диск не давал сосредоточиться. Реслав облизал пересохшие губы, сглотнул. Язык ворочался во рту, словно ватный.

— Не смотри на всяких недоучек,— Тотлис махнул рукой на Реслава. Голос его мягко увещевал.— Я давно слежу за тобой. Ты — единственный, кто достоин быть моим учеником. Тебя слушаются птицы и звери, ты — чародей, владеющий тайной молитвой целебных трав — это от бога! Но я,— голос его зазвенел торжествующе.— Я, Тотлис-маг, познавший силу земли и минералов, сам выбираю себе богов! Именем твоим заклинаю тебя, Ваха-рыжий, иди со мной! Кевата-риха!

Воцарилось молчание, лишь потрескивали, догорая, поленья в камине. И вдруг... Жуга рассмеялся. Звякнул цепью, переступил с ноги на ногу.

— Так вот ты каков, Тотлис-маг! — тряхнув кудлатой рыжей головой, сказал он.— Складно врёшь! Верно, я помню, кто вернул меня *оттуда*. Но я ещё помню, как я попал *туда*

— Дважды ты прикрывался мною, обделывая свои грязные делишки,— хрипло продолжал Жуга.— Мара, Ганна... скольких ещё невинных девушек ты обескровил ради своего молодильного зелья, проклятый паук?! Видно, много приплачивали тебе городские богачи!

Тотлис изменился в лице, побагровел, недоумённо покосился на крутящийся диск — Жуга вовсе не выглядел заворожённым.

— Ты верно подгадал — скоры волохи на расправу... А только и я тогда верные слова нашёл, видно, и смерть вспять повернула. А кто мне помог — это не твоё собачье дело. Ты...

Тотлис вскинул руки, сплёл пальцы в решетку.

— Именем Мала, Вехеора и Аваса приказываю тебе, Ваха-рыжий, замолчи! — вскрикнул он.

— Ты дурак, Тотлис! — усмехнулся Жуга.— Думаешь, меня остановят эти травки и твой дурацкий зелёный кругляк? Смотри же! Алахойста! — крикнул он, и цепи, державшие его руки, со звоном лопнули.

Маг смотрел на него в немом изумлении. Жуга выпрямился — худой, страшный. Огонь из камина отбрасывал на стену его колышащуюся тень.

— Я не Ваха,— сказал он.— Когда-то меня и вправду звали Ваха-рыжий, но это имя умерло вместе со мной, а нового не знаю даже я сам. Я Жуга! Жуга! — он взмахнул руками. Обрывки цепей взметнулись двумя серебристыми змеями.

Тотлис взвыл и кинулся вперёд.

— Арета-эхистера! — вскричал он, и Жугу отшвырнуло обратно к стене, ударило с такой силой, что тот замешкался на миг и оглушённо затряс головой. Маг поднял руки, готовясь нанести решающий удар, но в этот миг откуда-то из-за угла — и где он только прятался? — выпрыгнул, налетел рыжий когтистый вихрь, вцепился Тотлису в лицо!

Сажек!

Маг вскрикнул, замахал руками, отбиваясь.

Жуга приподнялся, волоча обрывки цепей, встал, выпрямился. Из носа и ушей его текла кровь. Тень за его спиной, казалось, стала ещё больше, извивалась, дергалась, взмахивая цепями.

— Крул! — вскричал Жуга. Котенок метнулся в сторону, выглянул опасливо из-за стула. На лице Тотлиса отразился ужас — он не мог больше говорить!

Маг заметался, ринулся было к столу, где лежал короткий бронзовый меч, но руки Жуги уже взвились в диком танце, плетя невидимую сеть, цепи кружились вокруг него серебристым куполом, расколотое звено чиркнуло по щеке, пустив бежать ещё одну струйку крови. Ещё несколько взмахов, и Тотлис мешком рухнул на пол, спеленутый по рукам и ногам.

Жуга сжал кулаки. Пальцы его светились.

— Вот и все, Тотлис-маг,— тяжело дыша, сказал он.— Сам себе бог! Тебе нечему меня учить. Ты разменял свой дар на менки, жалкий крохобор, ты никому больше не причинишь зла. Я, Ваха-рыжий, прошедший смерть, пляшущий в огне! именем твоим проклинаю тебя — сгинь!

Жуга воздел руки и, как тогда, в горах, выкрикнул одно-единственное слово, потонувшее в грохоте камней. Пальцы его разжались.

Башня зашаталась, посыпалась штукатурка. Длинная трещина прошла по потолку, и огромный кусок комнаты вместе с камином, столом и лежащим на полу магом рухнул вниз.

Реслав разинул рот — башня замка раскололась пополам!

Некоторое время ещё катились камни, шуршала щебёнка, затем шум стих. Вместо стены мерцало чистыми звездами ночное небо — Реслав, Жуга и Балаж оказались стоящими на небольшой площадке меж двух дверей. Факела погасли, и воцарилась темнота.

Жуга опустил руки, стоя на краю. Молчал. Шли минуты.

Неожиданно в тёмном воздухе перед ним облачком заклубилась серебристая пыль, сложилась в неясный силуэт, замерцала.

— Ты пришёл,— хрипло сказал Жуга,— или мне это только кажется?

— *я здесь*,— подтвердил бесплотный голос.

Жуга постоял в молчании, улыбнулся криво.

— Ты с самого начала обманул меня, явившись в женском обличии,— сказал он.— Но теперь я знаю твоё имя. Ты — Амброзий, бог великого древнего народа... с запада.

Пылинки заискрились ярче, и в воздухе у обрыва возникла фигура древнего старца в плаще, с посохом в руке. Белая борода ниспадала до пояса, в складках развевающейся одежды пряталась темнота.

— Да... Ты прав,— произнёс он.— Это одно из моих имён.

— Я больше ничего не должен тебе,— сказал Жуга.— Мое возвращение оплачено сполна.

— Это так. Хочешь теперь узнать свое имя?

Жуга помолчал.

— Нет,— наконец ответил он.— Узнать его от тебя, значит — опять стать твоим должником. Придет время, и я узнаю его сам. Скажи лишь, я угадал настоящее имя Тотлиса?

— Да. Его звали — Рохобор.

— Я найду Мару?

— Мара мертва.

Жуга вздрогнул, промолчал.

— Я не хотел верить,— медленно проговорил он,— но раз так... Что ж, прощай.

— Прощай,— ответил старик.— Теперь тебе не нужна свирель, чтобы меня позвать. Сохрани её для других. Возможно, наши дороги ещё сойдутся... когда-нибудь...

Фигура его стала прозрачной, пыль рассеялась, и воцарилась тишина.

Древний бог ушёл.

* * *

Жуга поднял и раздул факел, разыскал в одном из сундуков кусачки с длинными ручками, освободился от цепей, срезал наручники с Балажа и Реслава. Похлопал последнего по щекам, приводя в чувство. Тот застонал, открыл глаза.

— Давно он в обмороке? — спросил Жуга.

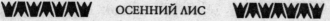

— Как загремело, он и откинулся,— сказал Реслав, потирая багровые ссадины на запястьях. Кивнул на вторую дверь.— Что там?

— Сейчас посмотрим...

Дверь оказалась незапертой. Вошли. Факел осветил маленькую каморку с окном, белую фигуру на лежанке.

— Ганка! — ахнул Реслав, бросился вперед.— Ганка, ты... Господи, Ганночка...

На девушке была лишь длинная белая рубашка без рукавов. её некогда густые, длинные волосы маг обрезал. Руки Ганны покрывали шрамы и рубцы, на её бледном, измученном бесчисленными кровопусканиями лице блестели слезы.

— Жуга...— прошептала она.— Реслав... Реславка! Хлопчики... Пришли! Пришли...— упала Реславу на плечо, заплакала. Реслав неловко обнял ее, погладил по стриженой голове.— Он... он...— всхлипывала она.

— Всё прошло...— пробормотал Реслав.— Всё прошло... Всё...

В каменную кладку стены было вделано кольцо, от которого к левой ноге девушки тянулась цепь. Жуга чертыхнулся злобно, передал факел топтавшемуся позади Балажу, вынул кусачки и скусил браслет. Цепь со звоном упала на пол.

— Пошли,— сказал он.

Идти Ганна не могла — слишком была слаба. Реслав поднял её на руки. Жуга отыскал Сажека, погладил, сунул за пазуху. Осторожно пройдя по узкому карнизу, оставшемуся от комнаты, вышли на лестницу.

— Но Тотлис-то, Тотлис! — покачал головой Реслав.— Каков гад! А я ещё в учениках у него ходил... Вот и верь после этого людям. Теперь начнется кутерьма — богачи, как мухи дохнуть будут...

— Пусть дохнут,— буркнул Жуга.— За всё приходится платить... Зато наследнички обрадуются — заждались, небось.

Снизу вдруг послышались шаги. Все остановились, напряженно всматриваясь в темноту.

Блеснул свет факела, из-за поворота показалась знакомая широкоплечая фигура.

— Олег!

— Ну, наконец-то! — вскричал тот, бросаясь навстречу.— Живы! А это кто? Эк, девка немощная... её искали-то, что ль?

— Ее,— кивнул Реслав.

Олег сунул факел Жуге.

— Эх, бабы, бабы... Дай-ка я...

Он осторожно подхватил Ганку, поднял ее, словно пушинку и понес, не переставая говорить.

— Я весь замок обегал, вас разыскивая. Здесь вход завалило, еле раскидал... Чё гремело-то там?

— Так... сволочь одну прибили.

— А-аа... Ничего себе — прибили! Вся халабуда, вон, раскололась, вдребезги и пополам.

— Гости-то где?

— Смеешься? — повернул голову Олег.— Едва башня рушиться начала — только их и видели!

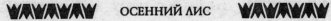
ОСЕННИЙ ЛИС

Пан Пелевешич со всей челядью первый удрал. Один я только остался.

— Не забоялся?
— А чего мне бояться?

Жуга с Реславом переглянулись, усмехнулись понимающе.

За воротами обнаружилась беспризорная лошадь. Свели на двор, запрягли в одну из телег. Ганну уложили на свернутые одеяла, укутали потеплее, принесли воды. Жуга отыскал в повозке у музыкантов их котомки, бросил на телегу. Запасливый Олег пробежался вдоль столов, набил мешок снедью. Зачерпнул напоследок ковш из бочонка.

Двинулись в путь.

Ночь была прохладная, звездная. Поскрипывали колеса. Олег вызвался править. Ганка лежала, глядя на Реслава, улыбалась грустно. Балаж молчал, насупившись — казалось, о нем все забыли. Жуга сидел сзади, глядя на удаляющийся замок, гладил задумчиво Сажека. Котенок всё ещё вздрагивал, косился по сторонам, затем перелез через мешки и подобрался Ганне под руку.

— Ах! — удивилась та от неожиданности.— Кошка!
— Это кот,— с улыбкой поправил её Жуга.
— Как его зовут?
— Сажек.
— Сажек...— она погладила котенка. Тот замуркал, заурчал, свернулся у неё под боком. Уснул.

Повозка проехала ещё несколько вёрст, и полуразрушенный замок, словно страшный сон растворился в ночи.

* * *

Реслав проснулся рано, когда было ещё темно. На ночлег стали близ реки, от воды тянуло холодком. Над росистой травой стлался густой туман. Где-то вдалеке куковала кукушка. Постель Жуги была пуста.

Реслав встал, прошёл мимо шалаша, который вчера соорудили для Ганки чтоб не дуло, и направился к реке. Олег и Балаж спали, забравшись под телегу. Реслав прошёл ещё немного, и вскоре впереди замаячил неясный серый силуэт.

Жуга сидел на берегу, скрестив ноги, смотрел на бегущую воду.

— Ты, Реслав? — спросил он, заслышав шаги.

— Я,— Реслав сел рядом, помолчал.— Чего не спишь?

— Кукушку слушаю,— отозвался тот.

— Ну и сколько накуковала?

— Считать устал. Как там Ганка? Спит?

— Спит.

Жуга вытащил из воды котелок с остывшим отваром:

— Я вот тут ей приготовил... чтобы силы поддержать.

— Я, Жуга, вот что тебе хочу сказать,— начал наконец Реслав.— Наговоры твои... в общем... цвет...

— Я знаю,— кивнул Жуга.— Я не различаю красное и зелёное. Мне многому придётся учиться заново... А ты, Реслав, по-прежнему думаешь магию изучать?

Тот задумался.

— Не знаю... Хочется, конечно, но как вспомню Тотлиса, так прямо оторопь берёт. Столько лет учиться, чтобы потом превратиться в такое вот... Хотя, может, он и раньше был такой. Подлец, он и без магии подлец... Знаешь, Олег с утра в Марген собирается.

— А вы? — спросил Жуга.

Реслав потупился:

— В Чедовуху, наверное... А ты — разве нет?

Жуга помолчал.

— Знаешь, Реслав,— наконец сказал он.— Меня ведь что раньше погоняло? Ненависть, злоба... месть... А теперь всё ушло. Мары больше нет... Пусто как-то. Я ведь даже имени своего не знаю, так, прозвище — Жуга... Только жизнь и осталась, а я... не знаю, что с ней делать. Дорог на свете много, попробую отыскать свою.

— А как же...

— Ганка спит? — перебил его Жуга.

— Спит...— растерянно ответил Реслав.

— Так вот, сделай все, чтобы она спокойно спала. Любит она тебя, понял, дурень? Так-то...

Кукушка неожиданно смолкла. Жуга мотнул вихрастой головой, засмеялся тихо.

— Чего смеёшься? — набычился Реслав.

— Я уж думал, не остановится она... Ишь, сколько накуковала. Ну, пойдём, Реслав — солнце встаёт.

* * *

После завтрака Олег запряг лошадь, выехал на дорогу. За лесом уже виднелись островерхие шпили Маргена.

— Ну, прощаться будем? — подытожил он.— Пора мне. Лошадь я верну, знаю я её — Витольда-рябого кобыла. Кто со мной в Марген?

Реслав пожал плечами, посмотрел на Ганну. Та уже была не так бледна, как раньше, улыбалась. Если бы не рубашка ниже колен, да чересчур заметная грудь, коротко стриженную Ганку можно было бы принять за мальчишку.

— Езжай,— сказала она. Подошла, взяла Олега за руку.— Спасибо тебе. Будешь в Чедовухе — заходи. Отца моего Довбушем зовут.

Олег замялся, засопел. Проворчал: "Эх, бабы...", залез на телегу, тронул вожжи. Помахал рукой: "Прощайте!", и вскоре скрылся за поворотом.

— Чай, и нам в путь пора,— сказал Балаж.

Ганна молчала. Подняла руку к плечу, по привычке поискала косу. Покосилась на Жугу. Тот улыбнулся.

— Реслав?

Реслав замялся, потупился неловко.

— Я... это...— он посмотрел на Ганну, покраснел.— Может быть, всё таки пойдёшь с нами в Чедовуху, а, Жуга? Довбуша проведаем... Пошли, а?

Жуга помолчал.

— Ты иди, Реслав,— наконец сказал он,— а мне там делать нечего. Да и в горы возвращаться тоже не хочу. Довбушу мой поклон... Пусть не серчает на меня.

Повисло неловкое молчание.

— Куда ж ты теперь?

Жуга пожал плечами:

— Куда-нибудь... Голова да руки везде пригодятся,— он полез за пазуху, вытащил Сажека. Протянул Ганке.— Возьми, Ганна. Он хороший. Пусть живет...— он поглядел на Реслава и закончил: — ...у вас.

Ганна потупилась смущенно, зарделась. Посмотрела на Реслава, улыбнулась:

— Спасибо, Жуга...

Балаж молчал. Выражение лица у него было самое кислое.

— Тут, неподалеку, город есть,— сказал после недолгого молчания Реслав.— Вечно с его жителями что-то приключается. Может, там для тебя какое-нибудь дело найдется?

— Может быть... Как он называется?

— Гаммельн.

Жуга покивал задумчиво, посмотрел вдаль:

— Пожалуй, я загляну туда...

— Прощай, друг,— сказал Реслав.— Я не забуду, как мы вместе ходили по углям. Может, ещё свидимся.

— Прощай, Реслав. Счастья тебе. И тебе, Ганна. Да и тебе, Балаж, тоже.

Жуга повернулся и зашагал вдоль по дороге. Остановился, поднял на руке посох, размахнулся, забросил его в кусты и пошёл дальше, уже не останавливаясь больше.

Он всё шёл и шёл, а двое парней и девушка всё стояли и молча смотрели ему вслед, пока его нескладная фигура не скрылась вдали.

Оправа: ГОВОРЯЩИЙ
2

Медведь повернул к травнику перемазанную земляничным соком морду. Фыркнул.

"И это всё? Ты просто повернулся и ушёл?"

Жуга пожал плечами.

— Нет. Конечно, нет. Но как я мог остаться? Для чего?

"Вы, люди, вечно ищете, как обмануть природу. И эти ваши самки тоже... А этого колдуна из старой башни, я знаю," — задумчиво проговорил медведь.

— Ты хотел сказать — знал?

"Ах-р! — вздыбился медведь.— Знал, знаю, буду знать — какая разница?! В конце концов, совсем не в этом дело... Тот, кто помог тебе вернуться в мир, мог разъяснить и остальное. Глупая человеческая гордость! Почему ты отказался?"

Травник промолчал, и зверь успокоился также внезапно, как и разъярился.

"Ну ладно,— проворчал он.— *Что там было после?"*

ТРИ СЛЕПЫХ МЫШОНКА

Вывеска была яркая и большая. На серой каменной стене она сразу бросалась в глаза, заметно выделяясь из череды грубых жестяных бочонков, сапог, кренделей и колбас, которых множество висело над дверями других лавочек и мастерских. Чувствовалось, что хозяин не поскупился и нанял умелого рисовальщика — на желтом фоне, в прихотливом обрамлении зеленых листьев полукружьем изгибались красные готические буквы.

Надпись гласила:

JOHANN GOTLIB
FARMACEUS

В правом нижнем углу была нарисована медная ступка с пестиком, в левом — стеклянный флакончик. Подойдя ближе, можно было прочесть написанное мелкими буквами: "Мази, бальзамы, порошки, настойки и другие целебные снадобья по доступным ценам. С разрешения Муниципалитета Вольного города Гаммельна".

И всё.

Что тут непонятного?

Господин Иоганн Кристиан Готлиб, главный аптекарь города, сидел в большом кожаном кресле и задумчиво смотрел в окно, уже битых полчаса наблюдая, как странного вида паренёк на той стороне улицы рассматривает его вывеску.

То был высокий, нескладный малый лет двадцати, с копной взъерошенных рыжих волос, ничем особо не примечательный, правда, может быть, несколько мрачноватый для своего возраста. Впрочем, последнее легко было объяснить: на улице шёл дождь.

Даже не дождь, а холодный осенний ливень, вымывающий из городских стен последние остатки летнего тепла. Небо заволокло тучами от края и до края. Тяжелые, как свинец, капли с тупым упорством долбили черепицу крыш, плясали мелкими брызгами, потоками низвергались в чёрные жерла водосточных труб, чтобы вырваться из жестяного плена далеко внизу, и бежать вдоль по улицам холодными бурлящими ручьями.

Стояла осень, тот период между октябрем и ноябрем, когда уходящее лето ещё может на прощанье подарить пару теплых дней, но обманывать себя становится всё труднее, да и нет уже бодрящей утренней свежести, лишь висит в воздухе промозглая осенняя сырость, да пахнет прелой листвой.

ОСЕННИЙ ЛИС

Осень — это такая пора, когда чешутся и болят старые раны, ноют суставы, и выползает невесть откуда застарелый ревматизм, а уж о простуде и говорить нечего: каждый второй кашляет и чихает. В такие дни в аптеке у Готлиба не было отбою от покупателей, но сегодняшний ливень отпугнул, кажется, всех. Редкие прохожие кутались в тяжелые намокшие плащи и шли быстро, чуть ли не бегом, и лишь рыжий паренёк напротив аптеки был недвижим, стоял, о чём-то размышляя.

Часы на городской ратуше пробили половину шестого. Иоганн Готлиб покосился на камин, где догорали последние угольки, вздохнул и плотнее запахнул подбитую мехом накидку — его знобило. Аптекарю было пятьдесят восемь лет, а это уже не тот возраст, когда организм способен сам себя обогреть, да так, что можно даже стоять на улице под проливным дождем...

Да что же он торчит там, у стены, словно привязанный?

Готлиб заерзал, устраиваясь поудобнее в скрипучем кресле, и в этот момент незнакомец, словно услышав его мысли, вдруг перешел улицу и направился к дверям аптеки.

Звякнул колокольчик.

Иоганн Готлиб встал, неторопливо спустился по лестнице и сам открыл дверь — прислуги у него не было, лишь приходила готовить и прибирать престарелая фрау Марта.

За дверью было сыро и холодно.

— Добрый день.

Стоявший на пороге юноша был на полголовы выше старого аптекаря. Яркие голубые глаза смотрели цепко и внимательно. У правого виска белел узкий рваный шрам. Одежда его была мокра. С волос капало.

— Добрый день,— с лёгкой улыбкой согласился Иоганн Готлиб, хотя по всему было видно, что день сегодня выдался — хуже некуда.— Чем могу служить, молодой человек?

Юноша остался серьёзным, лишь переступил неуверенно и снова покосился на вывеску.

— Мне сказали,— медленно выговаривая слова, произнёс он,— что здесь живёт господин Готлиб, городской знахарь. Это так?

Тот кивнул с медлительной важностью:

— Да, это я. Но я не знахарь, юноша, я служу фармации именем Господа и науки. Среди моих клиентов много городских вельмож и даже — сам граф Генрих фон Оппенгейн... Мне показалось, ты долго раздумывал, прежде чем постучаться. Тебя смутила моя вывеска?

— Я плохо умею читать,— хмуро признался тот.— Да ещё эти рогатые буквы...

— Вот как? — Готлиб поднял бровь.— Думаю, в любом случае трудно пройти мимо такой яркой надписи.

Паренёк замялся смущённо.

— Видите ли... э-ээ...— он замешкался, провёл рукой по мокрым волосам. Стряхнул с ладони холодные капли.— Как бы это сказать... В общем...

Аптекарь умоляюще воздел руки:

— Довольно. Довольно, юноша. Кажется, я совсем тебя запутал... У тебя, наверное, какое-то дело ко мне?

— Да, я...

— Пройдем-ка в дом — мои кости уже не те, что были раньше, и не выносят такой сырости, да и ты слишком долго пробыл под дождем, чтобы нормально соображать.

— Спасибо,— сказал тот, перешагивая через порог.— По правде сказать, я люблю дождь.

— Неужели? — Иоганн Готлиб закрыл дверь. — Ха-ха! Кто бы мог подумать... Многие говорят, что любят дождь, сидя при этом у зажжённого камина, но я впервые встречаю человека, который признался в этом, промокнув предварительно до нитки... Поднимайся.

Сейчас, когда между ними не было запотевшего оконного стекла, Иоганн Готлиб смог лучше рассмотреть своего нежданного гостя.

Теперь аптекарь понял, что первое впечатление его обмануло: юноша был не столь уж высок, как казалось, но странное сочетание худобы и угловатости создавало иллюзию большого роста.

Резкие черты лица и шрам на виске слегка старили его; рыжие всклокоченные волосы и пух на подбородке, наоборот — делали моложе. Одежда и чересчур мягкое произношение выдавали в нем южанина, а легкая походка — уроженца гор. Э-э, да он хромает!

"Сколько же ему лет?" — неожиданно для самого себя задумался вдруг Готлиб, и понял, что не сможет пока ответить на этот вопрос.

Он опустился в свое любимое кресло и указал рукой на стул:

— Присаживайся.

— Благодарю,— гость подошел к камину и протянул руки к огню.— Я тут постою.

Потухшие было угольки вдруг замерцали трепетными язычками, бросая в комнату бледные отсветы. За окном постепенно темнело.

— Огонь ты тоже любишь? — спросил аптекарь.

— Огонь? — тот пожал плечами.— Наверное... А что?

С промокших рукавов его рубашки поднимался пар.

Готлиб уселся поудобнее и вытащил из футляра гусиное перо.

— Ну-с, зачем ты хотел меня видеть?

Парень поднял взгляд.

— Я только вчера пришёл в Гаммельн...— сказал он, разминая озябшие пальцы.

— На заработки?

— Нет, по делу. Но денег у меня и вправду нет.

Аптекарь нахмурился:

— А причем же здесь я?

— Вы ведь знахарь?

— Фармациус! — недовольно поправил тот.
— Да... э-ээ... Фар-мацес,— паренёк с трудом повторил незнакомое слово и сбросил на пол слегка подмокший заплечный мешок.— У меня здесь травы. Редкие. С гор. А мне нужны деньги. Вот...

Старик заинтересованно подался вперёд.

— Почему ты думаешь, что я их куплю? — спросил он.

Тот пожал плечами и вместо ответа развязал мешок.

На стол высыпались многочисленные свертки, пучки трав и кореньев. Их было столько, что некоторые даже упали на пол.

У Готлиба перехватило дыхание. Если бы из мешка незнакомца хлынул вдруг золотой песок, аптекарь удивился бы меньше: мало того, что это были редкие травы — это были ОЧЕНЬ редкие и вдобавок, прекрасно собранные травы!

Некоторое время он перебирал тонкими старческими пальцами сухую зелёную россыпь, поднося к самому лицу пучок за пучком, и не верил своим глазам. Карагана и бризалис! Бевисса! Адонис! А этот липкий комок... неужели... Горный Воск?!

Пришелец терпеливо ждал ответа.

— Откуда *это* у вас? — срывающимся голосом спросил аптекарь, невольно переходя на "вы".— Кто вам это дал?!

Тот пожал плечами:
— Я собирал сам.

— Молодой человек, да у вас талант! Кто вас учил?

— Дед Вазах,— хмуро сказал юноша.— Так вы купите их?

Иоганн Готлиб осторожно отложил в сторону связку кореньев и задумался.

— У меня есть другое предложение,— сказал он.— Травы эти я, конечно, куплю, но если ты и вправду так сведущ в этом деле, может, ты согласишься стать на время моим помощником? Скажем, на месяц. Осень — слишком напряженная пора, и сам я не справляюсь — годы уже не те.

— Если так, то сколько вы будете мне платить? — помолчав, спросил тот.

— Ну,— Готлиб откинулся на спинку кресла.— Талер в неделю тебя устроит? Жилье, правда, найдёшь сам.

— Согласен,— поколебавшись, ответил тот.

— Что ж,— аптекарь глянул в окно.— Уже стемнело. Ночуй сегодня у меня, вон в той комнате.

— Хорошо,— кивнул юноша и направился к дверям.

Старик нахмурился, что-то мучительно припоминая, и вдруг прищелкнул пальцами:

— Чуть не забыл! Как твоё имя?

Тот обернулся.

— Зовите меня Жуга.

— Э-ээ... Шуга? — переспросил аптекарь,— или... Зуга?

Паренёк впервые за весь вечер усмехнулся.

— Нет,— сказал он,— просто Жуга. Жу-га.

Дверь за ним закрылась.

* * *

Серое на чёрном. Чёрное на сером. Шорохи в ночи.

Пробуждение: вода, вода!!!

Быстро бегом вприпрыжку по холодным камням озябшими лапками — выше выше выше! — сквозь узкий извилистый лаз, где стены щекочут кончики усов запахом мокрой земли — куда теперь? Туда! Неровный камень высоких серых ступеней — здесь тепло — расшатанные доски — здесь недавно кто-то пробегал выше... когда-то...

Пустота, большая-большая пустота! Дышащая темнота запахов — много-много... Здесь кто-то есть — спит — разлито легкое дыхание, ветер холодит мокрую шерстку, в нос попала во... во...

— Чхи!

!!! !!!

Нет, тихо...

Чёрное на сером неровной горой.

Из угла в угол вдоль стен, из угла в угол — туда, откуда вкусный запах гречки. Поддается с легким треском под натиском острых зубов мягкая ткань.

Сухой шорох крупы, и сразу — скрип над головой...

!!! !!!

Скорее прочь! ско...

Спящий повернулся на другой бок, хмыкнув недоумённо: странный сон!

Лёгкая серая тень метнулась в угол, нырнула в щель меж двух покоробленных досок. Послышался мягкий дробный топоток, и всё стихло.

На сером полу, возле разодранной котомки чернела ровной горкой рассыпанная крупа.

* * *

Утро следующего дня выдалось неожиданно тёплым и солнечным. Умытый дождём, город уже не казался таким мрачным, как вчера, сиял белёными стенами ладных двухэтажных домов, водил хороводы красных черепичных крыш, увенчанных фигурной чудью кованых флюгеров, и даже серые камни мостовой, казалось, стали чище и ровнее. Повеселевшие жители высыпали на улицы, спешили по своим делам. Хозяйки распахивали окна, проветривали толстые полосатые тюфяки. В прозрачном воздухе метелью кружился пух.

Узкие улочки Гаммельна сплетались в каменную сеть, пересекались и сходились под самыми немыслимыми углами, часто заканчиваясь тупиком, и по прошествии трёх часов Жуга окончательно заблудился. Он оплошал с самого начала, взяв за ориентир тонкий, царапающий небо шпиль, долго кружил по городу, надеясь выйти к ратуше, и лишь когда дома расступились широкой пло-

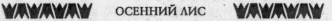

щадью, понял, что ошибся: прямо перед ним, заслоняя прочие здания, высилась чёрная громада собора.

— Вот незадача...

Жуга остановился и огляделся.

Собор был единственным строением на площади. Угловатый, острый, словно рыбья кость, он подавлял своим непонятным, вывернутым наизнанку величием. Малое рядом с ним казалось ничтожным, большое — болезненно раздутым. Взирая на мир сквозь узкие провалы стрельчатых окон, он стоял здесь, словно монах-аскет в чёрной рясе, сурово сжав каменные челюсти балконов, воздев к небу сухой указующий перст ребристого шпиля.

Сейчас старое здание подновляли — фасад собора оплетали строительные леса. Похожие издали на черных муравьев, работали на высоте каменщики. Внизу, близ дверей, неровной грудой лежали кирпичи, доски, и была насыпана большая — в рост человека — куча песка, на которой резвились ребятишки. Они гонялись друг за дружкой, скатывались, хохоча, с её вершины, прыгали и толкались. Ещё можно было различить развалины песочного городка.

Наверное, правду говорят, что города похожи друг на друга. "Побываешь в одном, считай, что повидал все" — говаривал Жуге друг его, Реслав. Где-то он теперь?

Жуга никак не мог привыкнуть к этой булыжной мостовой. Ноги болели. Со всех сторон доносилась чуждая слуху жёсткая немецкая речь. Он прислонился к стене, соображая, куда идти теперь. Спрашивать дорогу у прохожих что-то не хотелось.

Ребятишки у песочной горы вдруг загалдели, сбились стайкой, завидев двух мальчишек лет шести-семи и девочку чуть помладше. Донеслась весёлая не то считалка, не то дразнилка:

> Мчатся три слепых мышонка
> За фермершей следом, которая им
> Хвосты отрубила ножом пребольшим.
> А ты смог бы выглядеть храбрым таким,
> Как эти три глупых мышонка?

Жуга горько улыбнулся.

* * *

Часы на далекой теперь ратуше пробили полдень, и вдруг за стенами собора ожили, залились торжественно соборные колокола. Их было такое множество, и выводили они столь чистую и сложную мелодию, что Жуга не заметил, как ноги сами понесли его прямиком к собору.

Под высокими стрельчатыми сводами было темно.

— Есть тут кто? — окликнул он. Никто не отозвался, и Жуга осторожно двинулся вперед меж длинных, рядами стоящих скамеек.

ОСЕННИЙ ЛИС

Кафедра была пуста. У высокого, украшенного резьбой и позолотой алтаря тоже не было никого. Жуга поднялся по лестнице, прошёл наугад по коридору и неожиданно очутился в маленькой светлой комнатке с покатым сводчатым потолком. У стены, на стуле сидел невысокий длинноволосый паренёк. Он играл. Прямо перед ним, из стены двумя рядами торчали гладкие деревянные рукоятки, и когда ладонь юноши касалась одной из них, где-то высоко под сводами собора тотчас отзывалась чистым звоном колокольная бронза. Жуга замер в изумлении: всем этим трезвоном заправлял один человек!

Увлечённый своей музыкой, паренёк ничего не замечал. Жуга стоял тихо, и лишь когда колокола смолкли, решился заговорить.

— День добрый.

Юноша вздрогнул от неожиданности, обернулся.

— Здравствуй...— он смерил вошедшего взглядом и нерешительно потёр бритый подбородок.— Ты как сюда попал?

— Дверь была открыта,— пожал плечами Жуга, и в свою очередь оглядел нового знакомого.

Это был невысокий, худощавый парень лет двадцати, одетый в серый немецкий полукафтан, который здесь называли "волком", короткие штаны, полосатые вязаные чулки и поношенные кожаные башмаки с пряжками. Настороженный взгляд карих глаз, усыпанное веснушками лицо. Одно плечо было почему-то слегка выше другого. При разговоре паренёк слегка шепелявил.

— Как звать тебя, звонарь?
— Яцек...
— А меня — Жуга. Что-то не похож ты на немца, Яцек.

Тот кивнул в ответ:
— Так ведь и ты, я вижу, не здешний. Я из-под Кракова родом. Там вырос, там и играть учился, а год назад сюда вот перебрался — они как раз звонаря искали. А кариллон тут, между прочим, знатный!

— Кто? — удивлённо переспросил Жуга.— Ка... Кариллон?

— Ну, да,— Яцек кивнул и повёл рукою вдоль стены.— Вот вся эта штука, инструмент колокольный, кариллоном зовётся... А ты откуда будешь?

— С гор я,— ответил тот и, подумав, добавил: — С Хоратских.

— О... далековато,— признал Яцек.— А в Гаммельне что делаешь?

— Бургомистра мне повидать надо. Ратушу я искал, да вот, заплутал малость. Народ здесь, кого ни спроси, один дольше другого объясняют, куда идти, да как... А я и половины слов не понимаю.

— Да? А я привык уже.— Яцек встал, подошёл к стене и отворил низкую неприметную дверь.— Идем, кое-что покажу.

— Спасибо, да мне уж идти пора,— засобирался Жуга.

— Брось,— отмахнулся тот,— всё равно бургомистра сейчас не застать — он только до полудня в ратуше бывает, да и то не каждый день. Как там тебя... Жуга? Пошли.

Жуга усмехнулся.

— Чего смешного? — не понял Яцек.

— Да так... Ты, верно, первый здесь, кто моё имя повторил.

— А-а! — рассмеялся тот.— Твоя правда — не могут немцы "Ж" произнесть... А может, не хотят.

— А что там?

— Увидишь.

Согнувшись, новоиспечённые приятели пролезли в дверь и оказались с той стороны стены.

Здесь было пыльно. Стройными рядами уходили вверх тонкие, туго натянутые верёвки. Вдоль стены вилась ветхая деревянная лестница. В углах грязными лоскутьями висела паутина.

Вслед за Яцеком Жуга поднялся под самую крышу старого собора, где на массивных потолочных балках висели всяческих размеров колокола.

Самый маленький можно было поднять одной рукой, самый большой весил, должно быть, пудов двадцать. Соединённые в хитрую систему из колесиков и рычагов, близ каждого колокола замерли маленькие бронзовые молоточки.

Яцек прошёл по чердаку, поглаживая их ладонью.

— Вот так тут всё и устроено,— он повернулся к Жуге.— У каждого колокола свой тон. Рычаги тянут за верёвки, а те двигают молоточки.— Он постучал ногтем по массивной бронзовой юбке ближайшего колокола, и тот откликнулся чистым, еле слышным звоном.

— Слыхал, как звучит? — Яцек многозначительно посмотрел на Жугу.— Из Малина колокола-то...

— Хитро придумано,— оценил тот.— А ну, как верёвка оборвется?

— Заменим...

Яцек открыл ещё одну дверь, и оба вышли на узкий, засиженный голубями балкон. Выше была только крыша, и каменщики ещё не добрались сюда со своими лесами. Гаммельн отсюда был как на ладони. Жуга огляделся и сразу увидел справа городскую ратушу.

— Понятно,— хмуро кивнул он.— Стало быть, не туда я свернул... А дом аптекаря Иоганна Готлиба где?

Яцек указал рукой:

— Вон тот, с белой трубой. А зачем тебе Готлиб?

— Работать я к нему нанялся,— нехотя пояснил Жуга.— Помощником, на время.

— Ты?! — Яцек посмотрел на него с невольным уважением.— А не врёшь?

Жуга пожал плечами.

— Зачем мне врать?

— А живёшь где?

— Нигде пока... — он ещё раз осмотрелся окрест, запоминая дорогу, вздохнул и отвернулся.— Ладно, пошли вниз. Спасибо, что город показал.

— Да не за что,— сказал тот, спускаясь. Старые ступени скрипели под ногами.— Всё равно, Гаммельн не сверху — изнутри смотреть надо... Ты куда идёшь сейчас?

— Я? Не знаю,— Жуга пригладил ладонью растрёпанные рыжие волосы.— Как-то не думал ещё.

— Я сейчас свободен. Если хочешь, пошли, покажу, где тут что купить можно подешевле. Деньги у тебя есть?

— Есть немного...

* * *

На улице было светло. В куче песка подле входа по-прежнему играли дети. Жуга щурился после соборного полумрака, моргал часто.

— Куда теперь? — спросил он.

— Направо,— ответил Яцек.— Там сперва...

Что именно там находится, он не успел сказать: деревянные столбы неожиданно затрещали, и высокие строительные леса на левом крыле собора угрожающе зашатались. "Берегись! — донесся сверху чей-то истошный крик.— В сторону! В сторону!!!". Яцек поспешно рванулся обратно под прочные своды собора и потянул за собой Жугу.

Ребятишки бросились врассыпную, убегая со всех ног, и лишь одна девчушка лет пяти осталась стоять, глядя завороженно, как заваливается на бок угловатая, неровно сбитая громада лесов.

Жуга вскинулся запоздало.

— Беги! — крикнул он ей.— Да беги, же!!! — и через миг осознал, что она его просто не понимает.— А, ч-чёрт! Да пусти ты! — он вырвал у Яцека из рук полу своей рубашки и бросился вперед.

— Куда?! — ахнул тот.— Стой, дурак! Убьешься!!!

Было ясно, что он не успеет — леса уж не заваливались боле — они падали, словно гигантский кулак, готовый прихлопнуть двух мошек — большую и малую. И вдруг... Яцек даже не успел толком понять, что произошло: Жуга вскинул руки, крикнул что-то на бегу, и воцарилась тишина.

Леса вдруг зависли под самым нелепым углом, застыли внезапно, в одно мгновение. Яцек не мог поверить своим глазам.

Жуга, хромая, поравнялся с кучей песка, подхватил девочку на руки и побежал дальше, отягощенный своей драгоценной ношей, не останавливаясь и не оглядываясь, как бегут последний раз в жизни...

И тут невидимая подпорка не выдержала!

Тяжелые балки с треском и грохотом рухнули, ломаясь, туда, где ещё мгновение назад были девочка и рыжий паренёк. Пыль, щепки, мусор взвились столбом, длинный брус ударил бегущего под колени, сбил с ног. Жуга упал, прокатился по камням мостовой и остался лежать неподвижно.

ОСЕННИЙ ЛИС

Со всех сторон к ним бежали люди. Яцек стряхнул оцепенение и тоже поспешил туда.

Жуга лежал, тяжело дыша и крепко прижимая к себе девочку. Из разбитого носа его текла кровь. Завидев Яцека, он кивнул и попытался сесть.

— Ты цел? — обеспокоенно спросил тот.

— Вроде...— прохрипел Жуга, откашлялся, сел и поморщился.— Нога вот только...

Он осторожно поставил девочку на ноги, отряхнул на ней простое саржевое платьице. Оглядел хмуро растерянные, бледные лица столпившихся вокруг горожан.

— Чей ребенок?

Люди молчали. Жуга уже хотел повторить свой вопрос, но вовремя сообразил, что его опять не понимают.

— Чья девочка? — спросил он уже по-немецки.

— Это Магда,— дрожащим голосом сказала какая-то женщина,— прачки Анны-Марии дочка... Господи Боже! Давайте я отведу её домой...

Жуга встал, поморщился, ступив на больную ногу. Поглядел на обломки упавших лесов. Девочка стояла рядом, доверчиво держа его за руку тёплой ладошкой, не хотела отпускать.

— Хорошо,— кивнул он.

Девочку увели к матери. Люди потихоньку расходились, обсуждая происшествие, и вскоре на площади остались только Яцек и Жуга.

— У тебя кровь течёт,— сказал Яцек.

— Да? — Жуга осторожно потрогал свой распухший нос.— А, верно... Тут есть, где умыться? Колодец какой-нибудь там...

— Вот что,— предложил Яцек.— Я тут, неподалеку живу, вон в том доме. Пошли ко мне — тебе всё равно пока идти некуда.

Жуга помолчал, задумчиво глядя на свои окровавленные пальцы. Кивнул:

— Что ж, пошли, пожалуй.

* * *

Яцек обитал под крышей высокого каменного дома, что принадлежал вдове пекаря Эриха Мютцеля — Гертруде Мютцель. Сама хозяйка — дородная женщина почтенных лет — занимала второй этаж. Третий этаж и мансарды сдавались в наем. Внизу была пекарня. Яцек и Жуга вошли и поднялись наверх.

— Садись,— Яцек кивнул в сторону кровати и потащил с полки большой фаянсовый кувшин.— Я сейчас за водой сбегаю.

Жуга сел и огляделся.

Низкая, но довольно длинная комната, где двух стен не было вовсе — лишь скошенный углом потолок — была обставлена просто: стол, стул, застеленная одеялом кровать, шкаф для одежды и большой, окованный железными полосами сундук с пожитками Яцека. В углу, на колченогой табуретке примостился таз для умывания.

На столе, в закапанной воском бутыли торчал огарок от свечи. Справа углом выпирала из стены печная труба. Окно вело на крышу.

— Я и не знал, что на чердаке можно жить,— сказал Жуга, когда Яцек вернулся.— Сколько ты платишь хозяйке?

— За мансарду? — тот поставил кувшин на стол, вытер руки о штаны.— Талер в месяц.

— Ну, это — не деньги...

— Так ведь и это — не жильё,— грустно улыбнулся тот.— Летом жарко, зимой холодно, если только печь в пекарне не топят. Готовить, опять же, негде.

Жуга стянул рубаху, нагнулся над тазом, подставил сложенные лодочкой ладони: "Лей". Долго, фыркая, умывался; вытерся протянутым полотенцем. Вода в тазу порозовела.

Яцек во все глаза смотрел на спину Жуги, где изгибался неровной дугой рваный белый шрам.

— А это откуда?

Жуга поморщился, отмахнулся досадливо:

— Дело прошлое... Скажи-ка ты мне лучше, где в Гаммельне жильё подешевле найти можно?

— Надолго?

— Не знаю,— Жуга пожал плечами.— На месяц-другой.

Яцек потёр подбородок, оглядел мансарду.

— Если хочешь, живи пока у меня. Платить за комнату вдвое меньше, а кровать вторую у хозяйки попросим. Вещи твои где?

— Да мешок у меня только, в аптеке у Готлиба остался...— Жуга подошёл к окну, выглянул наружу.— Подумать надо.

— Скажи, Жуга,— неуверенно начал Яцек.— А... что это такое с лесами сделалось, когда ты за девчонкой побежал? Это что, колдовство?

Жуга промолчал, глядя в сторону.

— Чего молчишь? Я же сам видел...

Тот опять ничего не ответил.

В дверь постучали, и Яцек пошёл открывать.

На пороге стоял тощий, весь перепачканный сажей паренёк с витым горячим штройзелем под мышкой, блестел озорно глазами.

— День добрый, Яцек! Видел, что на площади стряслось?

— А, здравствуй... Видел, конечно. А что?

— Ну, так я сейчас Дитриха встретил — он там работал. Знаешь, отчего леса грохнулись? Крысы верёвки сгрызли! — парень отломил от булки кусок и отправил его в рот.— Каково, а? Мне они тоже осточертели — каждый день в дымоходах застревают... Ну, пока! Заходи как-нибудь.

Яцек закрыл дверь, обернулся.

— Это Гюнтер, трубочист. Он тут вот, за стенкой живёт... Так ты как насчет жилья?

Жуга покивал задумчиво, поднял голову:

— Так говоришь, кровать хозяйка даст?

ОСЕННИЙ ЛИС

* * *

Серое на чёрном.

Удар!!!

Больно больно больно!

Назад, не чуя ног, по длинной полке, мимо вкусных мягких кругов, успев отгрызть один лишь кусочек, к спасительной темноте холодной ночи...

Шелест материи. Запах сосновой палки. Серая тень.

Прыг вправо! Влево! Гулкий стук дерева об пол, истошный женский визг — больно ушам — но путь открыт! За дверь, где серая луна на чёрном небе. Болит отбитый бок. Бегом-бегом, вдоль по улице, выгибая горбатую спинку, сжимая в острых зубах душистую хлебную мякоть — еда! еда! — се...

Жуга открыл глаза. Долго лежал, не шевелясь, затем встал и подошел к окну мансарды.

В комнате было тихо. Повернувшись на бок, мирно сопел на своей кровати Яцек. С улицы тянуло холодком. Город окутала туманная осенняя ночь. Таяли во мраке желтые цепочки фонарей.

Жуга сел, закутался в одеяло и задумался.

Вторая ночь в городе — и снова этот непонятный сон. Почему мир в нем видишь снизу, от самой земли? Почему вокруг море запахов и звуков, но всего один цвет? Почему в сердце всё время сидит щемящее до боли чувство страха?

Почему, почему, почему?!

Жуга помотал головой. Наваждение какое-то!

Так и не растолковав странное видение, он лег и долго ворочался, пока снова не заснул.

Ему снился лес.

* * *

> Три слепых мышонка,
> Три слепых мышонка —
> Как они бегут,
> Как они бегут!

Дурашливая эта песенка летела ввысь из глубины городских улиц, звенела детскими голосами, словно напоминая, что уже утро, и пора вставать. В узкое застеклённое окно мансарды лился потоками солнечный свет. День обещал быть хорошим.

Мышатами — и Яцек это знал — дразнили троих: двух мальчишек по имени Кристиан и Фриц, и девчонку — ту самую Магду, которую вчера спас его новый знакомый. Эти трое всегда ходили вместе: играть с ними никто не хотел, ибо первый сильно заикался, второй был мал ростом, а девочка, кроме того, что была сущей тихоней, ещё и говорила плохо и редко.

Яцек зевнул, потянулся и открыл глаза. Огляделся.

Жуга, хмурый и задумчивый, не спал, сидел одетый на кровати, обхватив колени руками и прислонясь спиною к стене. Смотрел в одну точку. Скомканное серое одеяло валялось рядом.

— Привет, Жуга.

Тот поднял голову, кивнул равнодушно:

— Доброе утро, Яцек.

Яцек отбросил одеяло и сел. Поёжился от утреннего холодка. Посмотрел на Жугу, озадаченно почесал в затылке.

— Ты чего такой хмурый? Не выспался?

Жуга поднял руку, взъерошил рыжие нечёсаные волосы. Усмехнулся невесело.

— Нет, почему же. Выспался... Не в том дело.

— А в чем?

— Так...— он помолчал, затем добавил: — Есть причина.

— А-аа...— Яцек встал и принялся умываться.— Завтракать будем? — обернулся он.

— Неплохо бы,— поддержал Жуга.— А где?

— Да прямо здесь и закусим. Ты подожди, я сейчас.

Яцек оделся, коснулся мимоходом печной трубы — тёплая ли? — убежал и вскоре вернулся с булкой горячего хлеба и медным чайником. Чайник был странной формы — узкий, высокий, булькал свежим кипятком. Яцек поставил его на стол, с головой залез в сундук, вытащил два мешочка и насыпал в чайник немного коричневого порошка. В воздухе разлился сильный горьковатый аромат. Жуга озадаченно принюхался.

— Это что?

— Не знаешь? — Яцек оглянулся.— Кофе. Неужто не пил никогда?

— Нет... Это какая-то трава?

Яцек почесал в затылке.

— Наверное..— неуверенно сказал он.— На, взгляни сам.

Он снова пошарил в мешочке и насыпал Жуге в подставленную ладонь дюжину крупных — с ноготь — коричневых зерен. Были они овальные, сухие, слегка подгоревшие, пахли странно, но приятно. Жуга с опаской раскусил одно, хмыкнул: вкус был незнакомый, чужой, разливался терпко на языке.

— Где это растёт?

— Не знаю,— пожал плечами Яцек.— Где-то на юге... Вот чёрт!

— Что такое?

— Гляди — крысы булку погрызли. И когда только успели? Ну, да ладно, пошли есть.

Яцек разлил дымящийся напиток в чашки, нарезал хлеб, достал из сундука горшочек с маслом.

Жуга отпил из чашки, поморщился:

— Горько.

Яцек кивнул:

— Мне тоже поначалу не нравилось, а потом привык. На вот, сахару добавь.

— Сахару?!

Жуга заглянул во второй мешочек. Там действительно был наколотый кусками сахар — редкостное лакомство в горах. В Гаммельне его продавали в аптеках. Видно, не так уж мало денег получал Яцек за свою работу, если мог позволить себе такое! Поколебавшись, Жуга положил в кофе пару кусочков и снова попробовал. Напиток и впрямь стал вкуснее. Утренняя вялость постепенно ушла, в голове прояснилось.

Хлеб из пекарни фрау Мютцель был свежайший — даже масло таяло, когда его намазывали на толстые теплые ломти. Приятели в два счета съели всю булку и засобирались по своим делам.

— Вот так ты и питаешься? — спросил Жуга, когда Яцек укладывал всё обратно в сундук.— Хлебом да водой?

— А что?

Жуга пожал плечами:

— Хоть бы кашу варил, что ли...

— Сваришь ее, как же! — фыркнул тот.— Нет ничего — ни огня, ни камина.

Жуга обернулся, стоя в дверях.

— Ты вот что, Яцек,— сказал он.— Раздобудь к вечеру какой-нибудь горшок. Только не шибко большой. И чтоб с глазурью.

— Глиняный?

— Ну.

— Для чего? Я же говорю — негде готовить.

Жуга загадочно улыбнулся.

— Что-нибудь придумаем, а пока — до вечера.

— До вечера.

* * *

Томас Остенберг, бургомистр Гаммельна, принимал просителей по вторникам и четвергам. Сегодня он был не один — с утра к нему заглянул господин Густав Бреннель, доктор медицины. Обоих связывали давние и прочные дружеские отношения, хотя человеку стороннему трудно было бы вообразить двоих людей, более друг с другом не схожих, как внешностью, так и характером.

Бургомистр был полный, степенный господин лет сорока, слегка обрюзгший и бледный, как все горожане, с пухлыми губами, маленькими серыми глазками и редкими светлыми волосами. Бреннель же, напротив, был сух и высок, профиль имел ястребиный, а взгляд — пронзительный. Его лицо и руки покрывал тёмный загар. Горожане, встречая его на улицах, почтительно снимали шляпы: он был ничуть не менее, а может быть, даже более уважаемым человеком в Гаммельне, чем сам бургомистр.

Сейчас Томас Остенберг сидел за столом, перебирая бумаги и почти не глядя на очередного посетителя. Сегодня как раз был вторник, и настроение у бургомистра было испорчено с самого утра. Ох уж эти просители! Ну зачем, скажите на милость, зачем нести в городскую ратушу всякие мелкие дрязги? Взять, например, Рудольфа Хоффа, что подал жалобу на соседа. Неужели нельзя было разобраться меж собою тихо и мирно?

ОСЕННИЙ ЛИС

А этот придурок Ганс Фогель, мелкий лавочник, который сетует, что ему нет покоя от крыс, и просит принять меры! Каково, а? Может, прикажете ещё и ущерб ему возместить?

— Н-да...

Ну, ладно, когда приходят горожане — это ещё можно понять. Но что здесь делает этот подпасок, который и говорит-то по-немецки с трудом?

Бургомистр откинулся на спинку кресла и задумчиво побарабанил пальцами по столу. Поднял взгляд.

Перед ним стоял худой, безусый паренёк лет семнадцати — уже не мальчик, но ещё не мужчина. Острый взгляд, голубые глаза, давно не стриженые рыжие волосы. В речи сквозит сильнейший славянский акцент. Интересно, откуда он пришёл?

— Так ты говоришь, что хотел бы посмотреть приходские книги?

— Да, это так,— кивнул тот.

Томас Остенберг нахмурился.

— Сделать это не так-то просто, юноша. Приходские записи — важный документ, и нельзя выдавать их первому встречному. Зачем они тебе?

Паренёк помолчал, переступил с ноги на ногу.

— Семнадцать лет тому назад в этих местах был мор,— медленно подбирая слова, начал он.— Чёрная смерть. Очень много людей умерло тогда... Я хотел бы посмотреть старую перепись тех лет.

— Для чего?

— Мне не хотелось бы об этом говорить.

Бургомистр помрачнел. Он помнил то время, помнил, как прошлась по деревням и городам своей ржавой косой бубонная чума, помнил, как жгли за городом в кучах заразные трупы, как чадили на улицах факела, и плыл над городом унылый погребальный звон. Тогда ещё не было в соборе нынешнего Малинского кариллона, лишь звякал надтреснуто одинокий старый колокол... По счастью, времена те давно миновали.

— Где ты живёшь?

— В доме у площади, где пекарня.

— А, у вдовы Мютцель... И давно ты в городе?

— Четыре дня,— ответил тот.— Работаю у Иоганна Готлиба, в аптеке.

— Хорошо,— кивнул тот.— Приходи в пятницу, я подумаю, что тут можно сделать. Но учти — одного желания мало, чтобы получить доступ к записям. Тебе ясно?

— Да,— кивнул тот.— Спасибо. Я подожду.

И он ушёл. Бургомистр облегченно вздохнул — на сегодня этот был последним.

— Этот парнишка кажется мне немного странным,— он повернулся к сидевшему в кресле у камина Бреннелю.— А что по этому поводу думаете Вы, господин доктор?

— Аптекарь,— с легким презрением произнес тот.— Аптекарь и помощник аптекаря из диких мест, скорее всего, с гор. Последнее время они плодятся, как мухи. Народ любит лечиться у фармацевтов — ни тебе кровопусканий, ни процедур: знай себе глотай пилюли, да пей микстуры. Вся эта зараза ползёт к нам с Востока, от арабов и сарацин, у которых много трав и мало знаний. Авиценна, конечно, кое в чем был прав, но далеко не во всем. Вот что я Вам скажу, господин Остенберг: единственное, что у них стоит покупать — это яды. Боле ничего. Всё остальное — чистой воды шарлатанство.

— Да? — бургомистр придал своему лицу умное выражение.— Но что Вы скажете про Готлиба? Я слышал, вы когда-то начинали вместе.

Густав Бреннель поморщился, словно съел что-то кислое.

— Готлиб — паршивая овца в стаде,— сказал он.— Доктор, который на старости лет вдруг впал в маразм и вообразил, что можно лечить людей травками и цветами... Цех аптекарей имеет большое влияние, но почти все они — просто наглые самозванцы. Впрочем,— он покачал головой,— Иоганну Готлибу можно доверять больше, чем другим — он всё таки, доктор медицины... Хотя я не упустил бы случая поставить его на место.

— Мне кажется, перед нами как раз такой случай,— с улыбкой произнес Томас Остенберг.

— Вы имеете ввиду этого мальчишку?

— Именно,— кивнул тот.— Книги, как Вы знаете, хранятся в подвалах, за семью замками, и даже я не всегда имею к ним доступ. И вдруг заявляется какой-то мокроносый юнец и заявляет, что хотел бы их посмотреть. Посмотреть! Вы не находите, господин Бреннель, что это нагло сказано?

— Пожалуй,— поразмыслив, согласился тот.

— К тому же,— продолжал бургомистр,— большинство книг, особенно тех лет, так испорчено крысами, что прочесть их весьма затруднительно.

— Хм! — на тонких губах доктора появилась улыбка.— А это, может быть, и к лучшему... Знаете, Томас, у меня появилась идея. Кажется, мы сумеем загнать Готлиба в угол.

— Пари? — оживился бургомистр.— Скажем, пятьдесят талеров?

— Принимаю!

Они скрепили свой спор рукопожатием.

— А теперь,— улыбаясь, сказал Томас Остенберг,— когда мы покончили со всеми делами, не выпить ли нам вина?

* * *

— Ландыш?
— Сердце.
— Ревень?
— Слабительное.
— Александрийский лист?
— Что-что? — Жуга поднял голову.
— Э-ээ... сенна.
— Тоже слабительное.

— А тысячелистник?
— От простуды...

С раннего утра в аптеке у Готлиба витал дым и чад — престарелый аптекарь и Жуга, ставший на время его помощником, плавили в медном котле белую вязкую смолу (вчера посыльный доставил от графа фон Оппенгейна заказ на сургуч). Попутно Готлиб решил испытать паренька на предмет знания целебных растений. Было жарко, и Жуга снял рубашку, оставшись в одних лишь штанах. Аптекарь мельком взглянул на его шрамы, но ничего не сказал.

Аптека Иоганна Готлиба была не только, и не столько лавкой, сколько мастерской — все лекарства и другие заказы приготовлялись прямо здесь. Жуга с интересом разглядывал длинные полки, уставленные разных размеров пузырьками, медленно, по складам разбирая незнакомые названия: "Антимоний", "Алкалия", "Зильбер Глет", "Серная печень"... А полкой ниже понаставлено и вовсе непонятно что: "Аравийская Камедь", "Кинкина", "Сандал", "Фернамбук", "Драконова Кровь" и даже "Адский Камень" — ни больше, ни меньше. Да и травы, знакомые Жуге с детства, здесь назывались иначе.

— Мята? — спрашивал меж тем Готлиб, помешивая вязкую желтоватую массу.
— От кашля.
— Шалфей?
— Для горла.
— Адонис?

— Как?

Аптекарь огляделся, снял с полки мешочек и вынул горсть засушенных растений.

— А, горицвет! — Жуга понимающе закивал.— Он тоже, если сердце заболит... но только сушёный.

— И как же его сушат?

Жуга почесал в затылке.

— Ну-у, как... Медленно.

— Гм! А ромашку?

— В тени...

— Отвар из девясила как приготовить?

— В печке напар делают, в горшке.

Готлиб усмехнулся довольно — паренёк не лгал, когда говорил, что знает толк в травах. Жаль, что только в травах — остальное аптекарское дело было для него тайной за семью печатями. Взять например, сургуч. Любой подмастерье знает, что здесь к чему. Открой книгу и прочти: "Растопи воск, затем возьми чистой белой смолы, распусти её на слабом угольном огне, и когда распустится, ними и вмешай в смолу на один фунт четыре лота малярной киновари, добавь мел, дай застыть вместе, и получишь красивый, красный, крепкий сургуч". Этот же и читать-то толком не умеет — взял вместо киновари малахитовую зелень — это же надо! Хорошо ещё, что не добавили дорогой даммар — белую смолу, а обошлись для начала канифолью. Вон, стоит в горшке, остывая, зелёная масса, сколько не тыкай пальцем — всё мягкая, липнет к рукам... Эх, молодо-зелено... А так, если посмотреть, парень сообразительный, схватывает всё на лету. Хотя...

Аптекаря вдруг осенило. Он повернулся к Жуге.

— Ты не различаешь цвета?!

— Ну...— замялся тот.— Красное и зелёное — да.

— Так, так,— Готлиб нахмурился, продолжая помешивать в котелке.— Это уже хуже. А я, признаться, подумывал, не взять ли тебя в ученики...

Жуга покачал головой.

— У вас бы я с охотой поучился,— сказал он.— Но, боюсь, что в городе я пробуду недолго.

Плав в котле стал густеть, аптекарь разлил его в узкие фаянсовые формочки, где тот застыл крепкими ярко-красными палочками. Готлиб подцепил одну, вытащил, постучал по ней ногтем и удовлетворенно кивнул. Обернулся:

— Так зачем, говоришь, ты пришёл в Гаммельн?

Жуга хотел ответить, но в этот миг дверной колокольчик вдруг задергался, суматошно звеня, и Готлиб пошел открывать.

— Послание доктору Иоганну Готлибу от господина бургомистра! — послышалось снизу.

— Хорошо, давай его сюда,— сказал аптекарь.

Он поднялся по лестнице, неся в руке тонкий пергаментный свиток, сломал сургучную, голубую с золотом печать, пробежал глазами текст и нахмурился. Покачал головой.

— Ох уж этот Остенберг...— пробормотал он.

— Бургомистр? — мгновенно насторожился Жуга.— А что с ним?

Готлиб поднял взор.

— Теперь он хочет, чтобы я уничтожил крыс в городе.

— Ну и что? Или это так сложно?

Аптекарь рассмеялся невесело, небрежно бросил свиток на стол и опустился в кресло. Сложил домиком сухие старческие ладони и некоторое время молчал, глядя в камин.

— Видишь ли, мой юный друг Шуга,— наконец начал он.— Дело это не то чтобы сложное — оно попросту невыполнимое. Мало того, что в моем возрасте не гоже шастать по подвалам и чердакам. С недавних пор я не знаю созданий, хитрее, чем Гаммельнские крысы. Они с ходу распознают любые ловушки. Они не трогают отравленные приманки, а если и едят их, то совсем немного. Это безнадежно — я не знаю, как с ними бороться. В последнее время жители покупают крысиный яд чуть ли не мешками, а толку никакого. Бургомистр попросту придумал невыполнимое задание, лишь бы только посадить меня в лужу. Готов спорить, что здесь не обошлось без Густава Бреннеля — он спит и видит, как бы выставить меня дураком. Да...

— Этот Бреннель,— медленно произнес Жуга,— он загорелый, носатый и высокого роста — этакая жердь. Верно?

— Да, это он,— кивнул Готлиб.— А откуда ты знаешь?

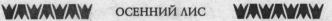

— Я вчера у Бургомистра был, они там сидели оба...

— А зачем ты ходил к Бургомистру? — удивленно спросил тот.

Жуга замялся.

— Всё это трудно объяснить,— сказал он.— По правде говоря, я кое-что узнать хотел из записей приходских...

— Про что?

Тот поднял голову.

— Про меня... Один мой друг сказал, что лет двадцать тому назад здесь прошёл мор, а я... ну, решил, что в переписи... А, не всё ли равно...— он махнул рукой.— Я же говорю — долго рассказывать. В общем, господин бургомистр велел мне зайти через три дня.

— Ах да, чума...— лицо аптекаря помрачнело.— Верно, я помню ее. Это было — дай бог памяти — да, да! — семнадцать с половиной лет тому назад,— он вздохнул, посмотрел на умолкнувшего рыжего паренька и покачал головой.— Ах, Шуга, Шуга... Боюсь, что ты задел больное место Бреннеля...

Готлиб откинулся на спинку кресла, подперев голову рукой, и задумчиво умолк, всецело отдавшись воспоминаниям. Наконец он поднял взгляд. Отраженные язычки пламени плясали в его глазах, и казалось, что взор его до сих пор хранит отсвет давних погребальных костров.

— То был страшный год...— медленно начал он.— Мы с Густавом работали день и ночь. Пять лекарей скончались на наших глазах, нас же болезнь каким-то чудом пощадила. Именно тогда дороги наши разошлись: я стал приверженцем полифармации, Бреннель же продолжал резать и вычищать эти проклятие чумные бубоны... Наверное, от его кровопусканий и припарок умерло тогда больше людей, чем от самой чумы. Да... Кто знает? Вот так и получилось, что с тех пор мы враги. К несчастью, в друзьях у бургомистра ходит Густав, а не я.

Жуга некоторое время молчал, нахмурившись.

— По-моему, только дураки отвергают силу целебных трав,— наконец сказал он.

— Не суди так строго,— Готлиб многозначительно поднял палец.— Среди аптекарей и в самом деле слишком много недоучек и обманщиков. Беда в том, что Бреннель не способен отличить зёрна от плевел.

— И что же теперь делать? — спросил Жуга.

— Ничего,— Готлиб пожал плечами и бросил письмо в камин. Пергамент затлел, края его обуглились, сургуч потек крупными голубыми каплями, тут же загораясь. Аптекарь повернулся к Жуге.

— Я устал от этих бесконечных споров,— сказал он.— Никому не под силу избавить город от крыс, а мне — тем более. Пусть всё остается, как есть. В конце концов, я не волшебник.

Жуга промолчал.

* * *

Горшок Яцек достал что надо — глазурованный, средних размеров, без сколов и трещин.

— Годится?

— Вполне,— заверил приятеля Жуга.— Тащи воду.

Когда Яцек вернулся, Жуга уже распаковал котомку, вытащил мешок с гречкой, соль и какие-то травы. Разложил всё на столе.

— Лей сюда,— скомандовал он.

— Ты что делать собираешься? — спросил озадаченно Яцек.

— Сейчас увидишь... Только не мешай.

Когда горшок наполнился, Жуга задумался на секунду, затем улыбнулся, протянул к нему руки и негромко произнес: "Энто-вашта!"

Сперва Яцеку показалось, что ничего не произошло. Он даже хотел сказать что-то по этому поводу, открыл рот, да так и замер, завидев, как над горшком заклубился пар.

Вода кипела!

Яцек был так поражен, что даже заглянул под стол, думая увидеть огонь, но там не было ничего.

Жуга тем временем уже сыпал в кипяток крупу, солил, мешал варево ложкой. Посмотрел на Яцека.

— Это м-магия? — запинаясь, выдавил тот.

— Все аптекари немного колдуны,— усмехнулся Жуга.— Да что это с тобой?

— Это адский огонь,— завороженно глядя на горшок, пробормотал Яцек,— и добра от него не жди!

— Адский огонь? — Жуга поднял бровь.— Не мели чепухи.

— Тогда объясни, как ты это сделал! Откуда взялся жар?

Жуга пожал плечами:

— Где-то на юге стало чуть холоднее, вот и все.

— Поклянись именем Господа!

— Клянусь.

Яцек немного успокоился, подошёл к столу и заглянул в горшок. Вода кипела ключом. Вкусно пахло кашей.

— Если это белая магия,— неуверенно начал он,— то где же заклинания? Ты призвал чьё-то имя, и вода закипела!

— Никого я не призывал,— сказал Жуга, бросая в горшок какие-то листья. Запахло пряностями.— Я всего лишь приказал воде: "нагрейся", и только. А маги, которые возятся с заклинаниями, просто не знают, какие слова в них действительно важны... да и цвет зачастую подобрать не могут.

— Цвет? Какой цвет?

Жуга замялся.

— Долго объяснять... Скажем так: надо сказать Слова и представить Цвет. Если всё верно, тогда получится. Понятно?

Жуга пробормотал что-то вполголоса, и варево перестало бурлить. Он зачерпнул кашу ложкой, попробовал.

— Готово. Садись есть, пока не остыло.

Всё ещё качая недоверчиво головой, Яцек сел за стол.

Вскоре с ужином было покончено, и приятели, вымыв посуду, залезли под одеяла. Жуга уснул сразу. Яцек же ещё долго ворочался, размышляя над происшедшим, потом махнул рукой, пробормотал: "На всё воля божья", и тоже погрузился в сон.

* * *

Серое на чёрном.

Камень, камень! Везде камень! Быстрые шаги — приближаются, катятся по пятам, звенят гулким эхом... и некуда бежать!

!запах человека!

!запах железа в его руках!

!запах каменной западни!

!запах смерти, смерти, смерти!

Чёрная тень на серой стене. Свист железа! Страх и безысходность и отчаяние...

Ярость!!!

Сжаться серым злым комком, ощерив острые крепкие зубы...

(Жуга, проснись!)

...и прыгнуть, прыгнуть, прыгнуть! Вцепиться на лету, чтобы выпала из руки железная палка...

(Да проснись же... а, чёрт!)

...чтобы закричали от боли, чтобы путь...

(Жуга!!!)

...был свобо...

Наконец глаза открылись.

Сердце бешено колотилось. На губах был острый привкус соли. Жуга пошевелился и почувствовал, что простыни и подушка мокры от пота. Он сел и огляделся.

Комнату заливал серый утренний свет. Было тихо. Яцек сидел на своей кровати, прижимая к себе окровавленную ладонь.

— Эй, Яцек,— окликнул его Жуга,— что стряслось? Я кричал?

Тот гулко сглотнул и покосился на дверь.

— Хуже,— сказал он.— Я хотел тебя разбудить, но... на миг мне почудилось, что я поселился вместе с вервольфом,— он посмотрел на свою руку. Его передёрнуло.

Жуга вытер рот рукой. Пальцы его окрасились красным.

— Так это я тебя укусил?

Яцек кивнул:

— Что с тобой творится, Жуга?

Тот помолчал. Встал, завернулся в одеяло и прошлепал босыми ногами к окну. Постоял, глядя на улицу. Обернулся.

— Каждую ночь в этом проклятом городе я жду сна, а приходит морок,— сказал он.— Что-то неладное творится в Гаммельне, Яцек... Почему бургомистр хочет, чтобы я уничтожил всех крыс в городе? Они что, и вправду нападают на людей?

Яцек раньше не обращал на это внимания, но теперь припомнил, что месяцев шесть тому назад от крыс и впрямь не стало житья. Вспомнил, как серые разбойники насмерть загрызли полосатую соседскую кошку, как покусали нескольких ребятишек. Вспомнил их дерзкие, изобретательные налеты на лавки и склады. А ещё леса эти, строительные! Яцек даже вздрогнул при мысли об этом.

— Это верно,— сказал он,— но что же тут странного?

— Крыса — тварь трусливая, и сама не нападёт, если только не загнать её в угол. А в Гаммельне это случается сплошь и рядом... Что у тебя с рукой? Ах, да...— Жуга потянул к себе котомку и вынул мешочки с травами.— Давай посмотрим, что тут можно сделать...

Поколебавшись, Яцек протянул ему свою ладонь.

— Слышь, Жуга,— спросил он.— А что тебе снилось?

— Не знаю,— пожал плечами тот.— Но постараюсь узнать.

* * *

— Ну-ка, ну-ка...— тонкие пальцы Иоганна Готлиба коснулись желтого Т-образного крестика, что висел у Жуги на шее.— Откуда это у тебя?

Жуга бросил растирать в массивной бронзовой ступке травяную смесь и вытер пот рукой.

— Крест? — переспросил он.— Так он всегда был при мне... А что? Или видели где такой?

— Естественно,— кивнул аптекарь.— Обыкновенный безглавый крест... Необычно только, что сделан он из янтаря.

— Почему? — насторожился Жуга.

— Что "почему"?

— Почему необычно?

Готлиб откинулся на спинку стула и сложил ладони домиком.

— Видишь ли, мой юный друг,— начал он. — Это кельтский крест. Кельты, или, говоря иначе — юты, жили когда-то в наших краях... очень давно, между прочим. А янтарь — камень балтийский. Интересно получается, не правда ли?

— Я в этом не разбираюсь,— хмуро буркнул тот.— Хотя...— Жуга вытер руки и, порывшись в мешке, извлек тусклый браслет зелёного металла.— Что Вы скажете вот об этом?

Аптекарь с интересом подался вперёд, взял браслет и невольно вздрогнул, ощутив в пальцах лёгкое покалывание. На лице его отразилось недоумение.

Браслет был с камнем. Девять подвесок, разных по форме, окаймляли его по кругу. Готлиб пригляделся внимательнее и различил шарик, каплю, замысловатый узел-трилистник, фигурку человека, что-то похожее на рыбку, колесо с четырьмя спицами, восьмилучевую звезду, лодочку и спираль.

Жуга стоял рядом, ожидая ответа.

Готлиб с осторожностью положил браслет на щербатые, жженые кислотой доски столешницы и с минуту молчал, рассеянно глядя на пламя свечи.

— Не знаю, что сие,— признал он наконец.— И почему от него ощущение такое — тоже не знаю... Металл незнакомый — это не железо и не бронза, и уж конечно, не серебро. В любом случае — работа древняя...

— А фигурки и камень? — спросил Жуга.

Старик задумался.

— Символы эти можно толковать по-разному,— начал он.— Шарик, скорее всего, олицетворяет Вселенную, капля — текущее время, а восемь лучей звезды — восемь сторон света. Но возможно также, что шар означает землю, капля — воду, а звезда — небо. Спираль — это символ бесконечности, но может быть, и образ змеи, и тогда означает мудрость. Фигурка человека... ну, это понятно. Крест в круге отражает движение, опять же, бесконечность, а кроме того — повторение всего сущего, ибо, как сказано в Екклезиасте: "Все реки текут, возвращаясь к истокам своим..." Да... Но вообще-то это ересь. Лодка, рыбка и тройной узел были в почете у тех же ютов, но что они могут означать — мне не ведомо.

— Но ведь вы же почти всё объяснили...

— Если бы! — усмехнулся Готлиб.— Пусть даже каждый рисунок в отдельности что-то значит, все вместе они бессмысленны. Вдобавок, к кельтам эта вещь не имеет никакого отношения

— священным у них считалось число пять, а подвесков, как видишь, девять... Что же касается камня, то это чёрный опал — самоцвет более чем странный. По одним поверьям, он приносит удачу, по другим — несчастье; единого мнения по этому вопросу нет.

Аптекарь повернул лежащий браслет, и чёрная поверхность камня вспыхнула радужными сполохами в свете свечи.

— Великолепный камень! — восхищенно сказал Готлиб.— Если мне не изменяет память, благородные опалы добывают только в одном месте — в разрушенном трахите в Червеницах.

— А где это? — спросил Жуга.

— Э-ээ... где-то в Чехии,— Готлиб протянул ему браслет,— или в Моравии... Не помню точно. Возьми. Больше я ничем не могу тебе помочь. Кстати говоря, ты мог бы выручить большие деньги за него.

— Спасибо,— кивнул тот.— Но мне что-то не хочется его продавать.

— Как знаешь...

В это время зазвенел дверной колокольчик. Готлиб пошел открывать, и вскоре вернулся с объемистым свертком. Внутри оказалась изящная шкатулка с жемчужным ожерельем, кошелек с деньгами и сопроводительное письмо от владелицы — какой-то местной богачки. Жемчуг потускнел от старости, утратил игру и блеск; письмо же содержало просьбу вернуть ожерелью первозданный вид.

— Ох уж эти женщины! — покачал головой Готлиб и улыбнулся.— Сколько раз я говорил, что жемчуг — камень мягкий, и его легко поцарапать... Ну что ж, посмотрим, чем тут можно помочь,— он повернулся к Жуге и распорядился: — Поставь воду на огонь. И принеси мне уксус и вино.

Тот кивнул, спрятал браслет обратно в мешок и пошел наверх за уксусом.

* * *

— Кружка пива на ночь — лучшее снотворное,— рассуждал, укладываясь спать, Яцек.— Если снится всякая гадость — выпей, и всё как рукой снимет,— он протянул перевязанную руку и взял со стола кувшин с пивом. Отпил. Глянул вопросительно на Жугу.

— Будешь?

Жуга сидел на кровати, сложив ноги кренделем и запустив пятерню в нечесаные рыжие волосы, разглядывал задумчиво рассыпанные по одеялу травы и коренья. Поднял взгляд.

— Нельзя мне пить сегодня,— сказал он.— Ты скажи-ка лучше, кофей у тебя есть ещё?

— Есть,— кивнул Яцек.— А что?

— Да так, ничего... Просто, я почти все травы свои Готлибу сбыл. Ты бы дал мне щепотку, а?

Тот пожал плечами:

— Возьми, разве жалко. Да только не уснешь ведь потом.

— Ничего, я уж как-нибудь...

Стемнело.

Вскипятив в горшке воду, Жуга отобрал каких-то трав из своего запаса и приготовил настой. Насыпал на ладонь горку пахучего коричневого порошка, постоял, размышляя и прикидывая, потом махнул рукой и бросил его в кипяток. Подождал с минуту, отцедил через тряпицу получившийся взвар, покосился на Яцека (тот уже спал), выпил всё и залез под одеяло.

Было тихо. За окном накрапывал дождик-полуночник. Легкие капли шуршали по крыше, стекали кривыми дорожками по стеклам. Изредка сквозь туманную пелену туч проглядывал бледный серп осенней луны. Жуга лежал, глядя на косой чердачный потолок и чувствуя, как оплетает глухим пологом мысли вязкая, тягучая дрема — чёрные травы тянули за собой. Дурман крепчал, давил на виски, гнал мысли прочь, и лишь сила чужеземного напитка не давала Жуге скользнуть в чёрную воронку сна целиком.

И тут, непонятно откуда нахлынул вдруг слепой беспричинный страх.

Он лился в окно, плясал на потолке с бликами лунного света, сочился сквозь щели в полу, лез под дверь, таился под кроватью, шелестел мокрыми лапками по крыше. Грудь сдавило: воздух напитался страхом, как осенний мох — водой. Что-то зыбкое и неуловимо чужое, царапаясь, пыталось пролезть внутрь извне, как путник дождливой ночью стучит в запертую дверь. Сердце вдруг замерло, а через мгновение чёрная пелена поднялась, и Жуга увидел, как...

* * *

...город разлегся на поверхности земли неровной каменной коростой, таращился в темноту слепыми пятнами одноногих масляных фонарей, скрипел на ветру ржавыми петлями ворот и ставней, и повсюду в нем — в каменных подвалах, под хрупкой черепицей крыш, в пустотах старых стен, и даже — в часах на ратуше копошился, жил своей тайной ночной жизнью серый крысиный народ. Маленькие создания сновали по улицам, добывая еду и разыскивая убежище, изгоняли врагов и чужаков, содрогались в экстазе единения и растили потомство, и надо всем этим скользил туманным крылом всепоглощающий *страх*. Ночь всегда принадлежала им, но только не сейчас, не теперь, когда что-то непонятное творилось здесь, когда...

Серое на чёрном.

Наконец-то ночь, ночь, когда не режет глаза противный свет, и не надо суетиться! Но придет день, и *оно* опять погонит нас, погонит слепо и злобно, и мы, не отдыхая, словно загнанные в угол, снова выйдем из своих укрытий. И мы выходим...

    мы грызем...
        бежим...
           ломаем...

кусаем...

...и не можем остановиться, потому что нам страшно, страшно, страшно!!!

* * *

Яцек проснулся среди ночи, разбуженный непонятными звуками, и некоторое время лежал неподвижно, настороженно прислушиваясь. Выглянул опасливо из-под одеяла.

В мансарде было холодно. За окном, подсвеченные матовой луной, неслись по небу рваные клочья облаков. Шёл дождь. Яцек повернул голову и различил в зыбком полумраке фигуру Жуги на кровати. Рядом на полу чернело в световом пятне тонкое неровное кольцо, словно бы очерченное углем.

На первый взгляд казалось, что Жуга спит, но вскоре Яцек пообвыкся в темноте и увидел, что глаза у того открыты. Правая рука Жуги свешивалась с кровати, касаясь досок пола, и согнутые костяшки пальцев отбивали причудливый, замысловатый *ритм*. Дом молчал, окутанный сном, и негромкий этот перестук разносился дробным эхом в ночной тишине, будоражил мысли, вызывая из глубин памяти что-то очень древнее, смутно знакомое, но потом благополучно забытое. Яцек лежал, затаив дыхание, гадая, чем всё это кончится, и уже начал было снова засыпать, как вдруг стук прекратился. Жуга поднял голову с подушки и вытянул шею, глядя в дальний угол.

Яцек тайком покосился туда же и невольно вздрогнул — там, в кромешной темноте поблескивали чьи-то огромные — с грецкий орех — глаза.

Яцек тихонько ущипнул себя за руку, надеясь, что видение сгинет, но глаза не хотели исчезать. Круглые и желтые, словно две маленькие луны, они, казалось, висели там сами по себе, и лишь присмотревшись, можно было различить их обладателя — мохнатую двуногую страшилку ростом чуть выше табуретки. Существо мигнуло пару раз, мягко и бесшумно переступило с ноги на ногу. Качнулись корявые, свисающие до пола руки. Длинная пушистая шерсть скрывала очертания его тела, и когда ночной гость стоял неподвижно, то совершенно сливался с темнотой, лишь мерцали блюдечки глаз, глядя то на Жугу, то на Яцека. Из угла он не выходил — то ли не хотел, то ли просто боялся. Некоторое время в комнате царила тишина, затем Жуга заговорил.

— Ты узнал меня, Яртамыш? — хриплым шепотом спросил он.— Отвечай!

Непонятное чучело в углу зашевелилось, подняло голову.

— Не произноси мое имя при чужаках,— донесся из угла тихий, похожий на шелест опадающей листвы, голос.— Я узнал тебя, Рыжая Голова.

— Он не чужой,— нахмурился Жуга, покосившись на Яцека,— и вдобавок, он спит... Ты помнишь наш уговор?

— Я помню наш уговор,— глаза качнулись с легким кивком.— Чего ты хочешь от меня?

Жуга помолчал, раздумывая.

— Этот город заполонили крысы,— наконец сказал он.— Почему это случилось?

— Злое место.

— В чем заключено зло?

— Этого я не ведаю,— ответило существо.— Любой город — злое место. Много людей. Много камня. Мало солнца. Мало воздуха. Что ещё?

— Мне нужно избавиться от них, а я не хочу убивать.

Глаза мигнули озадаченно.

— Почему? — прошелестел вопрос.

— Я видел их сны, и теперь знаю, что злоба исходит не от крыс. Они не виноваты. И ещё — они слишком умны, чтобы травиться и попадаться в ловушки. Как мне обойтись без крови?

— Уведи их прочь.

Жуга покачал головой:

— Они не пойдут за мною.

— Пойдут за твоей дудочкой.

— Как это можно сделать?

— Поднять выше.

— Что поднять?

Тварь хихикнула еле слышно — словно лопнула пружина в старых часах, блеснула глазами.

— Голос,— был ответ.

На некоторое время воцарилась тишина. Жуга сидел, обдумывая услышанное, и мохнатый карлик первым нарушил молчание.

— Я выполнил твою просьбу,— сказал он.— Развяжи теперь мой узел.

ОСЕННИЙ ЛИС

Жуга кивнул и потянулся рукой за чёрным кольцом, которое оказалось тонкой верёвкой, завязанной множеством узелков, поднял её и распустил один. Посмотрел на своего советчика. Глаза в углу мигнули несколько раз, но остались на месте.

— Что ж ты не уходишь? — спросил Жуга.

— Вы, люди, странные существа,— сказал наконец голос,— и редко держите свое слово. Ты поступил честно со мной... Хочешь совет?

— Хочу,— поколебавшись, кивнул тот.

— Научись заново жить с людьми.

Сказав это, пришелец развернулся и исчез также быстро и бесшумно, как и появился.

Жуга посидел ещё некоторое время, затем смотал в клубок верёвку, спрятал её в мешок, лег и вскоре заснул. Яцек же ещё долго лежал с открытыми глазами, соображая, приснилось всё это ему, или нет, и заснул лишь под утро, так и не найдя ответа на свой вопрос.

* * *

Вечером этого дня Яцек вернулся домой поздно. Жуга сидел на подоконнике, ковырял ножом какую-то палочку. Целая охапка таких ветвей кипятилась в горшке, торчала оттуда растрепанной метелкой. Горшок, как всегда у Жуги, кипел сам по себе. На полу, среди лужиц воды рассыпаны были щепки, стружки и множество трубочек снятой зелёной коры.

Яцек затворил дверь.

— Жуга! — позвал он.

— Что? — отозвался тот, не поднимая головы.

— Поговорить надо.

Жуга мельком глянул на него, кивнул, отложил в сторону надрезанный прутик и нож, и вытер руки.

— Что стряслось? — спросил он.— Ты чего такой бледный?

Яцек замялся, не зная, с чего начать, глубоко вздохнул и заговорил спешно — словно бросился в омут головой.

— Я вот что сказать хочу, Жуга... С той поры, как ты сюда заселился, тут такое творится, что мне порой не по себе. Нет, ты не подумай только, что я жалуюсь или прогнать тебя хочу, просто... Просто неясно мне всё это! Леса эти, горшки без огня, видения... Зачем она нужна, вся ворожба эта?

Жуга помолчал, прежде чем ответить.

— Ты не спал прошлой ночью? — спросил он.

Тот кивнул и откашлялся, прочищая горло.

— Кто это приходил вчера? Тролль? Кобольд?

Жуга покачал головой.

— Ни то, и ни другое. Просто попал он однажды в беду в горах, а я ему помог... Ты его не бойся — это на вид он так страшен, а так — добрый, вот только людей не жалует.

— Странный ты человек...— Яцек пододвинул табурет, сел и с опаской покосился на горшок, где по-прежнему ключом кипела вода. Вздохнул.— Странный, и всё таки — хороший. Другой не полез бы девчонку спасать, а ты не забоялся. Что ты затеваешь, Жуга? Иногда просто страшно, когда ты рядом. До жути страшно...

Жуга сидел недвижно, молчал, глядя в окно. Рассеянно взъерошил пятернёй рыжую копну нечесаных волос. Посмотрел на Яцека.

— Страх, да...— сказал наконец он.— Наверное, ты прав. Со стороны, говорят, виднее. Извини, если что. Спрашивай, я отвечу.

Яцек подобрал с пола одну трубочку, повертел её в пальцах.

— Свистулька, что ли? — недоумевая, произнес он.

— Вроде, как,— кивнул Жуга.— Помнишь разговор вчерашний? Свирель я мастерил — манок. Полдня ветки перебирал, искал подходящую.

— Нашёл?

— Нашёл.

— Дались вам с Готлибом эти крысы...— Яцек с сомнением посмотрел на хрупкую, ещё не просохшую дудочку, что лежала на столе.— Потравить их — и делу конец. Или капканов побольше поставьте. Дудеть-то что толку?

Жуга поднял взгляд, усмехнулся невесело.

— Если б ты знал, друг Яцек, как тут всё хитро закручено,— сказал он.— А Готлиб... он из-за меня в беду попал, мне и выручать старика.

Жуга спрыгнул с окна и направился к столу. Выбросил вон распаренные ветки, наполнил горшок свежей водой, подождал, пока та не закипела и всыпал пригоршню крупы. Сложил в мешок свирель и нож, посмотрел на заваленный мусором пол.

— Веник есть?
— Там, в углу...

Жуга смёл щепки в кучу и выбросил их в окно. Постоял, задумчиво глядя на улицу. Было тепло — осень расщедрилась-таки ещё на один погожий денёк. На тёмном небе уже зажглись первые звёзды. Сырой осенний ветер налетал порывами, раскачивал оконные створки, теребил Жугу за волосы.

— Такая загвоздка, Яцек...— сказал Жуга, не поворачивая головы.— Плохо я город знаю, а мне по всем улицам пройти надо. Помог бы ты мне, а?

Тот помолчал нерешительно.

— А ты когда идти-то надумал? — наконец спросил он.

Жуга повернул голову.

— Сегодня,— сказал он и посмотрел Яцеку в глаза.— Сейчас.

* * *

Они шли по тёмным улицам — две тени, чёрное на сером; шли тихо, лишь башмаки Яцека стучали по каменной мостовой, да шуршал изредка под ногами палый осенний лист. Шли мимо запертых лавок и мастерских, мимо пивной, где давно уже смолк всякий шум, мимо чёрной молчаливой громады собора. Шли мимо ратуши, где равнодушные чёрные ножницы стрелок отмеряли третий час. Шли мимо пекарни вдовы Мютцель, мимо аптеки Готлиба, мимо темных унылых домов, кружили в узких лабиринтах уснувшего города, и лишь тусклые фонари слепо таращились им вслед.

Первым шёл Яцек, кратчайшей дорогой направляясь к городским воротам, сразу за ним — Жуга с котомкой за плечами (ее он взял с собою). Жуга играл. Звук свирели почти что не был слышен, лишь возникал временами в голове тонкий комариный писк, висел в воздухе, щекотал виски, а через миг растворялся в ночной тишине. Зыбкая, плачущая мелодия из двух-трех нот билась в тесных каменных ладонях, летя в небытие и возвращаясь, звала за собой. Яцек мог бы поклясться, что никаких звуков нет вообще, если бы...

Если бы не крысы.

Сбившись в тесную стаю, они шли за ними, как привязанные, и с каждой улицей, с каждым проулком их становилось всё больше и больше, словно серое бугристое одеяло накрыло мостовую от края и до края. Яцек содрогнулся от такого зрелища и больше не оглядывался. Улицы петляли, брусчатка мостовой была неровной. Жуга шёл, чуть заметно хромая, не оборачиваясь, сосредоточенно глядел себе под ноги. И только поэтому ни он, ни Яцек не заметили, как там, где они прошли, открываются бесшумно двери домов.

* * *

Лишь когда оба они вышли далеко за городские стены, Яцек набрался храбрости и оглянулся вторично. Оглянулся — и остолбенел.

Крысы по-прежнему бежали следом, и число их заметно возросло, но дело было не в этом.

По пятам за ними шли дети.

Растянувшись по дороге неровной цепочкой, одетые, как попало, а многие и вовсе — в ночных рубашках и колпаках, мальчики и девочки лет пяти-шести; они брели, еле переставляя ноги, спотыкаясь и падая, держались друг за дружку, словно ожил вдруг какой-то нелепый страшный сон.

Опомнившись, Яцек в два прыжка нагнал приятеля и схватил его за рукав.

— Жуга! — в ужасе зашептал он.— Глянь назад, Жуга!

Тот обернулся и тоже переменился в лице. Опустил свирель.

Мелодия смолкла.

Яцек замер, ожидая, что зверьки тотчас бросятся врассыпную, но те, казалось, и не думали бежать, наоборот — сгрудились потеснее и замерли, поблескивая глазками. Остановились и дети.

Яцека била дрожь.

— Что ж мы натворили, а? — растерянно пролепетал он.— Как же так? Почему они не уходят? Почему, Жуга?!

— Погоди, не мешай! — отмахнулся тот. Посмотрел на свирель в своей руке, на детей, и снова — на свирель. — Вот, значит, как…— пробормотал он.— Не думал я, что детское ухо чуткое такое… Хорошо ещё, что ночь сегодня тёплая.

Яцек наконец умолк. В наступившей тишине Жуга снова оглядел неровный белый полукруг ребячьих лиц. Их было двадцать семь — пятнадцать мальчиков и двенадцать девочек. Безвольно опустив руки, они стояли, глядя в темноту широко раскрытыми невидящими глазами. Некоторые улыбались.

Жуга нахмурился — что-то здесь было не так… Он зажмурился и попытался вспомнить, вернуть то странное чувство пустоты в голове, что приходило ночью, во сне; прогнав прочь все мысли, кроме одной, он тянулся ею, всё дальше и дальше уходя в бархатную темноту закрытых век. Голова закружилась. Ещё немного… Ещё… Вот!!!

Жуга даже вздрогнул от неожиданности: *оно* было здесь — тихое, дремлющее зло — стояло рядом, безобидное до поры, до времени, и только холодный, затаившийся липким комком страх выдавал его присутствие. Жуга проглотил застрявший в горле ком и осторожно — словно спящую змею за хвост, потянул *это* на себя.

Яцек стоял, глядя то на Жугу, то на детей, как вдруг в их рядах возникло какое-то шевеление, и те расступились, пропуская вперед троих — девчонку и двух мальчишек. Яцек попятился.

— Мышата…— хрипло выдохнул он и смолк.

Жуга открыл глаза. Оглядел всех троих.

— Так значит, про них поют ту самую песенку? — спросил он.

— Про них...— кивнул Яцек, помолчал растерянно и снова посмотрел на трех босоногих ребятишек.

Коротышка Фриц, Кристиан-заика и тихоня Магда. Три глупых маленьких мышонка, в слепом безрассудстве побежавшие за злой фермершей. В них тоже не было зла. Но когда тебе ни за что ни про что оттяпают хвостик... Когда отберут любимую игрушку... Когда задразнят до слез просто потому, что ты не такой, как все... Когда... Когда...

Беспомощные в своей обиде, и оттого — Ещё более смешные, что они могли? Но кто-то из них проник случайно в мир Серого Народа, туда, где их слабость обернулась силой.

И фермерша содрогнулась и побежала.

"А ты смог бы выглядеть храбрым таким?.."

Яцек посмотрел на Жугу.

— Как ты догадался? — спросил он.

— Не догадывался я,— хмуро помотал головой Жуга.— Только сейчас сам всё понял...— он взъерошил волосы рукой и покосился на Магду.— Никто из них в одиночку не смог бы крыс на город натравить — ни Фриц, ни Кристиан этот. А девчушка... Нет в ней Силы, она... ну, как бы мостик между ними, что ли...

— Но ведь леса-то на нее упали!

Жуга опять покачал головой.

— Леса на их обидчиков падали, тех, что в песке играли, помнишь? Она просто не поняла, что и её задавит тоже... Они не понимали даже, что и пацанов-то тех убьет, просто отплатить им хотели.

Яцек помолчал задумчиво.

— Не понимаю,— наконец сказал он.— С чего ты взял, что они такие жестокие? Почем тебе знать?

Жуга пожал плечами.

— Самое жестокое в этом мире — это детские игры, друг Яцек. Чтобы понять это, надо просто-напросто вырасти. Кто взрослеет в двадцать лет, кто — в пятнадцать... А иной рождается стариком.

— Это ты, что ли?

Жуга поднял взгляд:

— Может, и я... Не всё ли равно? Давай лучше подумаем, что делать-то теперь с ними, со всеми.

Яцек покосился на детей.

— Они что, спят?

— Спят,— кивнул Жуга.

— Отведем их обратно... А крыс убей. Утопи, вон, в реке...

Жуга криво усмехнулся.

— Уж больно у тебя, Яцек, просто всё получается: "Тех вернем, этих прибьем"... Погоди кулаками-то махать. Крысы в город новые придут, как ни старайся — это уж, как пить дать, точно. В этой жизни только одно имеет значение

— смерть. А чья — не важно. Так что, не надо их топить. Попробуем иначе.

— Ты так думаешь? — неуверенно спросил Яцек.

— Я — знаю,— отрезал Жуга и подошел к ребятишкам.

Он постоял в задумчивости около них, коснулся каждого рукою и сказал что-то — Яцек не расслышал толком, что именно. Отступил назад.

— Что ты с ними сделал? — обеспокоенно спросил Яцек.

Жуга передёрнул плечом и поморщился:
— Да почти что ничего...
— Нет, всё таки? — не отступал тот.

Жуга взглянул на Яцека так странно, что по спине у того вдруг забегали мурашки, и всякая охота спрашивать почему-то отпала сама собой. Яцек внезапно понял, что он ровным счетом ничего не знает об этом рыжем пареньке с таким нелепым именем, который так вот запросто способен увести из города кого угодно, когда угодно и куда угодно.

Жуга меж тем опять повернулся к детям, которые по-прежнему стояли, не двигаясь, и протянул руку.

— Ты,— он тронул за плечо Кристиана.— Ты больше не будешь заикаться. А ты, Фриц, не стыдись отныне своего роста. Магда... Ты вырастешь, станешь очень красивой, и будешь счастлива, поверь мне.— Жуга опустил руки и ещё раз оглядел всех троих.— Больше никто не назовёт вас слепыми мышатами. Это я вам обещаю. А теперь...— он покосился на крыс,— ...отпустите их.

Два мальчугана и девочка не шевельнулись, стояли, молча глядя перед собой. И вдруг... поляна ожила, наполнилась шорохом и писком — хвостатые зверьки суматошно заметались в жухлой осенней траве, сталкиваясь, разбегаясь и тут же прячась, и меньше чем через минуту все крысы исчезли, лишь поблескивали изредка в ночной темноте чёрные бусинки глаз.

Жуга кивнул и улыбнулся.

— Вот и все,— сказал он Яцеку.— Не было бы счастья, да несчастье помогло. Отведешь детей обратно, Яцек?

— А ты? — опешил тот.— Ты разве не вернешься?

— Оглянись,— вместо ответа сказал Жуга.

Яцек глянул через плечо и увидел, как просыпается среди ночи растревоженный Гаммельн. В окнах загорались огни, то и дело мелькали красные точки факелов, а минуту спустя зазвонил отчаянно самый большой соборный колокол.

— Видишь? — Жуга виновато улыбнулся.— Нельзя мне туда... А ты возвращайся. Если что — вини во всем меня, тебе ведь жить ещё с ними. А я пойду, пожалуй.

— Но...— запинаясь, начал тот.— Но куда?

— Не знаю,— Жуга вздохнул.— Теперь уже не знаю... Много есть мест, где я хотел бы побывать,— он развязал вдруг мешок и вытащил что-то, завернутое в тряпицу.— Не в службу, а в дружбу, Яцек, зайди потом как-нибудь к Готлибу, передай ему.

— Что это?

— Горный воск.

— А дети?

— Дети проснутся скоро. Ну, бывай здоров,— он вскинул было котомку на плечо, как вдруг нахмурился, припоминая что-то, и хлопнул себя по лбу.— Вот незадача!

— Что?

— Совсем забыл... Когда уходили мы, я там горшок с кашей оставил на столе кипеть. Кто же знать мог, что всё так получится! Остудить бы надо.

— Надо,— согласился Яцек.— А как?

— Проще простого. Произнеси рядом с ним: "Ильта-вашта" и представь красный цвет.

— Красный?

— Ага,— кивнул Жуга.— Ну, вот теперь, кажется, все. Прощай, Яцек. Может, зайду ещё когда-нибудь в Гаммельн, колокола ваши послушать — уж больно мне игра твоя душу растравила.

— Счастливого пути, Жуга,— кивнул тот и, не удержавшись, спросил: — А что, правда понравилось?

Тот улыбнулся, кивнул, поправил мешок за спиной, и вскоре растворился в ночи. Шаги смолкли.

Внезапно, в одночасье поднялся ветер. Яцек вздохнул полной грудью, посмотрел на небо — чёрное, с матовым узором осенних созвездий.

ОСЕННИЙ ЛИС

Ветер не хотел утихать. Ветер раскачивал деревья, ветер шелестел сухой листвою. Ветер брал свое начало на заснеженных вершинах далеких гор, может быть, даже Хоратских. Путь его лежал через леса и луга, через холмы и поля, через реки и болота. Ветер нес искристый холод горных ледников, терпкий, еле уловимый запах увядающей травы и листьев, стылый, ломкий привкус заповедных лесных ключей; и было в нем ещё что-то неясное, почти неощутимое, но такое... такое...

Яцек вдруг понял, что именно: исчез запах города — застарелая сырая вонь — запах, который преследовал его всю жизнь — и босоногое детство, и годы ученичества, и теперешнюю бытность его городским звонарем. А ветер...

Ветер нес в себе всё то, что Яцек пытался выразить своей музыкой. Ветер летел. Ветер пел. Ветер звал за собой.

Теперь Яцек знал, что когда-нибудь он тоже уйдет из Гаммельна, как ушёл только что Жуга. Рано ли, поздно ли, но — уйдет непременно. Уйдет сам, по зову сердца, по следам рыжего паренька-травника, по велению музыки, что звучит в его душе. И тогда уже кто-то другой сядет за клавиши Малинского кариллона. Но это будет потом, позже. А пока — город слишком крепко держал его. Слишком крепко.

Было тихо, и Яцек вздрогнул от неожиданности, когда пальцев его коснулась тёплая детская ручонка. То была Магда. Стояла рядом, глядя на него искренне и доверчиво. Тёплый ветер шевелил её мягкие светлые волосы. Остальная ребятня, сбившись стайкою, топталась позади.

— Дядя Яцек,— улыбаясь, спросила Магда.— А мы скоро пойдем домой? Скоро, а?

Тот улыбнулся рассеянно в ответ и погладил её по голове.

— Скоро,— сказал он.— Сейчас.

Яцек посмотрел на Кристиана, на Фрица, и в этот миг вдруг понял, что именно сделал с ними Жуга, прежде чем уйти.

Он отобрал у детей и унес с собой их страх — единственное, что помогало им выгонять крыс из нор.

Яцек поднял Магду на руки и медленно зашагал обратно в город. Остальные дети шли следом.

Он шёл и вспоминал все, что с ним произошло в эти странные дни, гадал, кем мог быть этот странный рыжий пришелец, и зачем заявился он в Гаммельн, и кто приходил к нему ночью на стук, и что он, Яцек, скажет теперь городским жителям.

И ещё он думал о том, как хорошо, что последнее слово всегда остается за человеком, хотя в последнём он, почему-то, был не очень уверен.

Серое на чёрном.

Оправа: ГОВОРЯЩИЙ

3

"Глупее глупого," — сказал медведь.

— О чём ты? — травник поднял голову.

"О крысах,— фыркнул тот.— Люди всегда были склонны сваливать свои грехи на кого-нибудь другого. Служители вашего бога сравнивают кошек с дьяволом, а после жгут их сотнями в кострах. Немудрено, что в городах раздолье крысам. Чума двадцатилетней давности, я вижу, ничему вас не научила. А ты, стало быть, травник?"

— Да.

"Забавно... Ты именно тогда и понял, что умеешь говорить?"

— Что? Говорить? А, да. Наверное, тогда. Но дети...

"Дети. Хм. От рождения до смерти долгий путь, да и люди меняются с возрастом. Два мальчика и девочка, так? Я их запомню"

Медведь умолк, а когда заговорил опять, речь пошла совсем о другом.

"Встречались ли тебе такие, как ты сам?" — спросил он.

— Такие же, как я? — переспросил Жуга.— Нет. Не встречал. Хотя однажды... Это было что-то другое, но похожее. Не знаю как сказать.

"И что ты почувствовал?"

— Страх.

"Страх,— вслух задумался медведь.— Полезная штука. Помогает понять, что жизнь — всего лишь бег мельничного колеса в потоке времени."

— Да,— сказал Жуга.— Бег мельничного колеса.

РОБКИЙ ДЕСЯТОК

Зелень исчезала.

Последний её оплот — парочка низкорослых молодых ёлочек — не мог уж боле сдерживать натиск безумного осеннего маляра. Месяца через три она, конечно, вернётся — робким изумрудным мазком на снежной белизне, но сейчас всюду, куда падал взор, царствовал багрянец, огненно-рыжее золото и хрупкая, исчерканная углем белизна раздетых берёз.

Лес терял свой убор.

Сухие листья, кружась и порхая в тёплом безветрии, пядь за пядью укрывали землю узорчатым лоскутным одеялом, падали неслышно на тёмную гладь пруда и после долго плавали поверху, пока вода, вдоволь наигравшись, не загоняла их в узкий деревянный жёлоб. Ни один не тонул — морщинистые, скрученные в лодочку, они вертелись в вихре пены и брызг на чёрной карусели мельничного колеса и отправлялись в свой дальний путь вниз по течению ручья. Навсегда.

ДМИТРИЙ СКИРЮК

В этом прощальном разноцветье не сразу можно было различить сидящего на берегу паренька лет двадцати. Был он бос, одет в серую неприметную холщовую рубашку и такие же штаны, сидел недвижно, погрузивши ноги в ручей, и даже рыжая копна нечёсаных волос смахивала издали на пучок осенних листьев. Рядом, на траве лежал потрёпанный заплечный мешок, посох и кожаные башмаки-царвули.

Ручей вытекал из леса. Был он неширок и говорлив, но здесь, у запруды вдруг разливался глубоким омутом.

Когда-то отсюда был только один сток — через жёлоб, но старые швы плотины уже давно прохудились, вода сочилась изо всех щелей, стекала по заросшим зеленью брёвнам и вновь сливалась в один поток.

Мельница была под стать плотине — длинный низкий сруб, крытый потемневшей от времени щепой. Дверь разбухла и не хотела закрываться. Печная труба обвалилась. Слепыми провалами чернели окна. Рос лопух. Росла крапива. Густой зелёной чащей разросся борщевик. Всюду были тлен и запустение. Царила какая-то пустая, гулкая тишина осеннего леса, только шлёпало, крутясь, старое мельничное колесо, да шуршали опадающие листья.

Из-за угла вдруг донесся громкий, как трещотка, хруст валежника. Паренёк у ручья вздрогнул было, вскинул настороженно рыжую голову, но через миг уже снова расслабился и даже не посмотрел в ту сторону. Взгляд его неотрывно следил за колесом.

— Жуга!!! — зычно крикнули где-то за мельницей.— Жуга! Эй, где ты там?!

Снова затрещали сучья, и кто-то хрипло выругался, продираясь через бурелом. Ещё через миг огромные — в рост человека — заросли лопуха возле старого плетня зашевелились, и на берег вывалился рослый черноволосый малый, тоже лет, примерно, двадцати. Помотал головой, огляделся.

Был он широкоплечий, лобастый и сильный не по годам, волосы стриг коротко, но шапки не носил, и хоть казался неуклюжим, на деле, наверное, был довольно ловок.

Жуга (а звали рыжего паренька именно так) помахал рукой, и тот, заметив наконец своего приятеля, двинулся к нему в обход пруда, на ходу выдирая из волос застрявший там репейник. Уселся рядом на траву, подобрал ноги под себя.

— Всё облазил,— сообщил он.— Мельница, как мельница, ничего особенного. Старая, конечно, и жернов один побитый, а так — ничего, ещё послужит. Работы, знамо дело, много будет, ну, так я работы не боюсь... А ты всё сидишь?

— Сижу,— кивнул Жуга. Повёл в воде ногою. Стайка рыбьей молоди испуганно метнулась в сторону. Черноволосый покосился на запруду, хмыкнул задумчиво.

— Странный ты всё таки, Жуга,— наконец сказал он,— торчишь тут, у воды целый день, пялишься на колесо, будто сыч... Или что интересного в нем нашёл, а?

Жуга вздохнул и повернул голову. Цепкий, внимательный взгляд его голубых глаз был нехорош. Тревожный был взгляд.

— Не знаю, Олег, не знаю...— он взъерошил волосы рукой.— Может, и нашёл...

— Что, к примеру сказать?

Жуга отвел взгляд.

— Почему оно вертится? — спросил он.

* * *

После долгих кутежей, после нескончаемой череды пирушек, попоек и пьяных драк Олег наконец-то решил завязать и взяться за ум. Произошло это вскоре после того, как его погнали с мельницы, где он работал.

Как раз в эти дни судьба вновь свела Олега с одним его приятелем — не то волошеским, не то вазурским горцем — мрачноватого вида рыжим пареньком со странным прозвищем — Жуга. Никто не знал, откуда он пришёл и где живет, не знали даже — как его зовут; в свое время обоих перезнакомил их общий друг Реслав. Месяца полтора-два тому назад всех троих, в компании ещё с одним парнишкой, имени которого Олег уже и не помнил, занесло в замок к одному вельможе. О том, что приключилось после, Олег предпочитал помалкивать, хотя соблазн похвастать своими похождениями был велик — знал он мало, но по крайней мере то, как рушилась одна из башен замка, видел сам, своими глазами.

Толки об этом по Маргенским кабакам ходили самые разные, тем более, что не прошло и недели, как хозяин замка — Михай Пелевешич — скончался. Многие, впрочем, его недолюбливали (если не сказать хуже), да и был он уже в летах, так что в скором времени всё это тихо-мирно позабылось.

Все бы ничего, но несколько дней спустя по Маргену, словно зараза какая, прокатилась волна похорон. Умирали, в большинстве своем, местные и заезжие престарелые купцы, знатные вельможи преклонных лет да именитые городские старожилы. Все они тоже изрядно подзажились на этом свете, и люди удивлялись лишь тому, что все ушли разом — друг за дружкой и в такой короткий срок. Но тут уж ничего не поделаешь. "Знать, судьба такая,— судачили за столами в корчмах.— Бог дал, бог и взял, а посему — не наше дело, куда девалось тело, а вот выпьем-ка лучше за упокой души". Сдвигались, звякая, кружки, и пенные струи крепкого Маргенского пива гнали прочь всякие вопросы.

Где пропадал всё это время Жуга, Олегу было не ведомо. Дороги их пересеклись под Желтым Колесом, у Ладоша, где Олег шумной прощальной гулянкой отмечал свой "уход" с мельницы, конец лета и ещё чьи-то именины впридачу. Жуга тоже был там, искал кого-то, наверное. Его нескладную, всю какую-то перекошенную, но до странности гибкую фигуру и рыжую лохматую башку трудно было не узнать. Олег сразу затащил его за стол, и после третьей или четвертой кружки поделился с ним своими задумками на будущее. А хотел он ни много, ни мало — завести свое дело, то бишь — собственную мельницу.

Кое-кто из приятелей присоветовал ему сходить глянуть на одну такую, позаброшенную, что у Бобрового ручья — мол, дескать, вдруг она не совсем ещё развалилась — да одному идти вот что-то нет охоты, да и места там глухие, безлюдные места. Люди сказывают, неладное там что-то, да только ведь врут наверное, а всё равно — лучше было бы вдвоём пойти.

— Может, составишь мне кумпанию? — то и дело спрашивал он.

Рекой лилось вино, сизой спиралью вился табачный дым, и Жуга теперь уже не помнил, как согласился тогда идти вместе с Олегом. Планов на ближайшее время у него не было, а те, что были, вполне могли подождать недельку-другую.

И была ещё одна причина: Влану он искал в тот вечер. Искал, да не нашёл...

На другое утро встали рано. Остальные гости ещё спали вповалку, кто на лавке, кто на столе, а кто и вовсе — под столом. Очухавшись и протрезвившись бадейкой рассола, оба засобирались в путь.

Уходя с мельницы, Олег прихватил в качестве платы порядочный мешок муки, от которого теперь осталось меньше половины. Решили взять его с собой — не пропадать же добру. На менки, что водились у обоих, прикупили свечей, пару одеял, свиной копчёный окорок, да пива маленький бочонок, и даже осталась ещё кое-какая мелочишка на дорогу.

Вышли засветло. Шумный суетливый Марген остался вскоре позади, и Жуга постепенно перестал корить себя за содеянное. В конце концов, дело-то Олег задумал хорошее, жаль только — поздновато спохватился: осень на носу.

Погода стояла тёплая, что называется — бабье лето. Где пешком, где — на попутной подводе, ночуя на постоялых дворах, а в конце пути — уже просто в поле, приятели добрались до Бобрового ручья дня через три. Здесь было не так чтобы очень уж безлюдно, нет. Неподалеку оказался перекресток двух проезжих дорог, по которым в хорошие времена возили сюда зерно из трех ближних деревень и десятка более отдаленных. Теперь же, когда мельница больше не работала, жителям их приходилось делать большой крюк, добираясь до какого-то другого мельника почти что два дня. Тот, кстати говоря, был, видать, малый не промах и драл с поселян три шкуры, но — ничего не поделаешь! — ругались, да ездили.

Мельница оказалась старая, но сруб был ещё крепок. Чинить её сейчас целиком и полностью у Олега не было ни времени, ни желания, и дело отложили на весну, решили просто подновить дырявую крышу, пока не начались снова осенние дожди.

Жуга с каждым днём ощущал, как растет в груди знакомое до боли напряжение, предчувствие чего-то неясного и недоброго. Впрочем, то могла быть простая усталость. Каждый день взгляд его всё чаще останавливался на чёрной воде мельничного пруда, и Жуга подолгу сидел на берегу, слушая лес и думая о чем-то своем. Было в окрестностях старой мельницы что-то непонятное. Никто сюда не ходил, хотя полно здесь росло и ягод, и грибов — почти не отходя от пруда, приятели каждый день набирали чуть ли не ведро крепких, ядреных боровиков. Здесь редко дул ветер, и совсем не было птиц и другой живности, лишь ниже по течению ручья поселились бобры — там была вторая плотина, ими же и построенная. Изредка можно было слышать, как валятся с треском молодые деревца на их лесосеке, да шлепают по воде плоские чешуйчатые хвосты.

И ещё одна заноза не давала Жуге покоя. Мельница была стара. Давно сточились деревянные шестерни. Треснул и раскололся жернов. Почти совсем стерся кованый вал. Воды в желобе было мало, и напор её был так слаб, что не смог бы и пескаря затянуть, не говоря уже о том, чтоб колесо крутить.

А колесо крутилось.

Олег пробовал его останавливать. Сделать это удавалось без особого труда, но едва лишь убирали запорный брус, тёмная громада вновь начинала свое неторопливое вращение. Жуга предложил было вообще — перекрыть колесу воду, но почему-то они так и не решились это проделать, да и времени не было.

Жуга подначил было Олега спросить у окрестных поселян, кто был прежний мельницы хозяин, куда исчез, как звали его, да и был ли он вообще, но те всё больше отмалчивались, и тогда Жуга сам решил выяснить, что тут к чему. Он взял свою котомку, пересчитал менки в кошельке и отправился в ближайшую деревню.

Вернулся он далеко за полдень, принес пареной репы, крынку молока и большой румяный кныш с гречневой кашей и с грибами. Стосковавшиеся по свежему хлебу, приятели в два счета всё это умяли, и лишь после еды Олег поинтересовался, удалось ли другу чего разузнать.

— Моргун его звали,— хмуро, с неохотой ответил Жуга.— Жил он тут один, обходился без помощников, а куда после девался — не знает никто. Уж года три, как нет его... Ходит слух, будто с нечистым он знался, заговоры всякие творил, держал на мельнице то ли козла чёрного, то ли кота такого же... В общем, всякое говорят, да всё больше — дурь несут какую-то.

— Люди чего только не скажут,— буркнул недовольно Олег.— Слыхал я краем уха про него, Моргуна этого. Смурной был мужик, верно, ну так что с того? Поселись отдельно, да кошку заведи — так ты уже и колдун... А настоящих колдунов-то поди и не видали никогда, так — одни бабки-травницы деревенские.

— Твоя правда,— кивнул Жуга, собрал с платка хлебные крошки и отправил их в рот. Посмотрел на колесо. Нахмурился, но ничего не сказал, надел рукавицы и взялся за топор.

Осень заставляла друзей торопиться. Они работали — валили деревья, рубили бревна на щепу и чинили кровлю.

Так прошло ещё три дня.

На четвертый день к ним пожаловал гость.

* * *

Он шёл неспешно, неслышным мягким шагом. Вел в поводу оседланную лошадь. Над правым его плечом, затянутым в потёртую кожу старого полукафтана, рифленой чёрной свечкой торчала рукоять меча. Один бог знал, что влекло его сюда, но шёл незнакомец уверенно, не оглядываясь и никуда не сворачивая. Лошадь — гнедая поджарая кобыла — ступала так же тихо; мягкая лесная земля начисто глушила стук её некованых копыт. По обе стороны седла приторочены были два тюка и длинный мохнатый свёрток чёрной овчины.

Немного не дойдя до пруда, путник остановился. Сквозь хрупкое переплетение нагих ветвей уже проглядывала тёмная бревенчатая коробка старой мельницы. На все четыре стороны разносился бодрый перестук топоров. Работали двое

— снимали кору или кололи щепу — удары были негромкие, острые. Временами топор звонко тенькал, соскальзывая — как видно, плотники были неопытные. Слышался приглушённый плеск воды.

Незнакомец осмотрелся, забросил поводья на спину лошади и осторожно двинулся вперёд, рукою отводя нависшие над дорогой ветви. Лошадь послушно осталась стоять на месте.

* * *

Коротким ударом Олег вогнал топор в очищенное от коры бревно и разогнул усталую спину. Сморгнул с ресниц набежавший пот и только теперь заметил пришельца. Заметил и вздрогнул — так внезапно и неслышно возникла в тени старого плетня сухая, затянутая в чёрное фигура. Заслышав, как смолк топор в руках друга, обернулся и Жуга.

Воцарилась тишина — некоторое время оба настороженно разглядывали незваного гостя. Падали листья. Крутилось колесо.

Ожидать от незнакомца можно было чего угодно — много странных людей бродило по дорогам из города в город, из одного воеводства в другое, и каждый искал свое: один — лучшей доли, другой — выгодного дела, третий слепо гонялся за удачей, а кое-кто и вовсе — караулил легкую добычу на большой дороге. Им не были преградой бесчисленные границы, проведенные тут и там мелкими дворянчиками, каждый из которых именовал себя не иначе, как королём; им было всё равно, какие земли простираются окрест — Хоратские горы или болота Белополесья, христианская Либава или языческие Мазуры. Им даже без разницы было, как зовутся здешние княжества — Валиницы, Махагам, или Мравская Стойна — всё равно нескончаемые споры, раздоры и междуусобицы перекраивали карту по десять раз на дню. Земля же носила всех, не спрашивая, кто, откуда и куда.

Олег не смог бы сразу сказать, откуда пришёл этот человек. Среднего роста, загорелый до смуглой черноты, светловолосый, с мечом за спиной, он походил на наёмника-кнехта. На нем были высокие — до колен — сапоги для верховой езды, чёрные штаны и такой же чёрный кожаный полукафтан, какой обычно надевают под кольчугу. Рукава до самых локтей покрывала густая россыпь круглых, сходящихся на конус металлических бляшек. На шее чужака, как раз там, где кончалась шнуровка кафтана, багровел недавний шрам — неровный рваный полумесяц.

Спокойный и недвижный, он стоял, слегка ссутулившись, возле поченевшей бревенчатой стены, рассматривая двоих друзей. Ни один мускул не дрогнул у него на лице, двигались только глаза: вправо — влево, взгляд на Олега — взгляд на Жугу.

Молчание затягивалось. Олег подумал, уж не драки ли ищет чужак, потом заподозрил было, что тот немой, и уже совсем в этом уверился, как вдруг странник заговорил.

— Бог в помощь,— беззлобно сказал он и снова оглядел двоих друзей. Выговор у него был мягкий, явно нездешний, но — опять же неясно, каковский.

— Благодарствуем,— ответил за обоих Олег и стянул рукавицы.— Ты кто такой будешь?

— Меня зовут Геральт,— представился незнакомец.

— Олег,— сказал Олег.

— Жуга,— сказал Жуга.

— Это ваша мельница?

— Теперь — моя,— кивнул Олег.— А что?

— Выглядит не новой.

— Уж какая есть... А что тебе до этого? Или ищешь чего?

— По своим делам иду,— уклончиво ответил тот. Снял чёрные, усыпанные тусклыми серебряными бляшками перчатки, заткнул их за пояс. Поправил меч за спиной.— У вас тут можно заночевать?

Олег замялся. Он ожидал чего-то подобного, но как-то не подумал заранее, что сказать в ответ. Покосился было на Жугу, но тот промолчал, лишь поднял бровь — твоя мол, дескать мельница, ты и решай.

— Не знаю, как и сказать...— уклончиво начал он.— место-то у нас, конечно, есть, но сам посуди — как тебя пустить, коли мы не знаем про тебя ничего? Меч у тебя опять же... Я слышал, тут поблизости постоялый двор есть, лучше бы ты там остановился.

— Послушай, парень, — мягко сказал Геральт, — если бы я задумал недоброе, вы оба уже были бы мертвы. Я же прошу всего лишь ночлега. И потом, я могу заплатить.

Олег вспомнил, как незаметно подобрался к мельнице этот незнакомец в чёрном, и ему стало не по себе. А ведь тот, к тому же, и не пытался от них спрятаться! Олег нахмурился.

Каким-то холодом веяло от этого человека, да и повадки его смутно были Олегу знакомы — словно он уже сталкивался с чем-то подобным или, по крайней мере, что-то такое слышал... Только вот что именно? И где?

— Он прав,— Жуга положил руку Олегу на плечо и покосился на небо.— Да и стемнеет скоро...— он повернулся к страннику.— Ты один?

— Со мной только лошадь,— ответил тот и, обернувшись к лесу, негромко позвал: — Плотва!

Неслышно ступая, из-за деревьев показалась осёдланная гнедая кобыла, подошла ближе, ткнулась мягкими губами в кожаный рукав кафтана. Геральт потрепал её за холку, посмотрел вопросительно на Жугу. Тот кивнул:

— Ну что ж, гостю место. Стойло для лошади тоже найдётся. А вот за корм не ручаюсь.

— Она сама найдёт пропитание.

Олег всё ещё колебался.

— Коли так,— с неохотой кивнул он,— тогда оставайся. Пять менок — не слишком дорого будет для тебя?

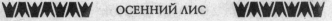

ОСЕННИЙ ЛИС

— Хочешь, чтобы я заплатил сейчас?
— Пожалуй...

Геральт расшнуровал на груди кафтан, вынул кошель. Из-за пазухи выскользнул и закачался на цепочке круглый серебристый медальон с выбитым на нем рельефом — волчьей головой. Геральт небрежно сунул его обратно, отсчитал деньги Олегу в подставленную ладонь. Взял лошадь под уздцы.

— Куда отвести?

Олег не ответил, думая о чем-то своем, и Жуга указал рукой:

— Там, с правой стороны ворота увидишь.

Тот кивнул и направился в обход рухнувшей ограды. И лишь когда он скрылся за углом, Олег вспомнил-таки, где он видел такой же, как у Геральта, медальон. Вспомнил и тихо выругался.

— Что? — обернулся, не расслышав, Жуга.
— Ведьмак,— глухо повторил Олег и сжал в кулаке пять медных кружочков.

* * *

Этой ночью Жуга снова не смог уснуть, лишь молча лежал, закрыв глаза. Ничего хорошего она не сулила — ночь без сна. Она приходила всякий раз, когда что-то не ладилось, когда душу снедало предчувствие близкой беды. Свечу давно уже загасили. Слышно было, как плещется на плотине колесо. Справа доносилось спокойное, ровное дыхание Олега. Геральт предпочел лечь поближе к двери, подложив под голову свой мешок. Жуга повернулся с боку на бок и задумался.

Что за неясную тревогу принес с собой этот чёрный незнакомец?

Ведьмак... Кажется, так назвал Геральта Олег.

Жуга припомнил пару историй, подслушанных в Маргене — что-то там про бродячих колдунов. Наёмники. За плату они подряжались изводить всякую нечисть, которая, кстати, колдовством и была рождена на свет. Народ их не любил. Хотя, если поразмыслить, народ не любит все, что не может понять — уж в этом-то Жуга имел возможность убедиться самолично. Но Олег, который сам когда-то учился магии, он-то что плохого в этом увидел?

"Понимаешь,— уклончиво ответил тот, когда Жуга спросил его об этом,— ведьмаки, они, конечно, парни не робкого десятка, но они убивают. А нечисть они бьют, или нет — им без разницы. Вот...". Больше он не сказал ничего. Деньги, однако же, взял.

Скрип половиц, донельзя громкий в звенящей ночной тишине, прервал его раздумья. Жуга сел и огляделся.

Длинную, с низким, просевшим потолком комнату затопила смоляная чернота осенней ночи. На темном, отсыревшем полу серебрился неровный квадрат лунного света от окна.

— Геральт? — неуверенно окликнул Жуга, помолчал, настороженно прислушиваясь, и снова позвал: — Геральт!

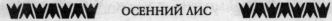

— Ш-шш...— донеслось из темноты.— Тише... говори тише...

Жуга обернулся на голос и еле разглядел неясный силуэт.

— Ты что там делаешь?

Похожий на тень и такой же неслышный, ведьмак медленно — шаг за шагом — подбирался к окну. Замер. Повернулся. Блеснули в темноте восемь пядей лёгкой и остро отточенной стали — меч. В горле у Жуги мгновенно пересохло; он приподнялся было, намереваясь встать, но Геральт поспешно замахал на него рукой, и пальцем указал на ухо: мол, слушай.

Жуга кивнул и остался недвижим.

Зашуршали листья — кто-то ходил кругами возле старой мельницы, приволакивая ногу. Расшатанные доски крыльца скрипнули раз, другой. Толкнули дверь — осторожно, как бы примериваясь; на миг заслонили окно. Неизвестный ещё разок обошёл мельницу, торкнулся в конюшню — лошадь забеспокоилась, фыркнула, топнула копытом. Жуга лежал, не шевелясь, гадая, кто бы это мог быть. Олег продолжал себе преспокойно спать.

Пошатавшись ещё минут десять близ мельницы, полночный колоброд исчез так же внезапно, как и явился. Геральт вздохнул и с лёгким шелестом спрятал в ножны меч.

— Кто это был? — спросил Жуга.

Геральт не ответил, лишь усмехнулся криво. Присел расправил одеяло.

— Чего зубы скалишь? Кто это был?

— Ты что, видишь в темноте? — вместо ответа спросил ведьмак. Голос его прозвучал хрипло и глухо, безо всякого выражения.

— А хоть бы и вижу, что с того?

— Мне — ничего,— хмуро проговорил тот.— Как тебя зовут?

— Жуга,— с неохотой сказал тот.— Я ведь говорил уже.

Геральт хмыкнул:

— Кличка, ребячье прозвище...

— Другого нет.

— А было?

Ответа не последовало, и разговор угас сам собою. Через минуту оба уже спали.

* * *

Утро Олег заспал. К тому времени, когда он, зевая и потягиваясь, вылез на крыльцо, уже давно рассвело.

Осенний лес окутала белесая липкая дымка. Было сыро, холодно и до жути тихо, лишь стучал топором Жуга, обтесывая тонкую прямую лесину, да плескало у запруды колесо. Аспидно-чёрное зеркало мельничного пруда замерло в неподвижности. Давешнего пришельца что-то не было видно.

Скользя и оступаясь на крутом глинистом берегу, Олег спустился к ручью, стянул рубаху и принялся умываться, горстями черпая стылую прозрачную воду. Пригладил волосы, напился, вытер ладони о штаны и протянул было руку за рубашкой, да замер вдруг.

В кустах на том берегу пруда кто-то был.

Плотный туман колыхался зыбкой слоистой пеленой, мешал смотреть, и Олег смог различить лишь длинные чёрные волосы и белое полотнище рубашки.

— Что за чёрт...— пробормотал он, смаргивая, и вполголоса позвал: — Жуга!

Топор смолк.

— Чего тебе? — донеслось из-за угла.

— Девка!

— Что?

— Девка стоит! чтоб мне лопнуть...

Послышались шаги, Жуга подошел к берегу. В руках у него был свежесрубленный посох. Дерево было плотное и белое, без трещин и почти без сучков. Остановился, повертел рыжей головой.

— Где?

Олег вытянул руку, указывая на кусты, но не было там никого, лишь глаз уловил, как мелькнула меж деревьев угловатая девчоночья фигурка — мелькнула и пропала, без шороха, без звука.

— Где? — повторил Жуга, прищурился и посмотрел на Олега.— Поблазнило?

Тот помотал головою:

— Да вроде бы нет...

— Что за девка-то хоть?

— Лица не разглядел...— нахмурился Олег.— По виду — пацанка ещё. Волос чёрный. И рубашка на ней такая... Куцая такая рубашка.

— Рубашка и — все?

— Ну-у... э-ээ...— Олег покраснел и почесал в затылке.— Не разглядел я!

Жуга присел у воды, положив посох на колени поперёк. Сорвал увядшую травинку, пожевал задумчиво.

— Н-да...— наконец сказал он.

— А что такое? Или случилось чего?

— Да гость у нас ночью побывал...

— Гость? — Олег непонимающе завертел головой.— Какой ещё гость? Ты о чем?

Жуга встал и направился к мельнице.

— Идем, покажу.

У окна, на пятачке рыхлой расчищенной земли виднелся след босой ноги. Пятипалый, кривой, он был не в пример больше человечьего — расшлепанная плоская ступня.

— Может, медведь? — с неуверенностью в голосе предположил Олег.

— Не похоже. Он на пальцах ходит и пятку криво ставит, одно слово — косолапый. Да и медведей в здешних местах уж лет десять как не видали.

Олег всем телом повернулся к Жуге.

— Пошто меня не разбудил?

— Надо бы стало — разбудил бы,— ответил тот. Прошёлся рукой по рыжим волосам.— Странные дела... Так говоришь — пацанка?

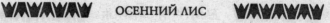 ОСЕННИЙ ЛИС

— Малолетка... А где этот, как его...
— Геральт?
— Ну, да. Где он?
Жуга пожал плечами:
— Бог его знает... Бродит где-то окрест.
— Может, уехал уже?
— Лошадь-то тут.
— Ведьмак чертов...— ругнулся Олег вполголоса.— Знаешь, Жуга, меня уже с души воротит от его корявой морды. И ведь толком не говорит, сволочь, чего ему тут надо... Не иначе, его рук дело — след энтот. Да и баба эта не зря тут вертится. Может, из какой деревни она? Одни только беды от этих баб...

— Вот что я скажу,— Жуга встал и отбросил смятый стебелек, сплюнул зеленым, огляделся.— Хватит рассиживать. Нутром чую — неспроста вся эта каша заваривается. Давай искать. Где-то здесь должен быть тайник.

* * *

Запрокинув над головой пузатый маленький бочонок, Олег хорошенько потряс его, выцеживая в раскрытый рот последние капли пива, в напрасной надежде заглянул внутрь одним глазом, потом другим, с тоскою вздохнул и зашвырнул его в лопухи. Бочонок, с шумом подминая широкие листья, скатился вниз по крутому откосу, плюхнулся в пруд и закачался на тихой волне, мокро блестя круглыми боками, словно какая-то диковинная водяная живность. Жуга с неодобрением покачал головой:

— Зря ты так. Пригодился бы...

— Для чего?

— Для воды.

— Да ну, скажешь тоже — для воды... С собой её тащить, что ли, воду-то? — Олег сплюнул и покосился на мельницу.— Зря искали. Нету здесь тайника никакого...

Жуга покивал головой.

— Может, и зря... а может, и нет.

— И с чего ты выдумал про тайник этот?

Жуга не ответил.

День распогодился. Было сухо и тепло, лишь земля ещё дышала утренней сыростью. Утомленные долгими поисками, друзья отдыхали, лежа на брёвнах и подставив лица неяркому осеннему солнцу.

Геральт до сих пор не воротился. Втайне Олег был этому даже рад — чем дальше от мельницы пребывал ведьмак, тем спокойнее было у Олега на душе.

Однако, где ж его черти носят?

— Геральта не видать? — словно услыхав его мысли, спросил Жуга.

— Да вроде, нет... И чего ему неймётся?

Большая пёстрая сойка-вертуха, крича заполошно, стрелою сорвалась с дырявой мельничной крыши и скрылась в лесу. Жуга проводил её взглядом и нахмурился.

— Что-то не видал я тут птиц раньше,— как бы про себя пробормотал он.— Сходить, посмотреть, что ли?

— Да брось, чего там смотреть...— Олег лениво повернулся и вдруг вытаращил глаза.— Э, гляди-ка!

— Что? — Жуга вскинулся и завертел рыжей головой.— Где?

— Да вон, в лопухах!

Широкая борозда, пробитая бочонком в густой лопуховой чаще, открыла взору темные старые доски.

Приятели засучили рукава, и минуты через полторы показалась неровная квадратная крышка-дверь. Петель не было. Поколебавшись мгновение, Жуга махнул рукой: "Открывай!".

Олег откинул крышку.

Пахнуло холодом.

Некоторое время оба молчали, опасливо заглядывая в чёрный провал. С краю был виден толстый пласт дернины. Прямо у ног брали начало и терялись в темноте рыхлые земляные ступени. Из провала тянуло сыростью и тленом.

Олег шмыгнул носом, покосился на Жугу.

— Погреб, наверное... Или землянка... Войдем, или как?

— Или как,— буркнул Жуга. Лицо его осталось серьезным. Нашарив в мешке серую восковую свечу, он разгреб ещё теплую золу утреннего костра, раздул огонек, кивнул молча: "Пошли", и первым направился вниз по ступеням, ладонью прикрыв от сквозняка робкое свечное пламя.

Олег замешкался, подыскивая что-нибудь потяжелее. Взгляд его упал на посох. Олег поднял его, согнул для пробы — сгодится ли? Обернулся. На миг ему почудилось, что в кустах на той стороне пруда мелькнуло что-то белое, но вглядевшись, он не заметил ничего, кроме желтизны осенних листьев. Он встряхнулся и двинулся следом, догоняя товарища.

* * *

Спуск оказался коротким, да и можно ли тут было глубоко копать? — ведь ниже была вода. Даже сейчас под ногами противно чавкала грязь. Сырой бревенчатый потолок порос грибами и плесенью. Свет сюда почти не проникал. Олег дважды треснулся головой о какую-то балку, затем, наконец, догадался пригнуться, и огляделся.

— Всё таки погреб...— пробормотал он.— Эй, Жуга, ты где?

— Не ори — не в лесу...— послышалось откуда-то справа.— Тут я, рядом.

Показался огонек, высветив в темноте голову и плечи Жуги. Только сейчас Олег смекнул, что друга скрывала откинутая крышка сундука, который стоял чуть поодаль. Задевая посохом за стены, Олег подошел ближе и заглянул внутрь.

— Что тут?

ОСЕННИЙ ЛИС

— Подержи свечу,— сказал Жуга, отвел рукой упавшую на глаза прядь волос и снова склонился над сундуком. Олег ругнулся втихомолку, когда горячий воск капнул на руку, и прислонил посох к стене.

Доски сундука почти насквозь прогнили, и лишь набитые поверху железные полосы не давали им рассыпаться. В таких вот сундуках старухи обычно хранят свои пожитки, а девушки — приданное. Этот же почти до половины был забит какой-то слипшейся неоднородной рухлядью, весьма мерзкой на вид, да и на запах тоже.

— Гработы, кдиги, деревяшки какие-то...— гнусаво бубнил Олег, пальцами зажимая нос, пока Жуга ворошил истлевшие листы пергамента. Потрескивал фитиль. Со дна сундука волнами поднимался тяжёлый прелый дух.— Это, что ли, ты искал? — Он повернулся к выходу — глотнуть свежего воздуха, и осёкся на полуслове: синеватым призраком мерцая в темноте, в грудь ему смотрело лезвие меча.

В горле у Олега мгновенно пересохло. Медленно, очень медленно он поднял голову и встретился взглядом с глазами Геральта.

— Отойди,— хриплым голосом потребовал ведьмак.

* * *

Взгляды обоих остановились на ведьмаке. Тот стоял, слегка пригнувшись, у выхода из погреба, отрезая друзьям путь наверх. Олег покосился на свечу — может, загасить? — но потом решил: нет, не поможет.

— Отойди,— повторил Геральт и повел мечом.

— Ты это...— набравшись храбрости, нерешительно сказал Олег.— Ты что творишь-то? Мы с добром к тебе, а ты...

Жуга подошел ближе.

— Может, лучше будет, если я...— начал было он.

— Нет, погоди! — Олег протестующе поднял руку.— Пускай сперва уж сам ответит. Ишь, меч нацепил, и думает, что ему всё дозволено. Эх, говорил же я — нельзя ему верить... Одно слово — ведьмак!

* * *

Сырая травянистая лужайка глушила любые шаги, и потому опасность все трое почуяли слишком поздно.

Тень за спиной у ведьмака вдруг шевельнулась и двинулась вперед — косматая, худая и до ужаса сутулая фигура в сером проеме земляного коридора.

В последний миг, почуяв неладное, Геральт успел обернуться, и удар получился скользящим.

Затрещал, разрываясь, кожаный кафтан. Геральта отбросило к стене; посыпалась земля. Ведьмак молниеносно вскинул руку, прикрывая голову — блеснули серебряные бляшки на рукаве. В следующий миг клинок описал дугу, и отрубленная когтистая лапа шлепнулась в грязь.

Тварь взревела. В тесном подвале этот рев мог свести с ума. Уцелевшая рука рванулась, корявыми пальцами нащупывая горло противника — смять, сокрушить, разодрать! — Геральт ускользнул куда-то вправо и нырнул под занесенную руку; меч взметнулся снизу вверх коротким быстрым колющим ударом и по рукоять вонзился чудовищу в грудь.

Ведьмак знал свое дело!

Рев захлебнулся. Пронзённое тело рухнуло на колени и медленно завалилось на бок. Содрогнулось раз, другой, и замерло неподвижно. Воцарилась тишина, лишь хлюпала, вытекая, невидимая в темноте кровь.

— К... кто это был? — Олег только сейчас понял, что всё ещё сжимает в руке горящую свечу. Всё произошло так быстро, что двое друзей не успели даже рта раскрыть.

Геральт отступил назад, провел рукой вдоль шеи, нащупывая прореху. Молча поднял взгляд, и молчание это подействовало на двоих друзей сильнее любых слов.

— Всё вот думаю,— медленно сказал он,— понимаете вы сами или нет, куда вляпались... Как вас сюда занесло, зачем, я не знаю, но вот это...— он ткнул мечом убитую нежить.

— До тебя всё спокойно было! — вскричал Олег.— И чудо это не иначе как за тобою следом приплелось...

— Я слышал,— подал голос Жуга,— вы, ведуны, зарабатываете на жизнь, убивая всяких чудищ... Ты за этим сюда пришёл?

Ведун повернул голову.

— Может быть... А ты не такой дурак, каким кажешься, рыжий.

Олегу стало нехорошо от его взгляда: показалось на миг, что зрачки у пришельца — вертикальной щелочкой, навроде как у кошки. Вдобавок, только теперь, в свете свечи он понял, что волосы у Геральта светлые не сами по себе — то была седина.

— Мне заплатили, чтобы я убил вас,— холодно сказал он.

* * *

Шли минуты. Прямой, отточенный как бритва меч ведьмака остался недвижим, и Жуга снова обрел дар речи.

— Вот, значит, как... Скажи хоть, за что?

Геральт пожал плечами:

— За то, что лезете, куда ни попадя. Не сами накуролесите, так старое зло разбудите. Готов спорить: кто-то из вас балуется магией. А может, и оба... Так?

Ответа не последовало.

— Я так и знал,— медленно произнес Геральт и поднял окровавленный клинок.

ОСЕННИЙ ЛИС

* * *

Олег бросил свечу и шарахнулся к стене. Огонек погас. Под руку попался посох. "Мне! — крикнул Жуга,— дай мне!".

— Держи!!!

Посох взвился в воздух.

В полумраке сверкнул меч — Геральт сделал выпад. Жуга еле увернулся и почувствовал, как сталь оцарапала ребра. Левый бок пронзила боль. Рубашка вдруг прилипла к телу. Меч вновь рассек воздух, и Жуга вскинул посох, защищаясь.

В тесном погребе было не развернуться, и впервые в жизни большой рост и широкие плечи сослужили Олегу плохую службу. Он видел, как Геральт с легкостью отбился и ударил опять, но ничем не мог помочь другу. И снова удар, и ещё, и ещё... Казалось, бесполезно драться, да и что посох против меча? — никчемная игрушка! Жуга даже и не надеялся одолеть своего противника, и вдруг меч, расщепив конец посоха, застрял там, словно бы прирос. Ведун замешкался всего лишь на миг, но и этого хватило, чтобы Жуга оттеснил его в угол.

— Бежим! — крикнул он, бросая посох, и пока Геральт высвобождал меч, двое друзей успели выбраться наверх. Олег заметался среди смятых лопухов, разыскивая крышку погреба, но тут в дыре блеснул клинок ведуна, и оба, уже мало что соображая, бросились бежать в разные стороны.

Жуга мчался, не разбирая дороги, хватая ртом сырой холодный воздух и всё глубже уходя в чащобу леса. Мельница давно уже скрылась из виду, а он всё бежал и бежал, оставляя поверх палой листвы кровавый дробный след. Ноги слабели с каждым шагом. Заныло больное колено. Глаза всё чаще застилала чёрная пелена, и наконец, настал миг, когда она опустилась совсем. Жуга упал, и больше не поднялся.

* * *

Когда Геральт выбрался из тёмного душного подземелья, двоих друзей уже и след простыл. Он постоял минуту-другую, затем спустился обратно и вскоре показался снова, за ноги волоча труп. Тщательно осмотрел его, перевернул на спину, приподнял пальцем веко — блеснул мутный жёлтый глаз. Выпрямился. Постоял в молчаливой задумчивости, затем вытащил огниво, запалил свечу и опять полез в погреб.

Когда ведьмак снова показался наверху, уже темнело.

— Каббала...— пробормотал он, спускаясь к воде. Присел, глядя в воду на свое отражение.— Так я и предполагал. Однако, этот гад чуть всё не испортил...

Он отстегнул ножны, несколько раз воткнул меч в землю, счищая с клинка бурую запёкшуюся кровь, и отложил в сторону. Тщательно вымыл руки, шею и лицо. Расшнуровал и стянул через голову кафтан, поморщился, когда грубая кожа оцарапала края раны.

Неслышно ступая, из конюшни вышла лошадь и подошла ближе. Остановилась. Вид распростёртого окровавленного тела, похоже, нисколько её не беспокоил.

— Да, Плотушка,— сказал ведун, расстегивая седельную сумку и доставая маленький глиняный горшочек.— Ты, как всегда, права... Заклятия, наговоры... Всё начинается с малого.

Некоторое время он молчал, смазывая края царапины густым чёрным бальзамом, как мог наложил повязку, после чего вытащил из сумки и надел чистую рубашку. Старую выбросил вон.

Спасаясь, Олег и Жуга и думать забыли о своих пожитках: обшарив мельницу, ведьмак выволок наружу две потрепанных котомки и высыпал на землю их содержимое. Некоторое время он перебирал разные свертки и пучки трав, то кивая одобрительно, то скептически усмехаясь. Вынул и подбросил на ладони небольшой браслет с камнем и девятью фигурными подвесками. Металл был тусклый, отливал зеленью, следов на коже не оставлял. Тёмный плоский камень, казалось, сам по себе светился изнутри.

Геральт нахмурился.

Некоторое время он молча рассматривал находку, беспокойно потирая небритый подбородок, затем сложил травы обратно в мешок и завязал горловину. Браслет перекочевал в сумку ведуна.

— А знаешь, Плотва,— задумчиво проговорил Геральт, зашнуровывая кафтан,— мальчишки оказались не так уж и просты. Особенно этот, рыжий.— Он поглядел в сторону леса.— Н-да... Ну, что ж, надеюсь, на этот раз получится.

Последним жестом спрятав за пазуху медальон с волчьим профилем, он поднял меч, повесил его за спину и повернулся к лошади:

— Идем.

* * *

Шарахаясь прочь от каждой тени, Олег метался и кружил по лесу без малого час, и, как любой городской житель, вскоре потерял всяческое направление. Гонимый страхом, он то бежал, то пытался затаиться, то снова бежал (желания эти по очереди одолевали друг друга), и конца этому, похоже, не предвиделось. Тонкие деревца, попавши под ногу, ломались с громким треском, от которого у Олега сжималось сердце — оглядываясь, он всякий раз ожидал увидеть за спиной чуть ли не просеку. Наконец силы его иссякли, и он ничком рухнул в траву, пыхтя и отдуваясь. Перевернулся на спину. Прислушался.

Погони, вроде, не было. Еле видимые в сумерках, зудели поздние комары. Истошно вопили лягушки. Олег повернул голову и разглядел в просвете меж деревьев бурые мшистые кочки — в угаре поспешного бегства ноги принесли его на болото.

ОСЕННИЙ ЛИС

Олег поднял взгляд — на небе уже высыпали первые звезды.

Всю ночь болотные жители с немалым интересом наблюдали, как Олег шатался окрест, пытаясь найти укромное место, хоронился в куче сухих листьев, забирался в какие-то дупла, но всякий раз вылезал наружу — отогреваться. Захотелось есть. В кармане отыскался кусок сухаря чуть побольше тех, что кладут в мышеловки — еда всё ж таки... Под руку подвернулись два-три гриба. Олег сорвал их, съесть так и не отважился, но и выбросить рука не поднялась — сунул за пазуху.

Еловые шишки уродились слишком черствыми.

К утру на землю лег иней, и Олегу стало казаться, что ведьмак, у которого был всего лишь меч, не так уж и страшен. "И впрямь,— думал он,— стыдно сказать: здоровый парень, кровь с молоком, потомок викингов, и — на тебе! — испугался какой-то нечисти..."

Он выбрал лесину поухватистее и отправился в обратный путь.

* * *

Лисица. Стремительная рыжая бестия — острая мордочка, гибкое тело, длинный пушистый хвост. И без того яркие осенние кусты, казалось, полыхнули огнем при её появлении, столь неожиданном, что Олег с перепугу чуть было снова не задал стрекача.

Лиса не двинулась. Раскосые зелёные глаза смотрели спокойно и внимательно, безо всякого страха.

— Фу-ты, пропасть,— пробормотал Олег, утирая потный лоб.— Всего лишь лиса...

Близился полдень. В поисках обратной дороги к мельнице Олег исходил лес вдоль и поперёк, чуть не увяз в болоте, но всё без толку. Он уже отчаялся, да набрёл вдруг на ручей, и теперь никак не мог решить, куда идти — вверх по течению, или вниз — сидел, бросал в воду щепки, а тут ещё лиса эта...

Он поднял взгляд. Лиса не уходила.

— Ну, это... Чего смотришь-то?

Та зевнула, крючком выгибая язык. Укусила блоху. Встала, прошлась туда-сюда и снова уселась, обернув лапы пушистым рыжим хвостом. Посмотрела на Олега.

Сколько они так играли в гляделки, Олег не взялся бы вспомнить, только он сдался и встал первым.

Поднялась и лиса.

Олег сел, слегка озадаченный.

Лиса обернулась. Махнула хвостом и двинулась в лес. Остановилась, обернулась ещё раз. По спине у Олега забегали мурашки.

— Ах, чтоб тебя...— пробормотал он.

Лиса ждала, и Олег, не видя иного выхода, двинулся следом за нею.

Завечерело. Непрошеная рыжая попутчица бежала быстро, поспеть за нею на своих двоих было нелегко. Олег то и дело отставал, упуская её из виду, но та всякий раз возвращалась. Похоже было, что бежит лиса напрямик — ручей петлял, то пропадая в чаще, то вновь вытекая как бы ниоткуда. Встретилась какая-то вырубка — пеньки да щепки. Впереди вдруг замаячил просвет. Лиса нырнула в плотные заросли кустов, Олег продрался следом, и тут спешка сыграла с ним злую шутку: не удержавшись на крутом склоне, он поскользнулся и кубарем покатился вниз.

Все бы ничего, но внизу была вода.

Много воды.

Очень много воды.

* * *

Он бухнулся в пруд со всего размаху и суматошно забарахтался в холодной воде. Дно ушло из-под ног, и Олег преизрядно струхнул — и было от чего! — "потомок викингов" совершенно не умел плавать. Фыркая и пуская пузыри, Олег с грехом пополам "по-собачьи" доплюхал до берега, но глинистый откос был так скользок и крут, что лезть по нему вверх оказалось делом безнадежным. Зацепки не было никакой. Олег заметался в панике, теряя надежду, как вдруг больно стукнулся обо что-то твердое, круглое и плавучее и вцепился в свою находку что было сил. Отдышался и лишь потом осторожно глянул, что послал ему счастливый случай.

Это был бочонок.

Брошенный давеча в мельничный пруд самим же Олегом, он каким-то хитрым путем попал в желоб, а оттуда — в ручей, и теперь вот плавал себе преспокойно в низовом озере, пока не подвернулся под руку. Всё произошло так неожиданно, а закончилось так хорошо, что напряжение двух безумных дней вдруг выплеснулось в шумной истерике: Олег не выдержал и рассмеялся.

Не в силах остановиться, он хохотал, минут, наверное, пять, как вдруг из воды, с шумом и плеском вынырнула чёрная мохнатая голова. Олег ахнул, захлебнулся и умолк.

Большущий бобр проплыл туда-сюда перед самым Олеговым носом. Фыркнул, глядя искоса. Нырнул, шлепнул по воде широким плоским хвостом — словно лопатой жахнули — и через миг показался снова во всей своей красе. Взгляд его черных глаз — умный, насмешливый, почему-то напомнил давешнюю лису, и Олегу опять стало не по себе. Зверь замер, словно раздумывая — мол, не помочь ли дураку — затем развернулся и поплыл прочь от берега, то и дело оглядываясь.

Олег заколебался было, но уж солнце садилось, да и вода была холодна; он покрепче ухватился за бочонок и медленно двинулся следом за бобром, шумно бултыхая ногами.

Олег понятия не имел, куда они плывут. Впереди то и дело мелькал чешуйчатый бобриный хвост. Олег подивился мимоходом — зверь, а вот поди ж ты — чешуя... Помнится, именно поэтому один охотник, подвыпив, спорил до хрипоты

— доказывал, что бобр, мол, вовсе и не зверь, а просто — лохматая рыба. И ведь доказал, шельмец! Сам же Олег о бобрах знал мало — почти что ничего. Впрочем, как-то раз ему довелось отведать жареного бобриного хвоста, о чем у Олега сохранились самые приятные воспоминания.

Показалась плотина. Бобр покрутился возле, поджидая Олега, и вдруг нырнул. Тот замер, огляделся ошарашено по сторонам. Быстро темнело. Искать какой-то другой выход было, пожалуй, уже поздно.

Олег набрал побольше воздуху и выпустил бочонок из рук.

* * *

Жуга очнулся в темноте. Впрочем, нет — то была не совсем темнота: непонятно откуда сочился тусклый зеленоватый свет.

Пахло водой.

Пахло прелым деревом.

Двигаться не хотелось.

Некоторое время Жуга молча лежал в зыбкой тишине, заново привыкая к собственному телу. Было прохладно. Его всегдашний овчинный кожух остался на мельнице, а сейчас вот и рубаха куда-то исчезла. Боли не было, лишь ныл противно левый бок, задетый мечом ведуна. Что-то плотное стягивало грудь. Жуга пощупал — перевязка. Выдернул клочок какой-то мякоти, размял в пальцах. Поднес к лицу — комок был сухой, волокнистый. "Мох, наверное, болотный" — догадался Жуга.

— Не... надо...— тихо сказал кто-то.

Жуга вздрогнул и повернулся на голос.

Девушка.

Маленькая, вся какая-то щуплая. Руки тонкие, в ссадинах и царапинах. Курносый нос, чуть раскосые глаза, длинные чёрные волосы. Прав был Олег — совсем ещё девчонка...

— Не надо... трогать...— еле слышно повторила она, медленно, с трудом выговаривая слова.

Жуга попытался улыбнуться, запёкшиеся губы еле разлепились.

— Ты кто? — спросил он.— Как тебя звать?

Та не ответила, лишь посмотрела непонятливо. Жуга задумался на секунду, затем его осенило. Он похлопал себя по груди:

— Жуга.

Девчушка торопливо закивала.

— Жу-га...— повторила она.

— Это ты меня отыскала?

— Ила,— вместо ответа сказала та, и указала на себя. Улыбнулась. Мелькнула дыра на месте переднего зуба.— Ты был... там...

— В лесу?

Та кивнула.

— Ты живёшь тут?

Снова кивок.

Жуга приподнялся и сел. Огляделся по сторонам.

ОСЕННИЙ ЛИС

На небольшом возвышении, собранные в горку, зеленовато мерцали гнилушки. Света было мало, но вполне достаточно, чтобы разглядеть низкое и почти круглое помещение с маленьким озерком посередине и неровным купольным сводом над головой. Ила... Странное прозвище, как ни крути. Жуга вдруг почувствовал, что настоящее её имя гораздо длиннее, но угадать его с обычной своей уверенностью, пожалуй, сейчас не смог бы. Он снова посмотрел на девушку и задумался.

Кто же она такая?

— Дай руку,— попросил он.

Та опять не поняла. Жуга взял её ладонь в свою, перебрал по одному все пять пальцев. Рука, как рука... Коснулся кожи у девушки за ухом, провел рукою вдоль шеи: ни жабер, ни щелей, ни вообще каких-либо складок.

Ила не шелохнулась — осталась сидеть, как сидела, глядя доверчиво. Глаза у нее были большие, серые до белизны, словно треснувший, в разводах, мрамор. Жуга неожиданно поймал себя на мысли, что она далеко не дурнушка. Из одежды на ней была лишь белая рубашка чуть ниже колен — кто знает, где, когда и на какой верёвке сушилась она после стирки, прежде чем попала к этой лесной девчонке. Впрочем, если не считать худобы, царапин и неразговорчивости, Ила была самая обыкновенная девушка — не русалка и не анчутка. Вот только с чего бы ей жить в лесу?

Жуга уже раскрыл было рот, чтобы спросить, но тут тёмное и недвижное зеркало воды вдруг раскололось с громким всплеском, и на поверхности, фыркая и отдуваясь, возникла ушастая Олегова голова.

— Вот чёрт...— пробормотала она, ошарашено вращая глазами.— Эй, кто тут? — Олег прищурился.— Ничего не разберу... Жуга, ты что ли?! Ты че тут делаешь?

Ругаясь в мат, стуча зубами и трясясь, он вылез целиком, мокрый и продрогший, и принялся было стаскивать рубашку, как вдруг заметил, что приятель его здесь не один — Ила при появлении незнакомца проворно спряталась Жуге за спину, откуда и выглядывала теперь испуганным зверьком.

— Это Олег,— успокоил её Жуга.— Не бойся.

— Ничего не понимаю...— Олег без сил опустился на пол.— Это где мы? Это что за девка? — он посмотрел на Жугу, на девчонку, затем снова — на Жугу, и вздохнул.

— Есть чё-нибудь поесть, а? — жалобно спросил вдруг он, и вид у него при этом был такой несчастный, что Жуга не выдержал и рассмеялся.

* * *

Заброшенная бобровая хатка, послужившая им убежищем, расположена была неподалеку от берега, у самого края большой плотины. Внутрь вели два хода; первый был затоплен — обычное дело у бобров, которые сперва роют нору, и только потом уже запруживают речку, а второй — обычный, похоже, Ила прокопала сама. Воздух здесь всегда был свежим — под потолком обнаружилась отдушина, а для обогрева вполне хватало тепла трех человеческих тел. Прежние хозяева давно переехали в более просторное жилище; двух друзей и девушку никто не беспокоил, лишь приплыла пару раз дородная пожилая бобриха (та самая, что указала Олегу путь сюда), посмотрела — всё ли в порядке, и отбыла восвояси.

Прошло два дня. На мельницу у них так и не хватило духу заглянуть, да и Жуге нездоровилось — несмотря на перевязку, рана воспалилась, началась лихорадка. Снаружи он почти не бывал, всё больше лежал, о чем-то размышляя.

Ила, напротив, часто уходила в лес. Приносила ягоды, грибы, клюкву с болот. Иногда — рыбу. Где она её ловила и главное — как, двум друзьям узнать так и не удалось. Жуга во время своих коротких вылазок собирал у озера какие-то травы, мох и ивовую кору, сам же и готовил настои, нередко — даже горячие, и тут уж у Олега вовсе ум за разум заходил: огня они не разводили. Он догадывался, что без колдовства тут не обошлось, но распознать его не смог — учился он однажды магии, да так недоучкой и остался.

Олег рассказал другу, как нашёл его в этом убежище, ведомый сперва лисой, а после — бобрихой, но тот лишь пожал плечами и объяснить ничего не смог.

— Я и сам-то не помню, как тут очутился,— хмуро сказал он.

От Илы об этом тоже ничего узнать не удалось — она почти не говорила, лишь смотрела с грустью, если её спрашивали, и только раз, когда разговор зашёл о мельнице, вдруг заволновалась.

— Что случилось? — Жуга приподнялся на локтях.— Тебе страшно? Чего ты испугалась?

Та покачала головой.

— Он... там...— она сделала непонятный жест рукой.

— Геральт? — спросил Олег,— или... тот, второй?

— Нет, нет...— и палец её снова очертил окружность.— Там, давно-давно... Он там... один...

— Где "там"? На мельнице?

— Да.— Снова круг, и ещё, и ещё...

— Колесо! — встрепенулся вдруг Жуга.— Это она про колесо! Так, да?

— Да,— кивнула та.— Да! Да!

— Колесо? Какое колесо? — не понял Олег.— А-а... А причем тут колесо?

— Помолчи, не мешай,— отмахнулся Жуга.

Еще примерно с час он пытался выведать у нее ещё что-нибудь — что там за дела такие с колесом, и кого порубил ведьмак, но всё было без толку: то ли слов у девушки не хватило, то ли сам он чего-то недопонял. На том всё и закончилось. Время было позднее, и обитатели заброшенной

ОСЕННИЙ ЛИС

хатки расположились ко сну. По молчаливому уговору два друга спали по одну сторону озерка, Ила — по другую.

Прошёл час, но Жуга почему-то никак не мог заснуть. Мысли крутились в голове, беспокойные, тревожные; он чувствовал, что ему не хватает чего-то малого, чтобы найти ключ к тайне старой мельницы. В том, что тайна эта существует, Жуга уже не сомневался. Взгляд его упал на девушку. М-да... Ещё одна загадка... И зачем, кстати говоря, пришёл на мельницу ведун? Хотя, если поразмыслить...

Рана заныла. Жуга заерзал, повернулся на другой бок, и тут вдруг замер, ошеломлённый внезапной догадкой.

Он сел, отбросил тонкую травяную плетенку, которой был укрыт, и подобрался на четвереньках к выходу, да остановился — холодный воздух снаружи мог разбудить спящих. Жуга придвинулся к озерку, помедлил в нерешительности, оглянулся и бесшумно скользнул в тёмную воду.

* * *

Ночной лес замер, холоден и тих. В этой поздней осенней тишине, в чёрной паутине нагих ветвей, в хрупкой, инеем покрытой траве была какая-то недвижная, затаённая красота лесного предзимья; она завораживала, щемила душу в непонятной тоске по уходящему летнему теплу, и не было от нее спасения.

Была луна. Жуга шёл быстро и вскоре согрелся, влажная одежда на нем высохла, и лишь повязку пришлось выбросить — свалялась липким жгутом.

Он поднялся вверх вдоль ручья, перебрался через овраг и уже отсюда ясно расслышал мерный рокот мельничного колеса, а вскоре показалась и сама мельница. Он помедлил в отдалении, обошёл её кругом. Ведуна не было видно. Жуга задержался на миг у прикрытого крышкой старого погреба, спустился к воде и остановился у плотины, дыша тяжело и прерывисто. Накатила слабость — аукнулась-таки потеря крови. В висках стучало. От долгой ходьбы разболелась нога, да и рана в боку тоже напомнила о себе.

Прямо перед ним было колесо — крутилось, скрипя и постукивая. Брызги воды летели, озаренные серебристым лунным светом, и там, над самою плотиной, ведьминым коромыслом висела не многоцветная, но белесая, как молоко, лунная радуга.

Жуга заколебался: если б знать наверняка, в чем тут дело!

Стук расшатанных ступиц, резкий, назойливый, не давал как следует сосредоточиться, отзывался где-то в голове гулким эхом, задавая странный, отчетливый *ритм*: "Та-та-та, та-та, та-та-та, та-та...". Жуга неожиданно понял, что повторяет его про себя, и содрогнулся.

Он не знал, что сказать — любой заранее продуманный наговор мог здесь в одинаковой степени как помочь, так и навредить. Нужны были слова. Много слов.

"Та-та-та, та-та, та-та-та, та-та..."

Ритм повторялся, раскатываясь дробно, гасил мысли. Он был главной частью старого колдовства, он был врагом, и его, во что бы то ни стало, надо было сломать. Жуга вдруг ощутил странное спокойствие и по какому-то наитию понял — решение верное.

"Колесо, колесо... Ко-ле-со, та-та, ко-ле-со, та-та..."

Жуга закрыл глаза, вздохнул и поднял руки.

Первые строчки наговора сложились как бы сами, дальше пришлось соображать прямо на ходу: останавливаться было нельзя.

> Колесо — вперед колесо — назад
> Знает скрип сердец правды-стороны
> Каменей плечо — раздавить яйцо
> Дорогим питьем не столованы
> Не поймать в галоп уздечку
> Не вернуть к истокам речку
> Не связать не сломать —
> Режьте сухожилия.
> Стеблем пыхнет свеча
> За раз степь отмечай —
> Как ходил
> Как искал
> Что нашёл

Теперь он открыл глаза, теперь уже ничто не могло ему помешать. Слова текли легко и свободно, как нижутся бусины на нитку. В них не было особого смысла, хотя каждое — и Жуга это чувствовал — было на своем, истинном месте, да и менять что-либо было уже поздно. Размер стиха скользил, скакал неровной лесенкой, меняясь через каждые несколько строф и в конце сходя на нет, куда-то пропадали смысл и рифма, прекращалось движение, и скрипучее мельничное колесо вдруг стало сбиваться, вращаясь неровными рывками; и вот уже не колесо задавало темп Жуге, а наоборот — Жуга — колесу. С последней строчкой многолетний разгон вновь напомнил о себе, и Жуга вернулся к прежнему ритму, читая нараспев:

    Обещай опять перья ощипать
    Только вижу я — мы не встретимся
    Ждут узлы ремней и укором мне
    Где стучится кровь сохнет метина
    И торопит буйный разум
    Вспомнить сумрачное разом
    Вспомнить запах травы
    Обернуться к ясному
    И излому луча
    Без затей прокричать
    Как ходил
    Как искал
    Что нашёл

Жуга опустил руки и смолк.
Призрачная радуга исчезла.
Колесо остановилось.

* * *

Сперва не произошло ничего, лишь капала вода с мокрых плиц. Затем в ночной тиши вдруг послышался долгий протяжный вздох. Жуга поднял взгляд.

Стоящий перед ним был невысок и коренаст. Он походил на человека — руки, ноги, голова — всё было на месте, и лишь короткая светлая шерсть, что покрывала его с ног до головы, не давала обмануться. Большие жёлтые глаза смотрели прямо, не мигая, и была в них какая-то долгая, почти что бесконечная усталость.

Послышался шорох. Жуга оглянулся и еле успел увернуться: Ила, босая, в мокрой, облепившей тело рубашке стремглав пробежала мимо, замерла на мгновение и бросилась мохнатому на шею. Тот улыбнулся — тихо, грустно, погладил её по мокрым чёрным волосам и вздохнул. Ладонь у него была широкая, плоская, как лопата.

Наверху показался Олег. Покрутил головой и, завидев Жугу, торопливо сбежал вниз. Был он промокший до нитки и всё никак не мог отдышаться — видно, бежал всю дорогу.

— Ты чего ушёл и нам ничего не сказал? — пропыхтел он — Девка переполошилась вся — меня растолкала, сказать ничего не может, только твердит: "Жуга, Жуга", да руками машет, а потом наружу как выскочит, и — бежать! Ну, я...

Ой...— Олег вдруг осёкся на полуслове, завидев незнакомца, и, присмотревшись, ахнул:

— Водяник!

Некоторое время они молчали.

— Так это он был в колесе? — шепотом спросил Олег.— Кто он ей?

Жуга пожал плечами, покачал головою устало:

— Не знаю...

— Когда-то он заменил ей отца,— громко сказал вдруг кто-то у них за спиной. Друзья вздрогнули и обернулись.

Геральт.

* * *

Его сутулая, затянутая в чёрное фигура возникла на берегу словно бы ниоткуда. Олегу вспомнилась их первая встреча — точно также ведун стоял тогда и молчал, разглядывая их обоих — невысокий, сухопарый, седой как лунь; за спиной — всегдашний меч. И лошадь, наверняка, где-то рядом околачивается...

Совершенно неожиданно для себя Олег разозлился. Сейчас он готов был драться с ведьмаком голыми руками, и чихать он хотел на его меч.

— Что ж ты встал? Делай свое дело, проклятый ведьмак!

Ведун покачал головой:

— Я не за вами.

— Не за нами?! — Олег оглянулся на девушку.— Ах, вот оно что... Ила... Нас не дорезал, так на ней отыграться решил? Оставь девку в покое!

— Ила? — вдруг переспросил Геральт и усмехнулся.

Олег набычился.

— Ну, да. Так её зовут, понял?

— её зовут Мария,— вмешался неожиданно Жуга.— И вообще, помолчал бы ты лучше, пока всё не испортил...— он повернулся к Геральту.— Что скажешь, ведун?

Тот кивнул:

— Эльза-Мария фон Ротенвальд, старшая дочь и единственная наследница графа Вильгельма фон Ротенвальд. Девять лет тому назад она пропала в лесу совсем ещё девчонкой, и вот...

— Тебя нанял её отец?

— Да.

— Понятно...— Жуга потёр подбородок и тоже умолк.

Ила обернулась.

— Спа... спасибо...— проговорила она и улыбнулась. В глазах её были слёзы.— Спасибо...

— Девять лет...— задумчиво проговорил Жуга.— Она, должно быть, совсем отвыкла от людей. Лес — её дом.

— Она — человек,— сказал Геральт, подойдя ближе,— и место ей среди людей. всё эти годы отец верил, что она жива, и искал ее.

— А ты кто такой, чтобы решать её судьбу? — возразил Жуга.— всё эти годы водяной растил её и заботился о ней. Спроси у него, надо ли ей уходить.

Заслышав, что разговор зашёл о нем, старик-водяной поднял голову. Густые светлые усы раздвинулись, в бороде проглянула улыбка. Он кивнул, и выдохнул тихо:

— Да...

До Олега наконец дошло, что сегодня, видно, убивать уже никого не будут, но понять, что происходит, он всё ещё не мог.

— Эльза-Мария...— пробормотал он, растерянно глядя то на водяного, то на Геральта с Жугой.— Ничего не понимаю... Вы что, сговорились, что ли?

Шли минуты, и вдруг ночной лес осветился ярким трепещущим заревом; Олег обернулся поспешно и ахнул: мельница горела. В узком оконце жаркими багровыми язычками плясало пламя. Крыша уже занялась, ещё миг — и щепа на ней запылала, шипя и потрескивая.

— Матушки мои!!! — Олег схватился за голову и суматошно забегал вокруг.— Мельница! Моя мельница горит!

— Это я поджёг,— спокойно произнес Геральт.

Олег вытаращил глаза.

— Ты?! Зачем?!

Геральт пожал плечами.

— *Зачем*, я тебя спрашиваю?!

— Так надо.

— Надо?! — взвыл Олег и подпрыгнул в бессилии.— Чтоб ты сдох, проклятый ведьмак! Красного петуха! мне! у, сволочь! Не зря вас всё ненавидят! Да что же это такое делается...

Жуга поднял голову и с минуту молча смотрел на пожар. Повернулся к Олегу.

— Пускай горит,— сказал он.— За эти годы стены так напитались злом, что и огонь всё не вытравит... Пускай горит.

Мельница к тому времени уже пылала вся, целиком, словно большой смолистый факел. Даже не по себе становилось от того, как ярко горели отсыревшие бревна. Олег глянул на нее и как-то сразу притих. Шмыгнул носом, глянул на Илу, глянул на Геральта и опустился на траву, обхватив голову руками. По небритым его щекам текли слезы.

— Легко тебе говорить...— сдавленно сказал он.— А я... А мне... Эх! И откуда ты только свалился на мою голову? Откуда вы всё свалились на мою голову?! Эх вы-ы-ы...

* * *

Ломая над лужами тонкий лед нового дня, по стылой осенней дороге шли трое. Два путника — рыжий и белокурый, шли бок о бок, третий — широкоплечий черноволосый детина, держался чуть позади, ведя в поводу гнедую оседланную лошадь. На лошади кто-то сидел: под несколькими слоями одеял угадывалась хрупкая девичья фигурка.

Слышался разговор.

— ...на развилке надо на север сворачивать,— неспешно пояснял Геральт, указывая рукою,— и добираться лучше окольной дорогой. Я через старый кромлех ехал, но вам туда лучше не соваться.

— Это где камни кругами стоят? — полюбопытствовал Олег.

— Да,— ответил вместо Геральта Жуга.— Я знаю...

— Слышь-ка, Геральт,— спросил вдруг Олег.— А этот, который приходил тогда... ну, кого ты зарубил... где он?

— Сгорел. Вместе с мельницей.

— Кто это был? Тролль?

— Тролль? — переспросил Геральт и поднял бровь.— Ты бы ещё сказал — кобольд...

— А что я такого сказал-то?

— Это был Моргун.

— Мельник?! — Олег остановился и посмотрел недоверчиво на Жугу. Тот кивнул, подтверждая.— Ничего себе... Да видано ли дело, чтоб человек превратился в этакое вот страшилище?! С чего вдруг?

— Колдовство всегда отражается,— пояснил Геральт.— Кому-то заклятия уродуют душу, кому-то — тело. А некоторым — и то, и другое... Кстати,— он полез вдруг в карман и вынул браслет с камнем. Подбросил на ладони, протянул Жуге.— Твое?

— Мое,— облегченно вздохнул тот.— Значит, это ты взял... А я уж думал, что потерял его.

— Его просто так не потеряешь. На, возьми.

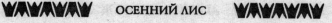

Жуга на ходу сунул браслет в котомку, забросил её за плечи и некоторое время шагал молча, сосредоточенно о чем-то раздумывая. Посмотрел искоса на ведьмака.

— Геральт...
— Что?
— Этот браслет и камень... Что они такое?
— А ты не знаешь?
— Нет.

Ведун усмехнулся, затем его лицо вдруг посерьезнело.

— Ты ведь плохо различаешь цвета? — спросил он.
— Да... а откуда ты знаешь?
— Ты сам тогда сказал, что видишь в темноте, а это всё связано... М-да... Значит, этих сполохов на камне ты не видишь.
— Вижу, но... Ага... Кажется, я понимаю.
— Думаю, со временем ты сам во всем разберешься.

Некоторое время они шли молча.

— А обо мне ты что-нибудь можешь сказать? — снова спросил Жуга.

Геральт покачал головой:
— Так, сразу — нет.
— Совсем-совсем ничего?

Тот задумался. Жуга терпеливо ждал.

— Не вся кровь в тебе человечья,— наконец сказал ведун.— Это все, что я знаю про тебя наверняка.

Версты три после этого ведьмак молчал, время от времени хмурясь и качая головой — словно бы отгонял какую-то назойливую мысль.

— Почему ты решился вернуться к мельнице? — спросил вдруг он.

Жуга пожал плечами.

— Толком не знаю. Мне просто пришло вдруг в голову. Ты сказал, что хочешь нас убить...

— И?..

— И — не убил. Хотя, мог запросто. Дал нам сбежать заместо этого.

Олег слушал в оба уха, забывая глядеть под ноги.

— Сам ты подойти к девчонке близко, видно, не смог,— продолжал между тем Жуга.— Тебе нужен был кто-то... Ну, как бы это сказать... робкого десятка, что ли... Чтоб побежали без оглядки. А колесо — я с самого начала понял — неладное там что-то. Неспроста этот мельник без помощников работал. Уж каким Макаром он туда смог водяного загнать, ума не приложу... И главное — зачем? Золото он, что ли, с него требовал, или на дочь его глаз положил...

— Всё может быть,— Геральт покачал головой.— Да... Про колесо я как-то не подумал. Руки не дошли. Надо было им заняться, да Моргун этот не вовремя подвернулся.

Дорога сделала поворот, и вскоре всё трое подошли к развилке. Геральт остановился, поправил меч за спиной. Повернулся к двоим друзьям.

— Мне туда,— он указал налево.

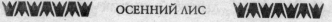

ОСЕННИЙ ЛИС

— Не по пути,— покачал головой Жуга. Олег кивнул, соглашаясь — и Марген, и другие знакомые земли лежали по правую руку от них.

Геральт помолчал. Поднял взгляд на Жугу.

— Если хочешь,— сказал он,— идем со мной. Граф обещал награду — две тысячи серебром — половина по праву твоя.

Жуга не ответил. Повел плечом — тугая повязка, пропитанная чёрным бальзамом ведуна неприятно холодила кожу, но боль уже не так досаждала, да и рана помаленьку затягивалась.

— Хорошее снадобье,— как бы между делом сказал он.— Поделись, подскажи, как такое сделать.

— Права не имею — цеховая тайна... Да и трав тебе таких не отыскать. Так ты идешь, или нет?

Тот покачал головой.

— Нет. Разные у нас дороги, да и не заслужил я денег этих. К тому же, и не дадут их мне — дураку деревенскому... Да и куда мне такую прорву деньжищ — тысячу серебром?

— С ума сошел! — поперхнулся Олег.— Куда девать? Да ты что! У кого деньги — тот и пан. Соглашайся!

— Не лезь,— хмуро оборвал его Геральт. Подумал, вытащил из-за пазухи кошель и протянул его Жуге.— На, возьми. Бери, бери, это — честные деньги. Ну, теперь мы, кажется, в расчете.— он посмотрел на девушку — Ила с любопытством выглядывала из вороха своих одеял.— Может, попрощаться хочешь?

Жуга помедлил прежде чем дать ответ.
— Нет.
— Как знаешь... Она тебе многим обязана. С колесом у тебя хорошо получилось, но впредь будь осторожен со своими наговорами. Иначе...
— Иначе — что?
Геральт взял у Олега из рук поводья.
— Иначе какой-нибудь другой ведьмак придет за тобой.
— Злой ты, Геральт, — вставил вдруг Олег.— Пришёл бы по-людски, разъяснил, что к чему, так нет — сразу с мечом... И вообще тебе на людей на всех наплевать. Вот за это вас, ведьмаков, и не жалует никто...
Ведун пожал плечами.
— Я не умею быть злым,— просто сказал он,— и не хочу быть добрым. А что касается людей... Вспомни лучше Моргуна. Прощайте.
И ведун двинулся в путь. Из одеял показалась рука, помахала на прощанье. Жуга улыбнулся, помахал в ответ.
Олег вздохнул и помотал головой.
— Жалко,— сказал он.
— Чего жалко?
— Девку жалко. И мельницу тоже жалко...
— Брось,— отмахнулся Жуга.— всё одно ничего путного из этого не вышло бы... Радуйся, что цел остался.
— Может, и так...— Олег поскрёб в затылке.— Не по мне всё эти колдовские штучки. Я в жизни ничего не боялся, а тут, когда он на нас с

мечом попер, прямо душа ушла в пятки... А ловко ты меч-то его, посохом! Он что у тебя, заговоренный что ли?

— А? — Жуга поднял взгляд, покосился на расщепленную макушку посоха.— Нет, что ты... Вяз это, самый обыкновенный вяз. Повезло просто, да Геральт и убивать-то нас не хотел...

— Знаешь,— задумчиво сказал Олег,— не хотел бы я стать таким, как этот Геральт.

— Кто знает? может, он по-своему тоже прав... Ты куда сейчас?

— В город подамся. Хватит с меня этих лесов: холода идут. Айда со мной. Работу подыщем, а там — видно будет.

Жуга помотал головой.

— Нет. Не пойду. Был я тут недавно в городе одном... Что-то нет больше охоты.— Он подбросил на ладони приятно увесистый кошель, развязал, заглянул внутрь.— Серебро... На, держи половину.

Олег замялся.

— Ну ты это... зачем...

— Да ладно, чего уж...

Олег подставил ладонь, неловко сунул деньги за пазуху.

— Ну, так я пойду?

— Счастливо,— кивнул Жуга.

— Что ж, прощай. Заходи как-нибудь, если что — помогу, чем смогу...

— Прощай.

Олег потоптался, пожал протянутую руку и зашагал к Маргену, вскоре скрывшись за поворотом.

Жуга остался один.

Он долго стоял посреди дороги, глядя куда-то перед собой. Почему-то всё время вспоминался странный, такой до боли открытый взгляд серых девичьих глаз. Эльза-Мария...

"Ила" звучало лучше.

Жуга усмехнулся грустно своим мыслям и вдруг нахмурился: впервые в жизни он не мог распознать, какое из двух имён девушки настоящее.

Что-то холодное вдруг коснулось его лица, кольнуло тонкой иголочкой и слезой сбежало вниз по щеке.

Жуга поднял голову.

Падал снег.

Оправа: ГОВОРЯЩИЙ

4

"Ах-р! Ведьмак! Я думал, их уж не осталось вовсе. Он что, и правда ехал через Каменный Круг?"

— Откуда же мне знать?

"Тогда тебе повезло. Тебе и твоему приятелю не стоило туда ходить — та мельница давно уже мертва. Мельники частенько повреждаются в уме — уж слишком много разных мыслей в голову приходит, когда крутится колесо и мелется мука. А если человек ещё при этом и один...— медведь поднял взгляд на травника.— А ты правда не различаешь цвета?"

— Только красное и зелёное.

"Этот браслет. Ты почти не говорил о нём. Покажи."

Жуга приподнял руку:

— Я как раз собирался рассказать... Нет, извини, снимать не буду. Если хочешь, подойди поближе.

Маленькие глазки зверя холодно блеснули. Жуге на миг почудилась скользнувшая в их жёлтой глубине тень испуга.

"Ладно. Опусти. Мне кое-что понятно уже сейчас."

— Вот как? И что тебе понятно?

"Вначале были смерть и колдовство. Потом ты встретился с детьми и существами ночи. А после — с девушкой и с тем, кто эти существа уничтожает. Убивает нечисть."

— Я всё равно не понимаю, кто прав, кто виноват. И почему вражда. А что до нечисти... Всё то, что называют нечистью, меркнет порой перед тем, что таится в глубине людской души. Хотя, там есть и свет.

"Не бывает света без теней. Хоть это ты тогда уже понял?"

Травник медленно кивнул.

— Это — понял.

ТЕНЬ

Можно ли о чем-нибудь жалеть, когда приходит зима?
— Что?
— Я говорю, как можно о чем-то сожалеть, когда приходит зима? Оглянись вокруг: весь мусор, канавы, сучья и буераки, всё застарелые раны земли укрыты этой белой непорочной пеленой.

— Ну, не знаю... Слишком уж похоже на смерть.

— Ну и что, что похоже! разве это так важно? Мы всё когда-нибудь умрем и всё когда-нибудь воскреснем. Лучше представь, как по весне всё здесь расцветет. Это ли не счастье — жить и видеть год за годом подобное чудо? Чёрт... Зуб болит...

— Потерпи до вечера, а там разведем костёр, я тебе настой приготовлю.

— А поможет?

— Отчего нет? Дело нехитрое. Это он у тебя от холода ноет.

— Да, жаль, что сейчас не лето...
— Как можно о чем-то жалеть, когда приходит зима?

Собственные слова, вернувшись с тенью дружеской усмешки, произвели на путника странное впечатление: остановившись, он глянул озадаченно и вдруг расхохотался.

Он смеялся так звонко, легко и заразительно, что спутник его не выдержал и рассмеялся тоже.

Не в меру восторженному поклоннику зимы было лет двадцать, двадцать пять — трудно сказать точнее, потому как хоть и был он строен, и двигался по-юношески легко, но сложен был совершенно по-взрослому, бороду свою, густую и чёрную, носил уже далеко не первый год, да и голос имел что надо — глубокий, гулкий бас.

Спутник его казался помоложе и победнее, и если первый в своем зеленом жупане и мехом подбитом плаще выглядел этаким франтом, то второй был одет не так броско, зато добротно, как одеваются для дальней дороги местные крестьяне или горцы. Шёл он, опираясь на посох и слегка прихрамывая, нес за спиной потрепанную котомку. Из-под чёрной, катаной, самого простецкого фасона шляпы выбивались спутанные пряди рыжих волос.

Эти двое, похоже, были в пути уже не первый день, пробираясь не то в Равенцы, не то в Галлен: дорога — укатанный санный проезд — могла завести и туда, и туда, и поскольку до развилки было ещё далеко, то повстречавшись, оба шли вместе, сведённые зимой, судьбой и дальнею дорогой, да может, ещё тем странным зудом, что круглый год уводит прочь из дома охотников, бродяг, поэтов и воров.

В это время года здесь было мало дичи и нечего было красть.

Жуга — так звали рыжего странника, или, по крайней мере, так он сам себя называл.

Поэт звался Вайда.

Была зима. Бесцветная, равнодушная, не очень холодная, но такая буранная, такая обильно-снежная, что старики в деревнях только диву давались, глядя поутру в окошко — не могли они припомнить такой зимы, сколько ни ворошили в седой усталой памяти долгий свой век. И летописи молчали, а если и не молчали, то отсылали в прошлое так далеко, что сомнение брало — полно! да было ли это? И неужто жили люди в ту пору? — качали головой старики и лезли обратно на печь, кряхтя недужно.

Наконец, бородач отсмеялся.

— Срезал ты меня, Жуга! — молвил он, утирая выступившие слёзы.— Ох, срезал! Не о чем жалеть, значит? Да... И всё равно — до чего же удивительная пора! Вот, послушай-ка...

> Спят осины и берёзы.
> Убаюканный морозом
> Больше не журчит ручей.
> Разноцветье облетело,
> Только изредка на белом
> След, и тот — не ясно, чей.

— Здорово,— одобрил Жуга.— Сам придумал?

— Ага... Ого, гляди-ка! — Вайда неожиданно остановился.— А вот и след... Что скажешь, а?

Жуга подошел ближе и нагнулся рассмотреть. Снял шляпу, взъерошил пятернёй волосы на затылке.

— Ну, этот-то след, как раз, очень даже понятно, чей.

— Да я не об этом! — отмахнулся тот.

— Я понял, что не об этом...— кивнул Жуга.

Мела позёмка, но свежий снег на обочине, ещё белый и рыхлый, тронула легкой походкой чья-то маленькая босая нога.

— Нешто человек? — поразился Вайда.

— Да вроде бы...— несколько неуверенно согласился Жуга.— Ребенок, наверное, или девчонка... Других ты не видел следов?

— Нет... Что за притча! И охота же кому-то вот так — босиком по снегу!

Жуга выпрямился и огляделся окрест.

Белые, укрытые снегом поля были пусты — ни кустика, ни деревца, ни человека, ни зверя, лишь далеко впереди темнела опушка зимнего леса.

— Никого?

— Никого.

— Ну, дела...

Потоптавшись, оба переглянулись, пожали плечами и молча двинулись в дальнейший путь.

Смеркалось.

ОСЕННИЙ ЛИС

Ближе к ночи совершенно неожиданно потеплело. Небо затянула сизая облачная пелена. Большими пушистыми хлопьями повалил снег. Вскоре двое приятелей добрались до леса. Ветру сюда пути не было, снег падал чинно, степенно и мягко кружась.

Побродив окрест, Жуга облюбовал небольшую поляну, Вайда выбор одобрил, и решили заночевать прямо здесь.

В темноте расчистили место, из-под седой разлапистой ели надергали сушняка, и вскоре под котелком заплясал, зябко похрустывая дровами, робкий зимний костерок.

Вайда расположился поудобнее, стянул, покряхтывая, сапоги, и поставил их ближе к огню; посмотрел с неодобрением на свои сбитые, в мозолях, ноги и полез в сумку за провизией.

Жуга в свою очередь развязал мешок, повытаскивал каких-то засохших, узлом скукоженных кореньев. Вынул нож, искрошил в котелок два-три корешка, задумался на миг и добавил ещё. Вода вскоре закипела, приобрела неприятный бурый цвет. Жуга размешал варево, ловко подцепил котелок и поставил его на снег. Помахал рукой, сморщился.

Вайда нерешительно покосился на остывающий взвар, понюхал и скривился:

— Это что... вот это — пить?

Жуга усмехнулся:

— Полощи.

— А-аа...

Рифмач придвинулся поближе, взял протянутую другом берестяную кружку, зачерпнул и подождал, пока не остыло. Попробовал, выплюнул. Ещё раз и ещё.

Жуга поворошил прутиком костёр, глянул выжидательно.

— всё ещё болит?
— Вроде, как потише...
— Зачерпни ещё... да погоди ты — горячо...
— М-мм... Слушай, а ведь и впрямь — помогает!
— Ну, так...— понимающе усмехнулся тот.

В котелке убыло. Вайда потянулся было снова, да передумал и отложил кружку.

— На завтра решил оставить?
— Ага.
— А чай где заваривать? Выливай, ну его, к лешему...

Натаяли свежего снега, засыпали чаю. На расстеленном платке разложили хлеб, две-три луковицы, тугое кольцо копчёной колбасы. Некоторое время молча жевали, прихлёбывали, обжигаясь, прямо из котёлка. Вайда, заметно повеселевший, ел вкусно, с охотой. Откинулся на одеяле.

— Ух, хорошо... Ну, спасибо тебе, друг Жуга, ох спасибо! Мне ведь, право слово, спасу от этого зуба не было. Знаешь, как крючило!
— Ну, так вырвал бы его — и дело с концом. Чего волынку-то тянуть?
— Вырвать — ишь ты! этак зубов не напасешься... Да и боязно.

— Ну и дурак,— Жуга вытянул из кучи хвороста веточку, поворошил угли.— Щеку раздует.
— Думаешь?
— Раздует, раздует... Драть надо. А у тебя сапоги горят.

Рифмач ахнул и спешно потянул из костра сапоги — подошвы уже залоснились чёрным. Дымно пахло горелой кожей. Вайда скривился — "Тьфу ты, чёрт!", сунул их в снег, вытащил и оглядел со всех сторон. Вздохнул. Жуга усмехнулся.

— Ладно, хоть просохли.
— И то правда.

Натянув сапоги, Вайда улёгся на одеяле и потянул к себе небольшой округлый сверток синего бархата. Развернул.

Внутри оказалось что-то вроде бандуры, только поменьше, и с девятью струнами. Жуга несколько удивленно смотрел, как тот, любовно погладив ладонью пузатое деревянное донце, стал подстраивать тонкие жилы струн.

— Ты ещё и поешь?

Вайда прищурился хитро.

— А то как же!
— Ну-ну...— Жуга с сомнением потёр подбородок.
— Сомневаешься? — усмехнулся тот. Струна натянулась, зазвучала басовито. Вайда взялся за вторую.— Сам посуди — как петь с этаким-то зубом, да ещё по морозу? Тут уж, брат, я тебе скажу, не до песен...

— А теперь?

— А теперь — совсем другое дело... Отчего ж не спеть? — он смолк, задумчиво глядя в огонь. Нахмурился, бездумно перебирая струны.

— Про что петь будешь? — полюбопытствовал Жуга.

— А? — встрепенулся тот,— вот, про него,— он кивнул на костёр и снова помрачнел.— Есть одна старая песня, не очень, правда, старая. Начало у нее веселое, а вот конец... Впрочем, слушай.

Вайда тронул струны.

Полилась мелодия, и вроде бы даже не грустная, но какая-то не такая — словно Вайда боялся громко играть, словно кто-то прятался за деревом, подслушивая. Струны пели мягко, упругим чистым перебором, и Жуга как-то упустил миг, когда в музыку вплелись рифмованные строки:

> Коль заблудился ты в лесу,
> Глухая полночь на носу,
> И волки сходят с гор,
> Спокоен будь: не тратя слов
> Насобирай побольше дров
> И разведи костёр.
>
> Когда застанет дождь в пути,
> Не знаешь ты, куда идти,
> Но коль твой нож остер,
> Ты завернись плотнее в плащ,
> Нарежь ветвей, построй шалаш
> И разведи костёр.
> Когда на землю ляжет снег,
> И солнце свой замедлит бег,
> Забыв согреть простор.

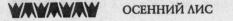 ОСЕННИЙ ЛИС

> Когда вокруг метет метель,
> И лишь сугроб — твоя постель,
> Твой лучший друг — костёр.
>
> Когда горит в ночи окно,
> Искрится старое вино,
> Кипит весёлый спор,
> Забудь свои обиды, друг,
> Спеши скорей в тот тесный круг,
> Где правит бал костёр.
>
> Огонь не добрый и не злой,
> Но плоть становится золой —
> Суд королевский скор:
> Тому, кто хочет быть собой
> И жизнь прожить с прямой спиной —
> Один путь — на костёр...

Песня закончилась.

Некоторое время оба молчали.

— Красиво,— наконец, сказал Жуга.— Только как-то жестоко.

— Какая жизнь, такие и песни,— вздохнул Вайда, пряча инструмент обратно в бархат.— Ладно, давай спать.

Развернули одеяла. Жуга подбросил побольше дров и передвинул костёр в сторону. Смёл угли. Закутавшись поплотнее, оба улеглись на прогретом пятачке земли, время от времени поворачиваясь с боку на бок, когда слишком припекало, и вскоре заснули.

* * *

Среди ночи Жуга вдруг проснулся.

Царила полная тишина. Снегопад прекратился, лишь одеяла у обоих были запорошены тонкой белой пеленой. Жуга сел и зябко поёжился. Огляделся окрест.

Верховой полночный ветер расчистил небо, открыв бледный растущий месяц и густую россыпь звёзд. Через небосвод, от края и до края дымчатой белой лентой тянулся чумацкий шлях. Костёр почти погас, лишь тлели, догорая, угольки. Жуга пощупал землю под собою — та была ещё тёплой. Спать не хотелось, наоборот — голова была ясная, до звона в ушах. На душе было странно и тревожно — непонятно откуда накатило неясное чувство потери. Вот только... потери чего?

Он зевнул, встал, расправил и набросил на плечи одеяло. Огляделся в поисках шляпы. Смятая и скомканная, та отыскалась в изголовье, Жуга расправил её и нахлобучил на голову. Во сне холод почему-то не так донимал, зато теперь проснувшееся тело срочно требовало тепла — тепла или движения — вдруг накатила резкая, неуёмная дрожь.

— Спишь, Вайда? — вполголоса окликнул Жуга. Тот не ответил, и Жуга нахмурился.

Что-то было не так, и через миг Жуга понял, что именно.

Слишком уж тихо было вокруг.

ОСЕННИЙ ЛИС

Он опустился на колени и тронул друга за плечо.

— Рифмач,— снова позвал он.— Рифмач, очнись! Рифмач!

Тяжелыми каплями сочились минуты, а Жуга всё тряс и тормошил спящего друга за плечо, за руки, за волосы, пока стынущее в снегу тело, страшно тяжелое и податливое, не завалилось вдруг с боку на спину и не замерло так. Холодный лунный свет посеребрил тронутые инеем волосы и бороду. Влажным блеском отразился в невидящих глазах. Жуга вздрогнул и отшатнулся.

Откуда-то из дальнего далека вдруг донесся тоскливый и протяжный волчий распев, отзвучал и смолк, не оставив после себя даже эха. Разом навалившись отовсюду, ватным комом вернулась тишина — ни шороха веток, ни снежного скрипа.

Ни сердцебиения, ни дыхания.

Вайда был мертв.

— — —

Отец Алексий — приходский священник — жил на отшибём, на самом краю села, и когда ранним утром в окошко постучались, он нисколько не удивился и молча пошел открывать — если входить в деревню с южной стороны, то его дом стоял первым, и прохожие люди в поисках ночлега, милостыни или воды частенько заходили сперва к нему, и только потом — к другим.

Стоявший на пороге хаты странник был молод и худ, смотрел устало, и опирался на посох. Рядом, сооружённые из срубленной ели, замерли сани-волокуши; свежевыпавший снег ещё хранил их неровный след — путник и впрямь шёл с юга. Сверху, закутанное в плащ, лежало закоченевшее тело.

Священник всё понял без слов, окликнул попадью. Та заохала, запричитала и, набросив старый тулуп, побежала за соседями. Вскоре явились два сонных ухватистых мужика, схожие фигурой и лицом — братья? — подняли покойника и куда-то унесли.

Деревня помаленьку просыпалась. Подходили люди, спрашивали. Плохие новости бежали скоро — к середине дня уже всё знали о случившемся несчастье.

Кое-какие деньги у рыжего паренька водились; кошель перешел из рук в руки. Две бабки взялись обмыть и убрать усопшего, Ондржей-столяр подрядился соорудить домовину.

Прихожего человека проводили в дом, усадили за стол. Попадья поставила самовар, собрала снеди — тот не притронулся к еде, лишь выпил чаю, и после, обсохнув и обогревшись в натопленной горнице, поведал в нескольких горьких словах, что и как случилось. Говорил он медленно, тяжело, часто умолкая и глядя в одну точку.

— Как звать-то тебя?

Паренёк поднял рыжую голову.

— Жуга.

— А его... как звали?
— Вайда.
— Откуда он?
— Откуда шёл — не знаю. В Стршей Кронице мы повстречались.

Священник помолчал.

— А промышлял чем?
— Ходил, странствовал... песни пел. Хорошие песни. Свои.
— Рифмоплёт, что ль? — спросил отец Алексий. Жуга кивнул.— А сам ты кто будешь?
— Травник я... всё в толк не возьму, от чего он умер. Земля ведь ещё тёплая была, когда я его поднимал.
— Верю.
— И ночью оттепель была...
— Да.
— Он не мог так просто замёрзнуть.
— Наверное, не мог...

Бессильно подперев голову рукой, Жуга сидел за чашкой остывшего чая, изредка вороша рукой рыжие всклокоченные волосы. Поднял взгляд — в кривозеркалье начищенного самовара отразилось худое, изможденное лицо. Жуга прикусил губу и сжал кулаки.

— Куда его унесли?
— В церковь.

Жуга повернул голову.

— Мне нужно... туда.
— Сиди, сиди... Там и без нас всё сделают, как положено. Вечером сходим.

Жуга некоторое время молчал, о чем-то размышляя, затем помотал головой.

— Нет,— сказал он, вставая.— У меня ещё есть девять дней. Пойдем сейчас.

Отец Алексий ничего не понял, покачал головой, но перечить не стал, и молча принялся одеваться.

— — —

Бревенчатая маленькая церковь оказалась на удивление новой и ухоженной, вот только выстудилась изрядно. Светились лампады у икон. Где-то за стеной потрескивала печь — мягкими волнами оттуда расходилось тепло. Наверху, в купольном сумраке виднелись размытые лики стенной росписи. Пахло ладаном.

Гроб с телом Вайды стоял у алтаря. Горели свечи в изголовье. Переодетый и причесанный, рифмач лежал, словно живой, и лишь лицо его, непривычно бледное и спокойное, выдавало истину.

— Где его похоронят? — хрипло спросил Жуга и закашлялся. Звук заметался эхом в гулкой церковной пустоте и затих где-то в углу.

Отец Алексий пожал плечами.

— Здесь... А почему ты спрашиваешь?

— Не всегда лицедеев хоронят на кладбище.

— Он ведь православной веры?

Жуга не знал точно, но кивнул, нимало не колеблясь: "Да".

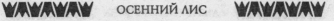

— Тогда, как и всех — на погосте. Я поговорю с поселянами, к завтрему выкопают могилу.

Жуга покачал головой, поднял взгляд на священника, и голубые глаза его так ярко вдруг блеснули, отразив свечное пламя, что отцу Алексию стало не по себе.

— Не надо,— тихо сказал Жуга.— У меня нет больше денег.

Он покосился на гроб и снова вздохнул.

— Я сам буду рыть.

— — —

Солнце клонилось к вечеру, когда Жуга, скользя и опираясь на посох, медленно поднимался на гору, где примостилась низкая чёрная хибара деревенской кузни. В кузницу вела тропинка. Узкая и плотно утоптанная, она подходила к самым дверям её и после убегала дальше, спускаясь к воде, к пробитой в речке проруби. В кузне явно кто-то был — тонким звоном пела под ударами молотка старая наковальня. Жуга не стал стучаться — всё равно бы не услышали — и подойдя, сразу открыл дверь, вошёл и огляделся.

Внутри было жарко и сумрачно. В дальнем углу был сложен очаг дикого камня; багровым светом мерцали угли. В другом углу примостился низкий, приземистый стол-верстак, на котором вповалку лежали разновеликие клещи, молотки, зубила и разный другой кузнецкий инструмент. По стенам, тут и там был развешан всяческий уже готовый товар — крючья-засовы, петли ворот, серпы, косы, скобы, не то тележные, не то бочарные обода, три-четыре топора и множество подков, рядком нанизанных на толстый граненый прут.

Человек у наковальни поднял голову.

— Не стой на пороге! — крикнул он, весело блеснув зубами.— И дверь закрой — дует!

Жуга замешкался, затворяя скрипучую дверь, а когда повернулся обратно, молот в руках кузнеца уже плющил горячее железо, наполняя маленькое помещение звоном и грохотом.

— Будь здоров, коваль! — крикнул Жуга, силясь перекрыть весь этот шум.

— Здорово, коль не шутишь! — кивнул тот и ловко перевернул клещами красную болванку.

— Я...

— Ну-ка, подсоби! Удержишь?

— Попробую...

Жуга даже опомниться не успел, а через миг уже сжимал в руках ещё теплые рукоятки клещей. Мастер поплевал на ладони и ухватил молот обеими руками.

— Эх, вашу мать!

Молот взметнулся высоким косым замахом, и Жуга вздрогнул, ощутив руками эхо гулкого удара. Молот плясал свой тяжёлый танец, давил, плющил и гнул податливый красный металл, а тот постепенно остывал, всё больше и больше тускнея.

— Держи! — кузнец остановился и мотнул головой в сторону очага. Приблизился. Грудь его ходила ходуном.— Туда его! понял? — крикнул он чуть ли не в самое ухо.

Жуга кивнул и развернулся, заталкивая болванку в огонь. Кузнец бросил молот и схватился за верёвку. Сипло задышали мехи. Угли вспыхнули, дохнули жаром, и вскоре глазам стало больно смотреть на раскалённую заготовку. Кузнец метнулся к молоту и махнул рукой:

— Давай!!!

Брызнули искры, и Жуга понял, что настоящая работа ещё только началась. Теперь кузнец бил в полную силу, вкладывая душу в каждый свой удар.

Жуга силился уловить этот краткий миг удара, посмотреть, что там у них получается, и всякий раз невольно смаргивал, когда от звона закладывало уши, но шло время, и вскоре на чёрном поле наковальни замаячил знакомый силуэт — лемех.

— В воду! — крикнул кузнец. Жуга огляделся и, завидев поблизости бочку, полную воды, шагнул к ней.

Забулькало. Взметнулся пар, а когда облака его рассеялись, и Жуга вытащил готовый лемех наружу, кузнец уже снимал свой кожаный фартук. Вытащил откуда-то рубашку, надел. Зачерпнул ковшом воды, жадно, большими глотками выпил чуть ли не до дна и зачерпнул ещё. Протянул Жуге — пей, мол. Тот с благодарностью кивнул, принимая ковшик: горло пересохло, вдобавок, он совсем сопрел в своём полушубке.

Кузнец поднял лемех и повернулся к очагу. Сощурился, рассматривая.

— Хорош, а? — обернулся он, осклабился, и Жуга вдруг с удивлением увидел, что перед ним, вместо кряжистого широкоплечего мужика, каким он всегда представлял себе всех кузнецов, стоит невысокий жилистый парнишка чуть постарше его самого, весь в саже и в копоти, с весёлой улыбкой на чумазом открытом лице. Длинные чёрные волосы перехватывал кожаный ремешок. Жуга невольно глянул на молот, который теперь показался ему совершенно неподъёмным.

— Тебя как звать? — спросил кузнец, набрасывая поверх рубашки старый нагольный тулуп. Снял шапку с гвоздя.

— Жуга.

— Ну, спасибо, Жуга, вовремя подоспел... Чего пришёл-то?

— Кирку мне надо. Да и лопата не помешала бы. Люди посоветовали у тебя спросить. Дашь?

— Кирка? — паренёк потёр подбородок.— Если найдется у меня кирка, отчего бы не дать? — он порылся в груде каких-то железяк, сваленных в углу, и вытащил средних размеров кирку без ручки.— Вот. А зачем тебе?

— Могилу копать.

— А...— паренёк помрачнел.— Так это ты пришёл сегодня... с этим, который замёрз?

— Я,— кивнул Жуга.

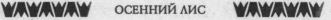

— Ну что ж... хоть и грех так говорить — бог тебе в помощь.

— Спасибо. Ну ладно, пойду я, пожалуй.

— Копать?! Прямо сейчас? — поразился тот.— Ты что, очумел? Вечер ведь. Вот что: я в баню сейчас, а тебе, я вижу, тоже горячая вода не повредит. А после уж посмотрим, чем тебе можно помочь.

— Да я...— начал было Жуга и вдруг ощутил, как ноют руки и ноги, как давит на плечи мягкими рукавицами дневная усталость, как течёт ручьями по телу кислый едучий пот, и умолк.

— Правда твоя,— признал он.— Баня — это бы сейчас было самое то.

— А я что говорю! — паренёк завернул в мешковину только что откованный лемех и пинком раскрыл дверь кузни.— Пошли.

У порога Жуга задержался, отметив мимоходом, что на улице уже стемнело.

— Тебя-то как звать? — спросил он своего нового знакомого.

Имя, прозвучавшее в ответ, было резким, как удар молота:

— Збых.

— — —

После бани и нескольких кружек душистого липового чая с мёдом Жуга разомлел. Его грязную рубашку Збых запихал куда-то в сундук и дал взамен другую, из своего запаса — белую и чистую, с затейливой вышивкой.

— Бери. Кажись, эта впору тебе будет.

Рубашка висела на травнике, как на вешалке.

— Жена вышивала? — спросил Жуга, рассматривая узор.

— Сестра.

— Она здесь сейчас?

— К подружке в соседнюю деревню отправилась.

— Что ж так — в соседней-то?

— Да нашенская она. Замуж вышла, ну, к мужу и переселилась. А ты откуда будешь-то?

— Издалека. С гор.

Слово за слово Жуга рассказал новому знакомому обо всем, что случилось в лесу. Збых слушал, рассеянно кивая, изредка спрашивая о чем-нибудь. Хмурился, качал головой. Наконец, поднял взгляд.

— Ты на ночлег где-то остановился, нет?

— Нет... Разве только вот у отца Алексия...

— Ну, это ни к чему. Раз такое дело, оставайся покамест у меня. Денег не надо.

Жуга помолчал, отставил в сторону глиняную кружку с остывшим чаем и некоторое время сидел недвижно, о чем-то размышляя. Пожал плечами.

— Неудобно как-то...

— Да брось ты, всё равно ведь бобылём живу.

— А сестра?

— А что — сестра? Она у меня девка с понятием. Считай, что я тебя погостить зазвал. Так что — лезь, вон, на полати.

ОСЕННИЙ ЛИС

Жуга, который впервые за весь день поел с охотой, теперь молча сидел за столом, прислонившись спиною к жарко натопленной печке. Глаза смыкались сами собой, говорить не хотелось, и спорить он не стал, лишь кивнул благодарно, лёг, укрылся своим полушубком и вскоре уснул.

Збых ещё некоторое время сидел один, задумчиво глядя в стол. По правую руку от него, словно соринка в глазу, маячило что-то чёрное. Кузнец повернул голову и вздрогнул: показалось на миг, что рядом, на лавке свилась кольцами тонкая чёрная змейка. Збых похолодел, но тут же вздохнул с облегчением, припомнив, как Жуга за разговором зачем-то кромсал ножом узкий лоскут сыромятной кожи, и потянул "змейку" к себе. То был затейливо плетёный кольцом ремешок с узелками. Узелков было много — десятка полтора на каждой стороне, и почему-то Збых всё время сбивался, пытаясь их сосчитать. Махнув рукой, он бросил эту затею, зевнул, перекрестился на образа и, погасив свечу, полез на печь.

— — —

Шорох шагов? скрип несмазанных петель в ночной тишине? дуновение холода? Збых не смог бы ответить, что именно его разбудило, но так или иначе, среди ночи он вдруг открыл глаза и больше не смог уснуть.

Едва лишь стемнело, со всех сторон сразу налетел ветер-баламут, разметая по полям сухой колючий снег, шуршал по крыше, царапался в окна, завывал дурным голосом.

В избе у кузнеца было тихо и тепло. Мерцала огоньком лампада. Постель Жуги была пуста. Збых решил сперва, что приятель его вышел по нужде, но прошло пять минут, десять, и кузнец не на шутку растревожился. Он слез с печи, оделся и вышел на двор.

— Жуга! — позвал он.— Жуга, ты где?

Ответа не было.

У самого крыльца брала начало и терялась за воротами цепочка полузаметённых снегом следов. Обеспокоенный, Збых вернулся за шапкой, подпоясался, прихватил фонарь и рукавицы и двинулся на поиски.

Мело.

Закрываясь от ветра рукой и пригибаясь к самой земле, кузнец медленно пробирался вдоль тёмных, укрытых снегом домов. Изредка останавливался, светил фонарем — снег быстро сглаживал всё неровности, но в деревне было от силы десять домов и всего одна улица, да и тучи меж тем разошлись, объявилась луна, и вскоре следы привели его к церковной паперти. Збых потоптался в нерешительности, хотел было постучаться, да вдруг раздумал, загасил фонарь и только после этого, стараясь не шуметь, приоткрыл дверь, и проскользнул внутрь.

Жуга был здесь, хотя разглядеть его было трудновато — в трапезной горели только лампады да две толстых свечи в изголовье гроба. Было тихо, и в этой гулкой тишине неясным эхом расползался по углам негромкий отчётливый шепот. Збых похолодел, хотя сам не понимал, отчего: было в этом шепоте что-то такое, от чего кузнец тихо скользнул в тёмный угол и там затаился. Обитая войлоком дверь закрылась за ним мягко, без звука, лишь сквозняк тронул пламя свечей, и стоявший у гроба рыжий паренёк ничего не заметил, всецело поглощённый своим занятием.

Жуга творил наговор.

Збых потом не мог вспомнить, сколько времени простоял он в этом закутке, таращa глаза в церковный полумрак. Сперва ничего не происходило.

Потом появился Свет.

Он возник ниоткуда — струистое блескучее сияние рождалось где-то в пальцах у Жуги, сгущалось, странной светлой тенью мерцая на фоне черноты. А потом...

Шепот Жуги смолк. Дымная тень вытянулась неровным облачком и теперь плыла уже сама по себе, направляясь к покойнику. Кузнец поёжился — слишком уж быстро двигалась она — а затем вздрогнул от неожиданности: показалось вдруг, что мертвец шевельнулся в своем гробу. Збых поднял руку — протереть глаза — и чуть было не закричал, сызнова их открыв: Вайда поднимался, медленными неверными рывками, руками ухвативши края домовины! Глаза его были открыты и пусты.

Крик свой кузнец удержал, хотя сам бы не сказал, как, но теперь уже поздно было скрываться: Жуга, заслышав шорох, обернулся.

— Ты?! — вскричал он, делая шаг навстречу. Рифмач с глухим стуком рухнул обратно. Пламя свечей дрогнуло, одна из них погасла.

— Я! — с вызовом бросил Збых и вышел из угла.— Ты что творишь, нелюдь, в божьем храме?! — кузнец выпрямился во весь рост — угрюмый, жилистый. Его не так-то просто было испугать.— А я-то тебя к себе на дом...

Жуга обернулся на гроб, на кузнеца, снова — на гроб, и с искаженным лицом заметался меж ними двоими, словно зверь в капкане. Замер на миг, силясь сорвать что-то с руки — мелькнула знакомая кожаная полоска — и вдруг вихрем налетел на кузнеца, крича страшно и отчаянно. Збых, который двинулся было к нему, засучивая рукава, на миг опешил и сдал назад.

— Убирайся! — кричал Жуга, размахивая руками, словно мельница.— Я не смогу теперь её сдержать, понял?! Беги, чтоб тебя! беги, пока не поздно!

Силой господь Збыха не обидел, как говорится — съездит по уху — дверей не найдёшь, но рыжий паренёк, гибкий и верткий как белка, и странные слова его до того ошеломили кузнеца своим натиском, что опомнился он лишь когда

Жуга уже выталкивал его в раскрытую дверь. Опомнился — и заработал кулаками.

Лишь потом до него дошло, как странно, как нелепо дрался этот Жуга. Он метался, кружил, оборачивался некстати, пропуская самые глупые удары, тряс рыжей головой, цедил воздух щербатым ртом и вновь наседал, тесня Збыха то к двери, то вдруг — прочь от нее, а то и вовсе — куда-то в сторону. Пред взглядом кузнеца мелькали руки, ноги, безумные глаза его, и почему-то всё время казалось, будто что-то, дымно сверкая, маячит за его спиной...

Збых помнил миг, когда изловчившись, сбил противника с ног и склонился над ним, занося кулак, но тут в глазах вдруг блеснуло серебром, что-то бухнуло в затылке, шею пронзили сотни ледяных иголочек, и бешеным галопом рвануло сердце из-под ребер.

После не было ничего.

— — —

...мрак...
...голоса во мраке...
...словно в глубоком-глубоком колодце...
... ...
... ...
... ...
... ...
... ...
здесь

кто
?
кто
здесь
... ...
... вверх ...
... ...
("...кто здесь..." "...кто здесь...")
... ...
... вниз ...
... ...
...
.

"Пусти..."
"Кто ты?"
"Я... я..."
"Кто ты?!"
... ...

Мягкие лапки скользят по щеке.
Ледяные сосульки коготков.
Искры в глазах.

... ...

"Впусти меня!"
"Я... не могу..."
"Отпусти меня!"
"Не могу!"
... ...
"?"
"!"

ОСЕННИЙ ЛИС

Пушистая лапка скользит вниз по шее...
Холод в затылке.
Густой, непроглядный мрак.
И кружится... кружится...

! впусти меня !
кто ты ? ! ? ! ? ! ? кто ты
впусти меня ! ? ! ? ! ? ! впусти меня
кто ты ? ! ? ! ? ! ? кто ты
! впусти меня !

!янепомнюнепомнюнепомнюнепомню!

... ...

Збых!"
"?.."
"З Б Ы Х !!!"
"!!!"

— — —

Тёплая ладонь коснулась лба, темнота вдруг раскололась двумя белыми вспышками, веки поднялись и тут же опустились снова — свет был слишком ярок. Прошла, наверное, целая минута, прежде чем Збых смог нормально видеть.

Он лежал у себя в избе, возле жарко натопленной печки, укрытый до самого подбородка одеялом. За окном давно уже рассвело. Збых приподнялся на локтях и тут же повалился обратно на подушку — так сильно вдруг закружилась голова. Поднял руку, непослушными ватными пальцами коснулся лица.

— Лежи, не вставай,— послышалось откуда-то сбоку.

Збых повернул голову.

Рядом сидел Жуга.

— Что... со... мной?

— Потом объясню,— буркнул тот, вставая.

Он взялся за ухват, сдвинул печную заслонку и с головой залез в устье. Вытащил небольшой, накрытый крышкой глиняный горшок, поставил его на стол, отцедил через тряпочку.

— На, подкрепись,— протянул он кузнецу дымящую кружку.

Збых пригубил взвар, подул, остужая, и отпил глоток. Топленое молоко с малиной и ещё какими-то травами. Он выпил всё и протянул пустую кружку. В горле по-прежнему было сухо.

— Ещё...

— Хватит пока,— рассудительно сказал Жуга, принял кружку и поставил её на стол.

На руке ощущалось что-то жёсткое. Збых поднес ладонь к лицу. Левое запястье оплетал тройным кольцом давешний кожаный ремешок с узёлками.

— Что... это?

Жуга перехватил его вопросительный взгляд и нахмурился.

— Оберёг. Так надо... Я тебе потом всё объясню, а пока — не снимай его. Нипочем не снимай, слышишь?

Накатила дремота. Веки смыкались сами собой.

— Что... ты... натворил?

Жуга помолчал.

— Зря ты нынешней ночью за мной увязался,— наконец, неохотно сказал он.— ну, да ладно. После будем думать, что к чему, а пока — спи. Как ты себя чувствуешь?

Збых сглотнул.

— Зуб болит.

Жуга вздрогнул и промолчал.

— — —

— Эй! Жузга! Погоди...

Жуга обернулся.

Вниз по улице, следом за Жугой чуть ли не бегом спешил дородный незнакомый бородач, поравнялся и остановился перевести дух.

— Уф... Совсем запыхался! День добрый.

— День добрый,— кивнул в ответ Жуга.— Меня звал, что ли?

— Ага. Я...

— Ну, так меня Жуга зовут, а не Жузга... Чего кричал-то?

— А, ну извиняй, если обидел ненароком... Ты ведь вроде как травник, а?

— Ну, положим, да.

— Дело у меня к тебе. Ведь раз ты, парень, травник, то и в заговорах там разных тоже смыслить должон. Ты ведь не при деньгах сейчас?

— С чего ты взял?

— Слухами земля полнится... Помоги, а? А я уж тоже в долгу не останусь.

Жуга некоторое время не отвечал, разглядывая незнакомца. Это был среднего роста, не старый ещё крестьянин, с рыхлым, землистого цвета лицом, одетый в добротный, хоть и не новый полушубок, шапку и сапоги. Не бедняк, но и не то чтоб очень уж зажиточный, так — серединка на половинку.

— А что стряслось? — спросил Жуга.

Мужик в полушубке замялся. Поскрёб в затылке.

— Да как тебе сказать... В двух словах и не обскажешь. Вот что: живу я тут, рядом, пошли ко мне? Посидим, поговорим, а то чего на морозе-то стоять...

— Как тебя звать?

— Меня-то? Вацлав.

Жуга вздохнул и задумался. Спешить сегодня и впрямь было некуда.

— Ну что ж... пошли.

Изба у Вацлава оказалась — всем избам изба: пятистенная, с резными окошками и большим крытым подворьем. Отряхнувши на крыльце снег с башмаков, Жуга оставил в сенях свой полушубок и шапку и вслед за хозяином прошёл в чистую опрятную горницу. Как и следовало ожидать, жил Вацлав не один — у печки суетилась жена, поглядывали сверху трое ребятишек — две девочки-двойнятки лет семи, да мальчонка чуть помладше. При появлении незнакомца вся эта троица поспешно спряталась за занавеской.

— Проходи, друг Жуга, садись,— Вацлав кивнул на скамью и сам уселся рядом. Глянул на жену, молчавшую настороженно, нахмурился, прикрикнул сердито: не стой, мол, ступой, неси все, что есть на стол. Та засуетилась, застучала посудой. На столе появились щи в горшке, каравай хлеба, разные закуски, пироги, яйца, сыр, молоко и большой жбан с пивом. Вацлав крякнул довольно, подсел к столу поближе:

— Ну, закусим, чем бог послал!

Осмелев, вылезли наружу и ребятишки, и, получивши по куску пирога, остались сидеть.

Раскупорили жбан. Пиво оказалось густое и крепкое. Съели по чашке щей, ещё по одной. Наконец, когда на столе появился самовар, Жуга решил, что пора переходить к делу.

— Ну, хозяева, спасибо за угощенье, пора и дело знать. Говори, Вацлав, зачем звал.

— Значится, так,— налив себе чаю, начал тот.— Уж полгода, наверное, будет с тех пор, как у нас неладное творится. Я уж кого только ни просил помочь, и батюшку, и бабку Нису, да всё без толку. Всяк толь...

В углу кто-то кашлянул. Вацлав вдруг поперхнулся, выронил блюдце, и остолбенело уставился на гостя. Чай лужицей разлился по скатерти. Жена его тихо ахнула и прикрыла рот ладошкой. Жуга бросил быстрый взгляд на хозяина, на хозяйку, на стол перед собою, и вздрогнул:

кусок пресного пирога, взятый им с общей тарелки, сам собой упал на скатерть и теперь ползком, словно улитка, медленно пробирался меж чашек обратно. Послышалось хихиканье.

Ни секунды не медля, Жуга вскочил, опрокинув лавку, рука сама нащупала за поясом шершавую ореховую рукоять, и через миг его нож пригвоздил самоходный пирог к доскам столешницы.

"Ай-мэ!" — тихо вскрикнули где-то под потолком. Стоявший возле печки березовый веник вдруг шаркнул по полу и безо всякой на то причины взвился в воздух, нацелясь прутьями в лицо. Жуга сбил его, почти не глядя, ударом кулака, вскинул руки и выкрикнул коротко:

— Кумаш!

Упала, звеня, печная заслонка, и всё стихло.

Жуга постоял с минуту, настороженно прислушиваясь, шумно вздохнул, поднял и поставил на место лавку, уселся и налил себе чаю. Выдернул нож, тронул пальцем дырку на скатерти, покачал головой и, откусив кусок пирога, принялся его жевать, как ни в чем не бывало. Вацлав со страхом смотрел на него, словно Жуга уплетал не пирог, а живого ежа.

— Славные у тебя пироги, хозяйка,— хмуро сказал Жуга, прожевавшись. Повернулся к Вацлаву.— Ну, а теперь выкладывай начистоту, что и как.

— А... *это* не вернётся?
— Пока я здесь — не вернётся.

ОСЕННИЙ ЛИС

Хозяин собрался с духом и торопливо, сбивчиво начал.

Он не помнил точно, когда всё это началось. Вроде бы летом, а может быть, уже и осенью. В тот год стояли табором цыгане у села. Вели себя вроде бы чинно, коней не крали, а если и крали, то, верно, где-то в окрестных деревнях. Жили они у себя там, а в село наведывались всё больше за пивом. Андрлик, тесть его, который пиво варит, здорово тогда поднажился. Опять же и ребятишки ихние в село тоже часто хаживали, пели, плясали, попрошайничали. Таскали, понятное дело, что плохо лежит. А как уехали, тут, значит, и началось это вот... вот это самое...

За столом воцарилась тишина.

— Ну,— хмуро спросил Жуга.— Что же ты умолк?

— Дык ведь все, вроде...— пролепетал тот, потупившись.

Жуга поднял взгляд, посмотрел Вацлаву в глаза.

— Все, говоришь? Ну, что ж, раз так... Спасибо за хлеб, за соль.— Он встал.— Пойду я, пожалуй.

Вацлав растерянно захлопал глазами.

— Эй, погоди! Это как же... как же это...

Жуга обернулся. Лицо его скривилось.

— Думать надо было! — хмуро сказал он.— Бог знает, чего ты там для цыганчат пожалел. Может, хлеба они просили, может, юбку старую или, там, рубаху скрали... Не ведаю я, раз ты молчишь! Сам же, поди, наживался на них, а менки пожалел.

— Дык ведь я...— залопотал тот.— Кто ж знал! Ведь надоели же хуже горькой редьки, нехристи! Ну, отодрал я двоих ремнем, чтоб не шастали где попало... пацана с девкой... Кто ж знал!

— "Кто ж знал!" — передразнил Жуга и опустился на лавку. Помотал рыжей головой. Вздохнул.— Хитрые они. Даже дети малые — и те у них могут кой-чего. Вераку тебе подсунули... или тырву, чёрт их разберёт...

Хозяйка и ребятишки сидели тише воды, ниже травы. Вацлав растерянно молчал. Поскрёб в затылке.

— И... что теперь?
— В дом ты их пускал?
— Нет...
— Пошли на двор.

Во дворе Жуга огляделся, прошёлся туда-сюда и решительно направился под навес-дровяник.

— Осенью дрова склал? летом?
— Летом.

Жуга неторопливо двигался вдоль поленницы, дотошно ощупывая дрова, вытаскивал какие-то щепки. Посадил занозу, сморщился.

— Здесь нет.

Прошёл дальше, потом ещё, и Вацлав уже отчаялся, когда из-за третьей поленницы вдруг донеслось торжествующее "Ага!", и показался Жуга.

— Вот, держи,— он сунул что-то Вацлаву в руки, и тот с изумлением уставился на находку. То были две грубые деревянные куклы, наряженые в какое-то пестрое тряпье. Ни рук, ни ног у них не было. Нарисованные углем лица скалили зубы в злобной усмешке.

— И это все?!
— Все.
— Гм, это же надо, а! Скажи кому — не поверят. Ведь даже рук нет...
— А руки ихние по избе по твоей шарили,— усмехнулся Жуга.

Вацлав повертел деревяшки в руках, покосился на Жугу.
— Что ж мне теперь с ними делать?

Тот пожал плечами.
— Хочешь — сожги, а нет — так девчонкам своим отдай. Аккурат две штуки. Теперь можно, теперь не будет от них вреда.

Вацлав содрогнулся:
— Ну уж нет! хватит лукавого дразнить. В огонь их, в плиту! Да слышь-ка,— он замялся,— а ну, как вернётся эта пакость?

Тот покачал головой.
— Ну, спасибо тебе! Век благодарен буду,— он сунул кукол в карман.— Ты как насчет денег? Двадцати менок хватит? Сочтемся, а? Вот и славно, за мной не залежится. А сейчас, такого дела ради надо бы это... того... пропустить по кружечке. Пошли-ка в дом, друг Жугуц, отпразднуем!

Жуга поднял голову.
— Жуга.

— Что? — обернулся Вацлав.
— Меня зовут Жуга,— хрипло сказал тот и, повернувшись, зашагал вниз по улице.

— — —

Збых проснулся ближе к вечеру и долгое время лежал недвижно, глядя, как трудится в темном углу под потолком паук над своей ловчей сетью. Рваной шелухой опадали остатки странных, непонятных снов. Шум в голове прошёл, и лишь слабость, противная и доселе совершенно кузнецу незнакомая, мешала нормально думать и двигаться.

Хлопнула дверь, и вошёл Жуга, отряхивая снег.

— Давно проснулся? — он скинул полушубок и подошёл ближе, протягивая к печке красные с мороза ладони.

— Только что,— Збых приподнялся и сел. Голова закружилась.

— Есть хочешь?
— Пожалуй...

Жуга полез в печь, вытащил чугунок с похлёбкой. Разлил в две тарелки, отрезал хлеба. Рассеянно черпая перепрелый суп, Збых едва ли одолел половину и отодвинул миску. Жуга же вообще к еде не притронулся; мрачный и взъерошенный, он сидел, задумчиво подперев голову рукой, и молча ковырял ложкой в густом вареве. Покосился на Збыха.

— Ты как?

Кузнец прислушался к себе.

— Да вроде, ничего...

— Голова не болит?

— Нет... Только вот слабый я какой-то.

— Это пройдёт.

Некоторое время оба молчали. Збых поправил подушку и снова лег. Посмотрел в угол — паук закончил свою работу и теперь скорчился чёрной точкой в центре паутины. Кузнец усмехнулся.

— Четыре буквы,— сказал он.

Жуга поднял голову:

— Что?

— Я говорю, что четыре буквы. Па-ук — четыре буквы.

— Какой ещё паук?

— Да вон, в углу...

Жуга посмотрел в угол.

— Ну и что?

Кузнец пожал плечами и снова усмехнулся:

— Чудно... Грамоты не знаю, а тут — какие-то буквы... С чего бы это, а? — он помолчал. Поднял голову.— Слышь, Жуга...

— Что?

— Вчера ночью, в церкви... Это на самом деле было, или нет? Или мне всё это приснилось?

Жуга вздохнул и помотал рыжей головой.

— Дорого бы я дал, чтобы всё это оказалось сном...— хмуро сказал он.

— И всё таки, что ты там натворил?

— Долго рассказывать,— сказал тот, отведя взгляд.

— Нет уж, друг, начал — так договаривай. А иначе и начинать не стоило. Всё равно спешить-то некуда.

Жуга поскрёб в затылке.

— Правда твоя,— признал он.— Ну, слушай.

Рассказ и в самом деле был долог. Обхватив колени, Збых молча слушал, как двое путников заночевали в лесу, и как проснулся под утро только один.

— Понимаешь,— сбивчиво объяснял Жуга, с трудом подбирая слова,— что-то тут не так. Как будто кто-то... помог ему умереть, что ли... Вот я и решил дознаться сам.

Збых задумчиво потёр небритый подбородок и поморщился, когда заскорузлый ремешок оцарапал щеку.

— А в церкви... что было?

— Девять дней ещё не прошло,— хмуро сказал Жуга,— его душа покамест где-то рядом обретается. Я хотел... чтобы Вайда сам сказал мне, что с ним случилось.

Збых похолодел.

— Так стало быть, та тень...— он умолк, не договорив.

Жуга кивнул.

— Не подумал я. Мне-то ничего не грозило — у меня оберёг был... Но кто же знал, что ты за мной увяжешься! — он усмехнулся криво, постучал пальцами по столу и добавил, немного погодя: — Был я тут сегодня у одного, так он тоже всё твердил без конца как дурак: "Кто ж знал! Кто ж знал!" Вацлавом кличут, в крайней избе живёт. Знаешь его?

— Рудаха? — настороженно переспросил Збых.— Как не знать! Каким это ветром тебя к нему занесло?

— Да так,— Жуга махнул рукой,— нежить у него баловала, ну, он меня и попросил помочь.

— Нешто повывел?

— Угу. А что?

Збых откинулся на подушку, покосился недоверчиво:

— Батюшка наш, Алексий тоже пробовал помочь. Святить его избу хотел, так они в него, слышь, поленом с печки запустили...

— Да? — усмехнулся Жуга.— Ну, меня-то веником приласкало.

— Повезло... А Вацлав этот — куркуль, каких мало. Снега зимой не выпросишь.

Жуга пожал плечами:

— За то и пострадал. Может, хоть это его чему-нибудь научит.

Збых снова умолк, глядя в потолок. Паук был всё там же, в углу.

— Да что ты уставился на паука своего? — не выдержал Жуга.

Кузнец рассмеялся.

— Да вот, подумалось вдруг... Странность какая: букв четыре, а ног — восемь... Представляешь:

> Четыре буквы, восемь ног
> Нашли укромный уголок,
> Где и темно и тесно
> И можно жить чудесно...

Что-то хрустнуло. Кузнец умолк на полуслове, глянул на Жугу. Тот сидел недвижим, с лицом белым, как простыня, сжимая в пальцах обломки деревянной ложки.

— Слышь, Жуга,— смущенно пробормотал Збых.— Не пойму никак, что со мной. Я ж сроду ничего такого не слагал... ни единой вирши...

Он помолчал, кусая губы. Провел рукой по одеялу.

— Жуга...

Ответа не последовало.

— Мне страшно, Жуга!

Тот поднял голову:

— Мне тоже.

— — —

На следующий день, рано утром объявилась Збыхова сестра. Она ворвалась в дом, стремительная, словно ветер, дверь едва успела хлопнуть у нее за спиной, а та уже скинула шубу, и уселась возле брата. Жуга даже не сразу понял, что происходит.

— Ружена, ты? — Збых приподнялся на локтях.

— Лежишь, Збышко? — она поправила на нем одеяло.— То-то я гляжу, в кузнице нет никого. Захворал?

— Есть немного...— с неохотой признал тот. Обернулся.— Жуга, познакомься — это сестра моя, Ружена... Ружена, это Жуга.

Та посмотрела с любопытством.

— Это ты вчера у Рудаха побывал?

— Я,— кивнул Жуга.— А откуда ты знаешь?

— Вацлав про тебя всё уши прожужжал...— она снова повернулась к Збыху.— Он что, живет тут у тебя?

— Пока — да... А что?

Та пожала плечами.

— Да так. Ничего,— она встала, поправила волосы. Подошла к столу.— Что тут у вас? Щи? ещё и прокисшие, небось? Ну, так и есть! Эх, мужики, мужики... Не додумались на холод выставить.

— Чего их выставлять-то? — проворчал Збых.— Новые сварю.

— Уж ты сваришь, как же, от тебя дождёшься... Жениться тебе надо, братец, вот что я скажу.

— Ещё чего! — Збых поёжился.— Мне и с тобой-то сладу нет. Целый день спину гнёшь, понимаешь, на хлеб не хватает, а тут ещё бабу себе на шею повесить... На себя посмотри.

— Поговори у меня... Веник где?

— Чёрт его знает...

— Вон, за печкой,— вмешался молчавший доселе Жуга, который примостился на скамейке в углу и с интересом наблюдал за происходящим. Ему нравилась та веселая кутерьма, которую Ружена развела вокруг больного брата, да и сама она была хороша собой — стройная, с русой косой, задорными голубыми глазами, и острая на язык, что, правда, ей даже шло. Работа так и спорилась в её руках. Она в момент растопила печь, поставила греться воду, вымыла полы в избе и, в довершение всего, напрочь смела паутину в углу вместе с пауком.

— А ты, Жуга, чего сидишь? — с усмешкой обернулась она.— Ты-то, вроде, не больной. А ну, лезь в погреб. Капусты зачерпни из бочки, да туесок с брусникой захвати — там, в углу стоит...

Наконец, всё утряслось. Изба засверкала чистотой, Збыха переодели в чистую рубаху, а вскоре и обед поспел.

Збых ради такого дела выбрался к столу. Жуга поглядывал на него с некоторой тревогой, но тот на сей раз съел всё и даже добавки попросил. Потянулся за хлебом.

— Это что? — Ружена кивнула на ремешок.

— Это? — Збых кашлянул смущенно.— Так... Жилу растянул.

— Растянул, говоришь? — Ружена нахмурила брови. Посмотрела на брата, на Жугу. Тот поспешно отвел взгляд. Вздохнула.— Ох, что-то темните вы, хлопцы... Салом смажь, а то руку сотрешь.

— Смажу, смажу... А где оно?

— Горе ты мое! В погребе, где ж ещё... Да сиди, я сама схожу,— она вышла из-за стола, взяла свечу и откинула было крышку подпола, как вдруг проворно отскочила назад и с ногами взобралась на лавку.— Ай!

Збых и Жуга обернулись, встревоженные.
— Что стряслось?!
— Мышь!!!

Серая проказница и впрямь не замедлила появиться, блеснула глазками и, стрелой метнувшись по полу, скрылась в углу.

Збых прыснул и вдруг захохотал, звонко и заливисто. Ружена соскочила на пол и с укоризной глянула на брата.

— Говорила же тебе: давай кошку заведём.
— Эх, сестрёнка, этакой крохи испугалась... Эка невидаль — мышка тащит сыр детишкам. Мышка тащит сыр детишкам...— повторил он, словно бы пробуя слова на вкус, и вдруг прочёл:

> Что ты тащишь, мышка?
> Сыр несу детишкам.
> Где взяла? Купила.
> Талер заплатила.
> Что ж ты сдачи не взяла?
> Так хозяйка же спала!

Збых вознамерился было снова рассмеяться, да глянул на сестру и осёкся.

В глазах девушки затаился страх. Она посмотрела на Жугу, на брата, снова — на Жугу, и медленно попятилась к двери. Не оглядываясь, вслепую нашарила шубу.

— Ружена, ты чего? — Збых привстал.— Постой, куда ты...

— Не подходи! — вскрикнула та.— Стой, где стоишь!

— Руженка, погоди!

Но прежде чем кузнец сделал шаг, девушка с криком распахнула дверь и выскочила на улицу. Збых остался стоять посреди избы в растерянности и смятении.

— Чего это с ней...— как бы про себя сказал кузнец. Посмотрел на приятеля.— Можешь ты мне хоть что-то объяснить? Чего молчишь?

— Могу,— хмуро ответил Жуга.— Это рифмач.

— Кто?

— Вайда,— он привстал, снова сел. Провел пятернёй по рыжим волосам.— Он всё таки там... в тебе.

— Где? — Збых почувствовал дрожь в коленках и поспешно опустился на лавку. Вспомнилась тень в церкви, странные сны и прочие нелепости. Он похолодел. Рука сама потянулась ослабить ворот рубашки.— Зде... здесь?!! С чего ты взял?!

Жуга помотал головой.

— Даже смех, и тот — его...— сдавлено сказал он.— Да... Влипли мы с тобой, друг Збых, в историю... Не знаю, что и делать теперь.

Збых помолчал.

— Это что ж,— медленно произнес он,— во мне теперь две души, что ли? Моя и... его?

— Вроде как...

— А разве так бывает?

Жуга поднял голову, усмехнулся невесело:

— Сплошь и рядом... Только не у нас, а у баб, когда они детей носят. Почему Ружена и разглядела в тебе кого-то ещё.

— Но я же... вот чёрт! — Збых, склонив голову, с тревогой прислушался к своим ощущениям. Покосился на Жугу.— А они там того... не смешаются внутри, а?

— Не должны...— с сомнением произнес Жуга.— А впрочем, не знаю. Листвицу я плел с расчетом, чтоб чужая душа ко мне не влезла, а тебе уже после повязал... Ты, кстати говоря, в самом деле смажь-ка её салом.

— Что ж теперь делать?

Жуга пожал плечами:

— Ружена, скорее всего, вернётся к завтрему, а пока... Расскажи-ка ты мне про всех, кто в деревне вашей живет.

— Это ещё зачем? — опешил тот.

Жуга вздохнул и печально посмотрел на растерянного друга.

— Надо же с чего-то начинать.

— —

Миновал полдень, когда Жуга, насадив кирку на рукоять и прихватив лопату, отправился на кладбище. Збых остался дома. В деревне было тихо и безлюдно — поселяне сидели по домам, лишь в конце улицы гомонила ребятня, да суетилось на помойках воронье. Жуга шёл быстро, почти не глядя по сторонам, лишь изредка, приметив тот или иной дом, замедлял шаг, вспоминая, что рассказывал кузнец об их жильцах, и меньше чем за полчаса уже добрался до ограды погоста.

К немалому его удивлению, на кладбище уже кто-то был: на белом снегу темнел прямоугольник начатой могилы. Два дюжих мужика, покряхтывая, сосредоточенно ковыряли лопатами стылую землю. Углубились они в нее едва ли по колено. Жуга продошел ближе, остановился у края ямы.

— Бог в помощь.

— Благодарствуем,— кивнул в ответ один из них. Второй глянул исподлобья, ничего не ответил.

— Для рифмача могила?

— Ага.

— Так ведь, я не просил, вроде, помогать...— Жуга присел, размял в пальцах комок промерзлой глины. Оглядел обоих.— Да и заплатить мне вам нечем. Давайте, уж я сам...

— Это ничего, это бывает, мы ж понимаем,— сочувственно сказал первый.— Мы за бесплатно. Да и отец Алексий попросил подсобить. А третьего не надо — тут вдвоём-то не развернешься, так что, иди-ка ты, мил человек, домой. А вот кирку молодец, что принес, кирка — это, стало быть, в самый раз сейчас будет... вот...

Разговаривать было больше не о чем, и Жуга, оставив мужикам кирку, двинулся в обратный путь, приятно озадаченный, с чего бы это поселяне сделались вдруг такими сердобольными. День клонился к вечеру, на улице заметно похолодало, и Жуга сам не заметил, как ноги привели его к порогу деревенской корчмы. Из трубы вился уютный дымок. Неподалеку рядком стояли несколько порожних возов. Жуга постоял в нерешительности, затем нащупал за пазухой тощий кошель — не осталось ли мелочи? Мелочь осталась. Он вздохнул, раскрыл дверь и вошёл.

Внутри было сумрачно и тепло. Хозяин — видимо, тот самый Андрлик — дремал возле бочек с пивом, но сразу поднял голову, заслышав, что кто-то вошёл. В углу, за длинным столом трое возчиков отогревались после дороги горячим сбитнем. Справа, у окна сидел угрюмый белобрысый паренёк и бесцельно глядел в заиндевелое стекло. На столе перед ним стояла нетронутая кружка с пивом. Мельком глянув в его сторону, Жуга оставил лопату подле входа и прошёл к хозяину.

— День добрый,— поздоровался тот.

— И тебе того же,— Жуга пошарил в кошельке, вынул монетку.— Сбитню налей.

Андрлик сгрёб менку, кивнул, снял с полки кружку и наполнил её из самовара густым горячим сбитнем. Жуга огляделся, облюбовал стол, который показался почище, и уселся. Пригубил из кружки. Напиток оказался хоть куда — с травами, на мёду, согревал приятно руки и теплой волной отзывался в животе. Жуга выпил уже больше половины, когда паренёк у окошка вдруг поднял голову, обвёл корчму мутным взглядом и, заприметив Жугу, подхватил свою кружку и направился к нему. Уселся на скамью напротив и некоторое время молча рассматривал незнакомца. Поскрёб в затылке.

— Ты, что ли, Жуга будешь? — хмуро спросил он.

— Ну, я,— Жуга отпил из кружки.— А что?

Паренёк покосился на свою кружку, словно видел её впервые, вздохнул и отодвинул в сторону. Сплёл пальцы, согнул их до хруста. Потупился.

— А вот скажи-ка, травник,— глядя в сторону, начал он,— может твоя наука помочь, когда человек человека не понимает?

Жуга нахмурился.

— Это как?

— Ну, вот ежели, взять к примеру, такой случай: парень девку любит, а она его — нет... Можно тут помочь?

— Ничем тут не поможешь. Тут или парень — дурак, или девка — дура... или нету здесь любви никакой... так — баловство.

Парнишка некоторое время молчал, кусая губы. Поднял взгляд.

— Ну... есть же там зелье, какое ни то, приворотное... Ведь есть же!

Жуга пожал плечами.

— Есть, конечно... да только дурь всё это. Силой человека ещё никто счастливым сделать не мог.

— Ну, так то — силой! А это...

— Травы — тоже сила,— хмуро сказал Жуга, заглянул в кружку, одним глотком допил сбитень и встал.— Не дело ты затеял, парень. Колдовством тут не поможешь.

— Так значит, не дашь ничего?

— Не дам.

Паренёк глянул исподлобья, помотал головой.

— Видно, правду люди говорят,— процедил он сквозь зубы,— с рыжим да красным не связывайся... всё вы, ведуны, одним миром мазаны, что ты, что бабка Ниса... Нос всё любите задирать, а как до дела дойдет — хрен тебе. Эх...— он махнул рукой отвернулся, да так и остался сидеть, подперев голову рукой. Жуга хотел было ещё что-то сказать, передумал, надел шляпу и, подхватив лопату, направился до Збыха.

Кузнеца дома не оказалось, зато вернулась Ружена.

Жуга замялся нерешительно на пороге, не зная, что сказать — к такому повороту событий он не был готов, но девушка сама начала разговор.

— Проходи, садись,— тяжело вздохнув, сказала она, кивая на лавку.— Поговорить с тобой хочу, пока брата нет.

Жуга опустился на скамью.

— Где он?

— Я его на улицу вытолкала — пусть хоть до кузницы прогуляется...— она помолчала, дрожащими пальцами теребя косу, и вдруг повернулась к Жуге.

— Жуга, скажи, ведь ты... не со зла? — в глазах её были слёзы.— Всё это — не со зла?

Жуга ответил не сразу.

— Что он тебе рассказал?

— Все... Наверное, все...— она спрятала лицо в ладонях и заплакала. У Жуги духу не хватило её успокаивать, и он снова промолчал.— Говорила же я ему: уедем из этой деревни...— глухо слышалось сквозь рыдания.— Кузнецкое ремесло всюду уважают, не пропали бы... так ведь нет же...

— Деревня-то при чем? — с недоумением спросил Жуга.— Хорошая деревня, и люди, вроде, как люди... Добрые. Вон, помогли мне даже бесплатно...

Ружена подняла к нему заплаканное лицо.

— Они всегда готовы помочь... если надо похоронить,— сдавленно сказала она.— Думаешь, ты первый в эту зиму приволок сюда мертвеца?!

Жуга побледнел.

— А... разве... нет?

— — —

Расчистив заметённую снегом дорожку, Збых растворил скрипучую дверь и некоторое время стоял на пороге, дожидаясь, пока глаза привыкнут к полумраку. В кузнице было пусто и холодно. Вода в бочке подёрнулась льдом.

ОСЕННИЙ ЛИС

Збых подошел к очагу, поворошил холодные угли, рассеянно перебрал инструмент на верстаке. Тронул недвижные мехи. Взялся было за молоток, но вздохнул и отложил его в сторону. Ощущение тяжести в руках было странное и незнакомое.

Он вышел и долго стоял, глядя, как опускается на деревню вечер, потом повернулся и посмотрел в другую сторону — на реку, на лес за рекой. Настроения работать не было. Он запахнул плотнее полушубок и направился вниз по тропинке, к темневшей во льду проруби.

Близилась ночь. Небо подёрнулось тёмной синевой, затем почернело совсем. Воздух был тих и прозрачен. Одна за другой высыпали звезды. Взошла луна, посеребрив верхушки елей на том берегу, щербатой сырной головой отразилась в воде. Мягким покрывалом заискрился снег.

Збых стоял недвижно, глядя на спящую зимнюю реку, чувствуя, как распирает грудь непонятный, неведомый доселе зуд. Голова томилась ожиданием слов. Он стоял и вспоминал.

...Жаркими пальцами пляшет костёр, лижет сухие вязанки. Чёрным хвостом над землей жирный зловонный дым. Запах горелого мяса и след в пламени стихшего крика — в шуме толпы, в шуме толпы, в шуме толпы...

...Повозка старая ползёт неспешно по дороге, плетутся сонно под ярмом усталые волы. Под солнцем пыль, и потный лоб никак не остывает. Но почему так хорошо нам ехать в никуда? Нигде подолгу не сидеть, нигде не оставаться. И рядом — милое лицо, и карие глаза...

> ...На снежной поляне вдруг — голос зовущий,
> В просторах снегов умирающий день.
> Полночные звёзды и — ветер метущий,
> Погасший костёр и — скользящая тень...

Збых помотал головой.

— Не мое...— прошептал он еле слышно.— всё — не мое...

Он осмотрел на свои руки — широкие мозолистые ладони деревенского кузнеца. Пошевелил пальцами, хмыкнул.

Откуда пришло это странное чувство поющих под пальцами струн? Он же не играл никогда ни на чем, и не знает даже, с какого конца за скрипку браться. И голова... Збых снова затряс головой. Слова. Слова. Накатывают, кружатся, теснятся...

— Збых!

Кузнец оглянулся — вниз по склону бежал Жуга. Споткнулся, упал, зарывшись носом в снег. Встал, отряхиваясь. Поднял и нахлобучил шляпу, и уже не особенно торопясь, быстрым шагом спустился к реке. Остановился рядом.

Некоторое время они молчали.

— Красиво,— совершенно неожиданно для себя, сказал вдруг Збых.

— Что? — встрепенулся Жуга.

ОСЕННИЙ ЛИС

— Красиво, говорю,— задумчиво повторил тот. Посмотрел Жуге в глаза.— Почему я раньше этого не замечал? Или... это тоже из-за рифмача? — всё может быть... Сам ты что об этом думаешь?

Збых наклонил голову, посмотрел искоса.

— Я не думаю, я — знаю,— ледяным голосом сказал он, и вдруг, ни с того, ни с сего, начал читать:

> Призрак давних эпох, навевающий сон,
> Эхо стихших шагов, уходя в небосклон,
> Бороздящее тьму на рассвете.
> Легкий шелест листвы, рокот теплой волны,
> Тишина подземелий и грозы весны —
> В колыбель приходящие к детям.
>
> Оберёг и броня теплых маминых рук,
> Вереница событий, друзей и подруг,
> Первый враг, что понять так непросто.
> Поле, лес и Луна — в облаках и в реке,
> Лето, осень, весна, льдинка на языке —
> Это в памяти держит подросток.
>
> Уходящая юность, груз новых забот,
> Сны, печали, усталость, кровь, слезы и пот,
> Смех и горе, ответы, вопросы...
> Дуновение смерти за чьей-то спиной
> И любовь, что поможет остаться собой —
> Так внезапно становишься взрослым.
>
> Новый груз новостей, треволнений и бед,
> Череда поражений, ничьих и побед.
> Первый волос седой на макушке.
> Все, что в жизни узнал уже можно забыть,
> Всё равно эти знания не применить —
> И грустят старики и старушки.

> Нет ни сна, ни печали, лишь молкнут шаги,
> В воду бросили камень, погасли круги,
> Только души в единое слиты.
> Вновь ушёл в дальний путь призрак давних эпох,
> И в молчанье холодных застывших веков
> Пыль заносит могильные плиты...

Жуга слушал, почти не дыша, эти скупые сбивчивые вирши, от которых щемило сердце, и какой-то иной, нездешний холод волной поднимался в душе, и не оставалось после ничего, только один большой, неясный вопрос: почему? зачем? за что?

— Силён рифмач...— одними губами прошептал Жуга.

Збых умолк. Покосился на ремешок на запястье. Кожа под ним покраснела и чесалась.

— Жуга,— тихо позвал он.
— Что?
— Что же дальше-то будет?
— С Тобой или с Ним?
— С нами... с обоими...

Жуга не ответил. Присел возле проруби. Сгрёб ладонью снег.

— Смотри,— он слепил снежок и бросил его в прорубь. С легким плеском тот исчез и показался снова еле видимым белым пятнышком под тёмной водой.— Вода — это, как бы, твоя душа. А снежок — его. Не плавает, не тонет...— он умолк, а когда продолжил, голос его звучал как-то странно.

— Вода растопит снег,— говорил Жуга, не глядя на кузнеца,— Пройдёт девять дней, и его душа отправится в путь. Если смешаются они, то и твоя уйдет следом... Три дня уже прошло.

Збых почувствовал, как замирает сердце. Сглотнул гулко.

— И... ничего нельзя сделать?

Жуга помолчал.

— Девять дней — огромный срок, если знать, что делать,— наконец, сказа́л он, рассеянно глядя в прорубь. Вода в ней быстро замёрзала, и вскоре снежок окончательно вмерз.— Лед видишь?

— Ну, вижу,— согласился Збых.— И что?

— Оберёг для тебя — что лед для этого снежка. Не даст растаять...— он повернулся к Збыху.— Почему ты не сказал мне, что до Вайды было ещё трое?

— Те, которые помёрзли? я как-то о них не подумал... А что, это важно?

— Важнее некуда,— Жуга встал и отряхнулся.— И вот что еще: кто такая бабка Ниса? В который раз о ней слышу, а ты, вроде, ничего мне про нее не рассказывал.

— Бабка Ниса? Так она ведь не в деревне живет.

— А где?

— На выселках...

— Вот как? — Жуга поднял бровь.— Ну что ж, раз так — заглянем завтра на выселки. Пошли домой. Сестра твоя извелась там вся.

Збых вздохнул и покосился на приятеля.

— Я зря ей всё рассказал? — спросил он.

Жуга покачал головой.

— Пожалуй, это лучшее из всего, что ты мог бы сделать.

* * *

Изба, в которой обитала пресловутая бабка Ниса, оказалась недалеко от деревни — каких-нибудь полчаса ходьбы. То была низкая деревянная хибара, донельзя ветхая и до сих пор не упавшая лишь потому, что вросла в землю по самые окна. Воздух над щербатой кирпичной трубой был чист и неподвижен, но Збых заверил друга, что бабка почти всегда дома.

— Она странная, и говорит не всегда понятно,— рассказывал кузнец по пути,— но если сможет, то всегда поможет. Если хворь какая приключится или, там, другая беда — всё к ней идут. Помнится, летом корова у тетки Вежбы пропала. Три дня искали — не нашли, потом додумались бабку Нису помочь попросить. Та вышла к лесу, поклонилась на все четыре стороны, пошептала что-то. Жива, говорит, скотина ваша, в лесу заплутала. Вернётся к завтрему. И что ты думаешь? Ведь вернулась.

— Она что, так и жила в этой избе?

— Тут раньше Михалек-рыболов жил, да лет шесть тому назад он женился и дом новый себе отстроил, а этот старухе отдал. А она до того в землянке ютилась.

— А лет ей сколько?

Збых пожал плечами.

— Бог знает... Сколько себя помню — всегда он тут жила.

— Сам-то ты бывал у нее?

— Случалось...

Заботливо расчищенная от снега, к дверям вела дорожка. Тут же рядом стояла лопата. Стучать Збых не стал ("Не любит она этого, да и на ухо туга..." — пояснил он), пихнул ногой забухшую дверь, шагнул уверенно в полумрак сеней, но тут же налетел на какую-то бочку, полную воды, и чуть не упал. Лежавший на ней ковшик со звоном грохнулся на пол, и почти сразу же в избе зашаркали шаги. Жуга покачал головой и улыбнулся: бабка оказалась не так уж и глуха.

— Никак не привыкну...— проворчал Збых, вставая и отряхиваясь. Поднял ковш, повертел его в руках и положил на место.— Вечно она переставляет её с места на место, бочку эту дурацкую... И откуда только силы у нее берутся этакую тяжесть ворочать! Не иначе и впрямь — колдовство какое-то.

Жуга усмехнулся:

— Пустую бочку передвинуть — дело нехитрое.

— Пустую? А! ну, да...

Друзья прошли в горницу и лицом к лицу столкнулись с деревенской травницей.

Збых снял шапку, стряхнул снег. Поклонился.

— Здравствуй, бабка Ниса.

Поклонился и Жуга.

— День добрый.

Та ответила не сразу. Посмотрела на Жугу. Помолчала.

— Ну здравствуйте, коль пришли,— наконец сказала она.

Голос её был низким и звучным. Жуга присмотрелся. Бабка Ниса была стара. Очень стара, и всё же...

Что-то странное, и уж вовсе не старческое невидимкой проступало сквозь маску времени. Годы не согнули спину, артрит не посмел тронуть её тонкие, всё ещё сильные пальцы, и где-то в глубине её живых, ярко-зеленых глаз до сих пор мерцал затаенный блеск ранней юности... Жуга сморгнул: на миг перед глазами возникло и вновь исчезло в никуда юное девичье лицо в сиянии золотистых вьющихся волос, тонкое и неуловимое. Когда-то, много лет тому назад это была очень красивая женщина, и даже время оказалось не в силах стереть прекрасные некогда черты.

Збых откашлялся, прочищая горло.

— По делу мы, бабка Ниса,— сказал он.— Выслушай, помоги советом, подскажи, как быть.

Бабка пожевала губами, прищурилась. Вздохнула.

— Три тени от двух дураков...— пробормотала она словно бы про себя.— Век живу, а такого не упомню... Как звать тебя, горец?

Жуга вздрогнул, нахмурился. Прошёлся пятернёй по растрепанным волосам. Шрам на его виске побелел.

— Жуга.

Бабка-травница помолчала, думая о чем-то своем. Покачала головой.

— Не надо мне ничего рассказывать,— наконец сказала она.— знаю и так, и про лес, и про церковь.— Она взглянула на Збыха — тот стоял тише воды, ниже травы.— Не могу я вам помочь. Ничем. Уходите.

Збых кивнул и попятился было к двери, но Жуга остался стоять где стоял, нахмурив лоб, словно что-то вспоминая. Молчание затягивалось, и Збых уже хотел поторопить приятеля, но тут Жуга шагнул вперед. Пальцы его рук сложились в непонятную плетенку, он дважды обернулся вокруг себя, и вдруг подпрыгнул, коснувшись рукою потолка, после чего замер недвижим. Посмотрел вопросительно бабке в глаза.

Впалые губы травницы тронула улыбка.

— Правильно...— со вздохом кивнула она.— Ну что ж, раз так... Слушай, горец, все, что я могу тебе сказать, слушай и запоминай:

> В полночном лесу разыщи белый волос —
> Когда отзовётся потерянный голос,
> Пятерка найдет одного.

> В одном человеке двоим будет тесно:
> Сорви человека с девятого места —
> И друга спасешь своего.

Бабка-травница умолкла.

Жуга некоторое время обдумывал сказанное, потом поднял взгляд.

— Какого друга, бабка Ниса? — хрипло спросил он.

Та молча покачала головой и отвернулась.

— Уходи, горец,— с какой-то затаенной болью вдруг сказала она.— Остальное только помеха тебе, и здесь я ничего поделать не могу... Уходи.

Жуга промолчал.

Попрощавшись, оба вышли и долго стояли на улице, вдыхая чистый морозный воздух и заново привыкая к дневному свету.

— Збых,— сдавленно сказал Жуга, не поднимая головы.— Скажи, что я — дурак.

— Это ещё почему?

— Хочу исправить одну ошибку, а заместо этого делаю две новых.

— Ты о чем?

— О чем, о чем...— огрызнулся тот.— Ни о чем! Теперь вот, я ещё и бабке Нисе должен помочь...

Ни слова больше не говоря, он повернулся и зашагал обратно в деревню. Збых не придумал ничего лучшего, как побежать следом.

— — —

Весь оставшийся день до вечера Жуга рылся в сарае у Збыха, перебирая всякий хлам, пока не откопал там две старые, мехом подбитые охотничьи лыжины, а утром следующего дня смазал их салом, прихватил посох, топор и свою котомку и отправился в лес. Был он угрюм и молчалив, и лишь когда Збых вызвался идти с ним, покачал головою в ответ, и кузнец остался дома.

День выдался пасмурным. Лежалый снег мягко поскрипывал под полозьями. Жуга шёл весь день, почти не отдыхая, шёл на юг, пока не добрался к вечеру до памятной старой стоянки, ставшей для Вайды последней. Здесь он поправил лыжи и осмотрел окрестности, ничего особенного при этом не приметив. Поляна мало изменилась, лишь снег замел кострище, да толще стала белая шуба на ветвях деревьев. Жуга заготовил побольше дров, расчистил место для костра, и разжег огонь. Расстелил одеяло, распаковал провизию и, подкрепившись, принялся ждать.

Быстро темнело. Взошла луна, еле видимая сквозь облака. Булькала вода в котелке. Жуга лежал, погруженный в свои мысли, гоня прочь непрошенный сон, и лишь время от времени приподнимался зачерпнуть травяного взвара да подбросить дров в костёр.

Слова бабки Нисы были туманны. Травница, похоже, что-то знала, но упорно не хотела говорить. Почему? Жуга терялся в догадках. По крайней мере, в лес она ясно велела идти, но вот что дальше...

Жуга и сам со дня на день собирался вернуться сюда. Миновало пять дней, или даже — шесть, считая первые сутки, с момента смерти рифмача, а он всё ещё не продвинулся в своих поисках. Поселяне же с непонятной поспешностью стремились предать усопшего земле, даже не выждав толком положенных девяти дней. Жуга вспомнил рассказ Ружены. Три человека уже замёрзли в лесу этой зимой, Вайда был четвертым. Деревня же называлась — словно бы в насмешку — Тёплый Стан.

За размышлениями Жуга сам не заметил, как задремал и пропустил тот миг, когда тревожное предчувствие могло его предупредить, и заподозрил неладное лишь когда начал замёрзать. Он вздрогнул и проснулся.

Костёр почти догорел. Рассыпавшись неровным кругом, тлели во тьме красные точки угольков. А по ту сторону костра... Жуга помотал головой, но видение не исчезло: по ту сторону костра стоял мальчонка лет шести-семи. Стоял и смотрел на него, не двигаясь и даже не мигая.

— Ты откуда взялся? — спросил Жуга.— Как тебя звать?

Тот не ответил. Жуга присмотрелся. Обыкновенный мальчишка, каких много, одетый в драные холщовые штаны и рубашку, вот только какой-то уж слишком худой и до синевы бледный. Жуга опустил взгляд и вздрогнул: парнишка был бос. С минуту они недвижно смотрели друг на друга, затем малец, ни слова не говоря, склонил голову набок, протянул свою тощую, похожую на птичью лапку руку и двинулся вкруг костра.

ОСЕННИЙ ЛИС

Жуга почувствовал озноб. Он вскочил, запутавшись в одеяле, отпрыгнул было в сторону, но сразу же увяз в снегу по пояс и упал. Отполз на четвереньках за костёр. Паренёк двигался следом, постепенно ускоряя шаг: легкий как тень, он почти не проваливался на твердой корке свежего наста. Волной накатил холод — колючий, обжигающий. Жуга отчаянным броском метнулся в сторону, огляделся, разыскивая лыжи. Стояли они недалеко, но даже если и добежишь первым, их ведь их надо ещё и надеть успеть...

Мороз ударил в затылок, судорогой свело спину. Жуга оглянулся. Так и есть — паренёк снова приблизился! Теперь для него уже не было загадкой, как погиб рифмач, теперь надо было спасаться самому. Без толку было убегать — рано или поздно парнишка догонит его. К тому же в деревне ждет Збых... Нельзя же без конца убегать — так вообще ничего не узнаешь!

Жуга снова огляделся. Если загадочный пришелец ищет тепла... Взгляд его упал на костёр. "Коль заблудился ты в лесу..." Раздумывать было некогда. Непослушными пальцами дергая ремешки, он скинул башмаки, пинком отбросил в сторону котелок и босиком шагнул на угли.

Жар привычным потоком ударил в ноги, заставил расправиться окоченевшее тело. Жуга выпрямился и двинулся по кругу, не спуская глаз с найдёныша.

— Кто ты?! — ещё раз хрипло крикнул он, и, не получив ответа, закрыл глаза. Почти сразу же пришло ощущение присутствия чуждой, непонятной силы. Жуга сглотнул и помотал головой, прочь прогоняя сторонние мысли. Здесь надо было пробовать иначе.

"Кто ты?" — беззвучно спросил он, не останавливаясь и не замедляя шага.

Робкий проблеск в темноте и снова — ничего.

"Кто ты?!"

Только пугающая темнота и холод там, где должна быть жизнь. Жуга вздрогнул — перед ним было всего лишь тело... Впрочем... Он двинулся дальше по кругу и снова вздрогнул: тонкая, почти неощутимая нить пуповиной тянулась в никуда, заставляя тело двигаться и жить странным подобием жизни.

Жуга застонал.

Дети не верят в собственную смерть!

Эта душа сумела удержаться рядом, день за днём теряя всё человеческое, скатываясь к тупой животной жажде тепла в попытке вернуть утраченную жизнь...

Почему Ружена не сказала, что был ещё один?!!

Боль в ногах прорвала невидимый барьер, выплеснулась наружу, и Жуга спешно двинулся дальше. Но было уже поздно: ноги горели. И в этот миг...

"Я... я..."

"Кто? Кто ты?!"

"Я иду к тебе... Я ищу тебя..."

Запах паленого мяса мешал сосредоточиться. Жуга стиснул зубы и задышал ртом.

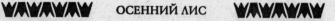

"Кто ты?!"
Беззвучный плач в ответ.
"Мне холодно... холодно... и больно..."
Жуга больше не размышлял. Пальцы сами сложились лодочкой, он выкрикнул короткий наговор, и жидкий, бегучий поток огня метнулся вверх по ногам, ударил в руки и выплеснулся, обжигая ладони, туда, где в темноте зимней ночи плакал и метался брошенный всеми маленький одинокий человек...

Жуга не помнил, когда подкосились ноги, помнил только как он упал в холодный пепел костра и после долго полз на четвереньках, полз, пока не уткнулся головой в шершавый сосновый ствол. От запаха жжёного мяса свербело в носу. Живот скрутило чёрной судорогой, Жуга сжался, свернувшись клубком, и через миг его вырвало на снег жгучей, кислой желчью. Потом — снова, и снова...

А потом накатила тьма.

— — —

Дуновение воздуха.

Шорох шагов.

Что-то шершавое и мокрое касается обожжённой подошвы.

"*Одиночка!*"

Медленно, толчками пробуждается боль... Течёт потоком...

"*Очнись, одиночка!*"

Жуга застонал и повернулся на бок. Открыл глаза, ахнул и поспешно подался назад, спиной ударившись о дерево: он снова был не один — пять пар глаз глядели в упор, не мигая. Пятеро волков, белых, как снег, сидели перед ним на снегу ровным полукругом.

Жуга молчал. Резкое движение разбудило спящую боль. Сопротивляться не было ни сил, ни желания.

Крайний справа зверь — матёрый белый волк — встал и медленно двинулся вперед, низко пригнув к земле морду. Блеснул глазами.

"Привет тебе, одиночка".

Жуга сглотнул. Запёкшиеся губы едва разлепились.

— Кто... вы?.. — выдохнул он.

"Волки. Волки зимы. Мы не причиним зла".

— Зачем... вы здесь?

Вожак поднял голову.

"Ты звал — мы пришли".

Мысли еле ворочались в голове, тяжелые, медленные, скованные болью. Каждое слово давалось с трудом. Вспомнились слова бабки Нисы — "Пятерка найдет одного"... Жуга поднял голову. Волков было пятеро.

— Тот... мальчишка...

"Мы знаем, одиночка. Его отдали нам в начале зимы".

— Зачем он... вам?

Белый волк отвернулся. Десны его приподнялись, обнажая клыки.

"Мы не просили,— был ответ.— *Приходит новая вера, и про старую говорят: "Зло", но забывают её не скоро. Думают, жертва поможет. Люди хотели снежной зимы. Люди её получили".*

— Я... могу его забрать?

"Ты можешь его забрать, одиночка".

Жуга облизал пересохшие губы.

— Как?

Волк поднял взгляд.

"У тебя есть Кольцо. Ищи человека".

Жуга напрягся, вспоминая. Кольцо... Кольцо...

Браслет!

"Сорви человека с девятого места",— сказала бабка Ниса. Девятой по счету подвеской на браслете была человеческая фигурка.

— Только одного? — спросил он.

"Одного".

Жуга помолчал, собираясь с силами.

— Что вам нужно от меня?

"Мы — волки. При встрече нам нечего с тобой делить. Берегись, когда придут псы дождя".

Вожак повернул голову. Прислушался.

"Сюда идут. Прощай".

И прежде чем Жуга успел ещё что-нибудь сказать, все пятеро повернулись и, словно тени, неслышно растворились между деревьев.

— — —

Ружена и Збых нашли его, когда рассвело, идя по лыжному следу. Жуга лежал, скорчившись, под большой сосной, тихий и недвижный, но живой. Полушубок и рубашка его были залиты рвотой. Ноги обгорели — подошвы были словно две печеные картофелины. Неподалеку, у погасшего костра валялись задубевшие от мороза башмаки. Снег вокруг был изрыт и истоптан, но разобрать что-либо во всех этих следах не было никакой возможности. Брат и сестра подобрали брошеный мешок, закутали травника в одеяло, положили его на лыжи и волоком потащили домой.

— — —

— Ты думаешь, нам это поможет? — с сомнением произнес Збых, вертя в руках браслет тускло-зелёного металла. Посмотрел на Жугу. Тот кивнул:

— Думаю, что да. Ляг на кровать.

Збых заколебался. Покосился на свой оберёг.

— Что, прямо сейчас?

— Чем раньше, тем лучше.

Морщась от боли в обожженных ступнях, Жуга опустил ноги на пол и проковылял к столу, рядом с которым стояла Ружена. Девушка только что сняла с плиты горшок с горячей водой и теперь с беспокойством наблюдала, как рыжий паренёк развязывает свой мешок. Он насыпал в кружку горстку мелких черных семян, добавил пучок травы и залил кипятком. Накрыл тряпицей и отставил в сторону. Перехватил тревожный взгляд Ружены и пояснил, не дожидаясь вопроса:

— Сонный настой.

— А его обязательно пить? — забеспокоился Збых.

Жуга протянул руку и взял у него браслет. Посмотрел кузнецу в глаза, пожал плечами.

— Будет лучше, если ты заснешь.

Збых вздохнул.

— Ну, ладно, давай, что ли...

Он взял кружку, помедлил в нерешительности, прежде чем выпить горячий, пахнущий банным веником отвар, и откинулся на подушки. Отдал кружку сестре, покосился на Жугу. Помолчал, глядя, как тот надел на руку свой браслет и сдвинул его подальше на запястье. Мелькнул в просвете рукава неровный белый шрам.

— Жуга...

Тот поднял взгляд.

— Что?

Збых сглотнул.

— Как думаешь, у тебя получится?

Жуга помедлил с ответом, отвел взгляд. Закусил губу, посмотрел виновато, словно нашкодивший мальчишка. Кивнул.

— Получится, Збых...— он улыбнулся.— Обязательно получится.

— И знаешь ещё что, Жуга,— сонно пробормотал Збых.— Ты извини меня... ну, за то... что я тогда, в церкви...

Не договорив, он умолк на полуслове. Веки его сомкнулись, дыхание замедлилось — кузнец уснул.

Жуга и Ружена переглянулись.

— Ты правда сможешь это сделать? — спросила она.

Жуга не ответил. Хромая, подошел к столу и опустился на лавку. С силой, до хруста размял пальцы. Покосился на запястье. Тёмный камень браслета мягко светился в полумраке избы. Ружена вздохнула, поправила брату одеяло и села рядом.

— Ты можешь ИХ разделить? — снова спросила Ружена.

— Могу.

— И Збыху не будет хуже?

Жуга помолчал. Взъерошил волосы пятернёй.

— Видишь ли, Руженка...— он замялся. Девушка терпеливо ждала продолжения.— Слова ведь тоже имеют свою силу. Слово может убить, а может и спасти, это уж — как повернешь... Я владею этим, но Вайда — он...— Жуга наморщил лоб и прищелкнул пальцами, подыскивая нужное слово.— Он рифмач. Он это дело знает совсем с другой стороны, и чем всё может обернуться, ума не приложу...— Он посмотрел на спящего кузнеца и вздохнул.

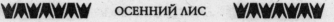 ОСЕННИЙ ЛИС

— Они слишком долго были вместе, Ружена. Збых никогда больше не будет прежним.

Девушка некоторое время сидела молча, кусая губы.

— Ты думаешь, он будет чувствовать себя... ущербным?

Жуга поднял взгляд.

— Он не сможет больше сочинять стихи... даже если захочет.

— И только-то? Так ведь он и раньше их не сочинял...

— Но раньше он и не хотел, понимаешь?! — Жуга вскочил, охнул и тут же снова сел. Поскрёб пятернёй босую пятку, скривился.

— Болит?

Жуга помотал головой:

— Нет.

Ружена вздохнула. Раны на рыжем пареньке заживали на удивление быстро — Ещё вчера он не мог не то что ходить, но даже — стоять, а сегодня из-под чёрной коросты ожогов уже проглядывали розовые пятна молодой здоровой кожи.

— Всяк на свете должен свое дело знать,— сказала она.— Збых свое знает, а потому — не беспокойся. Делай, что должен, и — будь, что будет.

— Иногда я не могу понять,— задумчиво произнес Жуга, рассеянно теребя подвески на браслете,— что я с собой приношу — добро или зло. Вайда, а теперь вот — Збых. А ещё мальчишка этот...

— Зденек?

— Да, Зденек... Когда, кстати, он пропал?

— Прошлой осенью... А откуда ты знаешь?

— Так,— Жуга пожал плечами,— слышал краем уха.

Ружена помолчала.

— Я не знаю,— наконец сказала она.— Наверное, всё таки зла в тебе нет. Другой бы просто бросил их обоих, и ушёл себе спокойно... А ты ведь остался.

— Остаться-то остался, а что толку... Ну, ладно. Хватит об этом.— Он вздохнул и взял со стола нож. Тронул пальцем лезвие и протянул его Ружене.

— На, возьми.

Та поспешно отстранилась.

— Это ещё зачем?

— Узел на обереге засох — тебе не развязать. Когда я скажу — срежешь ремешок.

— И что с ним потом делать?

Жуга подошел к кровати. Обернулся.

— Сожги. Так будет лучше.

Он перелез через Збыха и улёгся рядом. Нащупал на браслете угловатую подвеску с человечком. Посмотрел на Ружену.

— Не боишься?

— Боюсь,— кивнула та. Нож в её руке дрожал.

— Это хорошо,— кивнул Жуга.— Срезай.

Он подождал, пока нож не рассек кожаную полоску, стиснул зубы и сорвал подвеску.

И — провалился в темноту.

ОСЕННИЙ ЛИС

— — —

...всё дальше и вперёд скользя по тонкой грани между сном и явью, ни туда, ни туда не сворачивая. Ни света, ни темноты, только клубящиеся тени кружатся, сплетаются, растворяясь друг в друге и тут же пропадая. Лица. Руки. Глаза. Скрипы. Шорох. Шум в ушах.

Жуга в этом странном нигде двигался медленно, словно слепой в лабиринте. Тела своего он не чувствовал, лишь браслет почему-то весомо оттягивал левую руку; самой же руки видно не было, лишь краем глаза удавалось углядеть мерцающую во мгле красную искорку: камень.

Жуга остановился и огляделся.

"Вайда!"

Ответа не было.

"Вайда!"

Новая волна шорохов — но и только.

Жуга растерялся. Он не знал, что будет делать, когда попадёт сюда. Он даже не знал, куда его занесёт. Как можно кого-то найти здесь, где нет ни верха, ни низа, ни середины?

Хотя, если подумать...

Браслет помог ему сюда попасть. Должен же в этом быть хоть какой-то смысл!

"Вайда!" — снова позвал он.

Нет ответа.

Жуга задумался.

У Вайды сейчас нет своего тела. Это Збых, а не Вайда спит в избе, но его звать не стоит

— кузнец может только помешать... Что же сводит их воедино?

"Рифмач!"

Эхо метнулось вдоль невидимых стен, разгоняя тени. Жуга шагнул, нащупывая путь невидимой ногой, и снова остановился.

"Рифмач!!!"

Тени сгустились. Теперь в них появилась какая-то форма, возникли границы. Шум перестал быть чем-то неуловимым — Ещё не слова, но призраки слов. ещё шаг — и впереди замаячила размытая фигура человека.

"Рифмач, я здесь!"

"Я... я... я... ззуу..."

Жуга снова продвинулся вперед и замер, пораженный.

Перед ним были двое. Хотя, нет — один... Нет,— поправил себя Жуга,— всё таки двое...

Это было странно и страшно — видеть, как сливаются, перетекая из одного в другое головы, руки, ноги... Призрачные тела дергались, бились в бесконечных медленных судорогах, и от этого становилось ещё страшнее. Лиц уже видно не было. Сердце у Жуги замерло: он понял, что чуть было не опоздал.

"Рифмач!"

Движение замедлилось. Голова — сейчас она была одна — повернулась к нему. Тёмный провал рта раскрылся.

"Кто-о-оо..." — эхом прошелестел вопрос.

"Это я. Жуга. Я искал тебя, Вайда. Пойдем со мной."

Головы медленно разделились. В дымном проблеске проглянуло лицо рифмача.

"Зачем... ты..."

"Идем со мной" — повторил Жуга.— "Оставь спящего в покое. Ты здесь чужой, Вайда. Идем, пока не стало поздно. Семь оборотов уже прошло."

Искаженное болью лицо исчезло и появилось вновь.

"Я не помню... Ничего не помню..."

"Память — колодец. Разбей пустое отражение и войди в воду. Перестань быть тенью. Найди самого себя".

На сей раз молчание затянулось надолго.

"Ты поможешь мне?"

Жуга больше всего боялся что-то ему обещать, но иного пути, похоже, не было.

"Я помогу тебе",— кивнул он.

Некоторое время ничего не происходило, и Жуга лихорадочно стал соображать, что же теперь-то делать, как вдруг Тень разделилась. Одна её часть осталась на месте, другая же двинулась вперед. Она подходила всё ближе и ближе, и с каждым шагом из смутной игры света и тени всё отчетливее возникало бородатое лицо рифмача.

Вайда подошел вплотную и остановился.

"Жуга!" — густая борода раздвинулась в улыбке — "Жуга... Чёрт возьми, как же я рад тебя видеть!"

Слипшиеся веки разлепились. Над постелью склонилось встревоженное девичье лицо.

— Ружена...

— Я здесь, здесь, Жуга...

Он сглотнул.

— Збых...

— Он всё ещё не проснулся. Он так... так метался... а теперь снова спит... Это хорошо?

— Да... Так и надо...— Жуга приподнялся на локтях и попытался сесть. Это ему удалось. Поднес к лицу руку с браслетом. Камень мягко вспыхивал и гас вместе с биением сердца. Наверное, цвет его изменился... Впрочем, это было уже не столь важно.

Ружена перехватила его взгляд.

— Вайда теперь там?

Жуга кивнул:

— Да. Кажется, да...

Он разжал кулак. Мелкий серо-зелёный порошок струйками потек между пальцев — все, что осталось от маленькой фигурки человека с браслета.

— Вот, значит, как...— пробормотал он.

Часть порошка прилипла к ладони. Жуга вытер её о рубаху и только теперь заметил, что весь промок от пота.

Ружена, похоже, тоже это заметила.

— Ой, я сейчас...

Она вытащила из сундука и помогла Жуге надеть чистую рубашку, затем они совместными усилиями переодели Збыха, тоже мокрого, как мышь, и снова уложили его на кровать.

— Может, поешь? — Ружена захлопотала, торопливо собирая на стол.— У меня похлебка на плите. Горячая...

Жуга почувствовал, что и в самом деле проголодался. Есть хотелось неимоверно.

— Сколько всё это длилось? — спросил он.
— Почти весь день. Полночь скоро...

Жуга слез с кровати и еле добрался до стола. Голова ещё кружилась, зато ноги, похоже, уже совсем зажили и только жутко чесались. Он отрезал хлеба, полил квашеную капусту постным маслом и подвинул к себе миску с похлебкой. Ружена уселась напротив, молча глядя, как он ест.

— Расскажи о себе,— вдруг попросила она.

Жуга прожевался. Поковырял ложкой в миске. Поднял голову.

— А чего рассказывать?
— Ну, хотя бы откуда ты...
— С гор я,— неохотно сказал он.— Только ушёл я оттуда.
— Зачем?
— Сам не знаю. Раньше казалось, что знал, а теперь...— он покосился на девушку, усмехнулся невесело.— Странствую вот... от зимы лета ищу.

Ружена помолчала.

— Кто ты такой, Жуга?

Тот вздрогнул и отложил ложку. Потупил взгляд.

— Не спрашивай меня об этом, Руженка,— глухо сказал он.— Пожалуйста...

Она протянула свою руку. Ладонь легла поверх ладони. По щеке у девушки сбежала слеза.

— Молчи, рыжий,— мягко сказала она.— Молчи. Ничего не говори. И знаешь... кто бы ты ни был... Спасибо тебе за все.

Со стороны кровати донесся шелест, и из-под одеяла показалась заспанная Збыхова физиономия.

— Эй, а мне в этом доме сегодня дадут поесть?

Жуга с Руженой посмотрели на кузнеца, затем — друг на друга, и прыснули со смеху.

— — —

Уснуть этой ночью Жуга не смог — ныла и зудела рука под браслетом. Почему-то всё время маячило перед глазами искаженное болью лицо рифмача, но Жуга лишь под утро догадался, что происходит, и словно бы подброшенный невидимой пружиной, вскочил и заметался по горнице, торопливо одеваясь. Запрыгал на одной ноге, завязывая башмаки.

— Эй, ты чего? — забеспокоился Збых.

Из-за занавески выглянула Ружена.

— Что случилось?

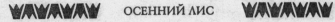

— Они хоронят его! — выкрикнул Жуга.— Хоронят, понимаете?! Они не стали ждать!

Кузнец спрыгнул с печки.

— Погоди, я с тобой...

Жуга лишь махнул рукой в ответ, торопливо нахлобучил шляпу и выскочил за дверь. Збых кинулся вдогонку, на ходу надевая полушубок.

Жуга ещё не совсем поправился, был слаб, хромал, и хоть до кладбища добежали быстро, всё равно опоздали.

Жуга оказался прав — рифмача и в самом деле решили похоронить раньше срока. Уже издали можно было заметить разношерстую толпу на погосте.

Здесь собрались если и не все поселяне, то большая их часть. Был здесь и отец Алексий. Два мужика, уже знакомые Жуге, сноровисто орудовали лопатами, засыпая могилу. Мерзлые комья земли глухо стучали по крышке гроба.

— Опять эти двое! — Жуга сжал кулаки.

— Это Карел... и Ешек...— пропыхтел на бегу Збых.— Они у Рудаха батрачат...

— Братья, что ли?

— Ага...

Жуга прибавил ходу. Замахал руками.

— Эй! Стойте!

Поселяне заоборачивались. Расталкивая толпу, Жуга пробрался к полузакопанной могиле. Красный, распаренный после бега, он всё никак не мог отдышаться.

Отец Алексий нахмурился.

— Почто шумишь, вьюнош? Чем кричать, лучше бы спасибо сказал людям за работу. Не время сейчас кричать, и не место. Что не позвали тебя — так то не наша вина: сам ты где-то пропадал последние дни... Отойди в сторонку, не мешай.

Народ вокруг молчал. Мужики снова взялись за лопаты.

— Нет, погодите! — Жуга схватил крайнего из них за рукав.— Вы что же это делаете? Ведь не прошёл ещё положенный срок!

Тот стряхнул его руку. Сплюнул.

— Прошёл — не прошёл... Тебе-то какая забота? Думаешь, если сумел у Вацлава нечисть вывесть, так всё теперь сможешь? Всё равно не вернешь его, как и тех четверых... Отойди, не мешай.

Жуга вздрогнул.

— Четверых? — медленно переспросил он.— Но ведь Зденека вы так и не нашли... С чего ты взял, что он мертв?

В толпе встревожено зашептались. Жуга огляделся.

— Вот оно что...— пробормотал он.— Кто-то из вас помог мальчонке умереть... Кто-то свёл его в лес по-осени, ведь так?

Священник покачал головой.

— Побойся бога, странник! Не дело ты говоришь, ох, не дело...

Но Жуга уже никого не слушал.

— Збых! — он отыскал взглядом кузнеца.— Родители его здесь?

Тот покачал головой.

— У них и так семеро по лавкам — где уж им по кладбищам бегать...

— Ясно,— Жуга кивнул.— А в полях, значит, недород в последние годы... И снегу захотелось. Так, поселяне? Узнать бы, кто вам такое посоветовал...— он нахмурился.— Бабка Ниса? Хотя, навряд ли...

"Ты думай, чего говоришь!" — загомонили в толпе.— "Мало ли, как дети пропадают!", "Ишь, выискался!", "Все они, ведьмаки, одинаковые...", "Сам небось и пришил дружка-то своего!"

— А ещё к Руженке липнет, сволочь!

Жуга обернулся на крик и разглядел в толпе белобрысую голову паренька из корчмы, которому давеча отказался дать зелье. Этого только не хватало!

Кто-то из мужиков — не то Ешек, не то Карел — шагнул вперёд, схватил Жугу за руку и попытался оттащить его в сторону, но вскрикнул, наткнувшись на браслет, и поспешно отскочил. Потёр ладонь.

— Жжётся, гадина!

Жуга покосился на браслет — камень и впрямь вспыхивал, как огонь. Он поднял голову и встретился взглядом со священником. Тот стоял в стороне, нервно теребя наперсный крест.

— А ведь вы знали, батюшка,— сказал Жуга.— Все-все знали. Ведь он, наверно, приходил к вам...

— На всё воля божья,— тот опустил глаза.— Я молился за него, но...— он развел руками.— Бог не вмешается, если люди молчат.

А люди молчали — толпа, угрожающе притихнув, медленно смыкала круг. Збых огляделся. Лица, лица... серые, злые... Неужели он жил с ними рядом столько лет?

"А ведь они боятся...— вдруг подумалось ему.— Всего боятся... Своих хозяев боятся и своих батраков, своих жен и своих мужей... Даже детей своих и то — боятся до смерти..."

Не хватало только искры, чтобы вспыхнул пожар, и искру эту не пришлось долго ждать.

— Бей ведьмака! — вскричал вдруг кто-то, и толпа бросилась вперед. Збых рванулся было на помощь другу, но ему подставили подножку, в воздухе мелькнула лопата, и кузнец, оглушённый, повалился на снег.

— Збышко!!!

Ружена подоспела только в последнюю минуту и не смогла сдержать крика, увидев, как людская волна прокатилась над её братом и захлестнула рыжего странника.

— Не троньте его!!!

Её отпихнули в сторону. Девушке оставалось только стоять и бессильно смотреть на кучу шевелящихся тел. Слышались крики, пыхтение, ругательства, треск рвущейся материи.

И вдруг всё кончилось.

Никто так и не понял, откуда они взялись — белые волки — пятеро зверей во главе с матерым вожаком; они как-то сразу возникли в самой гуще драки, как возникают ниоткуда хлопья снега в чистом зимнем воздухе, и через миг рыжего паренька окружил вихрь когтей, горящих глаз и щёлкающих клыков. Толпа ахнула и схлынула назад, оставив на истоптанном снегу распростёртое тело.

В воздухе повисла гнетущая тишина.

Жуга лежал недвижно, уткнувшись лицом в снег. Налетавший ветер шевелил его рыжие, в пятнах крови, волосы. "Убили!" — ахнула какая-то женщина. "Молчи, дура...— грубо осадил её мужской голос.— Молчи..."

Четыре волка остались стоять неровным полукругом, ощерив острые зубы — замершие, собранные, в любой момент готовые к прыжку. Пятый подошел к травнику, склонился над ним. Мелькнул промеж зубов жаркий розовый язык.

Послышался стон. Пальцы простёртой руки сжались, горстью загребая снег, Жуга поднял голову и открыл глаза. Обвел взглядом притихших поселян. Разбитые губы шевельнулись.

— Тени...— еле слышно сказал он.— Как вы не понимаете, что все вы — просто тени...

Он медленно приподнялся и сел. Вытер губы, безразлично покосился на окровавленный рукав полушубка и попытался встать. Волк с готовностью подставил ему свое плечо. Жуга благодарно кивнул, ухватился рукою за волчий широкий загривок и медленно, приволакивая ногу, двинулся к лесу.

Ружена подняла голову. Губы её округлились. "Жуга!" — хотела позвать она, но тот вдруг сам остановился, оглянулся и, взглядом найдя в толпе девушку, молча покачал головой.

Он так и ушёл — не сказав больше ни слова, и никто не посмел его остановить, пока сидели и ждали возле могилы четверо волков.

Потом ушли и они.

— — —

Збыха отнесли домой. Ружена помогла уложить брата на кровать и вытолкала всех вон, не сказав никому ни слова. Пришёл он в себя только к вечеру, а на следующий день, одолжив у соседа лошадь и сани, погрузил на них весь свой нехитрый скарб и вместе с сестрой уехал прочь из деревни, по слухам — куда-то к дальней родне. Дом продали.

Говорят, что белых волков видели ещё раз, но следующей ночью разыгралась метель, такая вьюжная и ветреная, что никто так и не решился выйти на улицу. А когда утром наиболее смелые из местных мужиков, опрокинув для храбрости кружечку-другую в корчме у Андрлика, вооружились чем ни попадя и заявились на кладбище, то нашли там вместо могилы лишь полузаметённую снегом яму: гроб был пуст, и тело рифмача исчезло.

Кто-то додумался было спросить у бабки Нисы, что здесь к чему, но травницы дома не оказа-

ОСЕННИЙ ЛИС

лось. Не появилась она и после, и пустая хибара её долго ещё стояла на берегу реки, пока со временем не развалилась совсем.

А дня через два к деревне вышел худой, измождённый мальчонка лет пяти-шести. Он шёл медленно, зябко кутаясь в драный овчинный кожух с чужого плеча, доходящий ему до колен. Редкие поселяне торопливо крестились при встрече с ним, и после долго смотрели вслед, а Вацлав, который вышел на порог поглядеть, что там за шум, завидев его, хлопнулся в обморок.

Парнишка молча прошёл мимо длинного ряда домов и остановился у крайней слева избы. Постоял у дверей, словно бы что-то вспоминая, затем поднял руку и робко постучался.

— Мама, — позвал он, — открой...

Оправа: ГОВОРЯЩИЙ

5

Солнце подбиралось к зениту. Становилось жарко. В округе было тихо, лишь кузнечики в траве старались, стрекотали вовсю, да высоко в небе переливчато и звонко пел жаворонок. Медведь шумно вздохнул и повалился на бок.

"*Неплохо бы перебраться в тень. Или уйти к реке*".

Травник полез в мешок, вытащил оттуда пузатый овальный бочонок и выдернул пробку.

— У меня с собой есть вода.

Зверь долго и жадно лакал, неуклюже ворочая лапой бочонок. На потемневших дубовых клёпках засветлели глубокие царапины. Травник к воде не притронулся, лишь подождал, пока медведь не напился, и спрятал бочонок обратно в котомку.

"*А-ах...* — зверь снова уселся на зелёный ковёр.— *Что ж, хорошо. Значит, с Волком ты уже знаком.*"

— Знаком. И я...

"От мести к интересу через безразличие и страх,— не слушая его, меж тем проговорил медведь.— *Ах-р... утраченная вера... Ты рисковал, спасая этих... кузнеца и этого словесника с шерстью на морде. Это самое у вас и зовётся дружбой? Ах-р... занятно..."*

— Не знаю,— Жуга пожал плечами и задумался. Потеребил подвески на браслете.— Я, конечно, рисковал... Но они ведь рисковали больше!

"Что я ещё забыл?"

— Любовь? — предположил Жуга. Медведь презрительно фыркнул.

"Никогда не мог в вас этого понять. Навыдумывали слов — дружба, любовь... Ах-р!!! какая чепуха! Да ты, наверное, их и сам не понимаешь. Все эти ваши "чувства" — только пыль, которую уносит ветер".

— Может быть, ты прав,— ответил странник.
И помолчав, добавил:
— А может быть, и нет.

БАШНЯ ВЕТРОВ

Выстрела в спину не ожидает никто, и когда хрустальный шар в лавке волшебника Веридиса взорвался с адским грохотом, помочь уже ничем было нельзя. Растревоженные жители соседних домов высыпали на улицу. В окнах особняка показалось пламя, кто-то побежал за водой. Наконец сломали дверь, и в дальней комнате, уже охваченной огнём, отыскали двоих.

Ученик колдуна ещё дышал. Сам же волшебник был мертв. На лице его, истерзанном осколками хрусталя, застыло удивление.

— — —

Хмурым зимним утром свинцовые волны Галленской бухты вспенили вёсла, и в гавань вошёл корабль. То был драккар — развалистая низкобортная ладья викингов. Нос корабля был чист, резная драконья голова — обычный талисман морских разбойников в бою или дальнем походе, была снята. Корабль шёл торговать.

Часы на башне пробили полдень, когда гружёная товаром ладья норвегов вдруг вспыхнула си-

ОСЕННИЙ ЛИС

ним пламенем, словно охапка соломы, и в считанные минуты сгорела дотла прямо у причала, не успев даже толком ошвартоваться. Обугленный её остов поглотила вода. Из мореходов не спасся почти никто.

Хрустальный шар это видел.

Днём позже разыгралась буря. Холодный ветер разметал забытый костёр цыган-степняков, чья потрёпанная кибитка притулилась у дороги, раздул тлеющие угли и швырнул их под колёса. Минуту спустя огонь охватил повозку.

Хрустальный шар и это видел.

А вечером на городском рынке какой-то бродяга на спор ходил по углям. Ближе к ночи вор срезал у него кошель.

И это хрустальный шар тоже видел.

— — —

Викинг Яльмар Эльдьяурсон — двести фунтов крепких мышц и косая сажень в плечах — с грохотом поставил на стол пустую кружку и вытер губы рукавом.

— Эй, хозяин! — крикнул он.— Неси ещё!

Пиво принесли. Яльмар сгрёб рукою кружку и залпом отхлебнул чуть ли не половину. Хозяин таверны почему-то не спешил уходить, хотя и стоял молча. Норвег повернул голову.

— Чего тебе?

— Гони деньги, варяг,— толстяк нервно потеребил нож на поясе.— Ты заплатил только за четыре пива.

Яльмар нахмурился. В другое время кабатчик мог бы нарваться на неприятности, но не сейчас. Портовая крыса... Викинг покосился на груду пустых кружек, сдвинутых на край стола, нашарил в кошеле какую-то монету и бросил её на стол. Монета оказалась серебряной. Хозяин сгрёб её и удалился, что-то бурча про себя. Яльмар хлебнул ещё, поморщился и хмурым взглядом обвел задымленное помещение.

Миновал полдень. Впрочем, догадаться об этом смог бы далеко не каждый — маленькое, затянутое бычьим пузырем оконце почти не пропускало серый свет зимнего дня; лишь колокол на башне с часами возвестил о его наступлении двенадцатью гулкими ударами, да и те потонули в грохоте прибоя — на море сегодня было неспокойно.

Три фонаря под потолком еле разгоняли мрак по углам. Четвертый не горел. Было холодно. Натужный треск поленьев навевал входящему мысли о тепле и уюте, но один лишь взгляд на камин пускал их по ветру — плясавший там робкий огонек, казалось, сам себя не мог согреть. Таверна в Галленском порту — ободранная двухэтажная домина с огромным красным флюгером вместо вывески в этот неурочный час отнюдь не страдала от наплыва посетителей. Она и вовсе пустовала бы, не появись этим утром на рейде два торговых когга с юга. К вечеру полутёмное, заставленное низкими липкими столами помещение заполняли все, кому не лень — матросы, рыбаки, торговцы, портовые пьяницы, игроки, наёмники и жулики всех мас-

ОСЕННИЙ ЛИС

тей — двери были открыты для всех и каждого — но сейчас лишь дюжина матросов заявилась промочить глотки. Ближе к огню шла игра — там бросали кости, спорили и безбожно ругались. Четверо местных рыбаков за столиком в углу обсуждали какие-то свои дела. Изредка кто-нибудь косился на викинга и тут же поспешно отводил взгляд: Яльмар опрокидывал кружку за кружкой, молча напиваясь в угрюмом одиночестве, и в компании, похоже, не нуждался.

Дверь скрипнула, отворяясь, и с шумом захлопнулась. В таверне заоглядывались.

Вошедший не был моряком. Не был он и горожанином — худой, нескладный парень лет двадцати, безусый и безбородый; он вошёл, неуверенно озираясь, и, завидев камин, направился к нему.

Погода, похоже, и не думала исправляться. И обувь и одежда у странника промокли насквозь. Спутанные рыжие волосы свисали липкими сосульками. Шляпы он не носил; старый нагольный тулуп, холщовая рубашка, штаны да пара башмаков составляли всё его имущество. Он постоял у огня, грея озябшие руки, затем стянул набухший водою полушубок и уселся на скамейку поближе к очагу с явным намерением обсушиться.

Хозяин таверны смерил незнакомца презрительным взглядом — беднота! — и вразвалочку подошел к нему.

— Чего надо? — с кривой ухмылкой спросил он, уперев кулаки в стол.

Пришелец медленно повернул голову. Взгляд его пронзительно-синих глаз был холоден и равнодушен.

— А что предложишь? — в тон вопросу прозвучал ответ.

Кабатчик плюнул в огонь.

— Рыба, пунш, солонина и пиво. Если не нравится — можешь убираться ко всем чертям. Если есть, чем платить — сиди. Ну?

— Рыбу,— помедлив, сказал тот.— И хлеба.

— Две менки.

Парень разжал ладонь. Две мелкие монетки легли на неровные доски столешницы.

Хозяин сгрёб их волосатой рукой и замешкался на миг, взглядом зацепив диковинный браслет у того на запястье — вещица была грубоватой работы, но чёрный камень, оправленный в тусклый зеленоватый металл, невольно завораживал глаз затейливой игрою красных сполохов. Ничего не сказав, кабатчик угрюмо кивнул и скрылся за кухонной занавеской, где шкворчало и шипело, и откуда в таверну ползли облака маслянистого чада.

Вскоре он вернулся, неся обгрызенную деревянную миску с золотистым рыбьим боком и сухую лепёшку.

— На.

Парень кивнул и, отломив от лепёшки изрядный кусок, принялся за еду.

— Хей, приятель!

ОСЕННИЙ ЛИС

Странник повернулся на голос. Два матроса, уже изрядно поднабравшиеся, устраивались на скамье напротив.

— Ты откуда такой рыжий? Нездешний, да?

Тот молча проглотил кусок и отломил другой. Приятели переглянулись.

— Хей, тебя не учили здороваться?

Парень поднял взгляд.

— А тебя?

За соседним столом послышались смешки. Один из матросов — тот, что пониже — побагровел и сжал кулаки.

— Ну, ты...

— Погоди! — осадил его второй — долговязый малый с серьгой в левом ухе и синеватой наколкой на левой руке. Ощерился щербатой ухмылкой и вынул из кармана игральный роговой стаканчик. Подбросил на ладони кости.

— Сыграем, рыжий?

Тот покачал головой.

— Я не играю.

— Что ж так? Не умеешь?

— Не хочу.

— Ну, один-то разок можно. Уважь старика,— он выложил на стол монетку.— По маленькой, а?

— У меня нет денег.

— Нну-у? — физиономия моряка вытянулась в притворном изумлении. Вокруг снова заусмехались — теперь уже вся таверна с интересом ожидала, чем всё это кончится.— Нет денег, говоришь? Ай-яй-яй... А ты браслет свой поставь! С камушком который...

Парнишка вздрогнул и снова помотал головой:

— Нет.

— Да брось ты ломаться! — разгорячённый выпивкой моряк всё больше раздражался. Кости брякнули в стаканчике раз, другой, и выкатились на стол. Все невольно подались вперёд.— Ого! — радостно вскричал долговязый.— Парень, да тебе везёт: гляди — пять и четыре! Готов спорить, что ты выбросишь больше... А может, хочешь первым бросать? так давай. Держи.

— Я же сказал — я не играю.

— А я говорю: будем играть! — кулак моряка обрушился на стол. Хлеб и рыба полетели на пол.— Тряси!!!

Повисла гнетущая тишина. Странник посмотрел в налитые кровью глаза моряка, вытер руки о рубаху и молча взял стаканчик. Также молча сгрёб в него кости, встряхнул и выбросил их на стол.

Все замерли, ошеломлённые результатом. Приятели переглянулись — разметка исчезла! Все шесть граней каждого кубика были девственно чисты, словно только что вышли из-под ножа костореза. Народ задвигался, медленно расступаясь. Кто-то присвистнул.

Пришелец поднял взгляд. Тонкие губы тронула улыбка.

— Выброси больше, если сможешь.

Долговязый матрос поднялся.

— Ах вот ты как...— он заглянул в стаканчик и даже потряс его для проверки.— Схитрил, стало быть. Ну, этим нас не удивишь. Отдавай кости!

Тот пожал плечами и кивнул на стол:

— Забирай.

Верзила потянулся к ним и вскрикнул, отшатнувшись: кости вспыхнули ярким пламенем, а через мгновение занялся и стакан. Теперь уже все матросы вскочили, бранясь и опрокидывая лавки. Заблестели ножи.

— А вот это ты, парень, зря,— ухмыльнулся моряк с серьгой.— С колдунами мы знаешь чего делаем? А ну, ребята, бей его! — он повернулся, успев уловить краем глаза какое-то движение, и рухнул на пол, сбитый с ног ударом кулака.

В воздухе мелькнул тяжёлый боевой топор и с грохотом обрушился на стол. Кости полетели на пол, дымя и разбрасывая искры, щербатая доска столешницы треснула вдоль по всей длине. Вмиг протрезвевшая толпа шарахнулась назад.

Викинг медленно огляделся по сторонам в наступившей тишине. Глаза его горели холодным бешенством.

— Собаки! — рявкнул он.— Вы только и можете, что кидаться всем скопом на одного! — он плюнул презрительно и выхватил из-за голенища нож.— Ну, подходите, раз такие храбрые. Ха! Клянусь Одином, мне даже не понадобится мой топор, чтобы вас проучить! Ну?!

Долговязый поднялся, сплёвывая кровь и выбитые зубы.

— Мы ещё встретимся, чертов колдун! — мрачно пообещал он и вышел из таверны, хлопнув дверью. Двое его дружков переглянулись и поспешно направились следом. Толпа, ворча и огрызаясь, медленно расползалась по углам.

— Вот так-то лучше...— норвег ухмыльнулся, коротким движением выдернул топор и сунул его за пояс. Посмотрел на рыжего паренька — тот всё ещё стоял у стены, сжимая в руке нож. Яльмар огляделся, пододвинул к столу скамейку и сел.

— Хозяин! Пива! — крикнул он и, подумав, добавил: — Кувшин!

— — —

— Можешь звать меня Яльмаром, — объявил викинг своему новому знакомому, разливая пиво по кружкам. — Яльмар Эльдьяурсон, хотя это и слишком длинно. Друзья зовут меня Олав, враги — Олав Страшный. Выбирай что хочешь, мне всё равно,— он глотнул из кружки, громко рыгнул и поморщился. — Что скажешь о себе?

Паренёк помолчал, прошёлся пятернёй по волосам, молча разглядывая своего собеседника.

Викингу было лет тридцать. Сам по себе высокий и плечистый, он казался ещё шире, одетый в потёртые кожаные штаны и чёрную мохнатую куртку. Руки бугрились мускулами. Длинные светлые волосы схватывал ремешок. Густая щетина грозила в скором времени стать бородой. На его загорелом, обветренном лице поблескивали голубые глаза.

— Зови меня Жуга,— наконец сказал паренёк.
— Жуга?
— Да.
— Гм...— Яльмар заглянул в свою кружку и потянулся за кувшином.— Откуда ты?
— Издалека. С Хоратских гор.
— Никогда о таких не слышал... Что ты здесь делаешь?

Тот пожал плечами.

— То же, что и все,— он поднял взгляд на викинга.— Зачем ты полез в драку?

Норвег скривился.

— Полез и полез... Ненавижу, когда вдесятером бьют одного. А что, хочешь сказать, сам бы отбился?

Тот пожал плечами.

— Двое всегда дерутся хуже одного.
— Ишь ты! — Яльмар невесело усмехнулся.— Ну-ну... А вот скажи-ка лучше — кости ведь там не сами собой загорелись, верно?

Жуга кивнул:

— Верно мыслишь.

Викинг задумчиво повертел кружку в руках.

— Ворлок, стало быть...— пробормотал он.

Некоторое время оба молча пили. Наконец кувшин опустел.

— Позавчера я привел сюда свой драккар,— с горечью в голосе говорил Яльмар,— а он сгорел!

Слышишь, ты, рыжий? Они все выбрали меня своим ярлом, я привёл их сюда, привёл торговать, а он сгорел, как охапка соломы, как эти твои дурацкие кости... Один и Фрея! — взревел он.— Я едва успел сойти на причал! Они все пошли ко дну — Тор, Смирре, Эрик! Ниссе! Херлуф! все двенадцать! Кто я теперь? Ярл без дружины... Что скажут после обо мне? Ярль... Эльдьяр...— он помотал головой и вздохнул. Поднял взгляд.— Слушай, парень, а ведь ты просто должен мне помочь. Здесь не обошлось без колдовства. Где ты живёшь?

Жуга пожал плечами.

— Нигде, стало быть...— викинг встал, подобрал с лавки свой плащ и нахлобучил на голову рогатый чёрный шлем.— Я заплатил за комнату на неделю вперёд, здесь, недалеко,— сказал он.— Если негде ночевать, можешь пока пожить со мной. Так как? Согласен?

Жуга помолчал, прежде чем ответить.

— С чего ты взял, что я смогу тебе помочь? — спросил он.

— Даже если — нет, что с того? Хуже уже не будет,— буркнул тот и направился к двери, чуть не столкнувшись по пути с кабатчиком.— Чего тебе?

— Э-ээ, а как же... пиво...— начал было тот, и тут же умолк под его яростным взглядом.

— Пошли, Жуга,— Яльмар мотнул головой.

Тот подобрал свой полушубок и нагнал викинга уже на улице.

— Чего он хотел?

ОСЕННИЙ ЛИС

— Наверное, хотел сказать, что он остался нам должен, а вообще-то, мне плевать. Нам туда.

Две фигуры свернули в проулок и растворились в дымке моросящего дождя.

— — —

— Чего хромаешь?
— А?
— Чего хромаешь, говорю?
Жуга пожал плечами:
— Так... нога.
— Гм! — хмыкнул Яльмар.— Это ничего. Это не горе, если болит нога; лишь бы руки были целы, да глаза видели... Так. Кажется здесь...

Кутаясь в плащ и слегка пошатываясь, викинг долго плутал в лабиринте узких Галленских улочек. Жуга шёл следом, рукой прикрывая лицо от стылого секущего ветра. Он был здесь впервые, а вскоре выяснилось, что и Яльмар тоже неважно ориентируется — приятели подолгу застревали на перекрестках, пока норвег вспоминал, куда сворачивать, а дважды вообще пришлось возвращаться обратно.

Быстро темнело. По серому небу неслись грязные клочья штормовых облаков. Город опустел, прохожих было мало, а те, что попадались навстречу, спешили перейти на другую сторону улицы.

Постоянный уклон в сторону моря не давал сбиться с пути, но планировка города была самой бестолковой. Проще сказать — её не было вообще. Узкие грязные улочки петляли, пересекались под самыми немыслимыми углами, соединялись тёмными дырами подворотен и нередко оканчивались тупиками. Грязь под ногами сменялась дощатыми тротуарами, бревенчатым настилом, а то и булыжной мостовой. Невзрачные окраинные домики вскоре сменились двухэтажными, крытыми черепицей строениями, каменными и деревянными, правда, безо всякой штукатурки — из-за сырости та постоянно обваливалась. Тут и там скрипели, болтаясь на ветру, разные вывески — щит у оружейника, остроносый сапог над лавкой башмачника, игла над портняжной мастерской. Как и следовало ожидать, надписи здесь были не в чести.

Наконец приятели вышли, куда хотели. То был постоялый двор с тремя подковами на вывеске — Яльмар обосновался чуть ли не в самом центре города. Здесь же и столовался: стоимость харчей входила в общую плату. Мокрые и замёрзшие, Яльмар и Жуга ввалились в корчму, облюбовали стол у камина и спросили у хозяина жареного мяса и чего-нибудь выпить. Пиво оказалось куда лучше, нежели в порту — и гуще, и крепче (и дешевле!), но посетителей уже не было — с приходом ночи ворота закрывались. Друзья быстро разделались с ужином и, запалив свечу, поднялись по лестнице в свою комнату. Та оказалась чистой и просторной. Дверь запиралась изнутри. Крыша не протекала.

— Славное местечко! — одобрил Жуга, оглядевшись.— Дорого, небось?

— А...— Яльмар отмахнулся с пьяным безразличием.

— Чего ж ты сидел-то в порту, если здесь и стол и крыша?

— Дурак,— горько усмехнулся тот,— там же море... Ты где спать будешь, с краю или у стены?

Он задвинул засов, поставил свечу на стол и развернул одеяла. Кровать в комнате была одна, неширокая, зато прочная — с некоторым неудобством можно было разместиться вдвоём.

Жуга растворил окно и выглянул наружу.

Город накрыла туманная шаль зимнего дождя — холодный ветер с моря нёс брызги воды и мелкую снежную крупу. Мерцал сквозь тучи мутный, прищуренный глаз луны. Фонари не горели. Тут и там сугробился ноздреватый городской снег — мокрый, серый, изъеденный морской солью — прямо не снег, а насмешка какая-то. Жирно блестели булыжники мостовой. Было холодно и сыро.

Варяг передёрнул плечом.

— Закрой. Дует.

Неожиданно снаружи донёсся шорох. Крупная серая тень метнулась через дорогу, колючей зеленью блеснули глаза. Собака! Завыла, зашлась хриплым лаем, да так злобно и громко, что Жуга невольно вздрогнул и отшатнулся.

— Тьфу, пропасть...

— Что там? — Яльмар подошел посмотреть.— Это что за псина? Твоя, что ль?

— Впервые вижу.

Приблудный пёс никак не хотел униматься. Яльмар нахмурился.

— Ишь, как завывает! Фенрир да и только. Не к добру это. Чем бы его...

Он огляделся и поднял увесистый трехногий табурет.

— Ну-ка, рыжий, отойди.

— Постой... Слышишь?

Викинг замер. Мотнул головою: чего, мол?

— Ш-шш...

За стеной прошелестели чьи-то шаги. Соседнее справа окно распахнулось со стуком, отрывисто щелкнула тетива, и толстая арбалетная стрела враз перебила псу хребет. Вой оборвался, перешел в жуткий смертный скулеж и смолк, лишь когти в агонии скребли по мостовой.

Окно захлопнулось.

— Ого...— только и смог сказать викинг, икнул и почесал в затылке.

Жуга промолчал.

— — —

Всю ночь норвег ворочался, брыкался, ругался на нескольких языках, звал кого-то по имени, а в промежутках между этим оглушительно храпел. Вдобавок, оба совместными усилиями чуть не порвали одеяло в тщетной попытке поделить его пополам. Жуга в итоге встал ни свет ни заря, вздохнул и поплёлся умываться.

Яльмар продрых до полудня.

— Один! — охнул он, проснувшись, и схватился за голову.— До чего ж хреново-то... Где это мы вчера так набрались?

— Не мы, а ты,— хмуро поправил его Жуга.— А вообще-то — в порту.

— В порту? А, верно...— Яльмар сел и поморщился. Посмотрел в окно: "Гляди-ка, уже светло!", встал, зевая, натянул свою чёрную, мехом наружу сшитую куртку, перепоясался и сунул за ремень топор.

Поразмыслив, решили сперва перекусить.

Постоялый двор давно уже проснулся. Входили-выходили люди. Лаская слух, звенели пивные кружки. Снаружи доносился обычный городской шум — скрипели повозки, цокали копыта, зазывали покупателей уличные торговцы. Слышались мерные удары кузнечного молота: известное дело: кузня на постоялом дворе — первая вещь после винного погреба.

— С чего начнём-то, ворлок?

Жуга пожал плечами:

— Посмотрим... Деньги у тебя ещё остались?

Кошель викинга заметно отощал. С неудовольствием отметив сие прискорбное обстоятельство, приятели разменяли серебряный талер и заказали чего подешевле — жареной рыбы, гороху с салом, хлеба и большой кувшин пива.

— Ну, выкладывай,— викинг покончил с рыбой, вытер руки краем плаща и налил себе пива.— Зачем тебе деньги?

Жуга ответил не сразу. Медленным взглядом обвёл тесное задымленное помещение. На постоялом дворе было людно.

— Провожатому платить.

Викинг поперхнулся.

— Какому ещё провожатому? — подозрительно спросил он.

— Я так смекаю, Яльмар: раз мы с тобой города не знаем, надо сыскать кого-то из местных нам в помощь.

— А чего нам по городу-то шляться?

Жуга посмотрел на него как-то странно.

— Но не в море же нам плыть!

— Почему бы нет?

— В чём? В твоём колпаке?!

Викинг задумчиво покосился на свой рогатый шлем и покраснел.

— Ну хорошо,— угрюмо заявил он.— А ты-то что предлагаешь?

— Любой горожанин расскажет в сто раз больше, чем мы узнаем сами. А твоя ладья... чего с неё взять? — она же сгорела и утонула, ведь так?

— Так,— Яльмар угрюмо сжал кулаки и оглянулся.— Ладно. Убедил. Чего делать-то? Есть у тебя кто на примете?

Тот пожал плечами.

— Может и есть... Обернись.

ОСЕННИЙ ЛИС

Яльмар глянул через правое плечо, через левое, развернулся всем телом и с озадаченными видом уставился на Жугу.
— Этот?!
Жуга отхлебнул пива и кивнул.
— Этот.

— — —

Он сидел за столом в одиночестве, жадно вгрызаясь в большую пресную лепёшку — худой голенастый мальчишка лет пятнадцати, одетый в чёрное и зелёное. За спиной пустым мешком свисал серый клобук капюшона. Изрытое оспинами лицо, острый нос, короткие, мышиного цвета волосы — сразу и не приметишь такого, да и место себе он выбрал укромное — в темном углу за камином. Настороженный взгляд черных глаз придавал его лицу какое-то загнанное, почти злобное выражение, напоминающее крысиную мордочку. Лепёшка в его руках быстро уменьшалась.

Яльмар хмыкнул и почесал в затылке, сдвинув шелом на глаза. Нахмурился.
— Зашиби меня Мьельнир, если я хоть что-то понимаю... На кой нам сдался этот сосунок?!
Жуга криво усмехнулся.
— А ты приглядись получше. Вчерашнего пса помнишь? Сдается мне, именно этот "сосунок" сшиб его одной стрелой прямо у нас на глазах.

Викинг как бы невзначай обернулся ещё раз и теперь углядел на коленях у рябого паренька полированное ложе взведенного арбалета.

— Ты когда-нибудь стрелял из такой штуки? — невозмутимо продолжил Жуга, когда викинг повернулся обратно.

Яльмар фыркнул:

— Ещё чего! На что он мне? — оружие трусов... Мне и топора хватает — ковали его, конечно, не Дурин и не Двалин, но сталь добрая.

— Ага. То-то ты вчера табуретками бросался... Даже я ту псину плохо видел — а я в темноте нитку в иголку вдену, глазом не моргну. А трусость тут ни при чем — это тебе в драке некого бояться, а у парня другой возможности выстоять нет. Да и кто знает город лучше мальчишки? В общем, со всех сторон подходит.

— Пожалуй, что и так...— с некоторым сомнением в голосе согласился Яльмар, вставая и поправляя топор.— Да и денег он вряд ли много запросит. А на худой конец прихлопнем его, если что... Ладно. Согласен. Пошли.

— Погоди,— сказал Жуга и тоже встал.— Дай-ка лучше я с ним поговорю, а то ещё выстрелит с перепугу, тебя увидевши...

Викинг недоумённо посмотрел Жуге вослед и оглядел себя со всех сторон.

— День добрый.

Парнишка молча смерил подошедшего хмурым взглядом, прожевался и отхлебнул из кружки. Вопреки ожиданиям, хвататься за арбалет он не спешил.

Жуга уселся на скамейку напротив, мельком заглянув на дно кружки, и подивился про себя — паренёк пил молоко!

— Чего надо?

Услышав ломкий мальчишеский голос с отчётливым местным говором, Жуга окончательно уверился, что сделал правильный выбор.

— Меня Жуга зовут,— назвался он.— Разговор к тебе есть. Ты город хорошо знаешь?

— А зачем тебе?

— Вызнать нам с другом надо кое-что про дела про здешние. И провожатого мы ищем... Можешь нам помочь? Не задаром, конечно.

Паренёк помолчал. Покосился на Яльмара.

— Это, что ли, друг твой?

— Угу. Так что скажешь?

Тот нахмурился, сосредоточенно о чем-то размышляя. Поднял взгляд.

— Скажи сперва, что за дело замыслили.

Жуга невольно усмехнулся: парнишка оказался на удивление хитер — мимоходом вызнал о двух приятелях кучу всякой всячины, ни слова не сказав о себе. Да, такому палец в рот не клади.

Рука под браслетом зудела и чесалась. Жуга нахмурился. Какое-то тревожное чувство на миг овладело им. Что-то здесь было не так. Он ещё раз оглядел мальчишку — тот не выдержал и потупил взор.

— Сколько тебе лет? — вместо ответа спросил Жуга.

— Тринадцать.

Может, эта его манера говорить? Фразы резкие, отрывистые, но без вызова. Какие-то... нарочито громкие, что ли? Не настоящие. Словно... словно...

Чёрт, да ведь он голос коверкает!

Жуга придвинулся ближе.

— Что у тебя с голосом? — тихо спросил он.

Паренёк насупился.

— Ничего,— буркнул он, отводя глаза.— С чего ты взял?

— Ладно, не кипятись. От тебя всего-то и требуется — город нам показать. Справишься?

Паренёк не ответил.

— Как тебя звать?

— Зерги,— поколебавшись, сказал тот.

Жуга удивлённо поднял бровь:

— Это имя?

Паренёк пожал плечами:

— Зови меня так.

Жуга снова смерил мальца взглядом и хмыкнул. Так, так... одна рука под столом, арбалет на коленях... Стрела наверняка нацелена ему в живот. Еж. Маленький такой ежик — с какой стороны ни подойди, кругом одни иголки.

Некоторое время собеседники молчали, глядя друг на друга, затем паренёк вздохнул и отложил арбалет.

— Я согласен,— объявил он.
— Хорошо,— кивнул Жуга.— Сколько ты просишь?
— О цене как-нибудь договоримся... Так что вы замыслили?

Подозвали Яльмара, а тот в двух словах поведал о своей беде. Зерги нахмурился.

— Значит, это у тебя ладья сгорела,— пробормотал он и покачал головой.— Нарвался, стало быть...

— Ты меня не учи, сопляк! — огрызнулся Яльмар, поправляя топор.— От горшка два вершка, а туда же — поучает!

— Чего развоевался? — хмуро сказал Жуга.— Сам-то, небось, в его годы уже в море не раз бывал.

— Так то — я! Я — это совсем другое дело!
— Оно и видно...— кивнул Жуга.
— Чего видно?!

В споре оба как-то забыли, с чего всё началось. Зерги сидел, задумчиво переводя взгляд с одного на другого, затем вдруг сказал со вздохом:

— Не выйдет у вас ничего.
Приятели слегка опешили.

— Ну, это мы ещё посмотрим! — в голос ответили оба, и переглянулись.

— Ладно,— викинг медленно остывал.— Хватит болтать. Скажи лучше, что возьмёшь за работу?

Паренёк поднял взгляд.

— Разориться боишься? — усмехнулся он.

— И всё таки, сколько? — спросил Жуга, опережая Яльмара, который уже снова наливался кровью.

— Нисколько,— Зерги встал, оглядел себя и поправил куртку. Поднял арбалет.

— Идемте.

— Куда? — спросил Яльмар.

— Пока что — в порт, а там видно будет.

Викинг посмотрел ему вслед, снял шлем и озадаченно поскрёб в затылке.

— Зашиби меня Мьёльнир, если я что-нибудь понимаю! — второй раз за вечер произнес он.

Жуга, уже шагнувший было к двери, обернулся.

— Всё спросить забываю... Кто он, этот Мьёльнир?

— Не кто, а что...— буркнул Яльмар.— Молот боевой у Тора.

— А Тор, он что, бог?

— А то кто же!

— Тогда поминай его пореже, что ли, а то ведь и впрямь зашибёт.

— Это ещё как сказать! — викинг водрузил шлем на место и расплылся в улыбке.

Перед уходом Яльмар задержался на минутку, подозвал хозяина и раскошелился на каравай хлеба и большой круг копчёной колбасы.

— Никогда не знаешь, где заночуешь, а спать с пустым брюхом — последнее дело,— вслух рассуждал он, запихивая снедь в сумку. Повернулся к Жуге.— Есть у тебя какая ни то фляга? Нет? Жаль... Ладно, обойдемся без пива.

День распогодился. Потеплело. От вчерашнего шторма не осталось и следа. В просветах облаков то и дело проглядывало солнце. От воды поднимался легкий туман. Ближе к морю неясным силуэтом темнела высокая колонна маяка.

— Ну и где он, твой провожатый? — недовольно спросил Яльмар, оглядываясь по сторонам.— Смылся?

— Вон он,— указал Жуга. В дальнем конце улицы мелькнула худая, обтянутая зеленым сукном спина и скрылась за поворотом. Обгоняя прохожих, приятели поспешили ему вослед, свернули раз, другой, и вскоре впереди завиднелись верхушки мачт. Жуга вспомнил мимоходом, как вчера на пару с Яльмаром искал постоялый двор, и невольно усмехнулся. Похоже, Зерги и впрямь знал город, как свои пять пальцев. Шёл он быстро, упругой легкой походкой, то и дело оглядывался на двоих товарищей, но шага не замедлял. Прохожие косились на них с плохо скрываемым любопытством — троица и впрямь выглядела странновато: здоровенный норвег с топором и в рогатом шлеме, худой угловатый парень с густой копной рыжих волос, и мальчишка со взведенным арбалетом, шедший впереди.

Потные и запыхавшиеся, приятели прошли мимо большого рыбного рынка и догнали мальца, лишь когда тот добрался до причалов и остановился, поджидая обоих.

— Здоров ты бегать,— усмехнулся Жуга.

— Я всегда так хожу,— коротко бросил тот, не оборачиваясь.— А что? помедленней надо?

— Неплохо бы...

Некоторое время все молчали. Зерги стоял, поглаживая пальцем натянутую струну тетивы и глядя на море. Холодный бриз шевелил его прямые серые волосы.

— Зачем мы здесь? — Яльмар огляделся окрест.

Зерги повернул голову:

— Где был твой корабль?

Викинг вытянул руку, указывая на старый, далеко выдающийся в гавань причал, и Зерги без промедления направился туда.

Гибель драккара ещё не стерлась из памяти моряков. Швартоваться тут опасались. Рыбакам здесь тоже делать было нечего, и причал стоял пустой и заброшенный. Зерги прошёлся туда-обратно, присел и поскрёб ногтем обугленные доски. Отложил в сторону арбалет, поднатужился и оторвал одну. Перевернул и хмыкнул. Жуга стоял рядом, задумчиво потирая подбородок.

— Что там? — спросил викинг, подходя ближе.

— Ты видел, как всё это началось? — спросил Зерги вместо ответа.

— Лучше б я этого не видел,— хмуро буркнул тот.— Всё вспыхнуло. Сразу. Сам ведь видишь — даже на причале доски занялись.

— Это-то и странно,— кивнул Зерги.

— Почему странно?

— Причал всегда в воде,— ответил за него Жуга. Он прошёлся рукой по волосам, присел и коротким движением оторвал ещё одну доску.— Видишь? — он перевернул её и показал Яльмару.— Обгорела со всех сторон. Это ж какой жар должен быть, чтобы сырое дерево так заполыхало?

Викинг поскрёб в затылке, наклонился и, помогая себе топором, оторвал доску и на свою долю. Повертел её в руках. Хмыкнул.

— Ну, сильный огонь,— согласился он,— хотя видал я вещи и пострашнее. Вся-то ведь она не сгорела.

— То-то и странно! при таком-то при огне!

Зерги посмотрел на Жугу с интересом. Повернулся к Яльмару.

— А как причал тушили?

— Причал-то? — норвег наморщил лоб, припоминая.— Что-то не упомню... Вроде и не тушили никак. Как драккар затонул, так само всё и погасло.

— Сразу? — последовал быстрый вопрос.

— Сразу,— кивнул тот.

Зерги и Жуга переглянулись. Яльмар стоял, переводя взгляд с одного на другого. На лице его медленно отразилось понимание.

— Зашиби меня Мьёльнир! — кулаки его сжались.— Так значит, я был прав — это всё таки колдовство... Клянусь Одином, месть моя будет страшна!

И викинг в ярости топнул ногой.

Послышался треск. Доски настила подломились, и приятели ахнуть не успели, как Яльмар пробил перекрытие и с шумом бухнулся в воду, подняв фонтан брызг. Через миг викинг всплыл и забултыхался, пытаясь уцепиться за опору причала. Сваи были скользкие, обледенелые, и сделать это ему не удалось при всем старании. Тяжелая куртка, сапоги и, особенно — топор, тянули на дно. Яльмар фыркал и ругался.

Зерги остался стоять в полной растерянности. Впервые за весь день маска равнодушия слетела с его лица. Жуга укоризненно покачал головой, опасливо приблизился к широкому пролому и принялся разматывать кушак.

— Ну вот, говорил же я ему — не бранись понапрасну...— проворчал он, опустился на колени и сунул голову в дыру.— Эй, Яльмар! Где ты там? Держи!

Некоторое время викинг безуспешно пытался поймать рукой свисающий сверху конец кушака.

— Бросай топор! — крикнул Зерги.

— Ещё чего! — с шумом и плеском возмутились внизу.— Я лучше утону!

ОСЕННИЙ ЛИС

— Да не в воду! — поморщился мальчишка.— Сюда бросай!

Подброшенный мощной рукою, топор взлетел в воздух и со стуком упал на причал, а ещё через миг Яльмар уже схватился за верёвку: в подобные моменты варяг соображал на удивление быстро.

— Тяни! — скомандовал Жуга. Зерги ухватился за него обеими руками и напрягся. Помощь от него была не ахти какая, и Жуга изрядно повозился, прежде чем втащил норвега обратно на причал. Яльмар трясся и лязгал зубами. От промокшей его одежды валил пар. Меховая куртка быстро смерзалась — мех торчал во все стороны колючими ежастыми льдинками.

— Что, замёрз? — усмехнулся Жуга.— Ладно. Хватай свой топор и беги домой, а то совсем околеешь.

— А ты? — спросил тот.

Жуга покосился на Зерги и вздохнул.

— Я потом,— сказал он.

* * *

Убедить Яльмара идти домой оказалось не так-то просто — варяг хорохорился, всем своим видом стараясь показать, что для бывалого морехода любое купание нипочём, но вскоре холод и усталость взяли свое — оставив товарищам сумку с провизией, ярл удалился.

Сумка закрывалась неплотно. Хлеб намок и просолился, а в скором времени грозился ещё и застыть. Колбасе, правда, холодная ванна нисколько не повредила. Рассеянно жуя горьковатую хлебную мякоть, Зерги и Жуга оставили за спиной полуразрушенный причал и двинулись по дороге в порт.

Здесь было тихо. Длинная набережная, мощеная тяжелым серым камнем, сегодня была пуста — два судна на рейде и — никого больше. В воздухе витали холодные запахи острой морской соли, тухлой рыбы, вина и смолы. Вода в бухте казалась тяжелой и маслянистой. На причальных камнях намерзла корка льда.

— Это же надо, а? — сказал Жуга, глядя на море,— экая прорва воды!

— Ты что, никогда моря не видел?

— Нет.

Паренёк, казалось, искренне удивился.

— А я всю жизнь тут живу... Ты откуда сам?

— С гор. Это что за корабли? — он указал рукою.

Зерги повернул голову.

— Ганза,— он нахмурился и, поймав вопросительный взгляд Жуги, пояснил: — Ты не смотри, что их сегодня только два. Обычно их когги никому здесь проходу не дают. Первейшие мореходы на трех морях.

Жуга поднял бровь:

— Яльмар, помнится, то же самое про своих говорил.

— Варяги грабят, ганзейцы торгуют.
— И никогда — наоборот?
— Всякое бывает,— пожал плечами Зерги.

Оставив в стороне таверну, оба спустились к самой воде и теперь молча шли вдоль берега по широкой песчаной полосе отлива, мало-помалу приближаясь к маяку, возле которого и остановились.

Это была высокая, дикого камня башня на четыре угла, на зубчатой вершине которой в туман и в тёмную ночь разводили сигнальный огонь. Она стояла здесь, суровая в своём одиночестве — в стороне и от моря, и от города, но при этом видимая отовсюду. Дверей не было, лишь торчали из стены проржавевшие и вывороченные петли. У входа брали начало и терялись в темноте стёртые каменные ступени. Песок вокруг башни был усыпан обломками камня, виднелись остатки стены, и при желании ещё можно было разглядеть неясные контуры какого-то громадного сооружения, некогда, видимо, здесь стоявшего.

— Занятно...— пробормотал Жуга и обошёл башню кругом. Коснулся рукою каменной кладки и долго стоял, задрав голову и глядя вверх. Повернулся к Зерги.— Кто это построил?

Тот пожал плечами.

— Занятно...— повторил Жуга, и вдруг, безо всякого перехода спросил: — Это ты вчера вечером пса подстрелил? — Зерги кивнул.— Чем это он тебе не угодил?

— Не люблю собак,— хмуро ответил тот.
— И только-то?
— А что, этого мало? — он прищурился.— Почему ты спрашиваешь?
— Да так... Не дает мне покоя одна вещь.
— Какая?

Жуга посмотрел на своего спутника.

— Совпадения. Почему ты вызвался нам помочь?
— Я ж говорил уже,— буркнул тот и потупился,— из интересу.
— Ты меня за дурака-то не держи,— усмехнулся Жуга.— Врёшь ты все. У вас, у городских за бесплатно только сыр, в мышеловке который... Иной раз даже в дозоре можешь не встретить врага, а ты самострел всюду с собой таскаешь. Говоришь, будто всю жизнь здесь провел, а живёшь на постоялом дворе. Я же помню, как ты смотрел на нас там, в кабаке — любому готов был стрелу в брюхо всадить. И тут — на тебе — "из интересу"... Что за интерес такой?
— Какое тебе дело до этого?! — огрызнулся тот, перехватывая арбалет.— Знал бы ты, сколько раз эта штука мне жизнь спасала... и не только жизнь. Много тут разных ублюдков шляется, готовых если не ограбить, то задницу тебе разодрать... Сволочи.

Жуга слегка опешил.

— Я в твои годы об этом как-то не думал...
— Да что ты вообще знаешь о городе, ты, козел горный?! — лицо паренька скривилось на

крик.— Это же город-порт, здесь приходится убивать, чтобы тебя не убили! Здесь каждая женщина на две трети вдова. Забыл уже, как в кости вчера играл?! Если б не варяг...— он сжал кулаки и отвернулся.

— Погоди, погоди,— Жуга нахмурился.— А это ты откуда знаешь?

Тот махнул рукой, сказал сдавленно:

— Знаю... и все,— посмотрел на Жугу.— Скажи лучше, зачем в город-то пришёл?

Жуга помолчал, затем полез куда-то за пазуху и вытащил крест прозрачного желтого камня.

— Видел когда-нибудь такую штуку?

Тот протянул руку.

Всё это время Жуга исподволь, украдкой наблюдал за своим спутником. Голос паренька утратил резкость и злость, черты лица смягчились. Теперь он ничем не отличался от самого обыкновенного тринадцатилетнего мальчишки. Жуга нахмурился, пытаясь сообразить, чем же он раньше отличался.

— Янтарь,— Зерги подбросил камень на ладони.— Его тут полно по берегам валяется... Ну и что с того?

— Кто мог сделать такой?

— Да кто угодно,— он протянул крест обратно.— Любой подмастерье из местных камнерезов.

— Понятно,— кивнул Жуга и вздохнул.— Ну, ладно. Поругались и будет... Что про корабль скажешь?

— Да есть одна мыслишка,— как бы нехотя признался Зерги и, помолчав, продолжил.— Жил тут у нас волшебник один... Так вот. Дня три тому назад дом его сгорел. Враз и дотла — ну, вроде, как корабль этот варяжский.

Жуга нахмурился.

— Мне надо взглянуть... Покажешь?

Тот кивнул:

— Пошли.

* * *

Погода быстро портилась, и прежде чем приятели добрались до квартала ремесленников, поднялся ветер. Крупными хлопьями повалил мокрый снег. Жуга плотнее запахнул полушубок, Зерги поднял капюшон. Они прошли улицей могильщиков, миновали большую, быстро пустеющую площадь, и молча шагали ещё минут десять, пока Зерги наконец не остановился.

— Это здесь.

Дома тут были простые, небогатые, добротной деревянной постройки и тоже всё больше в два этажа. Стояли они плотно, стена к стене, и было тем более удивительно, что пламя, оставив от дома волшебника одно лишь чёрное пепелище, почти не тронуло двух соседних домов, разве что на стенах кое-где виднелись темные пятна обугленного дерева.

Неровная груда прогоревших балок, два-три обугленных столба, да скрипящий на ветру фонарь — вот все, что осталось от колдовского особняка. Огонь здесь порезвился на славу — уцелела только обитая железом дверь, да и та свалилась с прогоревших брёвен дверного проема. Жуга хмурым взором окинул пожарище, глянул на стены соседних домов. Покосился на своего спутника.

— Всё, что было ценного, соседи уже растащили,— не дожидаясь вопроса, сдавленно сказал тот. Лицо его скрывала тень от капюшона.

— Ты уже бывал здесь? — последовал вопрос.

Зерги кивнул и отвернулся, и Жуга снова вернулся к сгоревшему дому.

Снег быстро заметал пожарище. Мокрые угли противно хрустели под ногами.

Насчёт соседей Зерги оказался прав — повсюду здесь виднелись недавние отпечатки чьих-то башмаков. Запачкав чёрным штанины и рукава, Жуга с дотошностью всё осмотрел, приподнял две-три железяки и, не найдя ничего интересного, направился к Зерги.

— Похоже, правда...— задумчиво сказал он, снегом вытирая грязные ладони. Поморщился. Кожу под браслетом жгло немилосердно.— В точности, как у Яльмара ладья: нет причины — нет огня...— он отбросил чумазый снежок и внимательно посмотрел Зерги в глаза.— Сдаётся мне, друг Зерги, что ты про этот пожар знал ещё до того, как с нами встретился... Или я не прав?

Зерги промолчал.

— Значит, прав...— кивнул Жуга и почесал в затылке.— Что-то никак я в толк не возьму: мы помощника нанимали, а вместо этого сами помогаем тебе что-то искать. Кто же ты такой, а?

— Я не хочу говорить об этом,— перехватив арбалет поудобнее, Зерги поправил капюшон и плотнее запахнул свою куртку. Посмотрел на Жугу.— Не нравится — ищи другого. Ну так что, пойдём до Яльмара, или как?

Тот кивнул рыжей головой, поправил сумку на плече, и оба зашагали вверх по улице.

Путь их лежал мимо серых высоких домов с редкими отсветами в оконных проемах — близился вечер, и на улицах города заметно стемнело. Петляя в узких кривых переулках, приятели одолели уже больше половины пути, когда Жуга почувствовал неладное: худая высокая фигура, загородившая проход, не сулила ничего хорошего. Вскоре они сблизились, и в сумраке проступило знакомое лицо долговязого моряка с серьгой в ухе. Зерги быстро оглянулся, принял назад и отступил в тень.

— Здорово, рыжий! — щербатый рот ощерился в ухмылке.— Далеко собрался?

— Отсюда не видать,— хмуро ответил Жуга.— Дай пройти.

— Это кто с тобой? — долговязый прищурился.— Викинг, что ли так усох?

— Не твоё дело. Говори, чего надо.

— Да так...— тот пожал плечами и подбросил монетку.— Должок за тобой есть. Рассчитаться бы надо.

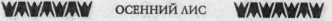

— В самом деле? — Жуга поднял бровь.

— Хватит болтать,— моряк сплюнул и сунул руку в карман.— Отдавай браслетку, и разойдемся мирно. Усёк?

— А ну, как не отдам?

— Тебе же хуже,— усмехнулся тот.— Сами заберем, да ещё и шкуру попортим.

— Чью? — Жуга снял с плеча сумку.

— Что "чью"? — не понял тот.

— Чью шкуру, я спрашиваю?

На мгновенье верзила растерялся, затем лицо его перекосилось. В руке тусклой сталью блеснул тяжёлый матросский тесак.

— Ну, что ж! сам напросился...— моряк шагнул вперед.

Нож рассек воздух там, где мгновение назад стоял Жуга, а в следующий миг моряк споткнулся о чью-то ногу, так некстати оказавшуюся у него на пути, и что-то тяжелое, на длинном ремне, с размаху стукнуло его по затылку. Верзила всем телом влепился в стену и медленно сполз на мостовую. Нож выпал из его руки и глухо звякнул о камни.

Зерги с арбалетом наготове подошел ближе.

— Чем это ты его? — с легким недоумением спросил он.

Жуга поднял сумку и помахал ею в воздухе.

— Яльмаров подарочек,— он с хрустом разогнул заледеневшее колбасное полукольцо и усмехнулся.— Вишь, как кстати пришёлся... Ладно, давай ходу отсюда.

Жуга шагнул вперед, но тут же остановился: уходить было некуда. В запале драки оба как-то не приняли в расчет, что моряк мог прийти не один — из-за угла показались ещё четверо, с ножами в руках и явно не настроенные разговаривать. Жуга оглянулся и выругался — Ещё трое спешили к ним с другого конца улицы.

— Чёрт... тут колбасой не обойдёшься...— он отбросил сумку, быстрым движением намотал на руку ремень и потянул из-за пояса нож. Четверка впереди перешла на бег.— Назад, Зерги, назад! Вали вон того! — он указал на моряка, что бежал посередке.

Мальчишка вскинул арбалет.

Тетива щелкнула, звеня, и прежде чем стрела настигла цель, Жуга рванулся им навстречу, увлекая Зерги за собой.

Бегущий вскрикнул и упал. Приятели его замешкались на миг, и Жуга не замедлил этим воспользоваться. Нырнув под занесенный нож, он сбил кулаком одного, вскочил и успел увидеть, как мальчишка двинул противнику арбалетом промеж ног. Короткий страшный крик сотряс улицу и тут же оборвался, когда Зерги, не говоря худого слова, засветил моряку прикладом по голове. Жуга, не ожидавший от него такой прыти, несколько опешил.

— Оставь его! — запоздало крикнул он,— бежим!

И в этот миг их настигли.

Распалённые злобой, четверо моряков с ходу бросились в драку. Зерги почти сразу сбили с ног, некоторое время он ещё отбивался, отчаянно кусаясь и царапаясь; затем Жуге стало уже не до мальчишки — где-то в схватке он потерял нож, а потом сразу несколько тяжелых потных тел навалились сверху, и сильный удар по голове отправил его в темноту.

* * *

"Дым..."
Неровную чашу приморской котловины почти до краёв заполнял туман. Был он недвижный и ровный, словно мутное зеркало, и темные башни замка возвышались, подобно островам среди моря. Всё остальное утонуло без следа.

"Их приход всегда сопровождается дымом. Как от погасшего костра... Почему я раньше не обращал на это внимания?"

Узкие ступени вьются каменной змеёй. Вверх и снова — вверх. Проснулась ставшая уже привычной боль в ногах.

Вот и вершина. Ветер в лицо. Далекий вой.

"Как там Рея? Может, всё таки стоит отослать её отсюда?"

Он напрягся, и почти сразу получил ответ — она никуда не поедет. Он нахмурился. Сомнения, сомнения...

Риск слишком велик — в конце концов, их ещё никогда не собиралось *столько*.

Там, внизу нарастает шум. Похоже, стягиваются войска. Ожил в туманной глубине большой набатный колокол — звон плывет в холодном воздухе, тяжёлый, тягучий... А я так устал... Боги! Если б ещё хоть кто-нибудь видел *это* моими глазами!

Он обернулся, оглядывая поле битвы с высоты птичьего полета, и вздохнул.

"Сюда никто не войдет",— подумал он.

* * *

Очнулся Жуга в темноте. "Ослеп!" — была первая мысль, и сердце замерло от ужаса, но через мгновенье стало ясно, что попросту не открываются глаза — запёкшиеся веки намертво склеила кровь. Браслет его исчез, полушубок — тоже. Лежать на дощатом полу было жёстко и холодно, и Жуга совсем бы замёрз, если б не ощущал за спиной что-то тёплое и живое. Бесчисленные синяки и ссадины жутко ныли и чесались, а голова так и вовсе раскалывалась от боли. Шею, руки и живот стягивала верёвка, свободными оставались только ноги.

"Вот гады! — мысленно выругался он.— Живого места не оставили..."

Жуга пошевелил затекшими пальцами и застонал.

— Ну, наконец-то! — с облегчением вздохнули рядом. Верёвки на груди натянулись.

— Зерги? — спросил Жуга. Разбитые губы еле шевельнулись.

— Я, конечно. Кто ж ещё!

ОСЕННИЙ ЛИС

Судя по эху, находились они в каком-то тесном маленьком помещении, лежали, связанные спина к спине. Раз или два сверху слышались шаги, скрип и приглушённые голоса. Воздух здесь был затхлый и спертый.

— Где мы?

— На корабле,— последовал ответ.

— Где?! — Жуга рванулся и охнул, когда верёвка врезалась в тело.

— Да не дёргайся ты! — полузадушенно прохрипели за спиной.— И так дышать нечем.

— Извини,— Жуга подался назад, ослабляя петлю на шее.— Давай хоть сядем тогда, что ли...

— Сядешь тут с тобой, как же! — пробурчал Зерги, но всё же задвигался, заерзал, скребя ногами по полу. Жуга помогал в меру сил.

— Куда ползём-то?

— А то не видишь!

— Ни хрена не вижу,— согласился Жуга, и пояснил, не дожидаясь вопроса: — Глаза залепило.

— А-аа... Тогда ясно.

Оба уткнулись в стену и после долгой и неуклюжей возни ухитрились сесть.

— Да, дела...— отдышавшись, сказал Жуга.— Вот попали, так попали... Зачем мы им?

— Известное дело, зачем,— проворчал Зерги.— От мертвяка им какая польза? А так — продадут где-нибудь...

— И только-то? — хмыкнул Жуга.— Отходчивые ребята. Могли бы и зарезать... мы ведь всё таки порешили одного... или двоих?

— Двоих.
— Тем более.

Теперь уже Зерги усмехнулся:

— Чего стоит чья-то жизнь против денег? Наёмники... Промеж них и разговор-то без ножа — не разговор, чего уж о драке говорить.

Некоторое время они молчали.

— Слышь, Жуга,— спросил неожиданно Зерги,— а ты, вообще, кто?

— В смысле? — тот повернул голову.

— Ну, чем занимаешься?

— Травник я.

— И только?

— А что?

— Да так, ничего... Просто этим делом только всякие бабки в деревнях промышляют, а тут...

— Почему? — удивился Жуга.— Знавал я, помнится, одного э-ээ... фармация из Гаммельна, так он говорил, что травы в лечении — первейшая вещь...

— А в колдовстве?

— И в колдовстве... А почему ты спрашиваешь?

Зерги не ответил, и тут Жугу вдруг осенило.

— Слушай, Зерги,— несколько ошеломлённо сказал он.— Провалиться мне на этом месте, если ты не ученик чародея! Того самого, погоревшего!

— С чего ты взял? — помедлив, спросил тот.

— А иначе — кто? Кто? — Жуга помолчал, собирая в мыслях воедино все странности своего спутника и продолжил: — Я ж говорил, что ты не задаром взялся нам помогать — так вот он, твой интерес! Зачем кому-то там знать, что у какого-то волшебника дом сгорел? Стреляешь в темноте... не на слух же! — явно наговор, чтоб ночью видеть, так? И поссорил ты нас тогда ловко, ничего не скажешь... И ещё — ты ведь плакал тогда, у пепелища? А я-то гадал, что ж ты тогда отвернулся... То-то мне браслет покоя не давал!

— Какой ещё браслет?

— Теперь-то какая разница,— безразлично сказал Жуга.— Всё равно отобрали, сволочи... А что, я угадал?

— Почти,— кивнул тот, и Жуга сдавленно выругался, когда верёвка снова сдавила шею.

Оба снова умолкли, и на сей раз уже надолго. Жуга морщился и кривился, силясь продрать колтун на ресницах, да всё без толку.

— Там, на улице что? день? ночь? — спросил вдруг он.— Здесь вообще видно хоть что-нибудь?

— Очень даже видно...

— Куда нас засадили?

Зерги осмотрелся, насколько позволяла верёвка.

— Маленькая такая каморка,— наконец сказал он,— шесть шагов на пять... потолок низкий... Дверь вроде крепкая... Что ещё?

— Окошко есть?

— Нет.

— А дыры, там, какие-нибудь?

— Не так, чтоб очень много. В стенах, разве что.

— Дверь не скрипит?

— Вот уж не знаю. Не выходил я. Да и что тебе с того скрипа?

— Как сказать,— усмехнулся тот,— петли дверные многим скрипят, многим — поют... Гм... корабль...— как-то некстати пробормотал вдруг Жуга и снова умолк.

— Что делать будем?

— Для начала не худо бы от веревок избавиться, а там — видно будет.

— А получится? — засомневался Зерги.— Тут и шевельнуться-то больно. Или придумал чего хитрого?

— Может, и придумал. Спробовать хочу одну штуку — вдруг получится. Только молчи и не рыпайся, если что...

На мгновенье Жуга умолк, прислушиваясь, и вдруг принялся тихонько насвистывать, морщась от боли в разбитых губах.

— Эй, ты чего? — насторожился Зерги, но тот мотнул головой: "Не мешай".

Жуга медленно перебирал созвучия, меняя тон и высоту; длинные и короткие звуки шли чередой, безо всякого смысла и порядка, пока постепенно не осталось всего три ноты. Казалось, Жуга заблудился в этих звуках, без конца повторяя одно и то же, но шло время, и Зерги неожиданно поймал себя на мысли, что простенький этот мотивчик всецело его захватил. Было в нем что-то влекущее, некий непонятный ни уму, ни сердцу зов. Зерги задумался, соображая, что бы это могло значить, и в этот миг его босую ногу тронули чьи-то холодные когтистые лапки.

Истошный визг разорвал тишину, резанул по ушам. Жуга выругался, стиснул зубы и так резко вскинул голову, ударив Зерги в затылок, что чуть было снова не лишился чувств. Зерги прикусил язык и смолк.

Когда боль в голове утихла, Жуга обнаружил, что один глаз у него открылся, хотя и не полностью.

— Нет худа без добра...— пробормотал он и прислушался. Снаружи было тихо — похоже, на шум в их каморке никто не обратил внимания. Жуга вывернул шею и покосился на Зерги. Тот всхлипывал и трясся мелкой дрожью.

— Что там с тобой стряслось?
— К-крыса...— выдавил тот.
— Всего-то? — Жуга улыбнулся.— Я уж думал — медведь пришёл.
— Н-ненавижу!
— Медведей?
— К-крыс!
— Мог бы сразу предупредить. А то орёшь, как девчонка...

Он почувствовал, как напряглась и вдруг расслабилась спина Зерги, вздохнул и медленно принялся высвистывать всё с начала.

* * *

Это был огромный сумрачно-серый крысюк с надорванным ухом и колючими бусинками глаз на умной зубастой морде — не иначе, местный корабельный патриарх. Зерги содрогнулся:

— Господи... ну и тварь!

— Молчи.

Неслышный и почти незаметный в полутьме, крыс теперь сразу направился к Жуге, взобрался ему на плечо и принялся за верёвку. Он возился там, тяжёлый, какой-то неприятно тёплый, задевая Зерги то лапой, то хвостом; Жуга чувствовал, что мальчишка с трудом сохраняет неподвижность. Наконец петля на шее ослабла. Зерги вздохнул было с облегчением, но крыса тут же занялась вторым узлом, и он снова стиснул зубы. Манящий пересвист давно умолк; казалось, крыса сама знает, что надо делать. Узел за узлом, петля за петлей — дело двигалось медленно, и прошло наверное четверть, а то и все полчаса, прежде чем с верёвками было покончено.

Крыса спрыгнула на пол, осмотрелась, как бы желая убедиться, что дело сделано, и лишь после этого удалилась.

— Наконец-то! — Зерги повернулся к Жуге.— Ой... У тебя всё лицо в крови.

— Да знаю, знаю...— поморщился тот, разминая пальцы. Кровь жаркой волной хлынула в занемевшие руки. Жуга плюнул на ладонь, протер глаза и огляделся.

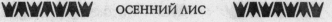

ОСЕННИЙ ЛИС

В каморке было грязно и тесно. Низкая квадратная дверь, вся перекошенная, с широкой полосой сыромятной кожи вместо петель, не выглядела прочной, скорее — наоборот. В бесчисленные щели тянуло холодной сыростью. Снаружи было сумрачно.

— Это уже рассвело, или ещё стемнеть не успело?

Зерги пожал плечами:

— Не знаю. Рассвет, наверное... Ты что, дверь ломать собрался?

Жуга покачал головой.

— Наружу лезть резона нет — только нашумим попусту. Да и кто знает, сколько их там? Подождем — должен же кто-нибудь прийти нас проведать.

— А как придет, тогда что?

— Там видно будет,— он посмотрел на своего спутника.

Зерги сидел, поджав ноги, маленький, щуплый, сосредоточенно счищал с рукава грязное пятно; сам рукав оторвался и висел на ниточках. Под глазом у Зерги набух синяк, нос был расцарапан, но в целом парнишка, похоже, не пострадал.

— Замёрз, стрелок?— Есть немного,— кивнул тот. Поднял взгляд.— Жуга...

— Что?

— Эта крыса...— Зерги замялся.— Я никогда ничего подобного не видел. Где ты учился магии?

— Я нигде не учился.

— Так не бывает.

— Бывает,— буркнул Жуга.— Я же не виноват, что от рожденья такой... Чем спорить зря, рассказал бы лучше что-нибудь про свою про учебу, авось и я чего пойму.

— Магия — штука сложная,— помедлив, сказал тот, глядя куда-то в сторону.— Если б ты знал, чего там только нет... Магия камней. Руны. Магия стихий, чисел... растений... Кое-что я и сам умею, про другое слыхал, но чтоб такое! Как ты это делаешь?

— Долгая история. Как-нибудь после расскажу.

— И всё таки?

— Ну... крысы мне кое-чем обязаны. Я просто позвал, а она уж сама догадалась, что к чему.

— Так ли? — усомнился тот.— Тупая зверюга и вдруг — сама... Бр-р...— его передёрнуло.

Жуга усмехнулся:

— Самые умные крысы никогда не попадаются в ловушки.

— Магия имен...— задумчиво проговорил Зерги,— надо же! Колдуны годы отдают, чтобы истинное имя вещей узнать, а ты вот так, походя, у какой-то крысы... Тот посвист и есть имя?

— Угу.

— Гм... постой! — он нахмурился.— Ты ведь что-то там про Гаммельн говорил...

Ответа не последовало. Зерги обернулся и успел увидеть, как Жуга тенью скользнул к стене и замер у двери. Показал рукою — молчи. Зерги кивнул и лишь теперь заслышал чьи-то шаги.

Звякнул засов, и в каморку хлынул серый утренний свет.

В дверном проеме показалась голова. Внутри было темно, и вошедший даже не успел понять, что происходит.

Жуга шагнул вперед. Взмах руки, короткое кружение, и моряк ничком рухнул на пол. Кувшин выпал из его руки и разбился с грохотом. Вода разлилась по доскам. Жуга досадливо поморщился и повернулся к Зерги:

— Давай верёвку.

Оглушённый, моряк лежал без движения, и вдвоём они быстро связали его по рукам и ногам. Это был незнакомый белобрысый детина, рослый и довольно сильный; Жуга даже подивился запоздало, как это ему удалось свалить такого одним ударом, но вскоре понял, в чем тут дело: от упавшего, за несколько шагов крепко разило пивной кислятиной. Зерги скривился.

— Чего нос воротишь? — усмехнулся Жуга, затягивая крепче последний узел.— Нам, считай, повезло — если уж этот так набрался, может, и остальные не лучше. Ч-чёрт, ножа нету... Посмотри в карманах.

Зерги выглянул наружу, притворяя дверь, вздохнул над разбитым кувшином: "Эх, жаль...", и взялся выворачивать карманы широких матросских штанов. Отыскались там только трубка и пара монет. Жуга сдёрнул напоследок с ганзейца широкий кожаный ремень с медной пряжкой и намотал на руку.

— Ты как? Идти можешь? — он повернулся к Зерги. Тот кивнул.— Вот и ладно. Вставай. Только держись в стороне, если что.

С этими словами он распахнул дверь и первым полез наружу.

* * *

На палубе не было ни души. Над стылой водой курился тяжёлый серый туман, сквозь который едва проступали смутные очертания недалекого берега — корабль бросил якорь в гавани. Жуга поёжился и с любопытством огляделся окрест.

Корабль, на который доставили пленников, был невелик — шагов тридцать, если считать вдоль, и семь — поперёк. Жуге он показался просто громадным, и как такая махина могла держаться на плаву, он решительно себе не представлял. Посередине корабля длинным шестом высилась единственная мачта, закреплённая канатами. Скатанный, в чехле парус был спущен на палубу. На корме оказалось что-то вроде сарая, широкую и плоскую крышу которого ограждала по краям зубчатая деревянная стенка. Точно такая же площадка, только поменьше, была и на носу, выдаваясь далеко вперед. Чуть позади мачты темнел раскрытый трюмной люк. Лодки не было.

Жуга повернулся к своему спутнику:

— Ну, ты в кораблях побольше моего смыслишь. Давай, показывай. Где тут у них этот... хозяин, что ли?

Зерги, который хоть и начал помаленьку подмерзать, прыснул, не сдержавшись, прикрывая рот ладонью.

Жуга нахмурился:

— Ты чего?

— Если тот хозяин нужен, что корабль снарядил, так он сейчас дома сидит, чай пьёт. Купцу в море делать нечего,— сказал Зерги, отсмеявшись; он огляделся и понизил голос.— Есть тут у них, у мореходов один, который за главного — капитан цур зее зовётся... Думается мне, что на берегу он сейчас, сделки оговаривает или ещё чего.

— С чего ты взял?

— А с того, что сторож наш упился, вот с чего! — огрызнулся тот в своей обычной манере.— При нем не посмел бы.

— Понятно,— кивнул Жуга.— Кот на крышу, мыши — в пляс. Ну, что ж, это тоже хорошо...

— Рано радуешься,— осадил его Зерги.— На корабле завсегда сколько-то человек остается, для порядка. Эх, лодки нет!

Жуга тоже подзамёрз в своей рубахе, но всё ж хотел для верности ещё порасспросить паренька, что тут и где, но в этот миг дверь надстройки распахнулась, скрипя, и на палубе показался ещё один моряк. Жуга тихо выругался, распознав коренастого собутыльника долговязого игрока.

— Курт, ну где ты там? — крикнул тот, и в следующий миг увидал обоих. Нож, казалось, сам прыгнул ему в руку.

— Парни! Сюда! — рявкнул моряк, помедлил, выбирая противника, и... бросился к мальчишке.

— Зерги, назад! — Жуга оттолкнул его в сторону и шагнул вперёд, заступая дорогу.— Ну, иди сюда, гадина...

Ремень свистнул в воздухе, обвивая запястье, Жуга рванул, и нож, кувыркаясь, полетел за борт. Моряк споткнулся и упал, пьяно выругавшись, но на помощь ему уже спешили трое других. Отступать было некуда — со всех сторон ждала холодная вода.

— Сзади!!! — не своим голосом вскричал Жуга. Первый бегущий машинально обернулся и тут же получил ногой в живот. Пока он стонал и охал, Жуга сцепился с оставшимися и сразу обнаружил, что на палубе корабля моряки оказались гораздо опаснее, чем на берегу — кругом была чертова уйма всяких веревок и торчащих деревяшек, Жуга только и делал, что спотыкался, моряки же, несмотря на выпитое пиво, их будто и не замечали. Вскоре третий оклемался, и Жуга понял, что дело плохо. Силы его были на исходе — он и так-то не поправился после вчерашней драки, а теперь, вдобавок, ещё и рана на лбу открылась — заливая глаза, потекла кровь. Остриё ножа царапнуло плечо, Жуга пропустил один удар, другой, и дрался, не надеясь уже ни на что, как вдруг воздух сотрясло громовое "Один!!!", и в доски палубы, прямо перед ним глубоко вонзился топор.

Эту щербатую, неказистую, но отменно прокованную секиру Жуга узнал бы из тысячи, хотя бы по руне грома, выбитой на лезвии. Он обернулся и не смог сдержать радостного крика:

— Яльмар!!!

* * *

Оставив двух своих спутников на причале, великан-викинг сперва не особенно торопился, но вскоре непроизвольно ускорил шаг. Мороз подгонял. Его широкие волосатые штаны замёрзли и хрустели при ходьбе. В сапогах хлюпало. Он шёл всё быстрее и быстрее, а когда прямо по курсу замаячили три вожделенные подковы, чуть не побежал. Кашляя, трясясь и лязгая зубами, Яльмар добрался до своей комнаты, скинул с себя всё и растерся досуха одеялом, после чего спустился вниз, в корчму, оставив при себе только штаны и топор, примостился у пылающего камина и потребовал себе чего-нибудь горячего.

Он сидел так почти два часа, исходя паром, словно облако в штанах, дул пиво кружку за кружкой, кромсал бараний бок, и не особенно задавался вопросом, куда подевались Жуга и Зерги. К тому же, к вечеру Яльмар сделал открытие.

Пиво сегодня было густое и крепкое до необычайности.

Строго говоря, открытие это сделали ещё до него — весь постоялый двор сегодня восторженно обсуждал сие событие. А дело было так.

Подмастерье в местной пивоварне, приставленный караулить остывающий на улице чан (дабы кто-нибудь злодейским образом его не выпил), сраженный ленностью и бессонной ночью, заснул, и целый чан чудесного свежего ночного пива... замёрз.

Шум по этому поводу случился преизрядный. Ледышки вычерпали, подмастерье получил нагоняй, а пиво уже собрались выплеснуть вон, да решили прежде попробовать. Тут-то собравшимся и открылась новая, доселе неизвестная сторона благословенного напитка. В числе первых оказался хозяин "Трех Подков" и спешно, не торгуясь, закупил весь котел.

Весь день у "Трех Подков" шло веселье. Со всех сторон к постоялому двору, влекомый слухами, стекался народ.

Владельцы других кабаков с досады рвали на себе волосы, подсчитывая убытки; главный же виновник происшедшего в это время помешивал черпаком в котле, прикрывая ладонью распухшее ухо, плакал и ругал на чем свет стоит своих родителей, отдавших его в обучение на пивоварню. Яльмар ухватил самый хвост пивной гулянки, а потому успел опрокинуть от силы кружек пять-шесть, но и этого хватило, чтобы прийти в радужное настроение.

ОСЕННИЙ ЛИС

Было уже за полночь, когда викинг, икая и пошатываясь, поднялся по скрипучей лестнице наверх и направился на боковую.

В комнате было темно. Яльмар повернулся, намереваясь закрыть дверь, и в этот момент уловил краешком глаза, как что-то шевельнулось в темноте. Викинг, как он ни был пьян, отреагировал мгновенно — левая рука его метнулась вперёд, хватая врага за горло, и тот забился, прижатый к стене. Что-то мягкое с глухим стуком упало на пол. Яльмар опустил глаза. Кнут.

— Кто ты, и что тебе надо? — рявкнул викинг, убедившись предварительно, что в комнате больше никого нет.— Отвечай, или, клянусь Имиром, я тебе шею сверну!

— П-пустите меня! — полузадушенно прохрипели из темноты.

Варяг, не глядя запер дверь на засов и прошествовал к столу, неся незванного гостя перед собою за шиворот, словно котёнка. Остановился, перехватил топор подмышку. Нашарил кресало.

— Не вздумай трепыхаться,— с угрозой сказал он, толкнул пленника на кровать, в два удара высек огонь и запалил свечу. Зыбкий язычок пламени высветил вздёрнутый нос, испуганные глаза и курчавую, чёрную, как смоль шевелюру мальчишки лет десяти.

— Один и Фрея! — опешил норвег. Брови его полезли вверх.— Сдаётся мне, что кому-то там, внизу не мешало бы дать по морде... Слушай, ты! Если я нанимаю всяких сопляков себе в провожатые, это ещё не значит, что я предпочитаю мальчишек в постели! Понял? Заруби себе это на носу!

— Но я совсем не за этим пришёл! — запротестовал тот.

— Вор! — осенило Яльмара.

— Нет, нет!

— Врёшь!

— Вообще-то, да,— поспешно сознался паренёк.— Только у вас я ничего не собирался красть.

— Опять ведь врёшь.

— Не вру, ей богу!

— Тогда я вообще ничего не понимаю...— Яльмар развел руками, обнаружил, что всё ещё сжимает в руке топор и положил его на стол.— Кто ты такой?

— Янко я. Цыган.

— Цыган? — варяг наморщил лоб.— А! Один из тех бродяг из страны фараонов... Ну и что же ты хотел?

— Я сказать пришёл. Кое-что важное.

— Ну так говорил бы сразу! Что, меня внизу трудно было найти, что ли?

Паренёк замялся.

— Я там не хотел говорить. Там... в общем... там, внизу...

— Да говори же!

Мальчишка помедлил в нерешительности и, словно прыгая с обрыва, единым духом выпалил:

— Сотоварищи твои в беде.

Яльмар замер, переменившись в лице.

— Какие ещё сотоварищи? — с подозрением спросил он.

— Ну, рыжий — Жуга, и этот ещё... с арбалетом который, не помню, как зовут.

Норвег постоял в молчаливом раздумье, затем подвинул табуретку ближе к кровати и уселся напротив.

— Рассказывай,— потребовал он.

* * *

Янко, как и другие цыгане, много в своей жизни видел, но мало имел. Две лошади да повозка, в которой ютилось его семейство — вот и всё имущество. Мать и три его сестры промышляли гаданием, отец крал коней. Так было всегда, сколько Ян себя помнил, но однажды и этой немудрёной жизни пришёл конец.

— Мы в степи заночевали,— не глядя на викинга, рассказывал парнишка,— от города невдалеке... Ужин сготовили да спать полезли. А ночью проснулся я — горит кибитка! Остальных растолкал, еле выскочить успели; подчистую всё сгорело, а как загорелось и отчего — так и не прознали. Коней отец вечером стреножил, да и костёр мы затушили... Так вот в город и пришлось податься.

В Галлене и без них всяких бродяг хватало. Работы не было, денег — тоже. Пришлось воровать. А вчера вдруг случай подвернулся — на площади у рыбного рынка подошли три моряка. Ганзейцы. Посулили хорошо заплатить. Да и работа оказалась, прямо сказать — никакая — проследить кое за кем. Янко сразу согласился.

— С утра я за вами троими шёл,— говорил он,— а когда приятели твои вдвоём остались, за ними увязался. Ну, их сперва на маяк занесло, а потом к дому какому-то сгоревшему. И разговоры промеж них какие-то странные были — всё про огонь, да про огонь... А потом те моряки заявились. Я и указал, что и где... Я ж не знал, что там драка будет! В общем, повязали друзей твоих и на корабль увезли... вот.

— Давно?

— Часа четыре уж прошло...

Некоторое время Яльмар молчал.

— Одного я не пойму,— сказал он наконец.— Дело ты свое сделал, плату получил... ведь получил? Получил... Чего ж ты ещё и ко мне-то приволокся? Или думаешь, что я тебе тоже заплачу?

— Не надо мне платы,— Янко помотал головой. Посмотрел викингу в глаза.— Мне с тем парнем, с рыжим, поговорить надо, узнать, от чего в степи огонь зажёгся. Сдается мне, что неспроста всё это.

— А ну, как врёшь ты все? — вдруг усомнился викинг.— И все твои разговоры — только чтоб в ловушку меня заманить?

ОСЕННИЙ ЛИС

— Мне врать резона нет,— просто и как-то необычно по-взрослому ответил тот и замолчал.

Яльмар встал и принялся одеваться. Натянул сапоги, сунул за пояс топор.

— Значит так,— сказал он, нахлобучивая шлем.— Тех двоих мне терять никак нельзя, но и тебе я не очень-то верю. Пойдёшь со мной.

— Но я...

— Пойдёшь, я сказал!

— Ладно,— кивнул тот, встал с кровати и подобрал кнут.— Что, прямо сейчас пойдем?

— Прямо сейчас.

Часы на башне пробили три. Постоялый двор спал. Не зажигая огня, оба выбрались наружу, перелезли через запертые ворота и вскоре уже шагали вниз по улицам, туда, где в просветах меж домов серебрилась под луной водная гладь.

* * *

До порта добрались без особых происшествий, лишь раз у какого-то кабака к Яльмару прицепились две девицы подозрительной наружности. Было сыро и холодно, но на удивление светло — сквозь тонкие снежные облака ярко светила луна. В переулках и подворотнях то и дело шевелились тени, блестела сталь, но личности, там сидевшие, видимо сочли за благо с варягом не связываться.

Два Ганзейских корабля по-прежнему стояли на рейде, еле различимые в густом тумане.

— Который? — хмуро спросил Яльмар, оборачиваясь к мальчишке.

— Этот,— Ян указал рукой.

Пришлось плыть. Лодку позаимствовали у рыбачьих причалов — всего-то и делов оказалось, что канат отвязать. Будь лодка прикована цепью, викингу пришлось бы повозиться, но цепь и хороший замок иной раз стоили целого состояния, и рыбаки попросту уносили на ночь вёсла домой. Недолго думая, Яльмар разрубил пополам длинный шест и, вставив половинки в уключины, уселся на скамью. Спутник его примостился на корме.

Светало. Грязная вода бухты была холодна и неподвижна. Янко сидел молча, нахохлившись как воробей, и изредка косился на викинга. Яльмар грёб мощно и размеренно, почти не оборачиваясь, и вскоре из тумана возникла тёмная громада корабля. Стараясь не шуметь, Яльмар обогнул его кругом и направил лодку к носу корабля, как вдруг на палубе хлопнула дверь, кто-то крикнул сдавленно, а через миг тишину зимнего утра заполнили звуки яростной потасовки. Яльмар расплылся в злорадной улыбке.

— Ха! — вскричал он, схватил верёвку и одним движением привязал лодку к якорному канату.— Да мы вовремя! Они таки задали им жару!

Яльмар сунул топор за пояс и полез вверх по канату.

— А мне что делать?! — крикнул ему вслед Ян.
— Жди здесь,— буркнул тот, не оборачиваясь.— Я скоро!
И перевалившись через борт, исчез из виду.

* * *

Трое матросов замерли, ошеломлённо глядя на топор, а через миг на палубе чёрной тенью возник и сам викинг с огромным ножом в руке. Первое оцепенение прошло. Жуга опустил взгляд, увидел, как один из моряков силится выдернуть застрявшую секиру, и ударил, не раздумывая. Тот упал. За рукоять тут же ухватился второй. Секира не поддавалась.

— Не трожь топор, дурак,— негромко и даже как-то ласково сказал Яльмар, медленно приближаясь.— Мне ведь и ножа хватит...

С кормы донеслись крики и топот ног.

— Зерги! — с трудом выдохнул Жуга и бросился туда.

Яльмар понимающе мотнул головой:

— Иди, я справлюсь.

У трюмного люка дрались — пятый моряк поймал-таки мальчишку, и теперь тот вырывался, кусаясь и царапаясь. Силы были явно неравны. Жуга рванулся на помощь, но на полпути с ужасом увидел, что опоздал: весь в крови, моряк в бешенстве оттолкнул паренька прочь.

Люк был раскрыт.

Зерги зашатался, ощутив ногою пустоту, какое-то мгновение держался на краю, нелепо взмахивая руками, и со сдавленным криком рухнул вниз.

Глухой удар совпал с коротким "Хак!" выбитого из лёгких воздуха, и воцарилась тишина, лишь изредка нарушаемая криками и тяжёлым пыхтением — где-то на носу корабля охотился Яльмар.

— Зерги...— запоздало повторил Жуга и смолк.

Моряк обернулся и переменился в лице.

— Сволочь...— Жуга сжал кулаки и двинулся вперёд.— Мальчишку... Сволочь.

— Не подходи! — крикнул тот, отступая к борту.— Не подходи, слышишь, ты!

Словно не слыша, Жуга придвинулся ближе и замер в двух шагах от моряка. Облизнул пересохшие губы.

Он стоял недвижно, изодранный, страшный, весь какой-то скособоченный. Один его глаз заплыл синяком, рыжие волосы побурели от крови. Рубаха была разодрана на груди, и там, на загорелой коже белел огромный давний шрам.

Жуга молчал, и моряк приободрился.

— Только попробуй тронь! — осклабился он.— Вся команда на берегу. Случись что со мной — и тебе не жить. А твоей родне и друзьям тем более.

— У меня нет родичей,— хрипло сказал Жуга и поднял голову. В глазах его была пустота.— У меня нет друзей.

И коротко, без замаха ударил его в лицо.

ОСЕННИЙ ЛИС

В воздухе мелькнули обтянутые сукном ноги в башмаках, снизу донесся всплеск, и ганзеец скрылся под водой. На мгновение показалась голова — моряк забарахтался, крича, в ледяной воде Галленской бухты, вынырнул раз, другой, и погрузился снова, теперь уже навсегда.

Жуга постоял, бездумно глядя на гаснущие круги, подошел к трюму и начал спускаться, осторожно нашаривая ступеньки узкой деревянной лестницы.

Зыбкий свет раннего утра не в силах был разогнать темноту в трюме. Пахло перцем, вином, свежей кровью и ещё чем-то, непонятно чем. Жуга пошарил вокруг себя руками, наткнулся на что-то большое и мягкое и придвинулся ближе.

— Зерги!

Ответа не было.

— Зер...— снова позвал он и осёкся, ощутив, как шевельнулись под пальцами раздробленные кости затылка. Грубую ткань капюшона пропитала кровь. Жуга затаил дыхание и склонился к его груди, прислушиваясь.

Сердце не билось.

Помедлив, Жуга поднял на руки безжизненное тело, встал и медленно полез наверх.

***

— Эй!

...

— Э-эй!

Жуга медленно повернулся на голос.

Прямо перед ним стоял невысокий, ладно сбитый чернявый паренёк с серьгою в ухе и свернутым кнутом в руке, одетый в чёрные широкие штаны и красную поддевку с чужого плеча. Волосы курчавились неровными чёрными завитками. На вид ему было лет десять. Чёрные глаза смотрели прямо, не мигая.

— Ты откуда тут взялся? — спросил Жуга.

Вытирая о штанину окровавленный нож, подошёл Яльмар. Посмотрел на Жугу, на цыганенка, снова — на Жугу. Нахмурился.

— После объясню...— сказал он.— Больше никого нет? Это кто лежит?

Жуга помотал головой: "никого", и покосился на чёрный квадрат открытого люка.

— Зерги.

— Что? — машинально спросил Яльмар и вытаращился на распростёртое на палубе тело.— Зерги?!

Тело погибшего мальчишки как-то странно преобразилось. Прибавилось роста. Плечи стали уже, бедра шире. Совсем чуть-чуть, но и этого было достаточно, чтобы фигура Зерги изменилась до неузнаваемости. Жуга стёр кровь и грязь с его разбитой головы. Исчезли серые мышиные волосы.

Исчезли оспины и рябь. Ничего не осталось от неказистой мальчишечьей физиономии. Перед ними, раскинув руки, лежала девушка лет семнадцати, стройная, с золотистыми, неровно обрезанными волосами и задорным, слегка вздернутым носиком. Невидящие серые глаза застывшим взором смотрели в светлеющее небо.

— Баба! — ошеломлённо пробормотал норвег, сдвинул шлем и почесал в затылке. Посмотрел на Жугу.— Клянусь Имиром — баба! Где же были мои глаза?

Жуга кивнул, и на лице викинга снова проступило удивление.

— Ты знал?!

— Догадывался...— он запустил пятерню в свои рыжие, слипшиеся от крови волосы и поморщился от боли.— Чертова дыра...— он поднял взгляд на Яльмара. В глазах его были слезы.— Голову она разбила. А я... Не успел я. Просто не успел...

Некоторое время все молчали.

— Я тут пошарил немного,— Яльмар протянул Жуге зеленоватый браслет с подвесками и камнем.— Твой, что ли?

— Мой.

Он взял его, не глядя, и привычным движением надел на руку.

В молчании шло время, и вдруг...

Сперва просто показалось, будто что-то непонятное разливается в воздухе. Жуга вздрогнул и обернулся, ощутив за спиной чей-то тяжёлый пристальный взгляд, а в следующий миг почувствовал, как некая живая, неведомая и бесконечно чуждая сила заполняет всё тело, примеряя его на себя, как человек примеряет рукавицу, пошевеливая пальцами. Жуга похолодел.

— Жуга, ты чего? — забеспокоился Яльмар. Янко на всякий случай поспешно отступил назад.— Ты чего, Жуга!?

— Нет...— прошептал тот.— Нет... Нет! Я не хочу!!!

Он вскочил и тут же рухнул на колени. Голова взорвалась болью. Мысли свернулись тугим клубком, и Жуга, по крохам теряя себя, сделал единственное, что смог — забился в уголок, и уже оттуда, со стороны беспомощно смотрел, как...

* * *

Двинулись!
Они всё таки решились на штурм...
Окно распахнулось, впуская крылатого гонца: "Они идут, хозяин! Идут!", и — рухнул бессильно на каменный пол. Поворот. Отражение в стекле — лицо мертвеца в глубинах зеркал. Снова Башня — чёрный камень стен. Снова ветер — свежий, яростный.

Неси меня, ветер, неси!
Штурм!
Пошли, повалили неровной тучей. Красные, синие, белые... Всё громче звучит набат... А Рее нету сна. Рядов уже двадцать пехоты полегло, а

они всё лезут и лезут. И в воздухе — твари, твари — глазастые, злые, оскаленные морды... Надо быстрее на вираже! Они готовы всё отдать за пару крыльев. Они не остановятся ни перед чем.

Взмах руки — брешь, ещё взмах — Ещё брешь. Неси меня, ветер, неси! Ты единственный, кто не предал меня!

Кто, кто, кто же им помогает?!

"Боги, как я устал!"

Вцепились. Снова и снова... Ну нет, я просто так не дамся!

Рея! Рея!

* * *

Жуга сидел молча, не шевелясь, остекленевшим взором глядя перед собой. Камень на браслете бешено пульсировал.

Мёртвое тело вздрогнуло.

Ещё раз.

Ещё.

Янко взвизгнул, и спешно полез рукою под рубаху, нащупывая крест.

С телом Зерги что-то происходило.

Кровь на досках запузырилась. Мышцы свело судорогой, сжались пальцы на руке. Голова двинулась вправо... влево... Струйка слюны, окрашенная розовым, сбежала изо рта. Кости сходились с леденящим душу скрежетом. Громко щелкнув, встал на место выбитый в драке сустав. Ещё одна судорога — запахло грозой, и забилось сердце. Веки девушки дрогнули, а ещё через миг бледные губы раскрылись, кашель выбил кровь из горла, и тяжкий, стонущий вдох всколыхнул неподвижную грудь.

Яльмар, отступивший в начале на шаг, подошел ближе и теперь, не веря своим глазам, смотрел на Зерги.

Она дышала! Резко, хрипя и содрогаясь, но — дышала! Дыхание её становилось всё ровнее и ровнее, и лишь теперь Жуга почувствовал, как непонятное нечто медленно и неохотно покидает его. Он вздохнул и опустил занемевшие руки.

Яльмар медленно повернулся к Жуге.

— Один и Фрея...— пробормотал он.— Ты и вправду великий ворлок!

— Это не я...— выдохнул Жуга. В глазах его был ужас.

Он встал, шатаясь, прислонился к мачте. Глянул на Зерги, на Яльмара, медленно согнул руку и осмотрел браслет.

Сердце его упало.

Подвесков было только семь: третья фигурка — маленькая восьмилучевая звезда — исчезла.

Он сглотнул пересохшим горлом и посмотрел на небо.

Поднимался ветер.

* * *

Небо хмурилось. Мокрый ветер пригнал с востока вереницу снежных облаков и развеял туман. Потеплело. Зимний вечер незаметно поглотил цвета и звуки.

Сквозь паутину летящего снега смутно виднелись узкие кривые улочки и серые дома старого Галлена, а чуть правее, где берег становился крутым и обрывистым, царапал небо чёрный палец маяка. В порту было тихо и безлюдно. Рыбачьи лодки в этот день остались на берегу — ветер гнал волну. Стоявший на рейде когг ощутимо покачивало.

На корме корабля сидели двое. Ближе к борту заснеженной грудой мехов возвышался Яльмар, рядом, кутаясь в полушубок и пряча ладони в рукавах, сидел Жуга. Оба молчали.

— И всё же я не понимаю! — кулак Яльмара ударил в раскрытую ладонь.— Как ей удалось нас одурачить?

Жуга криво усмехнулся:

— Дай любой девке пудры да румян, и она так накрасится — родная мать не узнает. А если ещё и личина колдовская, так тут и вовсе говорить не о чем.

— Она что, и вправду ученица колдуна?
— Похоже на то...
— Н-да...— задумчиво протянул Яльмар.— Но зачем? Чего ради девке одеваться мальчишкой и бегать по городу с арбалетом?

Жуга не ответил, лишь плотнее запахнул полушубок и подобрал ноги под себя. Его знобило. После утренних событий он проспал почти целый день и встал совершенно разбитым. Раны и усталость сделали своё дело. На сердце было тяжело и муторно.

Яльмару тоже было не по себе. Драка навряд ли повредила ему — викинг, как и следовало ожидать, в одиночку справился со своими противниками, без жалости прирезав всех троих и побросав трупы за борт, но то, что случилось после, изрядно его ошарашило.

Не то чтобы Яльмар растерялся, нет, но внезапное превращение мальчишки-подростка в юную и весьма хорошенькую девицу способно было потрясти кого угодно, не говоря уже о последовавшем за тем воскрешением. Впрочем, надо сказать, что варяг и пришёл в себя быстрее других. Зерги отнесли в каюту на корму и закутали в одеяла. В сознание она так и не пришла. Раздув огонь в маленькой железной печурке и оставив Яна за ней присматривать, Яльмар и Жуга отправились на поиски съестного.

Трюмы были пусты, но в кладовке нашлось несколько кругов копчёной колбасы, надрезанная сырная голова, большая бочка с квашеной капустой и вторая такая же, до половины набитая большими ржавыми селёдками. На полке отыскался мешок лука, хлеб и солёное масло. В бочонке поменьше что-то плескалось, Яльмар потряс его, выдернул пробку и расплылся в улыбке — пиво было кислым и выдохшимся, но это было пиво.

— Хвала Одину, кажется, нам повезло! — объявил он, и за неимением кружки стащил с головы свой рогатый шлем, наполнил его до краёв, отхлебнул, крякнул и протянул Жуге.— На, а то совсем усохнешь.

Жуга глотнул и только теперь почувствовал страшную жажду.

— Надо бы Зерги напоить,— хрипло сказал он, опуская шлем.— С вечера во рту ни капли не было. Есть у них тут вода?

Викинг, казалось, искренне удивился:
— Зачем вода, когда есть пиво?
— Да не пьёт она пива... Я ещё тогда в кабаке удивился, когда в кружке у нее молоко увидал.
— А-а... Ну что ж, тогда поищем.

Воды, однако, не нашлось. Похоже было, что ганзейские мореходы, как и норвежские, считали пресную воду лишним грузом, а может, просто кончились запасы. Так или иначе, но пришлось обойтись тем, что есть. Разыскав на полке большую оловянную кружку, Жуга согрел пиво на печке, приподнял девушке голову и поднес край кружки к её пересохшим губам. Он не особенно удивился, когда Зерги выпила всё — шутка ли — столько крови потерять! Она лежала, дыша ровно и размеренно, как дышат обычно во сне. Губы её порозовéли, румянец медленно возвращался на бледное как мел лицо.

В каморке обнаружили связанного матроса, про которого Жуга уже сто раз успел забыть. Тот пришёл в себя и теперь ползал по полу, отчаянно ругаясь, в тщетных попытках освободиться. Завидев викинга, он сразу притих и замер, настороженно блестя глазами.

Яльмар не стал с ним церемониться.

— А, ещё один! — он рывком поставил немца на ноги и подержал, пока тот не смог стоять сам. Повернулся к Жуге.— Что, этого тоже за борт?

В глазах моряка отразился ужас.

— Не убивайте! — взмолился он и попытался опуститься на колени. Яльмар брезгливо встряхнул его за шиворот и удержал на ногах.

— Оставь его, Яльмар,— хмуро сказал Жуга и повернулся к ганзейцу.— Как тебя зовут?

— К-курт... Курт Шлоссер.

Жуга присмотрелся повнимательней.

— А ведь ты тоже был на берегу вчера, когда вы меня и мальчишку били... Или я не прав?

— Я не виноват! — вскричал тот.— Был, каюсь. Каюсь, каюсь! Но это всё Гельмут затеял!

— Гельмут? Это который? длинный?

— Да. Я не знаю, но в него как будто бес вселился после того, что в кабаке стряслось. Он и ещё приятель его...

— Пёс с ним, с приятелем,— нетерпеливо перебил его его Яльмар.— Где он, этот Гельмут? На берегу? Когда вернётся?

Моряк наморщил лоб.

— А... какой сегодня день?

— Среда.

— Тогда — завтра утром...

Викинг вынул нож, разрезал верёвки у пленника на ногах и легонько подтолкнул его к выходу, от чего тот чуть не упал.

— Ладно уж, иди, грейся. Да смотри у меня! Пацана ли, девку тронешь — пришибу.
— Попить бы, господин Яльмар...
— Обойдёшься.

Яльмар деловито осмотрел свернутый парус, задержался у борта по малой нужде и вдруг разразился проклятиями.

— Что стряслось? — окликнул его Жуга.
— Лодка пропала!

За снежной пеленой трудно было что-то разглядеть. Лодка, препорученная заботам Яна, исчезла. Янко ещё пытался оправдываться, но Яльмар наорал на него и долго потом ходил по палубе туда-сюда, что-то ворча про себя.

В одном из сундуков Жуга обнаружил свой полушубок, и поскольку делать больше было нечего, повалился на лежак и забылся тяжелым сном, проспав до вечера.

— Придется ждать,— снова нарушил молчание викинг.— Без лодки нам до берега не добраться, разве что — корабль к причалу подвести.

— А что, это можно? — спросил Жуга. В его рыжих волосах серебрились снежинки.

— Был бы драккар — тогда запросто. А эта лохань только под парусом и ходит. Да и были бы вёсла, кому грести? тебе да мне? Или придурку этому немецкому? Тьфу...— викинг сплюнул и поправил шлем.— Да и ветер сегодня неподходящий...

— Значит, никак?
— Пока никак.

Быстро темнело. Жуга потянулся, разминая затекшие ноги. Посмотрел в сторону маяка, на вершине которого разгорался сигнальный огонь, и нахмурился.

— К чему бы это, а?

— Известно, к чему! — усмехнулся Яльмар.— Шторм идет. Восточный ветер — дело такое, да... Ну, мы-то в гавани, нам бояться нечего.

— Хорошо бы...— Жуга с сомнением потёр подбородок и встал.— Пойду-ка я к Зерги, проведаю, как она там.

— Дело,— кивнул Яльмар.— Присматривай за ней, раз уж исцелил.

— Проклятие! Говорю тебе, это был не я!

* * *

В каюте спали. Несмотря на растопленную печь, здесь всё ещё было холодно. Палуба под ногами ходила ходуном. Ганзеец шумно сопел, привалившись к стене и сунув связанные руки меж колен. Слева, закутавшись в одеяло с головой, калачиком свернулся Ян. Третий и последний лежак достался ученице колдуна — друзья специально придвинули его ближе к печке. Жуга притворил дверь, подбросил дров в огонь, присел осторожно на край лежанки и некоторое время молча рассматривал спящую девушку. Сейчас, вглядываясь в эти тонкие черты лица, такого хрупкого и такого живого в своей красоте, он почти готов был поверить, что ошибся, решив тогда на палубе, что она мертва.

Почти, но не совсем... Или же всё это ему приснилось? Навряд ли... Тело болело, и боль эта была до жути настоящей. Он вздохнул, закрывая глаза, и память тут же отбросила его на полдня назад; Жуга невольно содрогнулся и потряс головой. Нет, ошибки быть не могло... Слишком уж страшен был тот миг, когда некто, гораздо более могучий, чем Жуга мог себе даже представить, явился вдруг на помощь.

— Жуга?

Он вздрогнул и опустил взгляд.

В приоткрытой дверце печки плясало пламя, искорками отражаясь в широко раскрытых глазах девушки.

— Зерги!

Та приподнялась на локтях, оглядываясь вокруг. Коснулась головы рукой и поморщилась, нащупав жёсткие от засохшей крови волосы.

— Где я?

Вопрос, сам по себе весьма нелепый, прозвучал в темноте корабельной каюты на удивление уместно.

— Там же, где и раньше,— Жуга придвинулся ближе.— На корабле.

— На... корабле?

— Угу. Ты как себя чувствуешь?

— Я... Голова кружится,— она помотала головой и пальцами потёрла виски.— Что произошло?

— Ты что-нибудь помнишь?

Зерги нахмурилась.

— Помню драку... Моряк... Трюм... Да, точно! Потом я упал и... Ой! — девушка вздрогнула и умолкла на полуслове. Глаза её испуганно расширились.— Мой бог...— прошептала она, опуская руки и глядя на тонкие длинные пальцы.— Личина...

Жуга невольно улыбнулся.

— Можешь мне поверить, без нее ты гораздо лучше.

Прежде чем Зерги смогла что-то сказать, скрип двери возвестил о появлении Яльмара. Варяг возник из темноты, словно какой-то невиданный рогатый зверь, притом ещё и двуногий. В руках у него были хлеб, сыр и колбаса.

— А, очнулась! — добродушно ухмыльнулся он, с порога завидев сидящую девушку.— Вот и хорошо. Слазь с кровати — я тут поесть принес.

Зерги отбросила одеяло и встала, пряча лицо.

— Мне... надо выйти,— глухо сказала она. Корабль качнуло, и девушка еле устояла на ногах. Жуга вскочил.

— Я помогу.

— Нет! Я... сама.

Дверь за ней закрылась.

— За борт не упади! — крикнул ей вослед Яльмар, топором нарезая колбасу, и подмигнул Жуге. Тот всё ещё смотрел на дверь, явно недоумевая. Повернулся к викингу.

— Куда это она?

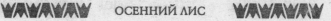 ОСЕННИЙ ЛИС

— Пиво...— усмехнулся Яльмар и развел руками.— Сколько ты ей наливал?

— Кружку...— ошеломлённо ответил тот, посмотрел на Яльмара, и оба, не сдержавшись, расхохотались.

* * *

Никто не приплыл ни утром, ни вечером. Яльмар ничего не сказал по этому поводу, лишь стоял на палубе, глядя в небо и мрачнея с каждым часом.

— Чего призадумался? — спросил Жуга, подошедши к варягу.— Или опять стряслось чего?

— А то не видишь? — проворчал тот, и тут же пояснил: — Ветер переменился.

— Так может, к берегу подойти попробуем?

Яльмар содрогнулся.

— Ты что, с ума сошел? Хуже нет ничего, чем идти под парусом при северном ветре! Нас же в щепки разнесет! Видишь, даже ганзейцы, и те не рискнули сегодня приплыть. Да... Вот.— он запахнул плотнее куртку и снова посмотрел на небо.— Пойду-ка я погреюсь.

Жуга проводил его взглядом и вздохнул. Покосился на море. Наверное, варяг был прав: волны и впрямь стали выше и раскачивали корабль всё сильнее. Вершины их запенились белыми барашками. Становилось холодно.

Хлопнула дверь, и Жуга обернулся, заслышав шаги.

То была Зерги или как-там-ее-звали-по-настоящему. Жуга так и не узнал, ни кто она, ни откуда: разговорить её не удалось. После всех этих событий её мучила жажда, но от пива сразу накатила апатия, и всю оставшуюся ночь девушка пролежала молча, закутавшись в одеяла и отвернувшись к стене, и лишь под утро, раздобыв невесть откуда иголку с ниткой, стянула с себя куртку и занялась оторванным рукавом. "Хвала Одину, кажись, оклемалась,— сказал по этому поводу Яльмар, сцеживая из бочонка очередную кружечку.— Если баба берется за иголку — жить будет". "Шить?" — переспросил Жуга, толком не расслышав. "И шить тоже",— снисходительно согласился викинг.

Вот и сейчас она, ни слова не говоря, подошла к борту и долго смотрела то на море, то на серые, занесенные снегом улицы Галлена. её волосы свалялись, зелёная, подбитая войлоком куртка была мятой и грязной, слева на спине расплылось громадное пятно засохшей крови, и всё равно смотреть на нее было почему-то приятно. Жуга, во всяком случае, мог бы смотреть очень долго, не обращая внимания на снег и ветер. "А девчонка-то красивая,— подумалось вдруг ему.— Немудрено, что под личиной пряталась... Такой никто проходу бы не дал... И арбалет бы не помог..."

— Не смотри на меня,— сказала вдруг она.
— Это ещё почему? — Жуга опешил.
— Не надо. Не хочу, чтоб ты видел меня... такой.

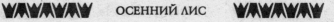 ОСЕННИЙ ЛИС

— ?

— Не притворяйся дурачком,— Зерги фыркнула и отвернулась.— Нашёл, чего смотреть — лицо немытое, волосы нечёсаные... тряпки эти дурацкие! Кровь, грязь... губа разбита... даже помыться негде. Чего ржёшь, дурак?!

До этой секунды Жуга ещё как-то сдерживался, но после таких слов и впрямь расхохотался. Зерги посмотрела на него с недоумением, пожала плечами и снова отвернулась.

— Тоже мне, страшилище...— сказал наконец Жуга, переводя дух.— Видал я вещи и пострашнее. А ты, кстати сказать, очень даже ничего.

— Много ты понимаешь,— она покраснела смущенно.— Молчал бы уж...

— То — не смотри, то — молчи, то дураком обзывают...— Жуга вздохнул в притворной обиде.— И мальчишка-то, помнится, был нахал, каких поискать, а девчонкой обернулся, так и вовсе — того и гляди, на шею сядет.

— Дурак ты, вот ты кто...

— Ну вот, опять. Ты хоть другие слова-то знаешь?

Теперь уже Зерги не смогла сдержать улыбки.

— Ладно, хватит спорить,— сказала она.— Чего мы тут ждём?

— Лодки нет, чтобы к берегу плыть.

— А что, на корабле нельзя?

— Яльмар говорит, что нельзя.

— Почему?

— Ветер неподходящий — северный... Правда, и вчера Яльмар то же самое говорил...— добавил он после недолгого раздумья.

— И завтра скажет,— усмехнулась Зерги.— Нашёл, кого слушать! Варягам парус, знаешь, для чего?

— Нет... Для чего?

— От дождя прятаться! Они же к берегу иначе как на вёслах не подходят. А парус только в море, при попутном ветре ставят, да и то не всегда,— она посмотрела на небо.— А ветер, кстати, западный.

— Что?! — Жуга вскинул голову, провожая взглядом облака, и вынужден был признать, что девчонка права. Что-то неладное творилось нынче с погодой.

— А хоть бы и так,— помолчав, сказал он.— Всё равно — не резон тебе Яльмара ругать. Нехитрое дело — портовые байки слушать, а вот попробуй-ка сама встань за руль.

Глядя, как меняется выражение её лица, Жуга понял, что стрела попала в цель — что-что, а корабли водить она не умела.

— Как же тебя всё таки зовут? — спросил вдруг он.

— Всё тебе скажи... Угадай.

— Так ведь угадаю,— кивнул Жуга.— Хочешь?

— Нет... Лучше не надо.— Зерги поёжилась и подняла воротник.— Знаешь, я пожалуй, пойду.

Дверь за ней ещё не успела закрыться, когда на палубе показался Яльмар. Он деловито прошёлся туда-сюда, проверил, хорошо ли натянуты мачтовые канаты, и остановился на носу корабля, шумно втягивая носом воздух и заложив ладони за пояс.

— Ого! — сказал он, глядя на волны.— Гм... Западный ветер! Плохо дело.

— Хуже некуда,— уныло подтвердил Жуга, еле сдерживая улыбку.— Какой дурак поставит парус при западном ветре?

— Сообража-аешь! — Яльмар одобрительно потрепал друга по плечу.— При такой волне уж точно никто не приплывет. Ну что ж, делать нечего. Пойдем, опрокинем по кружечке.

Жуга вздохнул и обреченно кивнул головой:
— Пошли.

* * *

Паденье иногда длиннее, чем подъем, особенно если сотни клыков вцепляются в тело, и близкая земля отдаляется, уходит, убегает бесконечно... Чёрный силуэт высокой башни, небо в грязных клочьях мяса, кровь во рту и на руках, кровь на воде, как давняя память — картина из прошлого, где у дельфина взрезано брюхо. Винтом кружась, глянцевитое тело уходит в глубину. Ниже... ниже... и вот уже скрылось совсем...
Удар!!!

Но нет, меня так просто не убьешь! Я сам строил этот замок, эти камни помнят тепло моих рук. Ну, подходите же! Хоть по одиночке, хоть всё сразу! А, проклятые твари, вам жутко не повезло!

Глаза... Морды... Крики, вой... Рассеченные тела... Дождь... Жизнь утекает по капле, душа тяжелеет, как свинцовый шар в ладонях, и лишь ветер... ветер...

Неужели, всё?

Кажется, и впрямь — всё...

Всё.

* * *

Странным сном минула ночь, и снова наступил день, туманный и хмурый. Этим утром, обшаривая трюм, Жуга обнаружил длинный брус сухого красноватого кедра, и примостившись на корме, сподобился стругать его ножом. В воду летели стружки. Зерги просто сидела рядом, поджавши ноги и упираясь подбородком в колени.

— Сколько тебе лет, травник?

— Не знаю,— Жуга передёрнул плечом.— Не считал. Лет двадцать, наверное. А что?

— Ты не бреешь бороду.

— Не растет.

— А травы твои где?

— Потерял... Лето вот настанет — новых наберу,— он поднял голову.— А ты взаправду ученица колдуна?

— Не веришь? — глаза её сощурились.— Думаешь, вру, да?

Жуга усмехнулся.

— Верю-верю всякому зверю, а тебе, ежу — погожу...

Некоторое время Зерги молчала, склонив голову набок и задумчиво кусая губы. Жуга чувствовал себя как-то неловко под пристальным взглядом её серых глаз, и весь ушёл в работу, стараясь не смотреть в её сторону.

— А я знаю, кто ты,— сказала вдруг она.

Тот поднял бровь:

— Тогда ты знаешь больше, чем я сам.

— Ты — крысолов. Тот самый, из Гаммельна, который всех крыс увёл и в речке утопил. Угадала, да?

— Ох, люди! — Жуга мотнул рыжей головой и рассмеялся. Прошёлся пятернёй по волосам, посмотрел девушке в глаза.— С чего ты взяла?

— Слухами земля полнится,— улыбнулась та.— И потом — кто ещё смог бы такое проделать?

— Чего только не придумают... Не топил я их. Не было этого.

— Может, ты и детишек не уводил?

— Детей увёл,— кивнул Жуга.— Так получилось. Да только я же и обратно их привёл... А что ещё из Гаммельна слыхать?

— Всего понемногу,— уклончиво ответила Зерги, глядя в сторону.— Звонарь от них ушёл, а нового так и не нашли. А ещё говорили, что бургомистр ихний провалился.

— Чего-о?! — Жуга опешил.— Это как?

— Очень просто. Сел со всей семьёй за стол покушать, ну, все вместе и провалились... со второго этажа на первый, а оттуда — в подвал. Крысы пол подгрызли,— пояснила она, поймав его недоуменный взгляд.

— Что, только у него? — ошарашено спросил Жуга. Девушка кивнула.— Вот так раз...

Он отложил в сторону начатый посох и долго молчал. Прошёлся пятернёй по волосам. Зерги придвинулась ближе, перехватив его руку в движении, и Жуга вздрогнул, ощутив холодное прикосновение. Тыльную сторону его ладони наискосок пересекала розоватая полоска — память о вчерашней драке.

— Это что — вчера, ножом?
— Угу.
— Больно?
— Нет. Уже затянулось.
— Хм! Надо же, как быстро...

Жуга лишь кивнул в ответ. Он и сам заметил в последнее время, что раны его заживают с быстротой невероятной, порою — просто пугающей. Что было тому причиной, он не знал, а думать об этом как-то не хотелось.

— Ты метался во сне. Что тебя гнетёт?

Жуга ответил не сразу, собираясь с мыслями.

— Мне снятся собаки.— сказал он, наконец.— Мне снятся звери. Мне снится, что твари с глазами, как лампы, вцепились мне в крылья у самого неба, и я рухнул... Нелепо, как падший ангел.— Он посмотрел ей в глаза и продолжил: — Я не помню паденья, я помню только глухой удар о холодные камни. Неужели я мог залететь так высоко, и сорваться? Жестоко...— он вздохнул и помотал головой, словно прогоняя видение.— Прямо вниз...

Зерги не ответила.

— Кто такие псы дождя? — помолчав, спросил Жуга.

Девушка вздрогнула. Взгляд её серых глаз сделался настороженным.

— Ты думаешь, они существуют? — спросила она.

Жуга пожал плечами:

— Мне просто отсоветовали с ними встречаться.

— Псы дождя...— медленно произнесла она. Порыв ветра взметнул её золотистую, косо обрезанную чёлку.— Я только слышала про них,— она закрыла глаза и заговорила, медленно, словно повторяя заученное: — Они приходят в ночь самого большого весеннего прилива. Злые, трусливые, вечно голодные, они бегут по следам твоей души, не зная устали, слюна капает с их клыков, и нет от них спасения ни днём, ни ночью... Они разрушат все, что тебе дорого, и даже если им самим ничего не нужно, тебе они всё равно ничего не оставят...— Глаза её открылись.— Если ты веришь в псов дождя, так может, и в белых волков — тоже?

— А чего не верить? — Жуга пожал плечами.— Я их видел.

— Ты их... что?!
— Я даже с ними говорил.

Потрясенная, Зерги умолкла, и молчала на сей раз довольно долго. Жуга даже подумал, не обидел ли он её чем-нибудь.

— Я не слыхала, чтоб кто-нибудь остался в живых после встречи с ними...— наконец сказала она.— Даже Веридис, и тот об этом никогда не упоминал. Только в детстве, помню, слышала я одну песню...

— Спой.
— Я не умею петь,— потупилась та.
— Спой, как умеешь. Пожалуйста.

Она запела. Сперва тихо и — просто читая строку за строкой, но старые слова жили своей собственной жизнью, тянули мелодию за собою, голос девушки набирал силу, и вскоре песня стала песней.

> Утром снежным белые волки
> С утренним снегом, как беглые толки
> Выбегут в поле, следы разбросают,
> Набегавшись вволю, бесследно растают.
>
> Что вы ищете в выпавшем снеге?
> Вам противен вкус нашего хлеба.
> Вас гонит в зиму запах добычи —
> Крови медвежьей и крови бычьей.
>
> Вы — холодные снежные звери.
> Неисчислимы ваши потери —
> Гибнете сотнями в солнечном свете,
> И жизнь ваша длится лишь до рассвета.

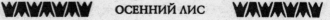 ОСЕННИЙ ЛИС

>Жутким плачем расколется ночь —
>Всё! никто мне не сможет помочь:
>Застынет под окнами бешеный вой —
>Это снежные волки пришли за мной.
>
>Лишь рассветет и — белые кости
>Под сахарным снегом, как тонкие трости
>Вырастут в поле под музыку вьюги,
>Их не разыщут ни волки, ни люди.

Жуга поднял голову.

— Всё так,— пробормотал он.— Все так... Скажи-ка, Зерги, в этой твоей магии чисел четверка хоть что-то значит?

— Четвёрка? — она задумалась.— Пожалуй, да... Да. Четыре времени года, четыре стороны света, четыре стихии... А что?

— Твой учитель, он ведь, вроде, магией стихий занимался?

Та кивнула.

— Расскажи.

— Агриппа писал...

— Агриппа — кто он? — нетерпеливо перебил Жуга.

— Один ученый. Он говорил, что в мире есть четыре основы всех телесных вещей, суть: огонь, земля, вода и воздух. Из них и образуется все. Четыре стихии дают четыре формы совершенных тел: камни, металлы, растения и животные.

— Эк чего нагородил...— пробормотал Жуга, морщась и машинально потирая запястье, где тусклой зеленью поблескивал браслет. Кожу под металлом саднило.— Мудрено. А если попроще?

Зерги тем временем углядела браслет:

— Ой! Красивый камень. То красный, то чёрный... Можно посмотреть?

— Смотри,— Жуга протянул к ней руку с браслетом.— Но только так. Последнее время я побаиваюсь его снимать.

— Почему? — она коснулась браслета и тут же отдёрнула руку, ощутив непонятное жжение. Зерги нахмурилась, лизнула кончик пальца и провела им по зеленоватой поверхности, оставляя тонкую светлую дорожку. Почему-то Жуга только сейчас ощутил вдруг её запах — тонкий, сладковатый, совсем не похожий на мужской. Ему вдруг подумалось, что раньше он бы его не различил.

— Как тебе сказать...— он замялся.— Даже сразу и не объяснишь... Эта штука что-то делает со мной, как-то изменяет меня, и я не знаю, как.

— Двух подвесков не хватает,— словно не слыша его, заметила Зерги, поднимая голову.— Что здесь было?

— Фигурка человека. И звезда.

— Жаль, что учитель погиб... Я не знаю, что это, но мне не нравится. Снял бы ты его, что ли, от греха подальше.

Жуга покачал головой и опустил рукав.

— Лучше не надо,— сказал он.— Хлопот потом не оберёшься. Звезду вчера в драке оборвали — всякий раз что-то случается после этого. И потом... есть ещё кой-какая причина.

И он снова взялся за нож. Зерги молча смотрела, как Жуга поставил шест стоймя, отмерил его себе по переносье и отрубил лишнее, после чего вынул приготовленную загодя полоску мягкой кожи и принялся оплетать самую его середину. До Зерги вдруг дошло, что рыжий паренёк не просто мастерит себе дорожную клюку — то был боевой, тяжёлый посох-вертухай. Ей вспомнилось, что в каюте, на огне стоит с утра большущий медный ковш, где плавится свинец, и она окончательно уверилась в своей догадке.

— Думаешь, опять придется драться?
— Береженого бог бережет.
— Странный ты, Жуга,— помолчав, сказала она.— Ох, странный...
— Все так говорят,— не поднимая головы ответил тот.

* * *

Что не посмели сделать люди, сделали к ночи ветер и вода — якорный канат перетёрся. Яльмар и Жуга только начали задаваться вопросом, отчего это, мол, корабль качает как-то не так, когда дверь вдруг распахнулась, и в каюту буквально влетел стоявший на стороже свою очередь цыганчонок Ян. Глаза его были, что твои блюдца.

— Там это! — вскричал он, размахивая руками и тяжело дыша.
— Что? — вскинулся Яльмар, хватаясь за топор.— Гости пожаловали?
— Нет! Верёвка порвалась!

— Ну и хрен с ней. Чего орать-то?

— Большая верёвка! — выкрикнул Ян, и видя, что два дружка всё ещё ничего не поняли, наконец нашёлся: — Которой корабль был привязан!

Повторенья не требовалось — Яльмар и Жуга вскочили и со всех ног бросились наружу, едва не сбив по пути мальчонку. Зерги замешкалась, разыскивая куртку, и догнала их уже на палубе.

Янек был прав — якорь сорвало. Тяжелые волны медленно, но верно несли корабль на береговые камни — ветер, как назло, переменился и снова дул с севера.

— Один! — викинг топнул ногой и посмотрел на небо.— Так нас и впрямь разнесет...

— Парус надо поднимать! — крикнул Жуга, перекрывая свист ветра.

— Так ветер же!

— Ну так и что, что ветер!

Зерги словно нож вклинилась между спорщиками.

— Не время ругаться! — вскричала она.— Если сами с парусом управиться не можете, так моряка спросите — всё равно ведь без толку в каюте валяется.

— Как же я раньше не догадался! — Жуга хлопнул себя по лбу и поморщился — свежая рана напомнила о себе.— Снимайте пока чехол, я сейчас вернусь!

И он скрылся за дверью.

Ганзеец появился, растирая затекшие руки, посмотрел на небо и сразу переменился в лице.

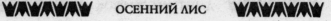

— Donnerwetter! — вскричал он.— Что ж вы всё ещё стоите?!

И первым схватился за верёвку.

Парус поднимали всё — и Курт, и Яльмар, и Жуга, и даже Зерги в меру своих слабых женских сил. Не дожидаясь, пока большой квадратный парус наполнится ветром, Курт продел конец каната в бронзовое кольцо, в момент завязал его каким-то хитрым путаным узлом и проделал то же самое со вторым канатом, после чего метнулся на корму и навалился на руль, разворачивая корабль по ветру.

— Что делать будем? — крикнул он.— В море не выйти — ветер!

— Правь к берегу! — распорядился Яльмар.

— Там же скалы...

— Правь, говорю, морда немецкая! Вон туда, где маяк! Берег там песчаный, да и волна не такая крутая. Сядем на брюхо — всё лучше, чем если утонуть...

Ветер крепчал. В вихре пены и брызг корабль мчался к берегу. Тяжёлый и неповоротливый, когг тем не менее, оказался на редкость устойчивым судном. Жуга пробрался на нос и там, ухватившись крепче за верёвку, молча смотрел, как вырастает прямо по курсу чёрная громада маяка. "Слишком быстро!" — мелькнула беспокойная мысль, и в этот миг тугое, полное ветра полотнище вдруг хлопнуло оглушительно, послышался громкий треск, и почти сразу — крик ганзейца: "Парус! Порвали парус!". Корабль развернуло боком. Оставив руль Яльмару, Курт бросился отвязывать канаты. Бешеный порыв ветра повалил корабль на бок, в трюм хлынула вода, а ещё через мгновение страшный удар сотряс когг от киля до клотика. Обледенелая верёвка выскользнула из пальцев, и Жуга полетел в темноту.

Холодная вода обожгла не хуже огня. Жуга всплыл, крича и задыхаясь, и снова скрылся в волнах — плавал он из рук вон плохо. Тяжелая туша корабля ворочалась совсем рядом, Жуга ещё успел заметить, как что-то тёмное мелькнуло в воздухе, прежде чем очередная волна накрыла его с головой, и рев прибоя поглотил его последний крик.

* * *

Темнота.

Долгий, пристальный взгляд. Лицо худое и очень длинное. Короткий жёсткий ёжик стриженых волос. Темные, в глубоких впадинах глаза. Сурово сжатые губы.

Жуга впервые в этом сне был самим собой. Он смотрел в эти темные холодные глаза, и прошла, казалось, целая вечность, прежде чем он нашёл в себе силы сделать первый шаг.

— Кто ты? — спросил Жуга.

Молчание.

— Ты... Веридис?

Лицо дрогнуло.

"Нет."
— Чего ты хочешь?
"Я возвращаюсь. Меня одолели в нечестном бою. Я должен был вернуться."
— Зачем ты приходишь ко мне?
"Мне нужно тело. Мне нужен ты. Ты или девчонка. Или вы оба."
— Вот значит, как...— пробормотал Жуга.— Огонь в порту, и дом волшебника, и та сгоревшая цыганская кибитка — всё только для того, чтобы мы с ней встретились?
"Не с ней. Со мной."
— Ты жесток.
"Я должен был вернуться."
— Цыгане, волшебник и дюжина гребцов вместе с ладьей — не слишком ли большая цена за твоё возвращение?
"Все части света могут гореть в огне, меня это не затронет. Я должен был вернуться"
— Меня ты не получишь.
"Тогда я заберу ее"
— Зерги сможет за себя постоять.
Тонкие губы искривила улыбка.
"Ты уверен?"
Жуга промолчал.
"Ты сам позовёшь меня",— сказал голос и исчез.

* * *

Жуга открыл глаза и долго не мог понять, где находится.

Он лежал в тепле и тишине, глядя вверх, на чёрные потолочные балки, откуда мягким пологом свисала ветхая рыбачья сеть. Пахло дымом. Потрескивал огонь в очаге. Слышно было, как за окном завывает ветер.

Жуга пошевелился, и вдруг понял, что в кровати он не один — чьё-то тёплое тело тотчас же теснее прижалось к нему, тонкая рука поправила латаное одеяло. Жуга повернулся и замер, увидев совсем рядом знакомые серые глаза.

— Зерги?! — он сел, порываясь встать. Голова закружилась.— Я...

— Лежи, дурачок, лежи,— улыбнулась та.— Мы одни. Яльмара и цыганенка я услала — пусть до рынка сходят, может, хоть поесть чего-нибудь купят.

— Но почему... ты...

— Иначе бы ты не отогрелся — море, оно не шутит.

— Где мы?

— В рыбачьей хижине.

— А что ж хозяева?

— Нет хозяев,— девушка помрачнела.— И видно, уж давно нет.

Жуга вздохнул и откинулся на подушку. Его знобило.

— Сколько времени прошло? — спросил он.

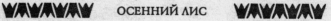 ОСЕННИЙ ЛИС

— С тех пор, как мы разбились? Ночь и ещё полдня.
— А с кораблем что?
— Нет больше корабля.
— А немец?
— Не знаю,— Зерги пожала плечами.— Сбежал, наверное. Когда на берег вылезли, он ещё с нами был, а после пропал куда-то...
Жуга помолчал.
— Как вы меня вытащили?
— Волны выбросили. Считай, что второй раз родился.
Левое запястье всё ещё чесалось. Жуга выпростал руку из-под одеяла. Браслет был на месте.
— Я не стала его снимать,— перехватив его взгляд, пояснила Зерги.— Хотя всё остальное — пришлось.
Жуга покраснел. Близость юного девичьего тела опьяняла, исподволь, потихоньку разжигая огонь желания. Зерги улыбнулась:
— Ну, я гляжу, ты совсем уже оттаял.
— Извини,— Жуга сел и принялся выпутываться из одеяла.
— Глупый,— легкая рука легла ему на плечо и потянула обратно.— Иди сюда...

* * *

Когда Яльмар, навьюченный как ишак, сквозь дождь и ветер добрался наконец до хижины, то обнаружил дверь запертой изнутри, и, поразмыслив, решил не стучать.

* * *

— Как же тебя всё таки зовут?
— А тебя? — вопросом на вопрос ответила Зерги.— Или хочешь, чтобы я поверила, будто так и звать тебя — Жуга?

Жуга пожал плечами.

— Когда-то звали по-другому, а потом... Я сам так решил.

— Опасная эта вещь — прозванья всякие,— девушка нахмурилась.— Нельзя с ними играть — как назовёшься, так и жить будешь.

— На себя посмотри. Зерги — а! о! куда бежать... Тоже мне, имечко...

— Молчал бы уж, дурак.

— Уж и сказать нельзя... И всё таки, почему — Зерги?

— Просто так...— девушка села, обхватив колени руками, и зябко поёжилась. Покосилась на очаг — поленья в нем почти прогорели.— Вообще-то это Веридис придумал. Я часто раньше под мальчишку рядилась, если куда-нибудь идти надо было — всё безопасней. Попробуй по имени разбери — парень или девка... Вот.— Зерги вздохнула.— Арбалет жалко. Для меня сработан был, особо, на заказ. Веридис за него двести талеров отдал...

Жуга нахмурился.

ОСЕННИЙ ЛИС

— Ты говоришь о нем, как говорят об отце. Или — о любимом.

— Ну, как сказать...— Зерги огляделась.— Я родилась в семье рыбака. Вот в такой же хижине росла. А потом... Отец как-то раз в море ушёл, да так и не вернулся. Я его почти уж и не помню. Сколько-то лет мы с матерью пробавлялись тем, что море выбрасывало. Потом и мать померла. А Веридис... он был для меня всем. Понимаешь? Отцом, братом... Всем.

Тряхнув головой, она встала и подбросила дров в очаг. Пощупала сохнущие на верёвке свои куртку и штаны, поморщилась недовольно: "Сырые!", пробежала на цыпочках обратно, юркнула под одеяло и завозилась там, устраиваясь поудобнее. Жуга придвинулся ближе и подложил руку ей под голову.

— Брр! холодина...— взгляд её упал на браслет.— Помнишь, ты говорил мне, будто он меняет тебя? Расскажи мне, как.

— Да мало ли, как...— пожал плечами Жуга.— По-разному. Сразу даже и не поймёшь, а может, и вовсе — только кажется мне. Нюх, вон, острее стал, раны быстрее заживают... А то ещё, вроде как наговоры легче творить стало. Раньше, бывало, слов не напасёшься, а сейчас сами на место так и лезут,— Жуга задумался на секунду и прибавил с усмешкой.— Глядишь, и вовсе скоро станут не нужны. Да, кстати! Всё хотел спросить... Не трудно тебе было мальчишкой притворяться?

— Не очень,— уклончиво ответила та.
— А труднее всего что?
— Ругаться!

Они глянули друг на друга и рассмеялись.

Дверь вздрогнула от мощного удара — похоже было, что там, снаружи этот смех кому-то очень не понравился.

— Эй, вы! — грохотал Яльмар.— Ну может, хватит там? Холодно ведь, зашиби меня Мьёльнир!

— Чёрт! — Зерги подпрыгнула и ошеломлённо посмотрела на Жугу.— Мы же про него совсем забыли!

Она прыснула, и оба снова покатились со смеху.

* * *

Ближе к вечеру Зерги обнаружила в куче хлама большущий, со сколотым краем горшок и тотчас загорелась идеей вымыться целиком, вытолкав вон ради такого дела уже обоих; что до цыганчонка, то он как ушёл вчерашним вечером проведать своих, так и не воротился до сих пор.

Продрогнув на холодном ветру, Яльмар и Жуга решили пройтись.

— Совсем с ума сошла! — ворчал викинг, шагая вдоль кромки прибоя и поддавая сапогом мелкие камни.— Только-только из моря — и снова мыться! Делать ей нечего... А ну, как ещё сварится в этом своём котле?! Хоть бы ты присматривал за ней, что ли.

— Присмотришь за ней, как же...— усмехнулся Жуга.— Она сама за кем хочешь присмотрит. И чего ты, Яльмар, на нее так ополчился?

— Ничего я не ополчался,— хмыкнул тот.— Баба — она баба и есть. Что с нее взять? её дело — дома сидеть, детей нянчить, да мужа из похода ждать. И нечего тут командовать.

— Слушай, Яльмар,— спросил вдруг Жуга.— а тебе лет-то сколько?

— Двадцать третья мне зима идет,— ответил тот и почему-то покраснел.

Некоторое время они шли молча.Ветхая лачуга скрылась из виду, и вскоре впереди неясным силуэтом замаячил выброшенный на берег остов ганзейского корабля — без мачты, без руля и носовой башенки, разбитой в щепки.

— А вообще-то боевитая девчонка,— несколько неохотно признал вдруг Яльмар.— И стреляет здорово, и плавает... Это ведь она тебя, дурака, из воды вытащила, когда ты искупаться решил.

— Зерги?! — Жуга остановился.

— Она, она,— кивнул варяг и усмехнулся.— А то ты не знал? Мог бы и догадаться. А иначе зачем ей одежду-то сушить?

У Яльмара был такой вид, словно он сам, лично запихнул обоих под одеяло. Жуга меж тем помрачнел.

— Слишком уж складно всё выходит,— задумчиво пробормотал он.— Как по писаному.

— А что?

— Да беспокойно что-то мне,— Жуга поёжился и глянул на браслет.— Помнишь, как разбилась она?

— Зерги? Ну, помню. А что?

— Что-то страшное идёт за нами, Яльмар. И я никак не разберу, что. Далеко ль до беды...

— Да ну тебя! — фыркнул тот.— Сам себя изводишь, почем зря.

— Как знать...— Жуга поднял ворот полушубка и посмотрел на небо.— Ого! Уже темнеет. Пойдем-ка назад, что ли?

— И впрямь — пора. Чего ей там размываться-то? и так чистая... Пошли.

Жуга почуял неладное, ещё издали завидев распахнутую настежь дверь хибары, и невольно ускорил шаги.

Яльмар не замедлил подтвердить его опасения.

— Что она там, совсем сдурела? Дом же выстудит! — он посмотрел на Жугу и добавил встревожено: — Уж не случилось ли там чего? Зерги! — крикнул он и смолк в ожидании ответа.

Ответа не было.

В молчании оба подошли ближе и переглянулись. Яльмар нахмурился и потянул из-за пояса топор.

— Глянь, что внутри. Я пока тут посмотрю,— вполголоса распорядился он и скрылся за углом.

Жуга кивнул согласно, вынул нож и переступил порог хижины.

Внутри царил беспорядок. Кровать была опрокинута. Повсюду на полу валялись черепки, вода из разбитого горшка загасила костёр. Ни самой девушки, ни одежды её в доме не было. Исчезла и висевшая под потолком старая рыбачья сеть. Запасы снеди и воды остались нетронутыми.

— Чёрт...— выругался Жуга и закусил губу.— Накаркал...

Яльмар с топором в руках возник в дверях бесшумно, словно привидение.

— Нет никого снаружи,— объявил он.— Что у тебя?

Жуга покачал головой и обвел рукой разгромленное помещение:

— Сам видишь.

Что-то звякнуло у викинга под ногой, Яльмар присел и поднял с пола подкову. Повертел её в руке, пожал плечами, огляделся и подобрал ещё две. Посмотрел с вопросом на Жугу.

— Чепуха какая-то... Что всё это значит?

Он нахмурился, и вдруг, прислушавшись, бросил свою находку и вскочил с топором наготове. "Яльмар, Жуга!" — послышалось снаружи, и в раскрытую дверь, как палый лист на крыльях ветра, ворвался Янко-цыган. Влетел и замер на пороге, наткнувшись на Яльмара. В руках у него был большой — не по росту, кедровый посох, тот, что сладил для себя вчера Жуга. Грудь мальчишки ходила ходуном — видно, бежал всю дорогу.

— Вы тут? Гляньте, я чего нашёл...— он повел посохом и осёкся на полуслове. Окинул взором разгром в доме и медленно переменился в лице.

— Что стряслось?

— Зерги не видел? — спросил вместо ответа Яльмар.

— Нет...

Жуга поднял голову, посмотрел на викинга, на Янека и опустил взгляд. Взъерошил пятернёй нечесаные рыжие волосы, вздохнул.

— Три подковы,— глухо сказал он и, отвернувшись, повторил негромко, больше для себя, чем для других: — Три подковы...

* * *

Всю ночь Жуга не сомкнул глаз, а наутро, взяв с собою только посох и нож, вместе с Яльмаром направился в город. Янко увязался было с ними, но Жуга отослал его. Викинг был с ним согласен — толку от цыганчонка и впрямь будет немного, да и хватит его на один чих, если драться придётся. А в том, что предстоит драка, Яльмар не сомневался; он ни о чем не спросил товарища, лишь взял топор и двинулся следом.

А ветер, между тем, крепчал. Дикий, порывистый, он с хохотом и свистом проносился узенькими улочками, срывая ставни с окон, черепицу с крыш, и бешеным вращением терзая флюгера. Было слякотно и сыро, ноги скользили в снежной каше. Почти все лавки и мастерские по причине плохой погоды были закрыты, прохожих

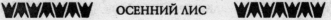 ОСЕННИЙ ЛИС

было мало, и Яльмар с Жугой пробирались к Трём Подковам в одиночестве.

— Ты что делать-то надумал? — спросил варяг, в молчаньи прошагавши полпути.

Жуга помрачнел.

— Поверишь ли, Яльмар — сам не знаю... Снова я на распутье, и что бы я ни сделал — всё не так! Посмотрим, как дело обернется.

— А по мне так — думать нечего. Главное — ввязаться в драку, а там видно будет.

Тот покачал рыжей головой:

— Запретный это путь...

— Нет запретных путей, есть малодушные люди. А боги помогают сильным.

— Не лучше ли будет на суд дело вынести?

— Нет на них правого суда,— нахмурился Яльмар.— Не станет градоправитель свое время на чужие свары тратить — хватило бы со своими разобраться. Только и осталось нам — по шее немцу навалять. Боги! Да ты запросто можешь их спалить со всеми потрохами, ворлок! Ведь можешь же!

— Могу, наверное,— Жуга пожал плечами.— Да только всё это не по мне. Должна же быть на этом свете хоть какая-то справедливость! Не по божески это.

— Один! — викинг сжал кулаки.— Какая может быть надежда на ваших богов, если даже сами вы себя баранами зовёте и всё пастуха себе ищете?! А с баранами, ты знаешь, что делают? Режут!

Наконец, показалась вывеска с тремя подковами на ней.

Дверь отворилась без скрипа, Жуга вошёл, отряхивая снег, осмотрелся, и с первого взгляда заметил, что очень уж сегодня много здесь собралось моряков.

В Галлене, как и в любом другом портовом городе, было предостаточно всяческих питейных заведений, но корчма корчме рознь, а тем более — эта, при постоялом дворе.

Моряки предпочитали то, что поближе, а здесь всё больше останавливались возчики, крестьяне, купцы с охраной из торговых поездов, да разный прочий сухопутный люд.

Но сейчас...

Жуга пригляделся и мысленно поправил себя — здесь были одни лишь моряки, и никого больше.

Десятка полтора. Ни рыбаков, ни мастеровых с соседних улиц, ни заезжих купцов, ни сговорчивых на ласки девчонок из местных — никого. И даже человек, шагнувший затворить за ними дверь, оказался ни кто иной, как тот самый пропавший Курт. Он молча задвинул засов и повернулся к Яльмару.

— Тебе не стоило приходить, норвег,— сказал он и кивнул на Жугу.— Капитан хочет говорить только с ним.

— А ты мне не указывай, щенок! — огрызнулся Яльмар.— Или забыл, как предо мной на брюхе ползал, пощады просил? Рано радуешься. Не видать мне Вальгаллы, если я с тобой не поквитаюсь!

И Яльмар плюнул ему под ноги. Матрос отскочил, словно ошпаренный.

Жуга не сказал ни слова. Цепкий, внимательный взгляд его голубых глаз скользил по серым угрюмым лицам немецких мореходов, по узкому проему деревянной лестницы, по запертым дверям и окнам.

Из-за столика у камина, столь любимого когда-то Яльмаром, поднялся ещё один старый знакомец — щербатый долговязый Гельмут. Левую щеку его украшали четыре длинных кровавых полоски. Жуга невольно усмехнулся про себя — ногти у Зерги были что твоя бритва.

— Стой, где стоишь, варяг,— сказал тот, подойдя ближе.— А нет, так дай сюда топор.

— А пуп не треснет? — с ухмылкой поинтересовался Яльмар.

— Дай, говорю. А не то — никакого разговора не будет вовсе.

— Отдай ему топор,— бесцветным голосом сказал Жуга и шагнул вперёд, не дожидаясь, пока Яльмар исполнит его просьбу.

Он прошёл вдоль столов и остановился у камина, где в компании двоих мордоворотов сидел за кружкой пива дородный немец, одетый в хорошо пошитый синий полукафтан дорогого сукна, из-под которого выглядывала белая рубашка.

Все в корчме притихли.

— Это ты хотел меня видеть? — спросил, наконец, Жуга.

Ганзеец смерил рыжего паренька взглядом и поджал губы.

— Ты разбил мой корабль,— вместо ответа сказал он.

— Где девчонка?

— Ты разбил мой корабль,— словно не слыша, повторил тот.

— Твои люди сами затеяли свару. Нас привезли туда насильно, и корабль разбил твой человек. Мои слова есть, кому подтвердить. Твоё дело неправое.

— Меня это не интересует,— ганзеец отхлебнул из кружки и со стуком опустил её на стол.— Корабль стоил мне полторы тысячи талеров. Верни мне их.

— Ты отпустишь девушку?

— Ты вернешь мне деньги?

— Градоправитель разрешит наш спор.

Ганзеец повернулся к ближнему громиле.

— Прикончи девку,— распорядился он так спокойно, словно заказывал очередную кружку пива.

— Стой! — рявкнул Жуга, чувствуя, как закипает в груди слепая бешеная злоба, и снова повернулся к капитану.— Так вот вы, значит, как... Видно, правду говорят — нельзя с вами по-людски.

— Ты всё сказал? — скучающим тоном осведомился тот, встал и снова кивнул моряку.— Прикончи девку.

Далее Жуга уже не думал — руки всё сделали сами; взмах посоха — и громила рухнул на пол с разбитой головой. Второй успел схватиться за нож, но тем всё и кончилось. Капитан проворно метнулся за камин, а оттуда — к бочкам, и прежде чем Жуга успел до него добраться, моряки опомнились и схватились за ножи.

Яльмар с криком "Один!" отшвырнул двух ганзейцев, стоявших рядом, схватил тяжелую скамью и с ней наперевес ринулся в драку. Моряки так и брызнули в стороны, когда доска в три пальца толщиной с гулом рассекла пред ними воздух, и норвег лишь слегка зацепил злосчастного Курта, правда и этого хватило, чтобы немца отбросило куда-то в угол, где он так и остался лежать. Кто-то замахнулся на варяга его же топором, Яльмар, не глядя, швырнул в него скамью и выхватил нож.

Жуга метался меж столов, кружась волчком и никого к себе не подпуская, ножи в руках матросов словно натыкались на стену. Посох, залитый свинцом, оказался страшным оружием — он мелькал то справа, то слева от рыжего паренька, проносился над полом, словно бы ища змею в траве, а через миг выплетал уже совсем другой узор высоко вверху, и бил; бил с налету, ломая руки, выбивая суставы, зубы и глаза. Яльмара вдруг осенило, что он впервые в жизни видит тот бедовый горецкий *самопляс*, о котором раньше только слыхал, да и то нечасто, и в этот миг варяг углядел краем глаза, как долговязый

Гельмут рванулся вверх по лестнице с ножом в руке.

Норвег бился сразу с троими, да ещё двое-трое вертелись вокруг да около, и бросить нож означало верную смерть, и Яльмар сделал первое, что пришло в голову. Шлем викинга взлетел, подброшенный мощной рукою, и настиг ганзейца на середине пути.

Он мог бы просто попасть, и сбил бы с ног, не будь он увенчан грозными рогами. Бросок был так силен, что один из них до основания вошёл немцу в спину. Тот замер, глядя с изумлением на торчащее из груди острие, выронил нож и повалился на лестницу, цепляя пальцами перила.

А ещё через мгновение ярл завладел-таки своим топором, и теперь уже Жуга понял, почему враги прозвали викинга Олав Страшный...

...Оба как-то пропустили момент, когда врагов меж ними не осталось — лишь с десяток неподвижных тел в углах корчмы, залитые кровью доски пола, и распахнутая настежь дверь.

Яльмар опустил секиру.

— Посмотри наверху,— сказал он, вытирая пот и тяжело дыша.— И побыстрей — а то ещё стража городская нагрянет. А я пока... тут покараулю...

Он огляделся, сунул топор за пояс и подошел к упавшему навзничь Гельмуту. Рывком освободил застрявший в теле шлем, вытер кровь с его изогнутого рога, вынул нож и принялся срезать у немцев кошели.

Жуга лишь кивнул в ответ и двинулся наверх.

* * *

В первой комнате не было никого. Пустой оказалась и вторая. Открыв третью дверь, Жуга обнаружил там хозяина Трех Подков вместе со всем его семейством — женой и двумя дочерьми. Женщины, и без того напуганные захватом корчмы и шумом снизу, испуганно притихли, завидев на пороге взъерошенного рыжего парня в драном полушубке и с окровавленным посохом в руках. Сам же хозяин лежал на кровати с разбитой головой — живой, но без памяти. Жуга не стал ничего им говорить и двинулся дальше, оставив дверь открытой.

Повозившись с засовом, Жуга открыл пятую и последнюю дверь и облегченно вздохнул — Зерги была здесь, лежала на кровати, связанная по рукам и ногам. Рот ей для пущей надежности тоже заткнули какой-то тряпкой. Жуга вытащил кляп, вынул нож и взялся за верёвки.

— Всё таки пришёл...— занемевшим языком пробормотала Зерги и вяло улыбнулась.— Я уж думала, что Яльмар тебя отговорил...

— Зря ты так. Он сейчас там, внизу.

— И вы что... всех?

Жуга кивнул.

— Вдвоём?!

— Вдвоём,— нож разрезал последнюю верёвку и девушка села, растирая багровые запястья.— Ты как себя чувствуешь?

— Замёрзла,— она зябко поёжилась и провела языком по сухим губам.— И пить хочется.

— Сейчас поищем чего-нибудь... Идти можешь?

— Могу... Ой, кажется, нет...

— Держись за меня.

Опираясь на Жугу, девушка кое-как дохромала до лестницы и остановилась в изумлении, завидев, какой раздрай учинили в корчме двое друзей.

— Господи...— пробормотала она, чуть не наступив на мертвого Гельмута и побледнела. Посмотрела на Жугу.

— Остальные убежали,— хмуро сказал тот.

— Их же было десятка два! Вы же запросто могли погибнуть!

— Они хотели тебя убить.

Яльмар сидел за столом посреди всего этого разгрома и сосредоточенно складывал столбиками трофейные талеры, время от времени хмурясь и шевеля губами. Завидев обоих, он помахал рукой, и вылез из-за стола.

— Что два десятка собак против двоих мужчин! — фыркнул он.— Привыкли скопом нападать, вот и поплатились. А если б...

— Яльмар!!!

Девушка первая заметила движение и вскрикнула, предупреждая, но было поздно — лежавший в углу немец вдруг вскочил и бросился на викинга со спины. Рука с зажатым в ней тесаком змеей метнулась вперед, и две пяди отточенной стали со скрипом вошли варягу в бок по самую рукоять, пробив меховую куртку.

Прежде чем Жуга понял, что произошло, и рванулся на помощь, Курт (а это был он) одним прыжком перемахнул опрокинутый стол, распахнул дверь и пропал в пелене летящего снега.

Яльмар покачнулся, зажимая рану ладонью, оглянулся недоумённо, и медленно осел на пол.

— Трусливая шавка...— пробормотал он.— В спину...

Жуга скинул и сунул варягу под голову полушубок, стянул рубашку, оторвал от нее две широких полосы и опустился на колени. Яльмар протестующе двинул рукой.

— Не надо...— сказал он и поморщился.— Все, Жуга. Отвоевался я. Не зря собака выла...

— Ты кончай такие штуки, ты давай, не помирай! — прикрикнул на него Жуга и повернулся к Зерги.— Голову поддержи!

— Без толку... всё это...— силы быстро покидали викинга.— Знаю я... эти ножи...— Яльмар закашлялся — горлом пошла кровь — и что-то поискал рукой.— Топор...— сказал он, поймав вопросительный взгляд Зерги.

— Дай,— не глядя кивнул ей Жуга.

— Приподними его...

Девушка с трудом вытащила топор и вложила его варягу в руку. Широкие пальцы сомкнулись на рукояти мертвой хваткой, Яльмар приподнялся и сел, собрав последние силы.

— Один!!! — крикнул он, вскинув топор в последнём приветствии, и рухнул недвижим.

Топор с тяжелым стуком упал на пол.

Кровь перестала течь из раны.

Норвег был мертв.

Жуга посмотрел на девушку, на посох, лежавший рядом, опустил окровавленные руки и отвернулся.

Сколько же можно отвечать смертью на смерть? Поди теперь разбери, кто всё это начал. Вот ещё одна, ну а зачем? Или всё таки не он всё это творит? А тогда — кто? Кто? Он посмотрел на Зерги — в глазах у девушки стояли слезы — и вздохнул. А может, права девчонка? Где он теперь, тот Ваха-рыжий, что пришёл с Хоратских гор? Ищи ветра в поле... А кличка прирастает; раз, два — и вот уже никто не помнит имени. Три, четыре — и вот ты сам его забыл. Пять, шесть — и вот уж нету имени вовсе, и лезет ниоткуда твоё новое прозвание, и хорошо ещё, если ты сам его себе сыскал по сердцу, по уму, да по совести. А назвался груздем, так полезай в кузов — живи, как назвали. Дело известное — вещь без имени — не вещь, а имя завсегда попросит тела. А там и вовсе — поминай, как звали...

Тело... Приходящий-Во-Сне тоже говорил о теле.

Жуга потряс головою и сжал кулаки.

— Что ж...— сдавленно сказал он.— Ты выиграл, колдун...

И медленно добавил, глядя в никуда:

— Приходи.

* * *

Чувство Силы возникло внезапно, словно кто-то огромной рукой в единый миг вытеснил Жугу прочь из его головы. Но на сей раз Жуга не просто наблюдал за тем, что происходит. Он запоминал. Запоминал, откуда идет и куда приходит горькая серая струя неведомой мощи, и чья-то память тихонько нашёптывала в уши, как её вызвать. Он запоминал, как с тихим шорохом сходятся края рассечённой плоти, как ищут и находят друг друга концы разорванных сосудов, как движется кровь, и маленькая молния терзает стынущее сердце — бейся! бейся! бейся! И всё это время кто-то неслышно шепчет в голове — у тебя, или у Яльмара — не понять: дыши, дурак, дыши! теперь все, теперь можно...

Теперь уже можно... позвать.

Первое, что Жуга увидел, вернувшись, были широко раскрытые глаза Зерги. Он опустил взор и еле сдержал радостный крик: норвег дышал! Там, где только что зиял широкий разрез, теперь багровел большой, неровный рубец.

— Ты...— Зерги коснулась викинга, и посмотрела на Жугу.— Как тебе это удалось? — Внезапно её осенила какая-то мысль, и девушка испуганно отдёрнула руку.— Скажи, я тогда тоже...— она помедлила,— ...вот так?

Сил говорить у Жуги уже не было, и он лишь кивнул в ответ.

— Ох...— ладонь её метнулась ко рту.— А я-то не могла понять! — она помолчала, прежде чем спросить о главном.— Так это был... Он?

— Да.

— Мой бог...— она запустила пальцы в волосы и отвернулась.— Ты всё знал с самого начала... Знал и молчал?

— Это ты вызвала его?

— Я не знала! — выкрикнула она.— Я... я...

Жуга кивнул. Теперь всё встало на свои места.

— Ты хотела вернуть Веридиса,— сказал он и усмехнулся невесело.— Колдунья-недоучка, потеряла голову вместе с любимым человеком... Да...— он посмотрел на Зерги. Та молчала, потупившись, и Жуга продолжил:

— Ты открыла Путь, не подумав, что кто-то уж лет как двести ждёт у запертой двери. А потом...

— Я испугалась...— прошептала Зерги, в бессилии до хруста ломая пальцы. Опустила руки.— Просто испугалась... Он... Он хотел...

— Я знаю,— Жуга кивнул.— Не вини себя. Я сам трижды открывал эту Дверь. Один раз мне помог бог, один раз — человек, и один раз — эта штука,— он поднял руку с браслетом.— А ты была одна. Ума не приложу, как тебе это удалось, хотя...— он помедлил.

— Что?

ОСЕННИЙ ЛИС

— Ничего.— Жуга вздохнул и помотал головой. Взъерошил волосы рукой.— Боль и отчаянье... Да. Они могут сделать многое...— он посмотрел на Зерги.— Ты родилась и выросла здесь. Ты должна хоть что-то знать про этого... Кто он? Зачем вернулся? Какую битву проиграл?

— Я не знаю... А впрочем, погоди! — она нахмурилась.— Ты сказал — двести лет?

— Ну...— Жуга пожал плечами.— Может быть, чуть меньше.

— Башня Ветров...— пробормотала Зерги и закусила губу.

— Что?

— Когда-то на месте теперешнего маяка стоял замок... Его построил один чародей... сейчас уже никто не помнит его имя. Говорят, что он захотел всех осчастливить, и боги покарали его за гордыню. Да, кажется, так. Был бой — он один сражался с ними всеми. Про него ещё песня сложена. Подожди, сейчас... Вот!

> Ночь подняла над башней чёрный свой стяг,
> Свой истинный крест, свой подлинный флаг.
> Три армии собрались на расправу в ночь —
> Три чёрных начала, три дьявольских сна,
> Три чёрных начала адских трёх рек.
> Что мог с ними сделать один человек?..
> Сойдёмся на месте, где был его дом,
> Где трава высока над древесным углем,
> И зароем нашу радость в этом чёрном угле
> Там, где умер последний человек на земле...

— Вот как...— Жуга помрачнел.— Осчастливить, значит... Зря он за это взялся — мог бы и сам понять — хоть и маг, а тоже человеком начинал. А у людей извечная забава — землю делить — кроить да штопать заново огнем и сталью, волшбой и просто — силой рук... А небо — вот оно, режь его ломтями... Что, не получается? Вот то-то...

— Что же теперь?

— А теперь я пойду,— Жуга встал и надел полушубок. Подпоясался кушаком. Поднял посох.

— К-куда?

— Колдун внес свою плату, пора и мне долг возвращать.— Он взглянул ей в глаза и вздохнул.— Сегодня ночь большого прилива. Теперь я должен выиграть эту битву. Выиграть или погибнуть.

— Но почему?! Ты же сказал, что взять тебя он не в силах!

— Зато в силах взять тебя.

— А он может?

Ответить Жуга не успел. Яльмар вдруг сел рывком, дико вращая глазами, лихорадочно ощупал себя с ног до головы и вытаращился на Жугу.

— Один и Фрея! — прохрипел он.— Ты?!

— Я,— Жуга невольно улыбнулся.

Яльмар спешно задрал на боку рубаху и поскрёб ногтем багровый рубец.

— Боги! Ты воистину великий ворлок!

— Как ты себя чувствуешь?

ОСЕННИЙ ЛИС

Яльмар махнул рукой и, расшвыривая скамейки, двинулся к бочкам.

* * *

Снаружи, как и прежде, бесновался ветер. Мело. Дождь со снегом пополам сменился вдруг сухим, совершенно нездешним порохом поздней метели. Улицы города опустели окончательно. Галлен затих в своем холодном сне, укрытый серым покрывалом зимних туч. Темнело. Часы на ратуше пробили шесть и смолкли, словно испугавшись собственного голоса, и только с берега доносился тяжёлый, размеренный грохот прибоя.

По снегу, летящему с неба, шли трое — Жуга впереди, Яльмар и Зерги — следом. Жуга шёл без шапки, с босой головой, казалось, он совсем не обращает внимания на снег и ветер. Девчонка же наоборот, подняла капюшон. Последним шёл варяг. Он ещё не совсем оправился от удара, но оставаться в корчме отказался наотрез.

— Ещё чего! — фыркнул он, едва Жуга об этом заикнулся.— Чтоб я, да тебя, да одного... И думать не моги!

Яльмар осушил пару-тройку кружек пива, сжевал что-то на кухне и теперь снова рвался в бой. Куртка его заскорузла кровавой коростой, но варяг не обращал на это внимания. Если б не разрез на ней — длинный и неровный, можно было бы подумать, что никакой раны нет и не было вообще.

Что касается Зерги, то с ней говорить и вовсе было бесполезно — в одной из комнат наверху отыскался вдруг её хваленый самострел, и глядя на то, как загорелись её глаза, Жуга понял: всё — кричи на нее, не кричи, а всё одно увяжется следом. Так оно и вышло, бедовая девчонка с радостным криком схватила свое сокровище, проворно сунула ногу в стремя — механизм щелкнул, натягивая тетиву — и вскинула арбалет к плечу. Фунтовая стрела с глухим ударом вошла в бревенчатую стену по самую пятку, Зерги усмехнулась, отбросила рукою волосы от глаз и повернулась к Жуге.

— Я с тобой,— коротко сказала она.

Спорить Жуга не стал.

Городская стража так и не явилась.

— Куда идем-то? — спросил вдруг Яльмар.

— До маяка,— Жуга вдруг посмотрел на небо.— Не зря спешил колдун-то, ох, не зря...— он поёжился.— Не опоздать бы.

— Он... где сейчас? — повременив чуток, спросила Зерги.

— Где-то рядом,— пожал плечами Жуга.

Зерги нахмурилась:

— Не смешно.

— А я и не шучу. Он тут, со мной.

Жуга шёл теперь уже без всякой хромоты, худой, поджарый, нес посох под мышкой. Холодный ветер трепал его длинные нечесаные рыжие волосы.

— Это как?! — опешил Яльмар.

ОСЕННИЙ ЛИС

— Так...— Жуга пожал плечами.— Дверь открыть — это всё лишь половина дела. Чего стоит душа без тела в этом мире? Дым-туман, одно названье... Сколько их таких вокруг; кабы все они силу имели, житья бы от них не было. Дух, он ведь телом силен...

— Но как же он тогда всё жег?

— Господи! — Жуга остановился и так резко обернулся, что варяг с девчонкой чуть с разбегу на него не налетели.— Да неужели вы ещё не поняли, что сами давали ему силу?! Он ведь искал — долго, упорно искал, а попадались-то всё больше крохи. Искорки огня. Порой ему и этого хватало, чтобы дело сдвинулось. Цыганчонок подпалил свою кибитку, ясно вам? Цыганчонок. И дом у волшебника сожгла ты, Зерги... А ты, Яльмар, спалил свою ладью.

— Что?! — поперхнулся викинг, отшатнувшись.— Да ты в своем ли уме? Клянусь одноглазым, не слыхал я большей нелепицы! Чтобы я, свой драккар...

— Ну, не сам, конечно...

Он не договорил. Сквозь шум прибоя донесся топот ног, и все трое спешно обернулись. Яльмар было потянул из-за пояса топор, но тут же сплюнул и сунул его обратно: из плотной снежной завесы вынырнул запыхавшийся Янек.

— Подождите! Я с вами!

— Тебя мне только не хватало! — Жуга схватился за голову и отвернулся.— Я — это понятно, я обещал, но вы-то куда все лезете?! Не надо вам идти, слышите? Не надо!

— Глупо идти в бой одному,— хмуро сказал варяг.

— Мне помогут. Три ветра будут там со мной.

— Три? — спросила Зерги.— Почему только три?

Жуга посмотрел ей в глаза.

— Я — четвёртый ветер,— просто сказал он.

* * *

До маяка добрались быстро — дорога шла теперь под горку, и даже ветер не так досаждал. Взошла луна. Тяжёлые волны бились у самого подножия чёрной башни — большой прилив! Огонь пылал, зажжённый высоко вверху, сигналя кораблям, потерянным в ночи, да только не было в море никаких кораблей. Прибой доламывал остов брошенного на берегу когга, другой корабль по-прежнему был на рейде. На миг Яльмару показалось, что где-то там, на палубе блеснул огонёк, но только — на миг. Сколько он ни таращил глаза, разглядеть больше ничего не удалось.

В башне царила темень. Жуга задержался на миг, осматриваясь, и уверенно двинулся вверх по ступенькам. Никаких ворот внизу не было и в помине, но на первой же площадке путь преградила массивная дверь сосновых досок, запертая изнутри. Жуга стукнул в нее пару раз кулаком, и

 ОСЕННИЙ ЛИС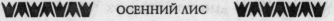

тут же понял, что вряд ли кто расслышит этот стук за грохотом прибоя.

Широкая ладонь Яльмара легла ему на плечо.
— Дай я...

Тяжёлый обух топора ударил гулко раз, другой, и вскоре с той стороны послышались шаги. Лязгнул засов, и в проеме открывшейся двери возникла тёмная сутулая фигура с фонарем в руке. Неверный жёлтый свет выхватил из тьмы лицо — худое, всё в морщинах, как печеное яблоко, и тёмное от угольной пыли.

— Многие лета тем, кто живет во тьме,— глухо сказал Жуга,— Впусти нас, старик.

Тот молча посмотрел на него, перевел взгляд на Яльмара, на Зерги.

— Кто вы такие? Вас здесь не ждут,— хрипло сказал он.

— И всё же впусти нас. Мы проделали долгий путь.

— Я сказал...— начал было старик и осёкся на полуслове.

Жуга шагнул вперед. Ни Зерги, ни Яльмар, ни тем более — Янек не видели в тот момент его лица, но всем троим показалось, что и голос, и даже сама фигура Жуги вдруг как-то странно изменились.

Фонарь в руке смотрителя поднялся выше, старик сощурился подслеповато, разглядывая рыжего незнакомца, и вдруг отшатнулся, и прежде чем кто-нибудь успел сделать хоть шаг, захлопнул дверь и с лязгом задвинул засов.

— Проклятие! — Жуга ударился плечом и сжал кулаки.

Яльмар намётанным глазом окинул дверь и хмыкнул: петли широкие, крепкие доски в два ряда — вдоль и поперёк. Дело сложное, но если постараться...

— Дай-ка, я попробую,— и он снова вынул топор.

— Стой, где стоишь! — коротко бросил Жуга.

Голос его хлестнул бичом, заставил варяга замереть на месте, он даже удивиться не успел. Жуга помедлил краткий миг, негромко что-то произнёс, дважды глубоко вздохнул и... шагнул вперед.

Брызнули щепки. Зерги ахнула, Янек вскрикнул испуганно, и даже у видавшего виды варяга отвисла челюсть при виде того, как Жуга прошёл сквозь дверь, оставив за собой узкий неровный пролом с колючими лохматыми краями. На краткий миг оставшиеся трое ощутили, как потоки силы сквозняком пронзили их и умчались прочь. Друзья переглянулись и молча полезли следом.

Жуга меж тем шагнул к онемевшему смотрителю и протянул руку за фонарем.

— Дай,— требовательно сказал он. Смотритель повиновался.— Почему ты закрыл дверь?

Старик пожевал впалым ртом. Поднял голову, посмотрел на Яльмара, на Жугу и тут же снова потупил взор.

— Испугался я...

— Что ж, ответ правдивый,— Жуга усмехнулся.— А теперь уходи. Я не держу на тебя зла.

ОСЕННИЙ ЛИС

Ни слова не говоря, смотритель поспешно шагнул за порог и исчез в темноте. Жуга протянул фонарь варягу.

— Возьми. Ступеньки здесь крутые.
— А как же ты?
— Я и так всё вижу.

Они поднимались осторожно, медленно, чувствуя ладонями, как вздрагивает при каждом ударе волн холодный камень старых стен. Перил не было, узкая каменная лестница обрывалась в пустоту: башня оказалась полой. С верхней площадки спускались канаты подъемника. Мощный поток воздуха шёл снизу вверх, словно тяга в печной трубе. Впрочем, это и была тяга — иначе пламя давно бы погасло, сбитое ветром.

Вершина башни объявилась неожиданно — огороженная зубчатой стеной площадка шесть на шесть шагов и обжигающий огонь посередине. В углу, заботливо укрытые промасленным чехлом от снега и дождя, стояли припасенные загодя клети с углем — пять штук.

Жуга словно бы забыл о своих спутниках. Он прошёл туда-сюда, остановился у восточной стены и взялся за лопату. Подбросил угля в огонь, встал к нему спиной и поднял посох. Он стоял неподвижно глядя в темноту, и Зерги не могла взять в толк, как он выдерживает обжигающий жар с одной стороны и леденящий холод ветра с другой, затем будто кто-то шепнул ей на ухо: "Не так! Смотри по-другому!". Вспомнились уроки Веридиса. Короткий наговор — и внезапно стало видно, как весь этот жар, сплетаясь в тугой, невидимый глазу жгут, уходит нитью в темноту из рук, держащих посох. Жуга молчал, стиснув зубы и закрыв глаза, пот градом катился по его лицу, тут же высыхая на ветру, и Зерги вдруг поняла.

Это был вызов.

Где-то там, на дальних берегах, в пустотах старых гор, в пучине океана, в дремучей чаще леса открывали глаза спящие твари — призраки былого. Поднимались и неслись стремглав, расправляя крыла, спешили вновь на бой, чуя издали древнюю кровь...

Все континенты могут лежать на дне, но древняя ярость от того не уменьшится. Не враги, так призраки врагов придут на битву. Зерги теперь понимала, что чувствует Жуга — колдун ведь тоже был один в той битве. Кто знает, кому перешёл дорогу павший чародей? в чьи дела вмешался? людей ли, богов? Да и так ли уж это было важно? Он потерял всё разом — жизнь, жену и не рождённого сына, так о каком же покое могла после этого идти речь? И он вернулся.

Искорки огня, вспомнилось вдруг ей, малые крохи силы... Она посмотрела на Жугу и почувствовала, как по спине забегали мурашки. Если они — варяг, цыган и ученица колдуна — лишь искорки в ночи, то кто же он, этот нелепый рыжий странник, вышедший за них на бой?

А в следующий миг пришли Они.

* * *

Нападавшие стали видны внезапно — словно вдруг подняли заслонку, доселе их скрывавшую. Их было много, бесконечно много — самых разных существ. Казалось, сам воздух ощетинился когтями и клыками. Бились крылья, кривились слюнявые пасти. Зерги не знала, куда смотреть, да и не хотелось ей смотреть — ей страшно было смотреть на этот жуткий, нескончаемый поток. Где, когда, зачем и кто их сотворил? Или...

Или они были всегда?

Взор не мог оторваться от этих полчищ — была в их уродстве какая-то чуждая, дикая и ужасная красота — бесконечной ярости и страха, ибо, в конце концов, от чуда до чудовища тоже всего один шаг...

Посох Жуги взметнулся, принимая удар, и первые ряды врагов исчезли, сметенные огненным ветром. "Я — четвертый ветер!" — вспомнились девушке слова рыжего странника, а в следующий миг костёр начал угасать. "Огня!" — не оборачиваясь, страшным голосом вскричал Жуга. Яльмар огляделся суматошно, метнулся в угол, схватил в охапку корзину с углем и вывалил в костёр почти половину.

Зерги не помнила, сколько времени длился бой, помнила только, как Жуга вдруг пошатнулся, и тварь — маленькая, не больше крысы, но с огромной разверстой пастью — прыгнула ему на спину...

Больше она не думала. Арбалет сам взлетел к её плечу, стрела настигла бестию в прыжке и унесла прочь, в темноту.

— Не смей! — Жуга обернулся, и встал, отбиваясь, огромный, страшный.— Это... моя... битва! Или хочешь... погибнуть тоже?!

Но было поздно — Яльмар одним большим прыжком достиг южной стены, через которую валом валили всё новые и новые монстры, руна грома блеснула на лезвии топора, и в следующий миг викинг с диким криком "Один!!!" врубился в самую гущу врагов, разя направо и налево.

А через миг оглушающе хлопнул бич, сметая тварей с северной стены.

Отступать было поздно: они стали четырьмя.

Порывы западного ветра, крутящийся огненный посох, бросок и отскок, удар за ударом туда, где никто не ждет...

Тяжёлый и страшный удар ледяного топора с бескрайних северных равнин, сполохи на лезвии, вечная стылая вьюга-пурга — костенелые пальцы, мороз до костей, до кончиков...

Гибкий перехлёст южных ураганов, танец змеи и хлыста, чёрный завиток хвостатой бури, срывающей крыши с домов и секущий глаза песчаной плетью пустыни...

Восточные грозы, косой завесою летящий ливень белых стрел и молний, что таятся в чёрном колчане...

Ветер! холодный чистый ветер собирал свою жатву!

ОСЕННИЙ ЛИС

Где-то там, внизу, мелькнуло белое пятно поднятого паруса: в портовой гавани корабль снялся с якоря. Ганзейцы уходили в шторм. Жуга усмехнулся. Камень на его браслете пылал. Восьмилучевая звезда — роза ветров; они сами выбрали свою судьбу, сорвав её с браслета. Этот корабль не утонет, ему суждена другая судьба. Ему долго не увидеть берегов.

Очень долго.

Может быть, даже — вечно.

Жуга крепче сжал свой посох, смерил прищуром глубокие пасти и вновь обернулся к стене.

Они стояли у огня на вершине башни, плечом к плечу, отбивая атаку за атакой.

Четверо.

Вместе.

И почему-то на сердце у них было очень легко.

* * *

В старом доме на улице жестянщиков, в маленькой комнатке под самой крышей проснулся мальчик. Он долго лежал без сна, с замиранием сердца прислушиваясь к грохоту за окном, затем набрался храбрости и выглянул наружу, в любой момент готовый юркнуть обратно в спасительную темноту старого одеяла.

— Мама? — робко позвал он, щурясь на пламя свечи.

Мать — худая темноволосая женщина с серыми глазами — самый ласковый и добрый человек в этом мире, отложила вязанье и, поправив на плечах теплую серую шаль, подошла к его кровати.

— Что, сынок?

— Мне страшно, мама! — пожаловался он.— Что гремит?

Женщина вздохнула.

— Это гроза.

Глаза мальчишки округлились.

— Разве зимой бывает гроза?

— Бывает,— она улыбнулась.— Это зимняя гроза.

— А она нас не убьет?

— Не бойся,— она подоткнула одеяло, наклонилась и поцеловала сына в лоб.— Она нас не достанет. Спи.

Мальчик, успокоенный, откинулся на подушки.

— Только ты посиди со мной...— попросил он.— Ты не уходи.

— Я здесь,— она улыбнулась.— Я рядом.

Он долго лежал без сна, испуганно вздрагивая всякий раз, когда снаружи особенно громко бухало, но вскоре глаза его против воли начали слипаться, он зевнул раз, другой, улыбнулся и вскоре засопел, уснув. Мать ещё посидела у кровати, затем осторожно высвободила свою руку из цепких детских пальцев и подошла к окну. Сдвинула занавеску и долго смотрела, как бьют раз за разом в вершину старой башни слепящие стрелы молний — прямо в огонь маяка. Вздохнула, перекрестясь, сняла щипцами нагар со свечи и снова было взялась за рукоделье, но работа не шла.

Она родилась в этом городе и прожила здесь всю жизнь, но никогда не доводилось ей видеть ничего подобного.

Ей было по-настоящему страшно.

И сотни других мужчин и женщин в Галлене вздыхали, молились, ждали и не могли дождаться, когда же, ну когда настанет утро...

* * *

Был день. Настоящий, солнечный и почти безветренный — из тех ласкающих душу дней, что случаются иногда посреди зимы, хотя до весны ещё далеко. Жители Галлена открывали окна и двери, недоверчиво косились на небо — но нет — ни единое облачко не нарушало хрупкую чистую синеву до самого солнца, и море искрилось мелкими блестками, сменивши гнев на милость. Волны лениво набегали на берег, вороша песок и гальку, и с тихим шорохом откатывались обратно. Ожил и загомонил сперва робко, а затем — в полную силу притихший в ненастье рыбный рынок, а на берегу уже расправляли свои сети рыбаки, и мало кто заметил исчезновенье двух Ганзейских кораблей — ушли, мол, и ушли, и бог с ними.

Обрывистый каменный нос далеко выдавался в море, скрывая и город, и порт, и даже — башню маяка. Голые скалы сменились обширными травянистыми пустошами, кустарником и чахлым редколесьем. На одной такой плоской бесснежной вершине холма сидели двое — рыжий парень в полушубке и с посохом в руках и девушка, одетая в мужские штаны и зелёную куртку. Слышался негромкий разговор.

— Яльмар корабль покупать надумал. Знаешь?

— Знаю,— паренёк кивнул рыжей головой,— он мне уже хвастался. Сторговал чуть ли не за полцены какой-то кнорр, или как там его... С собой звал, да я отказался — не по душе мне море. Мне бы лес да горы, а если уж вода — так мне и озера хватит.

— Бр-р...— девчонку передёрнуло.— Не люблю леса. Всё время кажется, будто кто-то за тобой следит из-за деревьев.

— А я наоборот — не понимаю, что ты в море находишь.

— Ты здесь летом не был. Вот где красота-то! Море тёплое, ласковое; выйдешь поутру, посмотришь и душа не нарадуется — до чего ж хорошо!

— Может, ещё когда побываю,— вздохнул тот и посмотрел на свою собеседницу.— А ты куда теперь? Или в город вернешься?

— Вернусь,— кивнула та.

— А жить где? Хотя, постой...— паренёк нахмурил лоб.— Та лачуга, где мы приютились... Неужто, твой прежний дом? Ну, конечно! — он хлопнул себя по лбу.— А я-то голову ломал, откуда там и дрова, и вода, и одеяла... Ну, останешься ты, а дальше что?

Девушка пожала плечами.

— Попробую ещё раз.

— Ещё раз... что? Уж не Веридиса ли вернуть?

— Да. Не смотри на меня так. Я теперь сильнее и, наверное, умнее, чем была.

— Ты гонишься за мечтой. Может, даже — за несбыточной.

— Я знаю,— негромко сказала та и вздохнула.— Но это лучше, чем вообще не знать, о чем мечтаешь...— она вдруг встрепенулась.— Скажи-ка, Жуга. В тот раз, помнишь, ты говорил, что трижды открывал Дверь... Для кого?

— Всякое бывало. Не хочется вспоминать сейчас.

— Ну всё таки. Хотя бы в первый раз для кого?

— Для себя.

Девушка закусила губу и потупила взор.

— Значит, ты... тоже побывал там? — Жуга не ответил.— Ну, а потом?

— Потом — для друга, но то вообще другая история. А в третий раз... Мне бабка-травница помогла. Мальчонку мы одного вернули, да только вот сама она заместо него ушла... Вот такое вот...— он сжал до хруста пальцы и умолк.— Не надо бы тебе за это дело браться. Раз обожглась — и хватит. Вдругорядь так не повезет.

— Я буду осторожной. Обещаю.

Некоторое время лишь ветер да шелест прибоя нарушали тишину. Наконец Жуга поднял голову.

— Зерги...
— Что?
— Я хочу быть с тобой,— сказал он.— Ты знаешь, я давно хотел сказать... Не знаю...
— Не надо, Жуга.
— Почему?
— Всё ушло. Это был сон. Забудь, не вспоминай об этом. Так будет легче и тебе, и мне.
— Мне будет трудно тебя забыть.

Та пожала плечами.

— Не забывай.
— Мне больно будет вспоминать.
— Не вспоминай.
— Но я так не могу! Тебя послушать, так всё — проще некуда, а я всё никак не научусь прощаться с теми, кого любил... Прости.
— Незачем просить прощенья — это я дура, всех запутала — и себя, и тебя тоже... А всё оказалось не так. Я всё ещё люблю его.
— Как мне вернуть тебя?
— Заколдуй меня,— предложила та. Серые глаза смотрели прямо и серьезно, почти просительно.— Приворожи. Ведь ты можешь.

Тот помотал головой:

— Это будет нечестно.
— Зато просто и легко. Ты же знаешь мое имя. Или, всё таки, нет?

— Знаю,— Жуга кивнул и улыбнулся грустно.— Знаю, Алина. Чтобы вернуть человека, всегда надо знать его истинное имя.

Зерги прищурилась в лукавой усмешке.

— Ты ошибся всего на одну букву.

— Да? Неужели? — Жуга склонил голову набок и придвинулся поближе.— Сказать, на какую, или не надо?

— Ну и хитрила же ты! — Зерги рассмеялась и замахнулась рукой в притворном гневе. Жуга поймал кулак на полпути, и оба, сцепившись, с хохотом и визгом покатились вниз по склону — небо и земля закружили в безумной карусели — и остановились только возле самой воды; сели, отряхиваясь и отплевываясь, продирая залепленные снегом глаза.

— Дурило гороховое! — буркнула Зерги, выскребая из-за шиворота мокрый снег.

— Ну так, с кем поведешься...

— Ну тебя! Смех один с тобой...

— Хорошо, хоть не слезы,— он вздохнул и улыбнулся.— Грустная у нас с тобой вышла история. С несчастливым концом.

— Только в сказке всё хорошо кончается. В жизни веселого мало. Каждый ребенок, едва родился, а уже плачет. Хоть бы один засмеялся...

Зерги придвинулась ближе, взъерошила рукой его рыжие волосы. Холодные пальцы тронули шрам на виске. Жуга молчал, глядя девушке в глаза.

— Глупый, глупый маленький лисенок...— она улыбнулась.— Что тебя тянет? Куда ты идешь? Что за мечты тебя влекут?

— Если б я знал это сам... Да и нет у меня никаких мечтов... мечтей... мечт... тьфу ты, чёрт! — вконец запутавшись, он рассмеялся и взял её руку. Прижался щекой к ладони и умолк.

Зерги задумалась, вспоминая что-то, и вдруг встрепенулась.

— Что?

— Да так... Вспомнилось одно старинное присловье. Подумалось вдруг — а ну, как тебе пригодится.

— Какое присловье? — Жуга насторожился.

Зерги улыбнулась и прочла:

> Четыре есть зверя и времени года
> У каждого место свое и порода —
> Волков встретишь к помощи,
> Псину — к беде,
> Медведь спросит строго и плату возьмет,
> А лисы помогут, да всё не тебе.

— Как-как? "Помогут, да всё — не тебе?" — он задумчиво потёр подбородок.— Интересно... хоть и не совсем понятно. Скажи, там было сказано ещё что-нибудь?

Зерги пожала плечами.

— Может, и было, да я не помню.

Взгляды их встретились, и оба как-то сразу умолкли.

— Береги себя,— как-то неловко сказала Зерги.

— Мы увидимся снова? — спросил, помолчав, Жуга.
— Кто знает? — ответила та и тихо повторила.— Кто знает...
Жуга ничего не сказал.

Они стояли мокрые, в снегу, стояли и смотрели друг на друга.
А ветер пел высоко вверху свою вечную песню.

Они стояли и смотрели.
А ветер пел высоко вверху.

Они стояли.
А ветер пел.

Они...
   ...и ветер.

Оправа: ГОВОРЯЩИЙ

6

На сей раз медведь молчал довольно долго.

"*Это тоже стихи?*" — спросил он наконец.

Какие?

"*Про меня и про других.*"

— Да.

"*Нам, сухопутным, рыбу не понять, и плавать поверху на деревянных досках тоже дело глупое. Хотя откуда вам быть умными? А пиво ваше доводилось мне пробовать. Горчит, но вкусно; пахнет хмелем и приятно животу. А женщина... Гм... Трудно разобраться. И почему-то мне немного больно. Ах-р!!! Ну конечно же – боль! Вот, вот чему сродни вся ваша дружба. Да. Это я понимаю. А тебе? Тебе разве не было больно?*"

— Издеваешься? Конечно, было.

"*Так почему ж ты не бросил это всё?*"

— Легко тебе говорить! — травник уселся поудобнее.— Что ты знаешь о любви? У вас, зверей всё просто — вы ищете себе пару только если настаёт такое время, гон. А после — да гори оно огнём! — своих детей сожрать готовы.

"Не говори мне про огонь!"

— Хорошо, не буду. Но сам посуди, разве я не прав?

"А разве вы порой не убиваете своих детей?"

Жуга промолчал. Затем заговорил, медленно, нехотя.

— Я пробовал забыть. Я был в отчаянии. Хотел начать жить заново. Не вышло. Это что-то сильнее меня.

"Не надо злиться. Просто я хочу понять, зачем ты всё это делаешь. Когда ты сам поймёшь себя, вопросы станут не нужны."

Травник поднял взгляд на зверя.

— А может, я тоже один из вас? Такое может быть?

Медведь покачал головой:

"В тебе нет волчьей прямоты, зла псов и жадности медведя."

— А как насчёт лисиц?

СОДЕРЖАНИЕ

Оправа 1: Говорящий 5
Жуга 8
Оправа 2: Говорящий 123
Три слепых мышонка 124
Оправа 3: Говорящий 190
Робкий десяток 192
Оправа 4: Говорящий 250
Тень 252
Оправа 5: Говорящий 337
Башня ветров 339
Оправа 7: Говорящий 473

Литературно-художественное издание

СКИРЮК ДМИТРИЙ

ОСЕННИЙ ЛИС

Руководитель проекта и составитель: Дмитрий Ивахнов. Обложка: Дамир Кривенко. Иллюстрации: Кирилл Рожков. Художественный редактор: Игорь Богданов. Верстка: Лариса Андреева. Технический редактор: Валентин Успенский. Корректор: Светлана Митина.

Подписано в печать с готовых диапозитивов 17.03.2000. Формат 84х108 1/32. Гарнитура «Школьная». Печать офсетная. Бумага типографская. Усл. печ. л. 25,20. Тираж 10 100 экз. Заказ 1241.

Издательство «Северо-Запад Пресс». Лицензия ИД № 00450 от 15.11.1999. Санкт-Петербург, ул. Казначейская д. 4/16, лит. А

Для писем: 197022, Санкт-Петербург, а/я 125.

sz-press@peterlink.ru

Издание осуществлено при участии ООО «Издательство АСТ».

При участии ООО «Харвест». Лицензия ЛВ № 32 от 27.08.97. 220013, Минск, ул. Я. Коласа, 35—305.

Отпечатано с готовых диапозитивов заказчика в типографии издательства «Белорусский Дом печати». 220013, Минск, пр. Ф. Скорины, 79.

МИР ПАУКОВ

ИЗДАТЕЛЬСТВО
«СЕВЕРО-ЗАПАД ПРЕСС»
ПРЕДСТАВЛЯЕТ СЕРИАЛ «МИР ПАУКОВ»

ИЗДАНЫ КНИГИ:
«ЦИТАДЕЛЬ», «ИЗБРАННИК»,
«ПОСЛАННИК»

СЕРИАЛ «МИР ПАУКОВ» ПОГРУЖАЕТ ЧИТАТЕЛЯ
В УДИВИТЕЛЬНЫЙ И ЗАГАДОЧНЫЙ МИР,
СОЗДАННЫЙ ФАНТАЗИЕЙ КОЛИНА УИЛСОНА
И ЕГО ПОСЛЕДОВАТЕЛЕЙ

ГОТОВИТСЯ К ВЫХОДУ
КНИГА X

«ПАЛОМНИК»

НЕ ПРОПУСТИТЕ НОВИНКИ!

ИЗДАТЕЛЬСТВО
«СЕВЕРО-ЗАПАД ПРЕСС»
ПРЕДСТАВЛЯЕТ

Марина и Сергей Дяченко

Впервые знаменитая эпопея фэнтези
публикуется в полностью!
Наконец вы сможете прочитать
долгожданный роман

"Авантюрист"

завершающий блистательную
трилогию:

"Привратник"
"Шрам"
"Преемник"

ИЗДАТЕЛЬСТВО
«СЕВЕРО-ЗАПАД ПРЕСС»

ПРЕДСТАВЛЯЕТ

АЛЕКСАНДР ЗОРИЧ

ПОСЛЕДНИЙ АВАТАР

Если вы расстались со всеми иллюзиями -
самое время обзавестись
новыми!
Роман культового автора
Александра Зорича "Последний аватар"
научит вас получать
удовольствие от виртуальной реальности,
реальности столь же подлинной,
сколь и опасной.

Русские умеют писать романы
о будущем России. И
они делают это лучше
американцев!

"Последний аватар" - роман 2000 года!

Читайте - поспорим!

КНИГИ ИЗДАТЕЛЬСТВА

«СЕВЕРО-ЗАПАД ПРЕСС»

ВЫ МОЖЕТЕ ПРИОБРЕСТИ В ФИРМЕ «АСТ»

По вопросам покупки книг обращаться по адресу:

г. Москва, Звездный бульвар, 21, 7-й этаж.

Тел.(095) 215-4338; (095) 215-0101; (095) 215-5513

Или заказать по адресу:
107140, г. Москва, а/я 140